河出文庫

憂鬱なる党派 上

高橋和巳

kawade bunko

河出書房新社

目次

憂鬱なる党派　上

第一章

1

華麗なショー・ウィンドーや、疲れて粘土色の瞳をした新聞売子らのまえを、動くともみえぬ遅々とした雑沓が彼方へと流れていった。

細かい都会の埃が、銀色に輝く百貨店の無数の窓から、こちらの幅広い石橋の欄杆にまで一面にただよい、真夏の太陽がその埃の膜を透してさんさんと輝いていた。雑沓にもまれている人間の一人一人は、みな、死んだように無表情だった。男も女も一様に唇をうすく開け、眉をしかめ、視線をあらぬ方に力なく注いでいる。黄昏にはまだ間のある烈しい斜陽に、数知れぬ人間の表情が汗ばみ、個性を殺されて皆どこか似通ってみえる。たしかに、そこにはある共通した翳があった。それは鼻の高低、耳朶の肉付や髪の色合いの相違の上に、貧しい真実となって露呈していた。だれでも知っているだろう、巧妙に修正された写真にもなお現われでる、あの悲しみでも喜びでもない放心の影にそれは似ていた。

人々の凝固した表情を照らす、その同じ日の光が、人波の頭上を飾る広告や看板、そして店々の巨大なウィンドー・ペインに反射して銀色に輝いていた。ときおり、人波のなかで誰かが叫び声をあげた。だが、人々がその方を振りかえるころには、叫びは群衆のざわめきに融け、首をめぐらしても、もうあと形もなかった。雑沓はすぐ、なにごともなかったように流れつづける。横から眺めると、行列はほとんど慎ましいものにさえ思われることがあった。そこでは、生活の内面をいろどるかすかな憂愁や、思慮分別、そして、ささやかな喜びなどは見事に無視され、たえず、生活の流れそのもののような鈍い単調な足音だけが悲しげに響いた。

中年の夫婦が真中に子供をはさみ、たがいに長年の屈辱に耐えるかのように黙々と歩んでゆく。酒気をおびた夫を冷たく眺めながら、それでも夫と肩を並べて歩む人妻。家庭での仏頂面をそのまま持ちこんできている紳士。へし折れそうなハイヒールをはいた娘。白髪を光らせる老婆。彼らは、野の香りや稲穂の波を求めて郊外へ出る労力を惜しみながら、日々の倦怠や憂鬱をひとときを忘れようとして、ここにやってきたのだろう。今まで、幾度も期待を裏切られておりながら、まだ紫煙の渦巻く劇場や狭い珈琲ルームの一隅に、あるいは見おとしていた安息が宝石のように煌めいていないとはかぎらない、と思いながら。

本屋の店頭に立ち、小首をかしげて群衆の流れを眺めていた西村恆一は、その時、久しくおさえにおさえていた〈後悔〉の念が、せきを切ったように流れだすのを覚えた。

「どうしたんだろう……」

後悔のおとずれはなにも今が初めてではなかった。たとえば人影の途絶えたプラットホームや並木道の散歩、あるいは深夜ねむりをまつ床の中でも、不意に湧きおこることがあった。

　咎の汝に属さざるとも……
　教えよや、十字架もなく墓もなく
　空しく果つべき身なりや否やを

単調な音楽のように、あるいは海の波音のように、後悔の念は彼の胸をうつ。西村は書店の敷居のところで、柱に背をもたせ、小刻みに足踏みした。その間にも、その不思議な感情は、彼みずからのものではない一個の生物のように成長しつづけていた。

　償いがたき悔恨、
　われらの記念碑……

それにしても一体、わたしはなにをこんなに後悔することがあるのだろう？　彼は、その理由を検討してみようとする。しかし、一向に摑みどころはなく、手がかりは皆無だった。むりもない。彼の後悔の念は、すでに前提となる悪しき行為すら要求しなかったから。ただ、それは雑沓の波動に乗って流れていき、そして一周りすると、また彼の腺病質な肉体に帰ってきた。

空はやけに晴れわたっている。快晴に恵まれる真夏にしても、こうした天気は珍しい。ところどころ、白く高層にたなびく真綿雲が地上の群衆の動きよりもしずかに流れている。瞳は眩しく、蒼穹に染めおとされた白い雲の断片を追い、脚はなお無意識のうちに群衆に歩調を合わせていた。その空の蒼さに視線をはせているうちに、ふと一瞬、彼は隊伍を組んだ天使たちと草笛の音を思いうかべ、つぎの瞬間、身を虚空につるして雑沓に向かって自己の〈悪〉をあばきたく思った。

「当分、雨の降る心配もない」彼は目をふせて呟く。

それにしても、この後悔の念は、いつ頃から彼の胸を蝕みはじめたのだったろう？たしか、毎日毎日がお祭り騒ぎのようだった少年期にも、微笑と闘争、羞恥と屈辱に満ちていた学生時代にも、こういう奇妙な経験はなかった。それは、ただ単に感性的に未熟だったからにすぎぬにしろ、まだ彼には無縁な感情だった。日頃から過去を恋人のように大切にしてきた彼が、自己の昨日に関して誤りを犯すはずはない。たしかに、その頃はまだ後悔の念とは無縁だったのだ。たとえ、その頃空虚よりは後悔を！　としたり顔に呟いたことがあったとしても、まだ後悔が、彼の存在の形式になど、決してなってはいなかった。では一体いつごろから？　思いめぐらしてみても、それは不思議にわからないのだった。もっとも、はっきりとは思いだしたくない秘められた意志が、彼の中で悪性遺伝子のように幅をきかせているからかもしれぬ。

中学生のころ敗戦にあってから、彼は自分の感覚を越えた理論体系や厖大な仮説を、そして権威ありげなものの一切を信じなくなっていた。敗戦と、それがどのように関係するのか、よく解らない。しかし、錯綜し複雑に入りまじっているものを、目の前でたちまちに整理してみせる精神の魔術は、彼には常に許しがたい不誠実のように感じられた。それは才能に恵まれなかったからではなく、記憶以上のものとして今も彼を支配している或る経験のせいだった。あまりにも急激な価値変動を何度も経験しすぎたのだ。それは、おそらく彼だけの経験ではなかった。そして、あの閃光も彼の頭上にだけ花咲き散ったのではなかった。人々は同様に教育され、感激し、疑惑し、そして不意に崩れ去ったのだから。

彼の背後の硝子戸には、ひしめき合い、摩擦し合いながら流れる雑沓の影が映っていた。人はみな、わずかのあいだ、その硝子の面におのれの影を投げ、そしてその影を消して通り過ぎてゆく。群衆のなかには、骨格の逞しい駐留軍兵士の姿も混っていた。異国の浪費家のそばには、きまって、原色のワンピース、土気色の肌をした娘がつき添っている。豪華なハンドバッグをさげ、口の中になにか含んで声高に話しかけ、笑いあって通りすぎる。ときには、ただ一人の駐留軍兵士に数人の娼婦が一団になって付きしたがっていることもある。女たちは白痴のように笑い、女王のように濶歩する。しかし、その憐れな姿もすぐ消え、つぎには、月給取り、警官、学生、女給など、さまざまな人間が現われる。それにしても、その硝子の面に幻灯される人波の、なんと悲しげであることか。

〈後悔〉の念は、処理のすべも分らぬまま、徐々に、そして確実に肥大していった。彼はただ、自分の体臭にまもられ、わずかに動物的に抵抗するだけだった。最後に、もしこの現代にではなく別な時代、別な風土、別な社会に生を享けたのであったなら、もし仮りにあの悲しみの都市に住んでいたのではなかったらと、あり得ない仮説に救いをもとめようとするとき、後悔の念はその極限に達し、そして、おもむろに退潮しはじめるのであった。そして、その退潮の感覚は、少年期——すべてが萌芽の状態にある貴重な時期との無惨な訣別のそれに似ていた。もたらされる悲哀もまた、ほとんど似ていた。

「暑いですねえ。これじゃ馬だって卒倒しちゃう」立て掛けられたよしずの影にいた氷屋の店主が言った。「いくら鞭で尻を引っぱたいたって、口から泡をふいて動きゃせん。馬だって癲癇を起しちゃう」

日光をさえぎるよしずが同時に風をさまたげていた。暑さはむしろ戸外よりひどい。店主は脂肪質の体軀を、倦怠と戯れるように小刻みに揺すっていた。坐っている彼の膝の上には、真黒に日焼けした縮れ毛の女の児が睡っている。

「馬は、こんな日によく日射病にやられるんですよ。とくに支那のように大陸の埃っぽい道路だと、ちょっと荷車を曳かすと、きっと音をあげてしまう。黄土が妙に足に粘りついてきましてね。おんなじ場所を四、五へん、足踏みして首を横に振りましてね。口から牛のように涎をたらして横倒しになるんでさ」

「みぞれを下さい」

西村は扇風機が唸っている奥まったデスクに位置すると、重い黒カバンをテーブルの上においていて言った。扇風機の風は油臭く、そのうえエナメルの臭いがした。飾り気のない板壁には、値段表と、C級の飲食店許可証、映画俳優のブロマイドが斜めに傾けて貼られてあった。その部屋の気配は、来る日も来る日もアパートの一室で机にむかってい た頃の西村の憂鬱、紫色に腫れあがった精神の沈滞と似ていた。薬指の胼胝《たこ》の上にインクのしみをつけ、無為に煙草を吸い、その紫煙を茫然と目で追っているとき、不意に体がぐいぐいと沈みだす。すべての行為の無意味さを予告するように、あるいはまた、どんな人生の果てにもただ一つの結果しかないことを啓示するように、意識が暗い奈落へと墜落してゆく。なぜなのか、それも彼には解らない。

西村がその大衆喫茶店に入ったのは、ただ渇を癒やすためだけではない。駅についた直後、電話で連絡をとった旧友の古在秀光が、西村の用件をも考慮して、待ち合わせの場所として指定したのだ。古在とは旧制中学の時代から、とりわけ、聞け轟きを、怒濤の賦を、と、その寮歌にも歌われるように歴史もまだ新しかった広島高等学校の文科甲類に籍を置いたころからの知己であった。もう十二年、ひと昔も前に、紡績工場経営者の次男であった古在と、女学校校長の長男であった西村とは、ともに連合国の慈悲によって戦災をまぬがれた古都の官立大学に入学した。一人は、自由に自己の嗜好に従って十九世紀のヨーロッパ精神史を専攻し、西村の方は、卒業後の就職にたいする父の配慮に盲従して文学部で英文学を学んだ。七年前、彼は卒業して、学制改革後も共学にならなかった宗教財団経営の女学校の教員になり、その友人は、おのれ一人の才覚で新興の業界新聞社に入社した。資本も経営も安定しない小新聞社を古在は故意に選んだのであることを、西村はその頃から、自分にはない覇気への羨望まじりに推察できていた。おそらく、牛後よりも鶏口という彼の計算は実を結んでいるだろう。彼の存在は、きっと、その企業の中で不可欠のものとなっているにちがいない。——それにくらべて自分は……

久しぶりの西村の訪問を、古在はどのように受けとめるだろうか。知己、知己と繰り返し呟きながらも、彼の中では、それは楽しい予想にはならなかった。彼には、かつて共に生活し同じ学園に学んだ旧友と対等に語りうる地位も地盤もなく、旧友との邂逅に胸をふくらませる稚気も消えていた。往年の夢想癖は、無気力な田舎落ちや、大学院への復帰や、学問的能力への懐疑から恥をしのんでした再勤務や、そして突然の、いまだに根拠のはかり知れぬ、あの〈一切の断念〉と、それにつづく狂気の時間のあいだに、憂鬱な変貌を強いられてしまっていた。はじめ、彼は戦後の荒廃と頽廃からものわかりよく脱皮し、まともなゼントルマンたるために、少年期の飢餓や憤怒、そして一瞬の閃光とともに都市全体が廃墟と化した死の記憶を消し去ろうとつとめたものだった。日常性の論理、つまりは今日一日の小さな喜びと悲しみにのみかかわっていたかった。いつしか内在化された廃墟と死のイメージから逃れるためには、エリートの大理想よりも、平凡な日常生活とその規律の方がより有効だと思われたからだった。夢想の国がそれで一つの遺跡と化しても、平和な日常と安定した精神は彼のものとなるだろう。そのスノビズムが一応の成功を見、西村は平凡な学校教員となり、旧家の娘をめとり、子供を一人生んだ。ただあとは、自己の周辺に固い砦を築くことだけだった。だが、彼は不意に褐色の、煮えたぎるような激怒を覚えて道をふみはずした。不意に、俗物の価値である日常は無に帰し、遠い悲惨な、ぬらぬらと皮膚のずるけてゆくような過去の感覚に彼は捉えられた。そして彼はたちまちにこの時代に対する順応能力を失ってしまったのだ。高等学校から大学、そして教員生活をも含む十余年もの年月の間、懸命に過去を忘れようとし、自分の感情を糊塗したあげく、彼は不意に憤激にかられて、時代から脱落し、日常の規律からもはみ出してしまったのだ。毎朝一定の時刻に県営のアパートを出、近隣の人々とあえば上品に会釈をかわしたその微笑も消え、彼はほとんど誰とも口をきかなくなった。日曜日ごとに妻や子をつれて遊園地にゆき、優しい音楽の流れる食堂で食事をする習慣もなくなった。いや、その習慣を維持しようにも、彼には経済的な支えがなくなった。勤めをやめてしまったからだ。

退職してから、しばらくのあいだ彼は従来の出無精とは打ってかわって奇妙な漂泊の念にかられて日々を過したものだ。不意に人間が各自定まった住居を持ち、持たないものも裸の宿借のように必死に自分の貝殻を求める気持が馬鹿げたものに見えた。勤務先が一定して不変であること、帰宅すべき降車場が、いつも小さな花壇と薄汚れたペンキ文字のある同じ郊外の小駅であるとは、なんと不思議なことだろう。今日は天蓋の葡萄色に黝んだ、いつも地響きを立てている配電所うらの見慣れた小駅、明日は、海浜の藻の匂いが、鼻を、顔を、想念を、一度にはっと覆う寒村の駅であっては何故いけないのか。月給日には、二合も飲めば真赤になる酒を、飲むべきかどうかと思い惑い、その金を妻の好む田舎饅頭に費すことを善だと思っていたのは一体なぜか。あり金のすべてをポケットにねじこみ、夜汽車に乗って、なめらかな山肌が蜿蜒とつづく渓谷を見にいってなぜいけないのか。彼はその頃、自分の子供よりも植物採集に興味を覚え、目的もなく、あちらの山、こちらの湖へと旅行し、退職金や失業保険の大半をそれに費した。何かが確かに変りはじめていた。いや、あの時、真面目な青年と言われ、実は是もなく非もなかった一人の人物が誰にも知られず死んでいったのだ。あたかも、自分の立っていたアスファルトの道路に、影絵だけを残して死んだ男のように、一人の人物が後悔を残して死んでいったのだ。じりじりと精神の白血球をなくし、目に見えぬ嘔吐をしつづけ、十数年間も執拗に何事もなかったかのように振舞おうとしたあげくに——

「二十円のにしますか、それとも三十円？　蜜をね、蜜をはりこんどきますよ」

店主は坐ったまま手廻しの機械を動かして氷を掻いた。

「こういう商売をしてるとね、人間が腐ってしまう。朝一日分のうどんを買いこみ、昼間氷を売って、夜は酒。毎日おなじことだ」

　自嘲しながら、彼は棕櫚のように大きな掌で皿の上にもった氷をおさえて形を整えた。そう言えば、たしかに彼の眼は、なにか難解な腐敗の兆候をしめしていた。目が死ぬのが先か、肉体が滅びるのが先か。戸口に垂らされた風鈴が彼の頭の上で、申しわけのように鳴っている。

「なんのこった。それは」机にうつぶせていた酔漢が部屋隅の暗がりから声をかけた。

「静かに寝とれ」と店主は言った。

　学生やBGもその貧相さに敬遠して暇な店にも、常連がいるとみえる。氷西瓜、氷金時、宇治茶氷などの品目に列んで、焼酎四十五円、合成酒五十円と貼札がある。腕の中に顔を埋めた男の頭の前にはコップが濡れて光っていた。

「人間が腐るちゅうのは、なんのこった、よう。おれのことをぬかしとったんだろ。眠ってるふりはしとっても根性まで眠っとるわけじゃないぜ。はっきりと言え、はっきりと。誰が腐るんじゃい」

　男はふらふらと立ちあがり、西村の坐っているテーブルにやってきた。

「お前の脳味噌が腐りかけとるじゃよ」店主は男の頭を指さして言った。

「なにい」男は充血した目をまたたいた。肥満した店主にくらべて体軀は、あたかも酔漢の経験の貧しさを象徴するように対照的に痩せている。

「ああ、そうか」鼻で笑いながら、その男は毒づいた。「親父の頭が腐るんか。そんなことはわざわざ言わんとていい。あたりまえのこった。しかし何で腐るんだよ。そうだ。やはり、おれのことを言っとんだろ。そうでっしゃろ」

男は西村を覗きこんで言った。その時、店主に抱かれていた縮れ毛の子供が目をさまして泣きだした。店主の鈍重な表情に悲哀の翳がかすめ、店主は自分の氷を少女に持たせて機嫌をとった。少女の体は日焼けして黒いのではなかった。額の狭い小さな顔に似ず、いかめしく横にはった鼻は、あきらかに混血児のものだった。

「うるさいなあ」と酔っぱらいが言った。「昼寝から醒めるたんびにわあわあ泣いとると、また街路へ放りだすぞ」

「お前の知ったことじゃない」

「しかしやな。こいつの泣き声は、なんか陰にこもっとる。一体それが日本語の泣き声かよ」

少女は不意に泣きやむと、部厚い唇をまるめて、酔漢の方にぺっと唾を吐いた。

「暑いなあ」店主が言った。「天井からじりじり熱気が降ってくる。馬でもこんな洞窟には耐えられん」

その暑さにあおられて、混血児とも酔漢とも関係なく、西村はしきりに〈絳雲〉という言葉を想い出していた。ローズィ・クラウド、薔薇いろの雲、あるいはたんに炎天というのだろうか。いい言葉だ。一昔前の冷却説よりも、やがて宇宙全体が、膨脹し灼熱の炉となって爆発するというのは何と魅力ある未来図であることか。

2

軒先の硝子細工の簾《すだれ》が、知恵のない女の首飾りのように揺れる。表通りの雑沓の足音が、その簾の鳴る音と入りまじって遠くからきこえる蛮族の輪舞のように響く。喫茶店の安っぽい造花の花が、幾度かその硝子の簾に触れた。その造花の枝を左手で避けながら、西村の最後の夢の託された旧友が入ってきた。それは顔を肝臓病者のように腫らした男だった。古在は西村の方をしばらく凝視して、開襟シャツのボタンをゆっくりはずしてから、

「驚いたか」と言った。

西村は理由もなく、一瞬、むかし妻の孕んだ子の堕胎をひそかに考えながら、新聞から鏡台に視線を移したときの自分の顔を思いだした。

「古在か」西村は呟き、古在の顔ではなく、埃をかぶった古い靴と、ほとんど灰色になった麻の白ズボンを見た。

「何を考えていた?」相手は重苦しい声で言った。

「何にいたしまひょ」店主が言った。

古在は、しばらく枯木のように沈黙したまま上体を揺すり、無意味に今はいってきた戸口を振りかえった。無造作に刈り込まれた髪の毛が白い開襟シャツの襟と対照して黒

く光っていた。第三者の目にはおそらく、得体の知れぬ社会の正義におびえる犯罪者のようにみえるだろう。それは西村の予想した、社会人として成熟した旧友の姿ではなかった。何があったのだろう？　西村は握手のために差しだそうとした手をひっこめ、汗に濡れた掌を揉みあわせた。かつて詰襟服の肩を怒らせ、十九世紀精神の諸問題を、たとえばワインマールの教養主義にもかかわらず、ますます分裂してゆく精神と労働の分業矛盾をみずからの矛盾として担っていると誇っていた傲岸は、今も極端にそびやかしている肩にはなかった。ルソーやイエリネックの万人平等説も、やはり手のとどかぬ白色の国の理念にすぎなかったのかもしれない。

久方振りの邂逅というものが、人を空想させる華々しさも抒情も、何もなかった。映画やテレビならば、たった二人の邂逅や別離にも、その前には物悲しげな音楽が奏でられ、灰色の海や人気のない公孫樹《いちょう》の並木が背景となって、音楽は、呟きからやがて高潮に達する。しかし古在との再会には、彼独特の地面を高く蹴たてる靴音すらなかった。逆光のためか、瞳のうるむはずもない西村の目に、相手の表情も朦朧として映る。

いや、正確に言えば、よく見えなかったのではなく、眼前の旧友の像を、西村は信じたくなかったにすぎない。中世の幻想、アルキポンディの「秋の顔」のように、相手の頬の筋肉は秋風に葉をもぎとられた梧桐の梢のようだった。目は毛虫の幼虫を宿して腐った果実のように見える。信じたくないな、と西村は漠然と思った。

「東京の方はどうだった？」古在は簡単に言った。

「手紙に書いた通りの有様だ。少しは世間のことも知っているつもりだったが、気がついてみると、僕はおそろしくのろまな、時代錯誤的な人間だったようだ。郷里を出てから、もう二カ月になるんだけどね。効果的な手一つ打てぬままに、見知らぬ街をただうろうろと歩きまわっていただけだった。何の成果もなかった。そして今も何の見通しもない」

「昔の教授か誰かの紹介状は持っていったんだろう」

「最初は、郷里の平和擁護委員会の会長の推薦状をつけてね、その友人が出版部の次長をしている××社に郵送してあった。一度あって、相談したいと呼び出しがあった。そして、全面的に訂正しなければという、つまりは慇懃にことわられてから、田舎の次男坊か三男坊が就職口を探すように、このカバンをかかえて……」

　西村が携えている古い黒カバンの中には、彼が突如、褐色の憤怒にかられて職を退き、日常的な平静さや幸福の一切を犠牲にして仕上げた、その後の五年間の努力の結晶がつまっていた。それは学問的な研究でも彼の思想の開陳でもなく、ただ、ある一時期の過去を彼と共にし、そして同一時刻に惨死した三十数人の平凡な庶民の伝記にすぎなかった。しかし、物言わずして死んだ三十六人の近隣の人々の死は、いかなるセオリーよりも彼自身には重い意味をもつものと思われた。平凡になりたがり、平静に日々を過したがっていた自己自身への激怒にかられ、そして、その怒りの淵をじっと覗き込んでみて、彼はそのもの言わぬ死の事実に行きあたったのだ。いや、今はその三十六人の死のもつ象徴的意味の解説や彼の行為に冠しうる大義名分は、むしろ第一義的ではなくなった。彼の選んだ行為が何であれ、じりじりと精神の白血球をなくし、目に見えぬ嘔吐をしつづけてのち、はじめてみずから選んだ行為であるゆえに、彼自身にとって、それは無意味なものではありえなかった。初めて、みずからによって、他の何者にも強制されずに始めたこの仕事が、無意味であったなどとはどうして考えられようか。もし、これが全くの徒労であるならば……

「今はゆっくり話をしている暇はないんだが」古在が言った。「君の用件は手紙でほぼ想像できている。昔のように安請合はできないが、おれにできる範囲内では努力してみようと思っている。詳しい話は、今夜、今夜は宿直《とまり》だけれども、社の前の飲屋ででも聴こう。もし交替してくれるやつがあれば、おれのアパートへ来てもらってもいい」

「ありがとう」西村は呟いた。触れたくない失望感が娼婦のように彼にまつわりついてきた。あちらで駄目であったものが、こちらで成功するという甘い夢想は、ほんらい落伍者の足掻《あが》きにすぎない。やはり、やはり、ここでも万事うまく行かないだろう。

「今度の君の仕事にもむろん興味はあるが、君が手紙の中でつかっていた突然の断念ということの内容もきいてみたい。決断じゃなくて、断念だというのが、君らしいことだしね」

「いや、二カ月間、無駄に歩きまわっているうちに」西村は目を伏せた。「またしても僕は思い誤ったのかもしれないという絶望感に幾度かおそわれた。なぜと言って、僕のこだわった事は、もう人々にはどうでもいい事なんだから。いや、僕自身も五年前まではそう思い込もうとしていた。人が生きてゆくためにはなんと言っても要領というものがいる。その要領とは、多分あまりに直接的な、閉ざされた経験は、あっさり抹殺するか忘れ去ることによって成り立つんだから。事務的に有能な教員になるためにも、過去の典籍の平静な探究者になるためにも、そして、あわよくば名誉を獲得するためにも、原爆被災のことなどは、できるだけ早く忘れ去るべきだった」

「ちょっと待てよ。おれは錯覚をしていたらしい。君の今度の仕事というのは、君の専門の方の、何だっけ？　そうイギリスの世紀末文学についての研究論文ではなかったのか」

「もしそうなら、こうして君の助力を求めてやってくることもなかっただろう。学問的な研究には華々しさはないけれども、その代り世相の移りかわりには超然としていることができるからね。だが、……」

煙草が吸いたいと、不意に西村は思った。あわてて彼は自分のポケットをさぐってみた。煙草は空箱だけが残っていて、胸のポケットには吸殻もなかった。

あたかも繁華街の群衆の流れがそうであるように、物憂い物音とともにすべてのことは過ぎ去ってゆく。ある種の歌曲が流行し、そしてすたれ、女性のスカートが長くなり、また短く変るように、かつての戦争の悲惨も時がたてば観光資源となり、ケロイドも整形手術されて一般的な事故による傷と同一化されてゆく。

「君は泊るところはあるのか」古在は話題をかえた。

「女房の親戚が二、三軒あるときいている。しかし、そういう所のやっかいにはなりたくなくてね」

二人は初めて曖昧な微笑を交した。

「今度の仕事は研究論文じゃないにしても、君のことだから、そっちの方も放りだすようなことはしてないんだろ」古在が言った。「虚構の研究……イギリス文学のことはよくは知らんが、誰かが本気になって究めねばならんことだろうからね。なぜ、フィクションという奴が、この近代から現代にかけて、人間の事実（彼は昔から真実という言葉が嫌いだった）の表現形式として圧倒的な位置を占めたのか、何科の専攻であれ、誰かが本気になって考えてみる必要のあることだった」

「いや、それはやってないんだ、何も」

「そうか、まあ、ええさ」

古在は何事もなかったように、次に自分の仕事のことを語った。業界新聞があらたに経済雑誌をも兼ねる事業拡大を計り、印刷して形をととのえては数週間で崩れる永遠の蜃気楼の物語である。彼はすでに編集主任の位置についていたが、話はほとんど無感動な独白に似ていた。あらゆる株式会社組織にあるカリスマ支配の残滓。下部厳密、上部緩慢とでもいうべき奇妙な合理主義。個人的復讐意識と市場争奪のからみあい。そして、祇園の舞子が胸に抱いて撫でてやらねば癒えぬ社長族の秘められた劣等感など——

西村は古在の語調のなかに、この島国ではじめて地平線を望んだときの、焼けただれた廃墟の臭いを、いや、風景ばかりではなく自分の六腑も爛れてゆくような臭いを嗅いだ。想像の膜の上に、何の脈絡もなく、廃墟の中の、工場と鉄梁と鉄棟が朝霧におおわれて浮かぶ。古在は煙草をとりだして、西村にすすめた。気まずい沈黙の時間がやってきた。苛々しながらマッチを擦り、古在は震える手でその火を西村の前につきだした。西村は何年振りかの旧友の贈物を、目をつむって味わう。沈黙は、やがて夏の日の午後にはふさわしくない一種寒々とした、そして、それ以外につながり合いようのない孤独な人間同士の空間に変ってゆくかのようだった。

「実は君の手紙をもらってから、すぐまた、もう一つの手紙をもらった。親しい友人とはいえ、個人生活の問題にはかかわりたくはないが、少し気にかかることが書いてあった」

「何のことだ、それは？」西村には解らなかった。

「想像できるだろう。ここでは言えない。ただ、われわれはギリシャの貴族ではないんだから、自分が一つの想念にとじこもる際にも、家族の者への経済的な配慮を怠っちゃいかんと思うね。ともかく、五時過ぎにもう一度会社の方へ電話してほしい。そのとき、電話口におれはいなくとも、どこで会えるかは、受付に伝えておく」

「わかった」

「昔の連中には連絡してみたか」古在はポケットから名刺入れをぬきだしながら言った。

「ほんの数人になってしまったけれどね。能なしか、ほかに帰ってゆくところもないからか、この町に匍いつくばっている奴がいる。蒔田は放送局、村瀬は関西電力の本社、青戸は大学の研究室、岡屋敷は労働会館の資料部にいる。それから藤堂は……彼は君の方がよく知ってるだろう。おれは知らない」

それぞれ名前よりも肩書きの方が目立つ名刺を四枚テーブルに置き、古在自身のものを最後につけ加えた。

私には名刺もない、と西村は思った。不良少年の仲間では、自分の情人を持たないことは、その男の劣性を意味する。成年に達して名刺も持たない迂潤さは、おそらく、その人間の決定的な貧困を意味するだろう。

「他の連中にも時間はないだろうが、しばらく映画でもみてりゃ、いいだろう」

西村は、故意か偶然か古在の言いおとしたもう一人の人物の近況を知りたかったのだが、それは言い出さなかった。

「映画にも興味はなくなってしまった」西村は煙草をもみ消し、安定のないテーブルの上の黒カバンを引きよせて言った。「それより、立河という出版社へ先によっておこうと思う。所番地はこの近所のはずなんだが、知らないか」

「ああ、そうだったな」

そうあわてても仕方がないだろう、という風に古在が僅かに残っていた友情に目を細めて憐れむように西村を見、西村の方は恥じねばならぬ用件ではないと思いつつ、なぜか羞恥におそれて目を伏せた。
進歩的な改革や正義――そうした人を和ませ勇気づける観念群から、あまりに遠くへだたって生きてきたためだろうか。自分の方から何か用件を持ち出そうとするとき、西村は必ず羞恥におそれる。彼にとって進歩とは、父が晩年に到達した社会的地位を、より若い年齢で獲得すること、あるいは英語で発言した作家や詩人の伝記や思想を研究し考証することを意味し、改革が、彼の勤務した女学校のカリキュラム編成の改善、あるいは職員幹部と教材業者の不明瞭な関係を暴露することであったとすれば、彼は進歩も改革も何もしなかった。知識は、知っている対象、たとえばバイロンやワイルドに対して、研究者である彼は、原理的にその者に及ばないと思いこませるのに役立っただけだった。理解するという尊重さるべき操作そのものの中に、それが予想するのとは全く別の破壊力がひそめられていて、彼はそれにもみくちゃにされた。彼が研究対象を尊敬しながら、それと対等たるためには、ただ、全体的な知識、その一人の人間を規定した諸条件を、歴史を、習慣を、生産関係を、全能者のごとく鳥瞰することだけだった。そして彼は、もちろん神ではなく、神のように天上の高みから人事を見下ろし、その心理の襞《ひだ》にわけ入ることはできなかった。しかし、それは出来そうな錯覚だけで充分であり、過去の作品を素材にして、今までになされた発表よりも、より巧妙的確に、一人の思想家の解説をものにすることは事実上不可能ではなかった。少くとも、そう思われた時期もあったのだ。にもかかわらず、なぜ自分を無理強いにでも、そう仕向けなかったのか。

なぜ、みずからの過去、いや、その過去の一瞬に触れたにすぎぬ亡者のことにのみこだわらねばならなかったのか。円山応挙の亡霊の絵のように、それらの人々の姿がいかに悲しく、またおそろしかろうと、もうそれは過ぎ去ったはずのことだった。またたとえ、アリゾナの砂漠で、シベリアの奥地で、あるいはビキニの珊瑚礁で今も同じ閃光が光りつづけているとはいえ、少くともあれそのものは消え去った。最初は、たしかに七十年間の不毛と言われた。しかし、それは間違っていた。家は建ち、人は住み、花は咲いた。毎年夏に、世界的な大会が、故郷の町でその日を記念して催されてはいる。しかし、本当にその被害を受けた人々の大半は、賢明にも、できるだけそれを忘れようとしている。彼も、はじめ人々の態度に賛成だった。にもかかわらず、なぜ……

「あんたはアルバイトの口でも探しているのかね」店主が横あいから言った。

「いや」西村は曖昧に笑った。

「若いね、あんたは」酔漢が横から言った。「おい親父、焼酎を一杯ついでくれ。ちょっと氷のかち破《わ》りを入れてな」

「出版社を探してるんです。郷里の知人の紹介で会っておきたい人があるんで。立河出版っていうんです」

西村は懐の財布をさぐり、店を出る準備をした。

「立河出版が求人広告でも出しましたか。大会社も夏枯れであえいどるのに、景気がいいのかな」

「知ってられるんですか、その場所」

「ああ、知ってるよ」

「教えて下さい。やはり今日、一応顔を出しとった方がいい」

「そりゃ教えますがね」店主は一瞬、奇妙なうす笑いをもらした。「一体、何の用があるんだね」

「それと、もう一つ、安い旅館も教えてほしいんですがね」西村は教壇口調で言った。

「何の用があるのかね」店主は繰り返した。

「今、何時ですか」西村は言った。

「要領をえんインテリの相手などやめてさ、親父、酒をもう一ぱいついでくれよ」酔っぱらいが言った。「根津大尉殿、酒木当番は、一ぱい老酒をいただきたいのであります。ありますよ」

「時間は三時だがね。あんたは何をしに行くのかね？」店主は風鈴と肩をならべた蠅取紙の蠅をつまみおとしながら言った。西村は目をそむけて黙っていた。

「日浦朝子はどうしているだろうか」しばらくして西村は古在に言った。

「えッ、何か言ったか」古在は廻転する扇風機に汗の流れる顔を向けたまま聞きかえした。

「いや、別に」西村は答えた。

店主は柱から蠅たたきを取り出して自分の体の上にとまった蠅をぴしゃりと打ち殺し

た。

「暑いな」店主は言った。

「酒をもらおうかな、僕も」西村は自嘲的に言った。

「やめておけ、酒は今晩一緒にのもう」古在が言った。

「自虐で言ってるわけじゃないんだ」西村は弁解した。「腹のへった人間が飯をくいたくなるように、酒を飲みたくなることもあるだろう。郷里を出てから、こんな気分になったことはなかった」

古在は、今まで西村の知らなかった皮肉な、憐れむような表情をした。

「仕事があるので、それでは、これで失礼する」

古在は、店主に二人分の代金を支払い、煙草を卓子の上におくと、炎天下へ出て行った。学生時代、明日も否応なしに顔を合わすわずかの間の別離にも、指をこめかみのあたりでひらひらと振った善良な性癖は、もう消えてなくなっていた。

3

思いがけない暗いまなざしだった。えび茶に灰色のまじった地味なトロピカルの肩を心もちそびやかし、相手は目に焦躁が凝りかたまっているのを自覚して恥じるのか、顔を深くふせたまま出迎えた。しかし、隠そうとする意志が、かえってその瞳の頽廃を印象づける結果になった。垂れさがった髪も、光沢を失った瞳と、そこに集中する感情の荒廃を覆いつくせていない。あきらかに、それは生活の代償に支払った率直さや若さや、その代りに加えられた身をさいなむ夢と無益な心労がもたらしたものだ。いや、すこしすくめられた肩や、ごく自然に傾くことのできる頸など、人目にはたたぬ品のいい素振りに変化はなかったから、かつては彼女の魅力の源泉であった瞳の転落が、ひときわ目立つのかもしれない。むかし、日浦朝子の眼は、つねに内省的にうるおい、西村たちの大学のあった古都を流れる浅瀬の川の反映のように、青く澄んでいた。橋梁の支柱やわずかの落差で、川の水は飛沫をあげ、日の光に白くひるがえるように、それは小さな感情の起伏、喜びや悲しみにも、すぐきらきらと反応したものだ。

「随分とお久しぶり、筆無精だもんだから」

撒水の跡が残っている清楚な小学校の玄関口には、某々年卒業生記念と札のつるされた八つ手やつつじが植えられていた。校舎にそってのびる生垣は、白い埃をつんだ貝塚だった。

「お変りになりませんのね、その後も」

相手は似つかわしくない鄭重さで言った。不安定な彼女の視線は西村の頭上を越えて、植込みのあたりをさまよう。植込みの木洩れ陽が無数の青い粉末になって彼女の顔に降りそそいでいる。学校教員特有の無防備な、すくなくとも外見上そう見える前かがみの姿勢で、彼女はしばらく放心していた。なにを考えているのか、ときおり、彼女は不必要に大きな音をたてて息を吸った。

西村が、ひとたび埋葬したはずの過去の心理葛藤を、そのとき再び想い起す危険を犯したのは、もちろん、むかし恋しと思ったからではない。かつて警察署の面会室で金網ごしに顔を合わせ、その時の数秒間の視線のからみあいから、なぜかまったき交情の失われた古い異性の友を訪ねようと思いたったのは、ある力への渇望のためだった。わずかでもいい、力を与えてくれる人間がほしかったからだ。相手が偉大であり、権力をもち、世慣れた現実的知恵の持主である必要はない。ただ、人間には人間関係の中からしか掬《く》みとることのできない力があり、与えられる力が、古傷を掻きむしられた揚句の跳びあがるような衝動でもよかった。何度かおなじケースで無視され、すっかり臆病になった彼が、この都市の目的の出版社へ足をむけるための槓杆《てこ》となるなら、それは、彼に加えられる侮蔑、皮肉、無視であってもよかった。衝動や反撥心がくすぶっているあいだに、出版社の編集室へ駈けつければよい。右翼系の出版社でも、エロ出版社でも。そこで行われるたがいの慇懃な闘争の場で、攻撃の側に立つことができさえすれば充分なのだ。

「痩せましたね」西村は言った。

「はあ」茫然と棒立ちしていた日浦朝子は怯えたように表情を強張らせた。

「立ち話もできません、さあ」

同僚間ではもう古参の一人だろう、日浦朝子は痩身の背を西村にみせて内に導いた。彼女は、ほとんど空に浮きそうな歩き方をした。体じゅうに自制の感覚が張りめぐらされており、空気の揺れるのが痛くて恐れているように見える。すこし注意すれば、その骨張った姿勢や歩調が、女性の自然に従ったものでないことは誰にでもわかる。しかし、その空しい努力が果して不意の訪問客のためか、独身女の無力な意地のためなのかは、よくわからなかった。西村は、妙におどおどといじけてしまっている女教師と肩を並べて、廊下の窓からみえる校庭と、新築らしい雨天体操場を眺めた。

滑稽なほど低い鉄棒のそばにある梧桐の樹がちかちかと光っていた。足洗場になっているらしい梧桐の木陰の蛇口に、数人の学童がかたまっている。

日浦朝子は歩調をゆるめて、力のない咳を鼻から区切って出すのに努めていた。その部分だけレースで作られた襟が、印象的だった。話しかけるのを遠慮して、足洗場の女学生の一団を眺めていた西村にも、しかし、彼女の喉を駈けすぎる空咳の音は聞きとれた。会議室らしいだだっぴろい部屋の前で、彼女はちょっと失礼しますと軽く頭を屈して、手洗いの方へ足早に歩いていった。ゆっくりと余裕をもって歩かねばならない。あわてて無様につまずいたりすれば、いっせいに過去が蜂起し、過去の悲鳴が喉をついて飛び出さないとはかぎらない。西村はその弱々しい彼女の後ろ姿から目をそらせて数歩後退した。この女性に対してする七年振りの、効果なき思いやりの行為である。思いやりは、また、なんの役にもたたぬ反省を生んだ。西村は後退して廊下の窓枠にもたれようとし、そして不意に、自分がまったく似つかわしくない場所に立っていることを自覚した。窓硝子に映っている、後生大事に黒カバンをさげた失業者の顔は、眼鏡と一緒に酒光りしていた。そのとき、廊下の反対側の曲り角から、姿をあらわしたブルーマ姿の少女が、彼の姿を認めて廊下の中途で立ちどまった。十メートルほど離れたところで、手拭を持った少女は何か困惑して小首をかしげた。どうするかな。あんがい、新任の教員か教育委員にでも見えるかもしれない。西村が、少女の脚に目をやっていると、少女はくるりと、礼もせず、そこから一番近い教室の中へ姿を消した。錯覚だろうか、清潔な、そして幾分汗臭い少女の体臭を西村は嗅いだように思った。煙草は彼の指の間でかすかな芳香をたてながらくすぶっていた。そして不意に、恐怖に近い感情とともに、彼は思った。「おれはもうどこの学校の教師でもなかったのだ」と。

彼は失業者だった。そして職業というものは、たとえ自由意志で放棄したつもりであっても、失業ののちの金銭的窮迫に追いつめられて振りかえってみると、妙に神々しい栄光につつまれて見えるものだ。単に同業者に対してだけではない。定められた軌道に沿って進んでいる者、そして屈託なく健康そうな者すべてに対して劣等感を覚えるようになる。あの平凡な、学士号の骨埋め場にすぎぬ教員稼業を退いたことが、許されがたい犯罪でもあったかのように。失業者は親近者の目すら正視できず、ゆえ知れぬ劣等感に追われて、蝙蝠のように薄暮の訪れを恋いしたうのである。おそらく北方に白夜の国があるように、灌木の低い梢が、人家や道路とかさなり、そして現実の模様がすべて見定めにくくなる夕暮れにだけ生きる黄昏の人間というものもあるのだろう。かつて彼の教養のまえに卑屈だった製材業を営む妻の兄の口調は、生活者の自信に輝きはじめ、今は隠居する妻の父母の態度も、目にみえて横柄になった。自分たちがこの世に生まれて、何をなし遂げたか。少くとも、なし遂げるために費された努力の量とも、その露骨な変節は無関係だった。いや、むしろ、みずからがただ何十年間の時間を、まったく千篇一律な無気力のもとに浪費したために、その単調に耐えたがために、西村を侮蔑するに違いなかった。彼がラスコルニコフなら、全部その脳天をぶち破ってしかるべき人間たちだったのだから。しかし、世間にはある慣性の法則があって、跳躍にしろ転落にしろ、その法則の埒外に足を踏みはずせば、人はただちに、恐怖のまじった憐愍の眼で白眼視する。もっとも彼は、退職後もまったく仕事をしていなかったわけではなかった。先輩の経営する予備校の非常勤講師、洋書専門店の書簡翻訳係、そして、はては大学に昇格した母校の怠惰な生徒のレポートの代作や、いつまでも騙されたことを悟らぬオンリーたちの手紙の仲介にも手をだした。最後の仕事は、とりわけ忘れがたいものだった。

　日浦朝子の案内した職員室には、数人の教員がそれぞれ机に向かい、あるいは煙草をもてあそび、あるいは書類を整理していた。薄暗く殺風景な大部屋に入ると、飼い馴らされたような日浦の態度は、いっそう痛々しく見えた。西村より二つ年上だから、彼女は数えで言えばもう三十二のはずだった。

「いま、応接室は空いているかしら」

　女教師は扉の近くにいた若い女事務員に言った。

「さあ、さっき、校長先生にお客さんがありましたけど」

女事務員は椅子から身をおこして、見て参りましょうか、と付け加えた。

「いや、いいですよ」西村が代って言った。「いいんですよ。すぐ帰らなきゃならないんだから」

西村は日浦の顔を下からちらっと覗きこんだ。

「まあ、見てまいりますわ」

女事務員は二人のそばをくぐり抜けて、新館のコンクリートの廊下の方へ小走りに出ていった。

「ここでもいいかしら」

女事務員の若々しさに比して、日浦はどう見ても老嬢にすぎなかった。並んでいる職員室の机はみな整頓されていて、壁にゴッホの複製画が掛けられてあった。会社の事務所のような見せかけの慌だしさはなく、また田舎の高等学校のように傍若無人な教師もおらず、空気は沈着なものだったが、部屋全体が薄暗すぎた。数人の日浦の同僚達も、みな見事に痩せて血色がわるい。七年間、その中ですごせば誰だって猫背になり、前こごみにしか歩けなくなるだろう。

「いやに静かですね、今日は。休みなんですか、学校は」

「あら、先生してらして、そんなこと」

彼女は空いている椅子を持ってきて西村にすすめた。

「式があったんですのよ」

「今日は祭日だったかな」

「一学期の終業式」不意に彼女は頰を上気させて言った。「どうかなさったの？」

「終業式ですか、そうか、は、は。そりゃ……」

四季の循環が学期で区切られている所があることを忘れていた。一学期終了、二学期、三学期、一年、二年……小学校卒業、中学、高校、大学卒業、そして、それから——西村は古在がくれた煙草を取り出しながらも、自分にも理解できないおかしさに襲われて、くすくす笑った。

「そりゃ、懐かしいな」

不意の笑いは、なかなかおさまらなかった。遠慮ぶかく彼の方に注がれていた教員室の視線は、その時はっきりと排他的な色に変った。日浦は顔をしかめたまま茫然と金縁の腕時計に視線を落していた。ふと横を向く拍子に、日浦の顔に、隠微な感情が走ったようだった。

「どうしたんかしらん」

日浦は独語した。

「なに？」

西村は驚いて彼女を見た。

「いいや、今、奇妙な気がしました。罪の意識みたいな。奇妙な気がして」

「錯覚でしょう」

西村がさえぎった。

そのとき、彼女は西村のこれまで触れたことのない絶望的な眉のひそめ方をして仰向いた。何の幻を見ているのか。昔ならば一も二もなく西村には見透せたに違いないのだが、遠く離れた魂は触れ合えなかった。失望を確かめ、自己の背後を鏡に写すことにどれだけ意味があるのだろうか。おのれの権謀が策をうしない、経済的な破綻は勿論、頼みにしていた支えが一つ一つ崩れてゆく窮境から、昔年を思う自身の不甲斐なさを意識して、西村の感情はまた、どこへとも知れず暗みへ落ちていった。

さっきの女事務員が漆塗の盆に麦茶を乗せて持ってきた。

「あの、応接室はいま、あいていましたけれど」

「校長の客を追い出したんじゃないの」

日浦は茶を受けとって、わざとらしい口調で言った。

「ちがいます。見境いなく追い出したりしやしませんから」

真白な歯並みを見せて女事務員は笑った。

「もうお帰りになったんですのよ」

「僕などは遠慮なくはじき出せばよろしい」と西村は言った。「本当は玄関ばらいをくわされるんじゃないかなと思っていた」

日浦は不意に目をみはって、彼をまじまじと見つめた。しかし彼女は、なにも言わなかった。

「日浦先生は昔からこんな陰気臭い人でした？」

女事務員は人なつっこく背をすぼめて、西村の方にだけ見えるように小さな舌を出した。しかし、西村はなぜか、女教師の顔を正視することができなかった。

「このあいだ、傑作だったんですよ。昼休みの時間、日浦先生が鉄棒にぶら下ってらして、そのくせ、逆上り一つできないで首をひねって……」

「やめて」

日浦朝子は甲高く叫んだ。女事務員は壁に掛けられた小さな黒板の前へいき、もう不用になった行事事項を消しにかかった。

「もう少し、お馬鹿さんになられたらいいんですのに」

日浦は醜く顔を歪めて立ち上がった。一口も飲まれぬままのコップの茶が、日浦の手からこぼれて床に滴った。憔悴した女教師は、その失態に気づかず、応接室に行きましょうと促した。

二人の間にある、目に見えず、あきらかに感じられる疎隔の膜は、依然として溶けずに残っていた。たがいは、その透明な境界を距てて、たがいの言葉や意向の反響、かすかに伝わってくる懐旧の息吹きを感じとっているにすぎなかった。想像の膜を通してしか、人間は関係しえない自明の理が承服できず、苛らだたしいのは、案外に西村が全身をもって打ち込んだはずの己れの五年間に自信をうしなっていたからかもしれない。その作業は、この時代の精神の発展に参加することもなく、みじめに破損した歯車の空転に終るかもしれない。解答を見いだしえずして、ノートの上からゴムで消し去られる劣等生の数式のように、歌わざる詩人のおびただしい発想のように、日一日と西村は空虚になってゆく。明日こそは、明日こそはと、決断を遅らせ、なにか理由づけては違った方向へ一時の慰めを得にゆく愚劣。人は皆、そのようにして生涯をすり減らす。

「御家族は、お元気ですか」

「奥さんは、お元気？」

二人は同時に他人行儀に言った。応接室に向う案内者を、西村は逆に校庭に誘った。

「ご出張も楽じゃないでしょう」

「いや、学校はずっと前にやめました」西村は言った。

「それじゃ今は、大学の研究室？」

「死に場所を求めにやって来たようなもんです」西村は笑った。「もっとも、これは冗談です。当分、こちらにいることになるかも知れません。職があったら知らせて下さい」

日浦は顎を震わせながら西村を見た。すべての幸不幸の根拠を家庭の中に見る女性特有の眼が、郷里を出発した時は折目正しかった、そして今はくたびれた彼の服装にそそがれる。

「それにしても、よく決心がおつきになったのね。なにかわけがあったんでしょ」

「いいえ、それは、ないんです」

西村はゆっくりと言った。彼の用件や、その用件を正当化するために払った様々の努力を、軽々しくは口にしたくない矛盾した感情があったためだった。

「あなたが、そんなこと言ったって信用できません」女教師は鋭く言った。

「本当なんです。学校関係の文房具屋からリベートをもらったわけでも、校長と対立したわけでもない。ただ、ちょっと説明できない、決意じゃない、まったく反対のね、断念みたいなもののため、僕は、学校をやめてしまったんです。誰にともなく急にむらむらと腹が立ちましてね。そしてその腹立ちが続いている間、僕は今までになく充実していた。だけど……」

二人が佇んだ場所は講堂の影になっていて、地面も砂場も、微風のためひんやりとしていた。一瞬、二人とも、その地面に腰を下ろすのを逡巡して視線を脚下に泳がせた。乾燥した場所は校舎の蔭の部分にはなく、その代り、日浦のサマー・シューズの先に一匹の泥鰌《どじょう》ほどもあるみみずが匍っているのが見えた。

「藤堂さんだけが時おり、映画にさそって下さったりしますのよ。でも、何も聞かなかった、あなたのこと」

西村はズボンの裾をかかげてその場にしゃがんだ。下から見上げられるのを敏感に嫌って、女教師は平行棒の方へ身を退かせた。そのとき、香料でもない頭髪のでもない、日浦のかすかな体臭がした。砂場の中央を一匹のみみずが醜悪さを誇るように、ゆるゆる前進していた。いや、前進なのか後退なのか、体の中央にちょっと太くなった環があるるだけで、どちらが頭で、どちらが尾なのか前後は判断できない。ただ、当もなく動いているだけだった。西村は小石を拾って、そのみみずに投げつけてみた。石はみみずのほんの近くに落ちたのだが、みみずの緩慢な運動には何の変化もなかった。体をゆっくりと伸ばして縮める。それは、まったく静止しているのと同じことだった。なぜなら、みみずはしばらくすると、なぜか逆の方向へ動きはじめたからだった。

「藤堂が誰かと心中しかけたというのは、本当ですか」

藤堂は学生の頃から、家庭的にも才能にも、とりわけ才能を過信する倨傲にも恵まれず、酒に溺れ、女を騙したり騙されたり、不名誉な病いに呻吟したりしていた。彼は卒業後、料理学校の女経営者に庇護され、赤新聞に発表されるスキャンダルを起したりした。のちに、保険会社の外交員となった彼は、そこで奇妙に勧誘成績をあげ、社員に採用されたという。法学士の肩書がものを言って、いまは新入外交員の法律教授をも引き受けている。

「心中に失敗したことの方が本当でしょ」日浦は皮肉に言った。「心理よりも、その人の犯した事実だけが問題なんでしょ」

それは、かつて、西村が日浦にむけて言ったことのある言葉であった。西村は一瞬、危険ななつかしさに足をとられかけた。だが、日浦の口調はむしろ侮蔑的なものだった。

「聞かせてくれませんか」

放蕩や自虐趣味などに、かつての西村はほとんど関心を持ってはいなかった。友が貪っている快楽よりも、安定本能の方が強かったからだ。しかし西村は、世をあげて平和を謳歌しはじめた頃になって、事実よりも、秘められた薄暗い想念に興味をもつ人間になってしまっていた。

「別段、変った心中の仕方をしたわけではないんでしょうから」

「聞かせてほしいと思う」

「よそながら、あの人のために涙を流してあげたい。ふ、ふ」

西村は、いらいらさせられた。

「藤堂さんが平凡に結婚式を挙げ、平凡に家庭生活に入られていても、やはり、あなたは聞きたがって？」

「なぜ、そういう言い方をするんです」

西村は自分の顔が強張るのを意識した。

日浦朝子の口調には、いま二人のうわさしている友人が、いや一般的に、彼等の共通の朋友たち、同世代の人間が、十全の意味で幸福であり得るはずがないという確信が籠められているようだった。

「あなたが郷里にひきこもられてから、いろんなことがありました。……いいえ、本当は何もなかったという方がいいのかもしれません。でも、それだからこそ藤堂さんだけじゃなく、皆さんは変られました。村瀬さんも、岡屋敷さんも、青戸さんも……」

前置きとも拒絶ともつかぬ言葉を吐いて、ふたたび日浦は沈黙に戻った。校庭に陽炎《かげろう》の立っているのが見えた。いや、埃が、降りそそぐ日の光の中で舞っているのだろうか。郊外の微風は澄んでいて、爽快だった。それがわざわざ埃を運んでいるとは思えない。埃ではなく、やはり、ゆらゆらと揺らめくのは陽炎であった。この小っぽけな自然の寛大さ、寛大さの中にある気まぐれが、しばらく二人の視線を奪う。秘められた自然の情熱が幽かに慎ましく燃焼している。声を忍ばせて、何ごとをも示唆するを欲せず、地上すれすれに夏の空気は揺らぎに揺らぐ。

「君にはかなわんな」

西村は、旧友の近況をききだそうとするのを諦めて立ちあがった。

「それより、あなたは何しにいらしたの？　一体」

噴き出すように彼女は言った。

「それは、しかし」

「それも理由はないんでしょう。お中元の挨拶？　礼儀？　それともちょこまかした偵察なの？　あなたは昔から反省癖の塊みたいな顔をして、いちばん失礼なことには気づかない人だった」

日浦は、腕で身を守るように、乳房のあたりを両手でおさえた姿勢のまま言った。

「本当に、檻の中の動物を見にくるような調子でこないで下さい」

「一、二週間、あちこち駈けずり廻らねばなりません。もう一度、お会いできる機会があるかもしれないけれど、ないかもしれない。だから……」

西村は言葉を切った。

むかし、ミッションの女子大へ通っていて、家庭も比較的恵まれており、しかも、はっきり言って、それほど理論的研究も積んでいなかったあなたが、なぜ左翼運動に参加したのか、いま聞いてみたい――とは西村は言わなかった。西村は逡巡し、微笑し、かつて金網ごしに搾取階級に向けてではなく、何か別のものに向けて光る憎悪の目を見たときのように、「元気でいて下さい」と言った。

「お帰りになるの？」

日浦は急に女らしく、しなをつくって言った。女らしさを通り越して、掌で支えてやらねば無限に崩れてゆきそうな頼りない表情だった。

「今日は、私も、もう用事はないんですから、ご一緒に出ましょうか」

蟬が、校庭のはずれにある欅の木の中で鳴いていた。

「今日、ぜひ寄っておきたい所がありますので」西村は強いて言った。「それに、古在に電話して彼の都合を聞かねばならない」

明日にしよう。今日はどうせ遅い。呼称は個人名義になっていても、立河出版も株式会社だから、五時を過ぎれば事務員も帰ってしまっていないだろうから。一日のばして気分を改めていこう。彼は自分の腸がじりじりねじれるのを覚えた。

「古在さんは厭な人ね、自惚れが強くて」

彼女は口をはさんだ。

「今、全然会っていないと言ってたのじゃなかったかな」

彼女はそれを無視した。

「藤堂さんのこと、もし本当にあなたが聞きたいなら、いいえ、それより、どこかお友達の所へお泊りになるの、それとも……」

彼女は脚もとのみみずを靴の先で蹴って言った。

「そういう面では、できるだけ昔の仲間に迷惑はかけないでおこうと思ってます」

「そう。それがいいわね、あなたらしくて」

あなたらしくを強調したアクセントは尋常なものではなかった。しかし西村は、苛立ちに心乱され、続いて現われた例の〈後悔〉の念に気押されて言い返す言葉もなく沈黙した。彼は、もともと常識的人間であったのは事実であるにせよ、彼が故知れぬ〈後悔〉を抱いて、常に、あたり前な人間になりたがったその理由も人は知らない。また、説明しても、平凡以下の平凡になりたい欲望についてなど、人は耳を傾けもしないだろう。しかし、その凡愚の夢も、いまは白血病に滅びて死んだ。いまに、いまに、常識人の典型のように見られていた評価も、粉微塵に砕けるであろう。わたし自身の中で、すでにすべての希望がものの見事に砕け散ったように。さらにまた、ただ、背に脂汗を流しながらも顔は微笑するこの装われた善良さの裏に、どのような糞尿と血の幻影がかくされていたかも。

事実上、今日一日を無駄につぶした不手際に対するはかない反抗のために、西村は声を荒だてて言った。

「電話を学校で借りてもいいでしょう。電話を借りて帰ります」

西村は、職員室の方へ引き返した。

校庭の隅にある欅と、木造の校舎に射映されたその影を、西村は見た。何人目かの主人の児を守りする身寄りのない乳母の悲しみのように、老木は腰を曲げて揺れていた。日浦が電話のある場所を一緒にきて教えてくれると思いこんでいたのに、振りむくと、彼がうずくまっていた場所に彼女もうずくまって地面を見ていた。地面のなにを眺めているのか、それは西村にはわからなかった。

第二章

1

　壁一面に月世界のような突起のある蠟色の病院の、間口のせまい玄関の扉が開かれ、一人の患者がつれだされた。それはまだ年若い、無教養そうな、しかし、どうかした拍子に恐ろしく老《ふ》けて見える女だった。

　清掃されない病院の石畳のうえに、落葉や新聞紙の端切れが散らばっていた。それらは虚空に舞いあがることもなく微動する。前栽には、申しわけばかりの花壇があった。しかし退院する女はその花壇も、出迎え人の方も見ようとしなかった。何度も繰り返された失敗、そして、それを固執することによって宿命となった自己の貧しい姿しか、その女には見えないのだろう。

　つづいて、おなじ扉を押して、付添いの看護婦が前かがみになって姿をあらわした。白衣よりも白い透明な皮膚に義務的な微笑を浮かべ、看護婦は驟雨に打たれたように濡れて体にへばり着いた白衣を、体ごと扉に押しつけて、退院者の方を振り仰いだ。

「こちらからどうぞ」看護婦は、敷石の方を指さして言った。

病院の窓々には、一様に白いカーテンがひっそりと垂らされていた。看護婦は返答のない退院者にうなずき、首をひねって、葛のはった病院の露台の方を見た。露台には父親らしいどてら着の病人を手押車に乗せて押している子供がいた。半身不随の父親を手押車で押している少年は、二宮尊徳のように片手に書物を捧げている。

看護婦は微笑をおさめて、脂汗の光る額を掌でぬぐった。寝不足らしい顔にたたえられた一種の諦めの色は、それでも消えなかった。色濃いその諦めが、横に突っ立っている亡霊のような退院者と関係があるのかどうかはわからない。看護婦が視線を注いでいる前庭には、花壇にならんで蘇鉄と棕櫚の植込みがあり、貧弱な影を菊の上に落していた。かつては色彩ゆたかな花々が植えられ、樹々は緑の安らぎの影を病院の窓に投げかけていたのかもしれない。

「どうも、お世話になりました」しばらくの沈黙があり、退院する女が言った。

「また、今日もきっと暑くなるわね」看護婦が無表情に言った。退院者も看護婦も低い石垣の下にいる出迎えの老婆の方は見向きもしなかった。

「自動車を呼びましょうか、なんなら。そこの踏切は危くて、よう人が轢かれますから」看護婦が言った。

「もう結構ですよってに」退院者が答えた。

微風が吹き、病院の横手を走る鉄道の堤の雑草をゆるがし、廊下のリノリウムの臭いと、病院特有のホルマリンの臭いをよみがえらせた。看護婦にもたれかかって、数段の砌《みぎり》を下りはじめた山内千代は、派手な縞模様の着物の裾をおさえ、そして、そのとき不意に理解しがたい苦痛を顔一面に刻んで、いま出てきたばかりの病院を振りかえった。

それは、もうどこから見ても以前の千代ではなかった。入院する前の、貧乏くさい顔付の裏に隠されていた可憐さや、楽天的な気質は無残に消え去り、たった一つの無益な怨念が、鉛のように重々しい決意に凝固して入れかわっていた。それだけが取柄だった房々した黒髪が、梧桐の葉のように肩に散っている。そのとき、病院の中から人が膝を打って笑い興ずる声がした。いや、それは、本当に笑い声だったかどうか。つぎの瞬間には、物音は繃帯を引き裂くような苛らだたしい物音に変っていた。看護婦は山内千代から身をもぎ離し、彼女に向かって無言で頭を屈した。背中には衛生着の紐が解けて垂れ、横向きになると、看護婦はシュミーズ一枚の上に白衣を羽織っていることがわかった。

出迎えた滝川菊は、病院の立看板の蔭から、中世風な玄関までの十メートルばかりの空間を、都会の埃が、観客なき舞いを舞うのを眺めた。工場街に囲繞され、なお、鉄道線路ひとつ越えた所に繁華街をひかえていながらも、四辺は会話の一つ一つが虚空に響きわたりそうなほど静かだった。老婆は、ぼんやり見送っている看護婦と、入院してかえって体を悪くしたように見える千代を見較べ、そして一階二階とつづく病院の窓に視線を走らせた。若い女に対する本能的な憎悪の膜を通して、かつて菊自身、何度か業病に冒されて門をくぐり、現在も週に一回、心臓病の望みのない注射に通う病院の窓硝子が、白痴の瞳のように、鈍く光っているのが見えた。

「裏から入っても、玄関から出られることもあるだろう」先刻から考えていたようにそう言ってやろう。菊は、しびれを切らせて千代の前へ出て行った。

「みんな忙しゅうて、てんてこ舞いやったんやで」菊は胸を張って言った。甘やかしといたら、幾らでもいい気になって怠けくさる。

「退院のときは、きっと雨やと思うてました」千代が言った。

看護婦は死体を見るように、冷やかな微笑を浮かべて千代を見下ろしていた。おそらく、何人かの死体を解剖台から死体運搬車にはこび、あるいは、数分後に死の迫っている手術失敗患者に、偽ってお粥をさし出してほほえんでいるうちに、そういう表情が身についてしまったのだろう。

「お迎えの方なら、ちょっと、事務所へきて下さい」看護婦は言った。「草履はこちらに用意してありますから」

「昨日、注射にきたとき、みな、手続きはすましましたで」滝川菊は、かすれた声で答えた。

「そう、それならいいんです」

看護婦は何事もなかったように、すっと扉の奥へ姿を消した。

「退院のときには、雨やと思ってましたのに」千代は、同じことを繰り返した。病院前の街路で、千代は空を見上げた。道路におちる彼女の影が前後に揺れた。空一面にたれこめている薄雲が、ふたたび太陽を籠絡したとき、また、ホルマリンの臭いがよみがえった。

——ここは、あの戦争中、息子が入れられていたコンクリート塀の家に似ているな、と老婆は思った。三度目の夫（実はただ同棲していたにすぎぬ夫）が徴用先で変死するまえに引きずり出されて行った、臆病で何の能もないくせに無闇に偉ぶりたがっていた息子がいたコンクリート塀の家に似ているな。いま、目の前で放心しているこの女を、息子の嫁にしようと考えて楽しんでいたこともあった。あれは、いつごろのことだったろう。取返しのつかない昔、菊が風呂屋をしていたころか、駄菓子屋をいとなんでいたころだった。工業高等学校に通わせていたころの息子は、一度雨が降ると三日間ぐらい、煉瓦路地に水がたまる貧民窟を厭がって、そこから抜けだすことばかり考えていた。どこにもあるはずのない、あっても彼等には関係のない映画の中の安楽椅子や絨毯の家の設計図ばかり描いていた。「家がもっときれいだとな、友達もできるんだけどなあ」友達のできないのは一文の銭も惜しむ自分の性格のせいだったが、息子は口癖のようにそう言った。あのコンクリート塀の家に入れられるまえ、二人の刑事に両腕をかかえられながら息子は路傍の草を見るように菊をちらりと見た。ちょうど今日の千代のように、空を振り仰いで……。息子はやがてその石の家から出てきたが、それは彼女のもとに帰ってくるためではなくて、出征のためだった。

「夢でも見てるんか。手術台の夢のつづきでも見てるんか」彼女は、自分にさとすように千代に言った。

「ちがいますねん」山内千代は黄色い声で答えた。「私の病気は……そうとちがいますねん。病院のお医者さんが言ってました、私の体は……」

千代は何か立てつづけに喋りはじめて、そして不意に沈黙した。菊は、この絶句した女が、自分だけのものと思いこみたがっている妄執を、一言で吹き消す皮肉はないものかと考えた。うまい皮肉は浮かばなかったけれども、千代が何を病み、つまり、何を悟り、何を決心しているのか、ほとんどその底まで見透すことができた。いや、想像するまでもなく、ちょっと自分の過去を思い起すだけで充分だったのだ。千代が、もし彼女の方から問いかけてくるなら、即座に菊は、なぜ貧者の求めることが実現せず、一たびとらわれの側に立った者は、永遠にそれから抜けだせないのか説明してやるだろう。千代がいま何を求めているにせよ、それはまったき失敗以外の形では決して実現しないだろうことを。なぜなら、月給取りでも妾でも日傭でも娼婦でも、その仕事から抜けだそうと精出すことによって、逆に他の道にはかわれない自分を築きあげてしまうものだから。その証拠に、十銭芸者から出発した滝川菊の半生は、細君稼業もふくめて――それが仮りに稼業であるとして――人間の快楽と消費に関する職業から、ついに逃れることができなかった。人は、もっと別なことを自分が望んでいるように思い込む。しかし、人は他の何ものにもなりえない自分を望んでいるにすぎない。性格や、自覚や、忘却や、弁解が、その望まないことのなかにどっぷりと繰りこまれる。そして、その人は八方文句をならべて愁訴し、他の可能性を時たま幻想したりしながら、彼が、彼女が、避けようとしたと思い込んでいる、しかし実は望んでいた通りの一生を過ごすのである。それゆえに、実現したことが正義であり、それを望んだと言い、望まなかったと言おうとも、けっきょく人はそれを望んだのだ。

「夢なんか見てもしょうないで、千代よ」

菊は立ちどまって動かない千代に言った。

「すみません」と女は無意味にあやまった。

そのとき、痩せて毛のぬけた野良犬が、一匹、生垣の隙間から出てきて、千代の裾にまつわりついた。腰が抜けているのか、畜生の舞踏病か、野良犬はたえず、ひょこひょこと踊っていた。

「お医者はんは、もう働いてもええって言ったんやろ」菊は唇をとがらせ、出歯を隠しながら言った。

「少しの間、あんまり無理せんようにって」

「そない言うたかって、あんた。あんたのために皆しんどい目したんやで、医療費のことも考えといてや」

「医療費は、私が払いましたよ」

「阿呆」菊は大声で怒鳴った。「大きな声で、なにを偉そうに言うとるんじゃ。なんぼお金持ってたって、そんなもん、あっかい。阿呆んだらやな。日頃から、こんなこともあるかも知れへんと思うさかいに、無駄なようやけんどな、金を使うてまんねんで、金を」

「すんません、おかあさん」千代は言った。

つづいて、「何を、糞婆あ」と呟く声を、菊は確かに聞いたように思った。さっき、なつかしい昔日の夢のように感じた千代への憐愍の情は、みごとに崩れ、徒労だった過去の労苦が、やにのように目の前に垂れさがった。

そして、その感情の変転につれて、十銭芸者の出発から、現在の簡易旅館の女主人の位置に到達するまでの四十余年が、その一瞬に、万華鏡のように現われては消えた。そのなかには、自分の人生が、そこで全く変りそうな気のした一齣一齣もあった。その錯覚にだまされて、息子を産み、性こりもなく次々と男と同棲し、戦後はまた、赤の他人の千代の世話をみた。大正の末の真夏、ある小学校の板塀と紡績工場の裏塀にはさまれた路地裏の貧民窟で寝ていたとき――最初に菊を遊里から身受けした染物師は、その日、もう記憶にない優しい言葉を残して朝っぱらから酒をのみに出かけていった。空気の乾燥した晩秋の日でも、あふれる溝で濡れていた路地。機械油によごれた蜘蛛の巣。板塀を這う百足《むかで》。まだ若かった菊は、スラムの一室で、今までの生活の垢を一挙に清算できそうな大汗をかいて、じっと体を横たえていた。隣家の卵売りの女房が、貧者のよしみで、初湯を沸かし、腰に油紙を敷き、手をにぎってくれた。産婆は、のん気な世間話をし、菊は、間歇的に襲ってくる陣痛に何度か失神しかけた。無事に子供は産れたのだが、しかし彼女の期待した生活の変化は何も起らなかった。女が血まみれになって子供を産まねばならぬということは馬鹿気たことだと、今になって菊は思う。それは哲学などでなく、墓場にせよ、産褥にせよ、ぐじゃぐじゃ濡れるのはまったく耐えがたいからだ。

女は何故かいつも地底を匍いまわらねばならぬように造られているような気がする。一方、男達はと言えば、善良な男も乱暴な男も、みな女を地底から浮かびあがらすまいとすることでは共通している。その後、菊が知ったさまざまな男、風呂屋の主人、鉄工場の社長や警部やカフェーの経営者や軍人なども皆、そうだった。男のかける身勝手な憐愍や、猫撫で声と命令との巧妙な使いわけも、あるいは、聞く側が羞恥で腸が飛び出そうな囁きもまた、ただ、女を、葛でつくった駄菓子、夜店の露天で子供相手に売るべろべろみたいにするためにすぎない。男たちはみな、苛らだちや、絶望や、果さなかった夢想を、太鼓を打つように欲情に籠めて、女を一箇のくず饅頭にしてしまう。昇進を夢み、参謀本部付きになれなかったことを、いつまでも女々しく怨んでいた年下の職業軍人、銀行の専務の接待を菊にやらせ、囲い者に要《い》る経費を最大限に活用していた鉄工場の社長も、おなじことだった。彼等は飛びたち、菊は翼なく地面を匐う。彼女のささやかな希望は、料亭を経営し、芸妓をかかえ、いくらか自信ある舞踊と小唄で半玉を指導することだった。しかし、実現したのは、全国に悪名とどろく場末の安旅館であり、妓芸を授けるべき女弟子でなく、なんの能もない千代と三、四人の女中たちだけだった。

繁華街は、夜の疲れからまだ回復せず、浅い午前の惰眠を貪っていた。家々は雨戸を閉ざし、鎧窓を半開きにして、互いにしなだれかかるように軒を並べている。薬屋の性病予防具の立看板は、誰か酔っぱらいに蹴飛ばされて歪み、ラムネの空瓶が、大衆喫茶の戸口に転がっていた。

「あんたらは、ずっとずっと、幸せぞ」菊は、高いコンクリート塀にかこまれた色街の曲り角で言った。「ぜいたく言ったら罰があたる、罰が」

菊が何かまともに喋ろうとすると、大概の時は舌がもつれた。もつれないときは、話相手はそっぽを向いていて聴かなかった。それは、菊に生乾しのにしんのような口臭があったためだったが、彼女はそれに気づいていなかった。しかし、いま、相手が彼女の愚痴を聴かないのは、彼女の話し方がまずいのでも、口臭のためでもなかった。

「人間はな、あんまり贅沢なこと考えるとな、何もせいでも体がしんどくなるでな。ぜいたくなことを考えるとな」滝川菊は力をこめて言った。

千代は、しかし空虚な目を保護者にむけて微笑させただけだった。その微笑には、ある贅沢さ、勝ち誇ったような、今までの屈辱を一挙に保護者にむけて投げかえす成算があるとでもいうような微笑だった。お遍路みたいな笑い方をするな、なんの責任もない旅人みたいな顔をしやがるな、と菊は思った。かつて、人のかこわれ者だった菊自身、その男の下から逃げだすことばかりを考えていた経験がある。むしょうにお金が欲しく、彼女の幻影は、見知らぬ田舎道、たとえば視界一面を覆う蜜柑畑や、麦の穂が金色の粉を空にむけてはじく畦道をさまようことにかぎられた。そのころ、菊のパトロンは、そうにやにや笑うな、と怒った。気味悪い笑い方をするな。人を味噌汁か、石ころみたいな目で見るな。しかし、彼女の夢はなに一つ成就しなかった。微笑は、だから、しばらく、一ヵ月数千円の金で、菊をしばりつけていた人間をほんの少し肌寒がらせただけで、けっきょく自分に帰ってきた。千代が依然として、縮みの裾を押さえながら勝ち誇ったような薄笑いを浮かべていても、しかし、やがて、どのような微笑も消える時がくる。泣こうにも笑おうにも、ある怪談話のように、一夜で人間がのっぺらぼうの顔になってしまう時がくる。滝川菊は相手の肩に手をおいた。

「それからな、ちょっと一週間ぐらいな、二階の部屋か、わたしんとこにいてもらんならん。そうしといてや」菊は素早く言った。

「どうして？」

若い女の不幸の本能が、小鼻をひくつかせるのを菊は見た。

「ちょっとお客があってな。他に都合のいい部屋はないし、一番ええ部屋を借りてもろうてもええような人やったもんでな。わかったな」菊は客をかもと言いかけて自制した。

「私の荷物は？」

「どうしても具合の悪いもんだけ別にしてな。わけを話しておいてもろたる」

「そんなことしてもろたら困ります、なんぼなんでも。マンホールの蓋でも、ちょっと油断したら消えてなくなる街で、へっ、そんな街で人の部屋の鍵を赤の他人に渡してもろたら困ります」

「宿賃は一週間分、先払いやしな。人柄もちがう」

「宿賃を先払いしたら、人の部屋へ入ってもええの。どうせ、家出娘か、おっちょい女を」

「女とは違う」

千代は一瞬、はじめて人間らしい青筋を額に走らせて立ちどまった。

「男？」

「ちょっとした男前やで」と滝川菊は卑屈に言った。

「きたない」と千代が痙攣するように叫んだ。特定の人物にむけたものではない、男性一般、あるいは、もっと何か抽象的なものへの憎悪が彼女の顔を覆った。「わたしの部屋へ、女の部屋へ、どんな男か知らんけども、勝手に、勝手に入れて……」

毎夜、今までがそうであったように、これからも夜ごとに男を入れるじゃないか、と菊は言おうとした。

「入れる方も入れる方やけど、ぬけぬけと泊る方も泊る方や。顔を合わしたら唾を吐きかけたるわ。唾を、痰を、顔じゅうになすりつけたるわ」

憎悪の表情は、しかし、長くはつづかず、やがて苦痛の表情に変った。どこが痛むのか、千代は貧弱な黄色い三尺帯のあたりを押さえ、そして次第に無表情になった。

「ええわ。どうせ、何やから、何してもろても、よろしおま」

「ほんの一週間か二週間のあいだの約束や。すぐ出てくれはる約束や。いろいろ急に金もいったことやし、間違わんように覚えといてや」

繁華街の中途から近道をたどって曲った道は、やがて人気のない崖沿いの道になった。その崖は積みあげた石塊がその根底から崩れて、道幅はその半ば近くせばまっている。

「あんたは、寄せ屋の和田の爺さんは親切やて、いつも言うとった。苦労して、人間もできてる言うて。そいで、和田の爺さんは今度なにをしてくれた。見舞いに、いっぺんでも行ったかい」

「………」

「こなんだろう。口先で言うだけなら誰でも大臣みたいなこと言うわ」

道の片側は工場のコンクリート塀だった。塀にはいたるところに蠟石やチョークで、見るに耐えない猥雑な落書きがされている。会話はそれで途切れ、映画館の五色刷りの広告や工場の闘争ビラが風に揺れた。塀沿いに一定の間隔を置いてずっと植わっている柳の木がいっそう路を狭苦しく感じさせながら、それでも涼しい影を落していた。そこに立って、周囲を見渡して最初に目につくのは、おびただしい煙突の群れだった。だが、展望はきかず、視線は、かなたにある港湾にまで届かぬうちに都会の霧につつまれてしまう。

「この道は、もう歩きとうない」不意に、千代は立ちどまって言った。脚下に俯瞰できる大道路と、それに面した古道具屋、大衆食堂、吊り服店、パチンコ屋、そして安旅館が戦災のあとを濃厚に残しながら、地面を覆っていた。滝川菊は、千代の視線を追って、屋根を崖下に没した貧民窟を眺め、屋根上の物干し場に軒毎に干されてある襤褸やおむつを見た。瓦はその原色を漂白されて、貝殻のように白っぽくなっていた。今まで、こ
こに埋もれ、そしてこれからも千代の人生を、そして菊の人生を埋めつづけるであろう
打ちひしがれた街。もの悲しい甍のならび。
「この道より、秋になったら、わては田舎へ帰って……田舎へ帰って刈入れの手伝いを
して」千代はつづけた。「そうして、この世から外へ出てしまってから、もう一度」
「何を寝言いうてるんや」菊は脇をすけてほしいほど疲労を覚え、厭味を言う労力も惜
しんで、「早く帰ろう」とうながした。
千代はしかし、眼前に展開するおびただしい煙突の並びと、脚下の一点に見える安ア
パートの甍の波を執拗に眺めつづけ、徐々に表情を崩していった。彼女はゆっくりと腰
に手をあて、その果てに、名状しがたい苦痛に顔をひきつらせながら、病院の裏の窓々
を振りかえった。
「こんな道はもう歩きとうない」千代は不意に嬰児のように泣きじゃくった。

2

柱時計が十二時をうった。時計は十数分わざと進められてあって、高架線の彼方にあ
る防水布工場のけたたましいサイレンが鳴るのはもう少したってからのことである。
「千代が帰ってきたんやてな、婆あ。ちょっと茶でも飲ませや」和田は案内も乞わず上

がりこみ、台所にいた菊に声をかけた。彼は安旅館街の一画で寄せ屋業をあきなっている。もっとも稼業はすでに婿にゆずり、いま彼は、手あたりしだい人を折伏《しやくぶく》して自分の帰依する新興宗教に尽すのを生甲斐にしていた。彼はキャラコ地のシャツ一枚だった。胃袋のあるあたりが子供のようにふくれ、腕には気味わるい老年の静脈が浮きでている。

「何しにきたんや」菊は台所から玄関脇の居間にもどった。

簡易宿泊所が建ちならぶ大道路には、そのときも、どこから臭いだすとも知れない、手垢にまみれた回想のような悪臭が漂っていた。焼跡の雑草や家畜小屋、あるいは熔接屋か歩兵連隊の宿舎の臭いに、それは似ている。けれども、どの一つとも全く同じではなかった。何から出てるのか、その臭いの源は、住みついている者にもわからなかった。

「暑いけど、お変りごわせんか」和田は、飛び石のように部分的に白髪のはえた五分刈の頭を撫でて言った。

「毎日顔を合わせとって、何言うてんねん」

「まあ、そう言わんと、煎茶でも一ぱい飲ませや」

毛糸の腹巻から部厚い新聞紙の八つ折りを取り出すと、和田は、若い頃の放蕩の余燼で、いつもうるんでいる目尻を拭き、鼻をかんだ。和田が頃合を見はからって訪れるのは、茶だけではなく、飯のお相伴にあずかりたいためだった。ただ彼には、子供のような無邪気さがあって、彼の食意地も、彼が無償で病人にほどこす祈禱と同様、滑稽ではあっても腹はたたなかった。

「千代は、どこへいった？」和田は言った。

「あんたに祈《おが》んでもろたって病気は治らへん」

菊は、住みなれた町の悪臭をゆっくりと嗅いだ。悩める者には忘却を教え、平静な魂には古傷を思い出させるその臭いは、周辺一帯の湿っぽい空気に溶け、一種哀しげに漂う。それゆえにまた臭いは妙な懐かしさをかきたてて流れることもあった。

和田は若いころ、船員だったというが、悪い病気が嵩じて陸にあがり病院に通いながら寄せ屋をはじめ、隣組が組織された時代も、おなじ回覧板をみる近隣にいた。早くからの顔馴染みだったが、菊屋旅館へ和田が足しげく立ち寄るようになったのは、菊の息子が戦地から帰ってきてからのことだった。息子が元気に帰ってきておりさえすれば、菊も仕事は息子にゆずって、ゆったりと和田の茶飲み話のお相手もできたかもしれない。暇つぶしに嫁に厭がらせをしてみたり、年寄同士でお寺詣りをしたりするのも悪くはないだろう。お寺が新興宗教の本部や分教会であってもかまわない。だが息子に託していた老後の夢は、あっさりと崩れた。近所の嫌われ者だった息子が、その時ばかりは旗や幟を立てて送られて出征し、そして、こんど船に乗って帰国したとき、財産らしい財産もない滝川菊にとって、皮肉にも息子は見知らぬ準禁治産者になっていた。名誉欲の強そうな医学博士、無闇と最敬礼をする助手、陰険そうな看護婦の監視のもと、皮膚科・神経科合舎の鉄格子のはまった特別室を、息子、いや、その見知らぬ帰還兵は、数カ月間、おいちに、おいちに、と歩きまわっていた。戦争よりも、おそらく、それが人間の心の底にひそむ律動なのかもしれない。なんの装飾もない病室を、正常な意識を南方の孤島に置いてきた息子は、はてしなく歩きつづける。休息は食事と便と睡眠の間だけだった。病室の窓は棟の内庭に面していたと思う。しかし、窓際を欅の老木が覆っていて、中庭の芝生も藤棚のある花壇も見下ろせそうになかった。午前中の数時間だけ欅の木洩れ陽が、その閉ざされた部屋の中へ流れ込んだ。

そのころ、胃が悪いのは我《が》の強い証拠、息子の病いは母の敬虔な祈願で治せると主張するある宗教に菊は傾き、なけなしの金を毎月（といっても三カ月間）祭壇に供えた。教団では、一切の苦悩は幻影であり、病苦もまた、疾病や老衰を恐怖し、かえってそれに拘《こだ》わってしまう心のしこりにすぎない、と説く。そして菊もまた和田に指導されて、鉢植えの豪壮な梅と松の飾られた礼拝殿の大広間で、息子よりも奇妙な、手おどりを捧げた。しかし、あれはやはり本当の息子ではなかったのではないだろうか。同姓同名、姿かたちも同じだけれども、息子はほかに、どこかで生きているのではないだろうか、と菊は思う。

「千代を呼んでこいや」和田は言った。「病院へも行かんならんけどな。お救《たす》けのお祈りもしたらんとな。一ぺん、わしが大教会へつれていったろと思とる」

「景色のええ所やったわな。すすきのいっぱいある丘のてっぺんで」

「お前も、千代も信仰心がないの」和田は言った。「うちの坊主《まご》がこないだ、海水浴にいって中耳炎になったけどな。教会へお賽銭をつつんで、朝の五時からお祈りに行ってやった。二週間で治ったぞ、二週間で。医者は、どうしたって二カ月かかるちゅうとったのがな」

「その話は、こないだ一ぺん聞いたわ」

「ありがたいお話や、教会のお話でもやな、同じことかて一ぺん聴いてわかったからちゅうてやめたら、お救けもない。あんたは途中で棒を折るからいかんのや」

サイレンが鳴った。

「信仰よりも何より、飯にせんならん」菊は、千代が寝ている、しかし千代の希望で閉めきった奥の襖を振りかえって言った。「別に、なにも御馳走はないけれどな」

和田は、何が嬉しいのか急ににこにこ笑いだした。自分の存在を認められた老人は、凱旋将軍のように胸を張り、玄関わきにある手洗いへ立った。それも戒律にあるからか、子供のように素直に食前の手あらいを、和田は励行している。菊は微笑して、窓枠にもたれかかり、燕の鳴声をきいた。菊屋旅館の外灯は数年まえから燕の巣になっていて、親鳥が時おり軒すれすれに飛ぶ。

――そのとき、新しく十四号室に入った青年が、大道路の向うがわから帰ってくるのが簾越しに見えた。無闇に背丈の高いその青年は、向かいがわの大衆食堂のまえをやりすごし、つぎの安楽荘という屋号の旅館のまえに立ちどまった。しばらく、小噴水のあるそのタイル張りの玄関をうかがい、首を一つひねって男はたたずんでいた。同じような造りの安宿がいっぱい並んでいるから、たぶん自分の泊っている旅館を忘れてしまったのだろう。並んでいる安旅館をぐるりと見廻す。そして彼は街路樹の根元に倒れている酔漢に気づくと、不思議そうにその酔漢の顔を覗き込んでから、ひとりで薄笑いして大道路を渡ってきた。彼は大事そうに黒カバンを脇にかかえ、愛嬌たっぷりに肩を左右に揺すりながら歩く。

物音一つしなかった窓下の床几のところから、食堂の息子の中学生が英語を読みはじめる声がした。

その青年が、最初、菊屋旅館に入ってきたとき、菊は税務署員とまちがえてあわてたものだった。眼鏡をかけたインテリなど、めったに来るところではなかったからだ。

「ただいま」

「お帰りやす。お早いでんな、今日は」と滝川菊は言った。

「誰も私を尋ねて来なかったでしょうね」

青年は黒カバンを持ちかえ、靴を脱いで、十四番の下駄箱へ入れた。「疲れた」と呟きながら、しかし彼はすぐには二階にあがらず、ひょいと振りかえると、英語のリーダーを読んでいる中学生に声をかけた。

「君、君、そのウォークの発音、間違ってるよ。ウワァークと読んじゃ、働くという意味になってしまう」

中学生は返事をしなかった。青年は返事のないのを不思議がるように首をかしげ、不意に、はじらいに顔をあからめて、「やあ」と言った。まだ何も聞いてはみない。しかし、彼の態度には、係累も前途の約束もない者特有の不安定さ――もしかすると、それよりももっと悪い孤立の日々を送った者の鬱陶しさがあった。彼はしばらく逡巡し、なにか抒情的に目をうるませ、二階へあがっていった。

「婆さんよ、一つ歌でも唄うてくれよ」表の床几で将棋を指していた男が、玄関脇の管理部屋の簾を覗き込んで言った。「流行歌じゃない、日本の歌をな。何か、こう、月か幻みたいな歌はないんか」

目の周辺を安酒に赫黒くたるませている男は、腕に繃帯をまいていて、相手の指し手を考える間じゅう、そこを掻いていた。

「馬鹿言うなや」滝川菊は言った。「ただで唄えますかよ、ただで」

「今度、十四号室へ入った男はありゃ何者や」

十五号室の長谷川が言った。彼は腕のいい大工だったが、病気の親方に忠義立てしているうちに自分の方が転落してしまい、妻と二人の子を抱えながら、もう死ぬより外に何もすることのないような白髪頭になってしまっていた。

「つまらんこと考えとらんと、早ういかんか。王手やぞ」

相手が、将棋の駒をぱちぱちと盤側で打って、言った。察するに、煙草か、めし代でも賭けているのだろう。若い方はいらいらしていた。一階の三畳にいる男だが、職種ははっきりせず、菊に朝夕の挨拶もしない男だった。

「しかし、ちょっと場違いな感じやな、あの男は。宿帖には何と書いてある」長谷川が言った。

「あんたは最初ここへやってきたとき、宿帖に本名を書いたかよ。警察が呼び出しにきて本名がばれたんじゃないか」

「やはり、なにか居づらくなって逃げて来たんかな」

「港に船が着くのは当りまえじゃよ。いろんな国の船が、ぽっぽうと汽笛を鳴らして入ってくらあな。錨をおろして、そこで腐る船もあるし、用事が終ると、屁みたいな汽笛を鳴らして出て行くさ」

日頃、千代に目をかけてやっている和田は、まだ先刻の青年が千代の部屋に泊っていることを知らなかった。それを知れば、千代と同じように真赤になって怒るかもしれないな、と菊は思った。それを知れば相手の身分を根掘り葉掘りきき出そうとし、あるいは、相手をやにわになぐりつけるかもしれない。しかし、それは菊には関係のないことだった。

「実際、うちの婆さんは若い者を見るたびに、自分の息子が帰ってきたような、とよまいごとを言うからな」と将棋盤に向かった白髪頭の長谷川が言った。

「うちの婆さんなんぞと、心安う言うな。わしは家主やで。よう覚えといてや。お世辞では一日も部屋へは置いてやらんのやからな。大の男があぶれたからいうて、昼の日中から将棋などさしていてどうするぞ」

「こわい顔をするな。は、は。見とったで。十四号室のインテリ臭い男が初め、泊めていただけますかって、入って来たとき、婆あは、な。おい酒木、まあ聞いたれ。にたにたと笑うて、『はあ、どうぞ、どうぞ。ちょうどいい部屋が空いてございます』ちゅうたぞ。ございまあーす、じゃ。糞ったれ」

「王手を逃げんか、馬鹿野郎」相手は太股を掻きながら言った。

「親切にしたってや、ほんまに」長谷川が道化て言った。「わしも、もっと若けりゃよかったにな。このきついお菊婆あめは、よ。死んだ自分の息子ぐらいの年頃の男には妙に親切やからな。お上手言うて、借金して、逃げてしもうたるのにな」

菊は肩で呼吸しながら台所へ戻った。ガスがいまだに引けない炊事場の薪は、もくもく紫の煙を吐く。煙は音もなく身をよじり、壁に沿って薄れながら浮きあがり、廊下へと流れ出た。一号室、二号室、三号室、四号室……一階の廊下からも、二階の物干場からも、同じように七輪をあおぐ単調な物音が聞えてくる。この旅館では主人の菊も含めて、隣人の家事生計はすべて筒抜けだった。壁は境界を区切っていても、天井は、戦争中、焼夷弾攻撃に備えて突き破られ、棟も梁も露出したままだったからだ。煮たきの匂いは隣家と共通し、一つの家族の諍いは隣りの者の不機嫌に重なった。個人は秘密を持てず、誰かが「これぞ我が泥濘」と歌ったとしても、実は、その泥濘は皆のものだった。

そのとき、窓際の床几の馬鹿話が急にやみ、玄関の下駄を蹴飛ばす物音がした。風のためでもなく、酔っぱらいがするのでもない――塵箱の蓋が、妙に憎悪のこもった鳴り方をした。七輪の煙の中から目をあげた滝川菊は、二人の男の影が受付の磨硝子に映っているのを見た。また、宿泊人のなかから犯罪者が出て、刑事がきたな。夕立のように落ちてきた沈黙の中で、菊は一瞬、掘炬燵にしまってある自分の全財産を思い、無意味に居間を見廻した。襖には腰板だけを残して、一面に謡曲や小唄本の反古紙が貼られてある。世の中に秀れてよき、花は吉野山、茶は宇治の……菊はエプロンで手を拭いながら、玄関へ廻った。

刑事ではなかった。しかし、場末の旅館街では刑事よりもうるさい町の顔役の走り使いが二人、あがりかまちに腰掛けていた。この周辺一帯は戦後、暴力取締令でなんど逮捕されても、起訴却下になって出てくる高尾組という遊び人の支配下にあった。近郊の遊侠者が集まる賭場には、旅館業者は順番に女中たちを提供しなくてはならない。拒否すれば、下っ端が、ただで何日も宿泊にきて厭がらせをし、泊り賃を請求すれば窓硝子をこわして帰った。大道路一つへだてた真向かいのめし屋の主人は、女房を高尾に手ごめにされ、刃傷沙汰を起したけれども、刑務所に入ったのは被害者の方だった。彼は、それから痴呆のように呆けてしまった。二六時中調理場に腰掛け、主人は、馬車馬のように働くおかみの尻をぼんやりと眺めて暮している。菊屋旅館には、メッキ工場のバフ工の岡崎、出前大工の長谷川、散髪業の狩米、職柄不明の酒木、その他、運転手やバーテンや日傭など屈強の男達が常住していたが、彼らも高尾組には全く無抵抗だった。どんなに世話を見ても、彼らは何の頼りにもならない。

遊び人は二人共、けばけばしいアロハシャツを着ていた。年かさの方はご丁寧に、そのうえ色眼鏡までかけ、どさ廻り役者よろしく口を厭世的に歪めている。

「今日は部屋は一ぱいなんや。よそへ行ってんか」菊は、そっぽを向いて言った。

「夏祭りのな、寄付を集めにきた。協会のもんや」若い方が言った。

「へへ。どこの協会でっしゃろ」菊は愛想笑いした。若造が大衆小説に読みふけり、度胸だけで何の技能もなく、金銭を手に入れられると錯覚したところで、人の錯覚になど責任をとる必要はない。菊は、ちらりと、壺に入れてしまってある財産の在り場を想い浮かべる。

「今ちょうど、御飯食べかけてたとこや。またあとにしてんか」

「子供あつかいにしてもろたら困るな」

年かさの方が立ちあがった。廊下にいた和田はよたよたと二人の男のそばをすり抜けて、菊の居間へあがってきた。男たちは敏捷に身構え、そして、薄笑いして下駄箱に元通りもたれかかった。むかし、船乗りだったころ、口よりも手が早く、行く先々の港では、二倍もの丈《たけ》のある異人の胸に飛びついて殴り倒したというのが和田の自慢の種だった。しかし、今は彼も老《ふ》け、お祈りのお手振りはできても、もう犬の子一匹殴れはしない。

「聞えたのかな。よお」若い方が指を鳴らしながら言った。

「わてとこは、よそさまとちごうて安旅館や。百円か二百円ぐらいなら考えまっけど、そんなに、なんども寄付なんかできゃしまへんのや」菊は微笑していた。

「噂は聞いとるで。きつい婆さんやちゅう噂は聞いてるで」色眼鏡はもったい振って煙草入れをとりだし、ライターをともした。

「そやろ、棺桶の中まで、札束を持ちこんでもしょうがないやろ。世の中のために使いなはれ、世の中のために」

「寄付ちゅうもんは、こっちの心次第で、出しても出さいでもよろしいんやろ」

「あんたは何年ここに住んでるんや」色眼鏡の方がつめ寄った。

「婆さんよ」和田が居間から小声で言った。「お祈りしたるさかい、千代を呼んでこいや。お祈りせんことにゃ、病気も何もなおりゃせんのやから」

どこの部屋からか、火のついたように激しく泣く幼児の泣き声がした。物憂い風が吹き込み、周辺一帯に漂う悪臭がよみがえった。腹立ちも恐怖も、やがてこの悪臭にまみれて、ふやけてゆく。どうしようもないことが、やはり世の中にはあるのだから。彼女の視界の中に一人の青年の像がふたたび入ってきたときも、菊はもうそれが誰かも見ていなかった。

青年は大事そうに黒カバンを脇にかかえ、ゆっくりと階段を下りてきた。与太者の二人は、一瞬びくりとして逃げ腰になった。青年には、指を鳴らしながら暴力をふるう機会を待っている男達の姿が目に入らないのだろうか。十四号室の男は、気弱な微笑を浮かべて、しかし、どこか傲慢そうに男達の前をよこぎって、菊に話しかけた。

「私の部屋にだれかいるようですがね。最初部屋を間違えたのかなと思いましてね。しかし、確かに十四号室なんだがな」

菊は背後を振り返って千代の名を呼んだ。返事も人の気配もなく、あわてて奥の襖をあけた菊の目に映ったのは、薄茶けた息子の遺影が見おろしている一枚の毛布だけだった。

「千代よ、ちょっと降りてこいや」菊は狼狽して二階へ叫んだ。

「お前はなんや。人が話をしとる間にわりこんで、よ」若い方がラバーシューズを前につき出して、十四号室の男をさえぎった。

「はあ?」青年はぼんやりと聞き返す。

菊は居間の和田を振り返った。和田は居間の奥に正坐し、ならべられた食器を見下ろしている。和田は、そのとき壊れた玩具のように見えた。新しい宿泊人は、そのとき初めて、その場の奇妙な雰囲気に気づいたらしかった。

「お前はどこの人間だ」若い方が繰り返した。

「郷里ですか」

「この野郎、どこのだちこだと聞いてるんだ」

「だちこって何ですか?」

「寄付は、今晩もう一ぺんきてくれたら何とかしとくさかいにな」菊は揉み手をして言った。

「ちょっと顔を貸してくれ」なにを怒るのか、喉をふるわせて、与太者は相手に詰め寄った。虚弱そうな相手の風貌は、与太者の怒りと釣合わず、妙にちぐはぐだった。

「厭だ」相手は意外に落ちついた声で言い切った。

「こんなところで騒ぐのはやめといてや。千代、千代は何をしてるんや。警察へ、そこの駐在所へ電話してんか、千代」

二階からは、しかし何の返答もなかった。あっという間に、一発、与太者は相手に喰らわした。青年は、足をもつらせ、一瞬、目をみはってから、玄関口に顚倒した。羽目板がきしみ、重そうな黒カバンが飛び、小銭の散る音がした。殴る動作が却って感情を昂ぶらせたのか、今度は本当に怒った与太者は、倒れた男の胸倉をとってひきずり起した。ふたたび、鈍重な、ほとんど物悲しい物音がして、不運な宿泊人は叫び声をあげて倒れた。

「あぶない、硝子が破れる」菊は叫んだ。玄関戸の硝子は普通の窓硝子とはわけが違う。破れたりしては取返しがつかない。二千円か三千円はかかるんや。菊の目に、居間を右往左往する半裸の和田と、遠巻きに見物に集まってきた男たちの昂奮した顔がみえた。

「よう覚えとけ」菊の方を、しかしはっきりと菊の目を見るのではなく、どこか天井のつなぎ目のあたりを見て、色眼鏡の男は言った。

「生意気な顔さらして、そこらをのさばり歩きやがるとどうなるか、皆よう見とけ」

おそらく毎日練習していたのだろう。模範的なスイングを示して立ちあがったばかりの相手を打った。

「お客さんに何するんや」菊は言った。背後からもう一人に突き飛ばされた青年は塵箱の横によろめいていった。

「きさまは仁義を知っとるのかよ。もう一ぺん聞いてやる。お前はどこのもんじゃ。立たんか、よお」アロハが罵った。色眼鏡の男は眼をそらしながら、菊に近づき、夕刻にまたやってくると言った。命令されるままに、肱で顔を防禦しながら、立ちあがった青年の顔は、目尻が切れて血がしたたたっていた。

「人が、人が……」青年は言った。

「わかったか」色眼鏡は、転がっていた黒カバンを蹴飛ばした。被害者はしばらくそれを自分とは全く縁遠いもののように眺めていた。そして、つぎの瞬間、悲哀感を満面にたたえた顔は仁王のような形相に変っていた。衆目のもと、ひょいと青年は身をかがめると、塵箱を持ちあげ、みずから全身、汚物をかぶりながら、それを大上段から振りおろした。色眼鏡が振りかえるのも、菊が声立てるのも遅く、金属質な悲鳴があがった。だれの立てた声かはわからない。そのとき、なぜか安っぽいポマードの臭いがしたように菊は思った。

「医者や、医者や」和田が言った。

「すぐ出てもらおう」しばらくしてから菊は言った。「こんなことになったら、あとが大変や。えらい迷惑や。ええお人やと思って入ってもろたのに、こんなことしてくれて、うちはえらい迷惑や」

青年はハンカチを歯茎にあてながら、倒れているアロハシャツの男をまたいで黒カバンを拾った。頭から肩にかけて、紙きれやトマトのへたを被って塵まみれだった。それでも冷酷そうな微笑が長身の男の頬に浮かび、無言のまま彼は、もう起きあがる力のない遊び人の顔を真向から蹴飛ばした。

「入ってきたときに、ちょっと、小僧らにも挨拶したら、こんなことになれへんのや。あんたはんはかまへんやろけど、うちは、どっちが勝ってもえらい迷惑や」菊もまた、逆上して言った。「西村はん。すぐ出ていっておくなさい」

倒れていた男はゆるゆると動きだし、四つんばいになった。

「あんたらも、見物ばかりしているのが能やないで」軒下に目白押しに立ちふさがった近隣の男達を菊は罵った。どいつもこいつも、勝手もんばっかりが。

いつの間に降りてきたのか、長襦袢のままの千代が、寝乱れ、脂汗の浮いた顔を半ば手拭で覆って、踊り場に立っていた。

「今まで、あんなに呼んでるのに聞えへんのか」

千代は鼻を鳴らすだけで返事をせず、そして菊の居間から待ちかねた和田の嗄れ声が、西村が使う表の水道の音の合いまに聞えた。

「さあ、飯にしよう。すんだことはしょうがない。お祈りはあとにして、さあ、婆あ、めしにしよう」

暗い発作的な千代の笑い声が、それにつづいた。

3

宵闇は、あたりの風景と色彩をやわらげようとしていた。街路樹は、幾らか自然さをとり戻して見え、その樹陰を小走りに、帰路を急ぐ勤め人の姿がつづく。あちこちにうずくまっていた靴磨きや浮浪者は、ガード下や地下鉄の昇降口へと移動する。高架線を疾駆する電車の響き、大道路の下を走る地下鉄の震動も、そのとき一つの都会の風情となった。

柱時計の時刻を確かめておいてから、よいしょ、と菊は低く掛け声をかけて集金に立ち上った。

とっかかりの部屋をあけると、酒木が、敷蒲団を窓際にのべ、腹ばいになって煙草屑を集めて巻いていた。今夜の宿泊費を請求しようとすると、職種不明のその男《もの》は物憂げに立ち上って、柱の釘につった仕事着をとった。初めからありもせぬ金銭を、いかにも、どこかに忘れてきたように見せようと苦心しながら……。窓の風鈴つりには、彼が鼠とりの金網に飼っている雀が羽ばたいていた。どこから盗んできたのか、巣箱の中に素焼の餌壺が置かれ、鈴虫でも飼うようにきゅうりのへたが入れてあった。

「まだ晩飯を食うとらんのでね」

狡猾そうな目が戸口をうかがい、次にやけくそになって、彼は虱をはたくように腹をはたいた。

「すぐ出てっとくなはれ。旅館はな、正午までが前の日の契約になるんや。知ってなはるやろ」

ベニヤ板の扉は、把手のところが公衆便所のノッブのように垢と脂でべとついていた。

「今日は仕事にあぶれたもんでな。それに将棋には負けるし、第一、まだ飯を食っとらんのや」

壁には稚拙な猥画や文章にはなっていない叫びだけの文字が落書きされてある。墨で書いたのは消されても、刻みつけられたものは消えはしない。どんと行け……というその文句が何を目指していたのかは、何年か前に書いた本人にもわかっていなかったにちがいなかった。

「腹がへったら食堂へ行ったらええがな」菊は言った。「そこらあたりに、なんぼでもおまっせ。すし屋でもホルモン焼屋でも、もり飯屋、焼いも屋でも。それとも、ご注文で取り寄せまひょか」

「飯を食うとだな、今晩の泊り賃がなくなるんだな」酒木はこびるように言った。

「満員かもしれへんけどな。高架線のしたに、どこかの教会のやっている慈善宿泊所があるわ。そこへ行ってんか」菊は若い男の汗と精液と退屈の臭いの籠った三畳の部屋へあがり、敷蒲団を片づけた。

「煙草が飛ぶやないか。ゆっくりと畳んでくれよ」酒木は新聞紙に吸殻を掻き集めながら言った。「あんな慈善院の世話になるくらいなら、公園のベンチで寝た方がましや。

一ぺん泊ったことがあるけどな、恩着せがましゅうに神さんがどうのこうのとぬかしやがって、あんな所へ行くぐらいなら公園で寝た方がなんぼか気楽や」

「そんなら公園へいってくれ」菊は冷酷に言った。もし本気になって相手が暴力をふるい、これまでの下積みの人生の怨みの一切を狂暴さに転換させたら、非力な老婆など、一撃のもとに倒すことができるだろう。しかし、踏みつけられることに慣れた虫けらどもは、ただ、身を縮めることができるにすぎない。彼らもまた、何か組織の後楯でもなければ、一枚の硝子すら破れはしないのだ。

「誰か今晩この部屋に泊るんかいな」

「誰も泊らいでも、現金払いでなかったら出て行ってもらいまんねや」

「古い馴染みや、一晩ぐらいサービスしたれや」

「一晩素泊りで百円や、十二時すぎたら六十円にまけたげる。仕事があった日にまたおいで。言うとくけどな、食堂でも、店がなんぼ汚のうても、ただでは雑魚一匹食わしてくれやしまへんで」

「どこか工場がストライキでもやりやがるとええのにな。くそっ」と酒木は捨鉢に言った。「スト中の臨時雇いにでもなれたら、わしの旋盤の技術を見したるのにな。これでもな、戦争にとられるまえはな、一流の旋盤工やったんやぞ、一流の」

口では威張りながら酒木は体をくずして畳に膝をつき、菊を拝む真似をした。

「阿呆んだら」滝川菊は怒りにかられて叫んだ。「わてをおこらして、わての心臓をとめようと思てるんか。そんなお祈りはな、坊主か死んだいわしの目玉にでもしたらええんや」

「ちえっ、払やええんでしょ、払やあ」

「そうや」と菊は言った。「盗《ぬす》っとしてもうけた金でも、何でもええ。払うてくれさえすりゃ皆お客さんや」

二階では、階段の上り端《はな》にかかっている、かつて一度も守られたことのない宿泊人心得が、十一号室のいさかいの反動で小刻みに揺れていた。

扉をあけると、押入れに向けて背をのけぞらせ、悲鳴をあげて叫ぶ女を後ろから抱きかかえていた医者が、いや、かつて歯科医師であり、いまは港湾出張の散髪屋にすぎない狩米が、怨みがましい目で振りかえった。

「ほっといてくれ。ちょっとの間、放っといてくれ」発作を起している兎口《みつくち》の内妻は、惜しげもなく太股を露出させて足をばたつかせる。そのたびに埃が蚊柱のように舞いあがる。

「はなせ、はなせ」

女の兎口の唇におくれ毛がくっつき、シュミーズからはみ出している女の乳房には不思議に長い毛が一本生えていた。

「お芝居はともかくとして、今日で、一週間の契約が切れますんやけどな」菊は言った。

「ちょっとの間、向うへいっててくれ」狩米が汗を流しながら言った。

「さっきから待ってましたんやで。もう持ってきてくれるか持ってきてくれるかと思うてな」

男が力をゆるめた拍子に、女は窓枠に近寄り、そこから飛び出しそうになった。

「もう厭や。こんな生活は厭や、もう」

「公園かストリップ小屋へでも行って、気のすむまで、ほたえとくなはれ。荷物も全部もって行ってな。もっとも荷物らしい荷物もあらへんやろけどな」

女はぐったりとなって、小さな机のまえにひっくりかえった。未練がましく過去に執着する狩米の部厚い医学書が、ちょうど倒れた女の枕になった。

「つづけて泊ってくれはりますのんか。どうやねんな」菊は声を荒だてた。

女は気絶した振りをしていた。元歯科医は、部屋の真中で肩から力を落して猫背になり、うつろな目をまたたいて、なにか呟き、そして不貞腐れたように口笛を吹いた。

「明日まで待ったれや。明日の昼、昼まで待ってくれよ」相手は表情の全部を内側へのめり込ませながら言った。「あんたも知ってやろ。わしは、うそ言わん。それに、人間の幸せちゅうもんはな、要するにお互い人様にできるだけ迷惑をかけあうことなんや。そやろ」

「わてが、あんたに迷惑をかけた覚えはないな」

「散髪も只でしたる。道具さえありゃ、あんたの総入歯も造ったる。噛むたびにがしがし歯茎が痛んで、そのたびに自分が入歯してることを思いだし、その入歯を入れよった医者の顔を思いだすようなやつをな」

「その狸寝している女房に入れたったらええやろ。総入歯でも堕胎手術でも、女房にしたったらええんや」

男はしぶしぶ小机のそばに寄り、抽斗から皺くちゃの紙幣をだし、銅貨を加えて数えはじめた。

「ほんまに、きつい婆さんやな」

「当り前のこっちゃ。わてがきついのとちがう。いつも、あんたが泣きごと言うとるやろ。世の中がきついんや言うてな」部屋代を受け取ると、捨てぜりふを残して菊は扉を閉じた。

二階の北の棟を各自の私室にあてがってある五人の女中たちは、まだ夜の〈勤め〉の準備をしていなかった。傍若無人に鏡に尻を向け、横ざまに寝転がって煙草を吸っている者、扇を使いながら流行歌を唄っている者、映画雑誌のページをめくるシュミーズ姿。いちばん年若い文枝は、窓枠にもたれて変色する夕空を眺めていた。女たちには、菊が予想するほど自分の未来を悲しむ能力もなく——その一人、文枝などはまったく医学的に魯鈍だった——また、なにか思っているにせよ、せいぜい早く涼しくならないかなと考えている程度だろう。もしかすると、洗濯したての敷布の香りや、うら悲しい豆腐売りの呼び声のことでも考えているのかもしれない。しかし、それを憫れんでみたところで、どうなるというわけでもないのだ。人は、わが子の性格、疾病をさえ、変え、治療することもできないのだから。かつて帰還後、病院にはいるまえの数週間、息子の憲作は、奥の一室で現実と幻想を共々に呪詛しながら寝ていた。なかばうつつの寝言では、彼は戦後もやはり陸軍軍曹であり、大蛇と蜥蜴《とかげ》で辛うじて餓えをいやすニューギニアの密林にいた。奇妙な正確さで、彼は熱帯のスコールと機関銃の描写をやってのけた。唇を尖らせ、舌先の米粒を吹くようにして銃声の擬音を出しながら部屋中をころげまわる。肉体は内地に帰ってきておりながら、意識はついに太陽の猛威にさらされた草原の塹壕や密林の中のテント張りの陣地から離れることはできなかったのだ。

「斬れ、斬れ、斬れ！」

草原には、熱帯植物のまえに巨大な陥し穴が掘られてある。その周囲に、後ろ手に縛られたオーストラリヤの傭兵が環をなして並べられる。大柄な白人の捕虜たちは、あらんかぎりの悲鳴をあげ、ジャップを睨めつける。だが、白刃は無慈悲に振りあげられ、一瞬、陽にきらめいて振りおろされる。交尾期の猛獣の声のように、悲鳴は密林に反響する。声は、澄みわたった蒼穹をはてしなく登っていく。だが、捕虜の頭は簡単にころりと前の穴に落ち、胴体は血を吹きあげながら、反動で後ろにのけぞり、倒れて、そのまま動かない。見るみるうちに頸の筋肉はもりあがり、血しぶきを喰いとめてしまう。首の直径は二倍にもふくれあがるのだ。やがて皮膚の色は蒼白に色あせ、同時に、それは急速に腐蝕しはじめる。すでに気を失っている捕虜たちは、峰打ちだけでごろりと墓穴に転げ落ちた。蛭が群れをなして血潮に集まり、返り血を浴びた日本兵の軍服にまつわりつく。憲作の譫言《うわごと》は、いつも順序正しく、つぎに、マラリヤに冒された兵卒の群れと、発狂した死刑執行人に返っていった。汗と脂と糞尿の臭い。蛆虫のように転がっているデング熱患者。灼熱の無風。たちまち湧きおこる雲と大粒の雨。カステラのようになってしまった乾パンと鉄兜と飯盒。

「大の男がぴいぴい泣くな」

だれに呼びかけるのか、空虚な哄笑を、病院へ搬びこまれるまで息子は繰り返していた。そのころ、菊は、寄せ屋の和田に折伏され、和田が手をくねらせて祈禱すれば、彼女もそのあとを追ったものだった。「悪しきをはろうて救け給え」和田が胴長の上半身を折って礼拝する。「ちょいとすまし、神の言うこと聴いてくれ、悪しきなことは言わんでな」菊が茶簞笥に手首をぶっつけながら、和田の手振りを真似る。たいがいの踊りなら、花柳流でも、井上流でもすぐ覚えられたものだったのに、その手振りだけは何故かいつまでたっても覚えられなかった。昔、灯火管制の幕の内で、旦那の前で裸踊りをしたときのように、全身から汗が滲み出るばかりだった。息子はしかし、自分の苦痛だけを愛するように、戦場に執着し、やがて気がふれたまま死んでいった。お祈りは結局なんの効果もなかったのだ。反応の返ってこない働きかけ、しかも、その働きかけが築きあげるのは人間の幸福でも不幸でもなく、聖地なる田舎町を睥睨する豪壮な礼拝堂だけなのだ。その殿堂には、しかし犬の子一匹住めはしない。めぐらされた小堀のほとりに信徒宿泊所がつぎつぎと増え、つつじや桜桃が植えられて、県指定の風致地区が一つ増えるだけなのだ。

千代の部屋の扉をあけると、その物音に目ざめたのか、さっき乱闘した西村と名乗る男が蒲団から起きあがった。千代は同じ部屋の隅の自分の小机の前にうつぶしていた。

「あんた、まだここにおりはったんか」後ろ手で扉を閉めると滝川菊は言った。

「この人は一週間分、部屋代を前払いしてあるって、今朝、お母さんが言うてはりましたやろ。わたしが追い出すわけにもいかしませんのや」物憂げに千代は言った。

菊は狼狽し、無意識に帯の上から、いま集金してきたばかりの財布をおさえた。

「ほんなら、千代、お前が一階の部屋の方へ替ってくれるか」

「わたしは厭ですのや。いやあな、赤の他人の体臭のしみついたような部屋へかわるのは厭ですのや」

「そんなこと言わんで、そうしてくれや」

「わたしは厭ですのや」

今朝、菊が小机の上に生けてやった思いやりの花は、いつの間にかむしりとられて、黄ばんだ茎だけが花瓶に残っていた。

「目が痛い」西村は濡れ手拭いで片目を覆ったまま言った。

「お客さん」菊は今度は、その客を言いくるめようとした。「あんたも強情な人やな。与太者は喧嘩に負けたら必ず仕返しにくることぐらい、あんたも知ってはりまっしゃろ。

ここは出なはった方があんたのためや」

「僕のカバンは？」不意に男は弾かれたように立ちあがり部屋じゅうを見廻した。なまめかしい肉色のテーブル・クロスで覆った机の上に、黒カバンは手垢にまみれて転がっていた。それを認めると西村は、なにかを恥じるように頭を掻きながら蒲団に戻った。

「この近所に用件があってここにおりはるんやったら、せめて部屋なりと替っといた方がよろしいぞな。そしたら仕返しに来ても、もうそんな人はおらへんって頑張りまっさかいに、な」

「あなた、その首筋の傷はどうしました」

西村は全く菊を無視して、千代の首筋に走っている傷痕をくい入るように見つめた。千代はゆっくりと襟を持ちあげて薄笑いした。

「何の傷ですか、それは」奇妙に情熱的な口調で男は繰り返した。

「何でもありゃしません」無愛想に千代は答えた。首筋の傷痕よりも、彼女の心そのものが、これまで過ごされた無意味な時間や苦悩に凝り固ってしまっている。たとえ誰が相部屋に住むことになっても、もう何の変化もおこらないだろう。

男はひとりうなずくと、彼だけの孤独な世界に退いて、沈黙した。狭い四畳半に何の共感もなく、ばらばらに散った旋盤屑のように無関係に三人は沈黙した。

「この界隈は監獄や病院とちごうて、いったんはまりこんで腰をすえたら、一生外へは出られしまへんのや。阿倍野で焼かれるまで、出られへんちゅいますんや」千代が歌うように言った。

　ふんふん、と鼻から咳を小出しにするように西村は笑った。眼のまわりは紫色にはれ、小鼻にはまだ血痕がついている。

「しかし出てきてしまったんだからな……仕方がない。まあ当分お世話になりますよ」

　青年は、昼間の喧嘩の冷酷な表情とは全く異なった、別人のような気弱な微笑をもらした。

第三章

1

思い出の旅に出た。風吹きすさび
土塊《つちくれ》飛ぶ、あの思い出の旅に出た。……

隣室から憂鬱な耳慣れぬギターの歌謡が聞えてくる。曲名はわからない。音はスラムの噪音にまみれながら響く。東隣りの六畳に住む長谷川の一人息子が、何がしかの感慨をこめて爪弾くのである。どこで覚えてきたのか、低くフランス語の歌詞が挿入される。鼻にかかった歌声には、きよらかさはなかった。毎日数回、かならずその歌は反芻され、人々の寝静まった深夜に爪弾かれるとき、旋律はもっとも重苦しかった。深傷を負った仕切りの壁は、音調を曲折させ、陰にこもらせる。西村は無言で時刻を確かめて起きあがった。昨夜、それを読みながら寝たペンギン叢書の上に蛾が一匹死んでいた。
「おれはね、あんたのような女の息子に生れたばかりに、何一つ思うことができないでいるんやぜ。学校へも行きたかった。あんたが小僧に行けと言ったから紙屑屋へ奉公にも行った。小学校出たての子供が、家へはなるべく帰るなとさとされて、親方に小づかれても小づかれても黙って、反古の選りわけをやったさ」

不意にスペインギターの律動がやむと、粘液質な青年の罵声がした。

「ヒロポン気狂いが。もうだまされやせん」母親の応答が、薄い壁を通して聞える。

「二百円ぐらいの金をけちけちしなさんな。あるやろ、その腹巻の中に。出せよ」

隣室のあらそいは、西村がこの宿に寝起きするようになってからでももう幾度か繰返され、結着ももう解り切っていた。西村は枕もとの黒カバンから洗面具をとり出すと、注意ぶかく扉をあけ、素早く隣室のまえをすり抜けた。西村の部屋以外は、夏の炎熱にみな扉を開け放っていた。そして、そこでは覗き込まれる側が、覗きみる方を圧倒するのだ。

「お前のことを近所では皆どう言うているのか知ってるんか」階段の途中にまで長谷川の女房の金切声がひびく。

「親孝行な、可哀そうな息子だって噂してら」

「阿呆!」罵倒がなおも続く。「麻薬中毒の、与太者の、女たらしの……」

洗面所は共同炊事場を兼ね、共同洗濯場にもなっている。それは旅館の裏戸わき、二坪ばかりの板囲いの中だった。本来は、菊屋旅館の洗面場は、各階ごとにある厠の手洗いなのだが、二階は排水口がつまっていて使えず、階下のそれは悪臭のために、西村には顔を洗うことがかえって汚れをなすりつけることになるような気がして使えなかったのだ。

「ゆっくりしたお目ざめでんな」

共同炊事場は洗濯をする女たちで満員だった。絶えず洩れでる水道の水、そして女達の盥からこぼれる泡が、その周辺を泥んこにしていた。板囲いは屋根もなく腰までの高さである。それも浮浪者どもにはぎ取られて、隙間だらけだった。蹲る女たちの太股が通行人の目に曝されるのを防ぐ栖のはずなのだが、それは気休めにすぎなかった。西村は視線のやり場もなくうろたえて立往生した。

「西村はん」とその時、数人の洗濯女の中から声がかかった。

「はあ?」

その場の気配から、女たちが新入りの彼を槍玉にあげていたらしいことを西村は直感した。

「千代はんは、抱き心地がよろしおすやろ」

一人が京都弁で言った。わざとらしい方言は西村の苛らだちを掻き立てるのに効果的だった。

「そんな怖い顔せんでも、よろしおっせ」

髪を振り乱した兎口の女が大声で笑った。

「いつもいつも、むつかしい、苦虫を嚙みつぶしたみたいな顔してはりますな、あんたは。笑うたら損や、阿呆になると思てるみたいや」

子供のパンツを洗っていた女が、無邪気に言った。喋りだすと女たちの饒舌は収拾がつかなかった。薄暗く暑苦しい部屋、前途のない日常からの、それが解放の一時なのだろう。洗濯ははかどらず、洗面所は容易にあきそうになかった。

「あんた、お千代はんに何処で拾われたんな」石鹸の飛沫をあびて別の女がからかった。

「やり手やで、実際あの女は。一週間ほどどこかへ姿をかくしとって、今度あらわれたら、ちゃんと男前を一人くわえて帰りよった。なあ」

兎口の女の首が笑いながら大仰にうなずく。

教員稼業や大学時代の選民意識が自己の周辺に形造っていた〈威厳〉の幻影は崩壊し、西村はその崩壊の一瞬に、だれに向うとも知れぬ弱々しい憤りを覚えた。

「お菊婆さんは親戚の人とは違うって言うてはりましたやろ。親類の人とも違うて、夜は……」

聞くに耐えない痴呆的な仕方話で、運送屋の妾はその場をかき立てた。しかし彼女は旦那の下着よりも先ず、自分が今着ているシュミーズから洗濯すべきであろう。白いはずのシュミーズが鼠色になっている。

西村の胸中を悲哀がかすめる。何か自分が馬鹿げた目にあっているという気がする。親にすらほとんど罵られたことのない自分が、なぜこんな下品な女たちのからかいの餌食にならねばならないか。――そして反省は、彼の貴重な五年間の労作、あの八月の閃光に同時に死滅した近隣の人々の霊に捧げた記録も、結局は、これと同じような罵り声のうちにかき消されてゆくのではないかと絶望をうむ。なぜと言って、彼が哀誄《あいるい》の文を捧げた三十六人の人々は、土地柄こそ違え、今眼の前で騒いでいる人々と同じ〈庶民〉だった。

庶民――名もなき人のために――おれは何か重大な錯覚をしていたのではないのか。西村は顔を洗うのを諦めて、黙って引きかえした。

引きかえす直前、西村の瞳に、ゆえ知れぬ憎悪に光る運送屋の妾の瞳、だらしなく笑う兎口の女の唇、女達の汗ばんだ肌、そしてバイを転がして遊ぶ半裸の子供達の環が映った。

部屋に帰ると、隣室のいがみあいがまた西村を憂鬱にした。《私には大事な用件がある。つまらぬことにはこだわるまい。たとえ、そのいがみあいが、どんなに悲しげに響こうと、すべて私とは何のかかわりもないことなのだから》彼は頭をふって窓際によってみる。しかし、窓をあけようとすると何か紙を引きちぎる物音がして、幼い長谷川の娘の哀しげな泣き声がそれにつづいた。

「お前が泣いても一文にもならん」

兄の憤怒は、学校を休んで手内職を手伝う虚弱《ひよわ》な幼女に向かう。自己弁明のためにだけでも、人は怒ることができるのだろう。しかし、いったん始まった幼女の泣き声はいつまでも消えなかった。

「お父さんがいる時に言うたらええ」

「あいつは一文も金を持っとらん」

「それが……親に向かって言う言葉《こと》かい、よ」

「子供をころころ産みとばして放っとくのが、親かい、よ」

息子の口調は徐々に奇妙な円味を帯び、慇懃になり鄭重になった。

「ただれめのお母はんよ。息子が友達との約束を破らんならんようになっとるんですよ。たった二百円ぽっちのことで恥をかきかけとるんですよ。くれとは言わん、貸してくれよ。利子をつけて返してやるからさ」

「うそこけ！　うそを、うそをつくな」母親は吃った。「またヒロポンを買いに薬屋へ走るんやろ。薬屋も薬屋や。一ぺん言うてきたるわ」

「もの笑いになるだけやから、やめといた方がよろしい。鏡を見てからものを言いなはれ」

「家の者が、みな乞食になってもええんか」

「もう乞食や。もう乞食でありまあす」

「お父さんが聞いたら泣くわ」

「出前大工や日傭は、乞食ですよ」

「…………」

「よう、よう、助平かあさんよ」

「神さんが、神さんがきいとるぞ。もう一ぺん、言うてみい」

るのだろう。

ふたたび何かを破る物音がした。手内職の荷札が針金も通されず、何枚かが反古にな

西村は静かに黒カバンを脇にかかえた。電灯のカバーに群らがっていた蠅が驚いて飛び散った。西村は汗の流れ出る体のけだるさと闘い、自分を鞭打つようにして、望みなき書肆との掛けひきに向かう〈出勤〉の用意をととのえた。今、そこの小箪笥の上に置いたハンカチが見あたらない。懐に入れたはずの財布がない。彼の目に足もとの灰皿にくゆる煙草の煙がしみた。奇妙にも、しかし彼は隣室のいがみ合いを、声音こそちがえ、以前から何度も聞いたことがあるような気がするのだ。隣家ではない、もっと薄暗い身近な所で、日々それを経験していて馴れっこになっていたような気がした。扉があけ放たれ、何か硝子器具を自棄《やけ》に投げ出す音がした。西村はゆっくりとスリッパをはき、仲裁のためではなく、一箇の通行人としてその前に立ちどまった。

「ようこそ。いらっしゃい」そのとき、隣家の青年は淫猥な薄笑いを浮かべて言った。

「お隣りの人に見られて恥ずかしいと思わんか」

西村の姿を見て長谷川の女房は叫んだ。西村の部屋とまったく同型の、同じところに手摺窓があり、同じく天井に孔のあるその六畳は、内職の荷札が山と積まれ、新たに人一人坐る余地もなかった。女房は敷布のない万年床の上に、半裸の姿で荷札に針金を通していた。西村を仰ぎ見た目は、壁を通してあらがいの洩れるのを計算に入れてはいないかのように無邪気なものだった。女房は無言で、空になったヒロポンのアンプルの山

を顎で示した。覚醒剤中毒に狂ってゆく息子のそれが証書であり、記念品なのだ。

女房は突然、手仕事道具を放り投げると、西村の見ている前で、息子のポマードに光る頭をつづけざまに殴った。息子は奇妙な微笑を浮かべて殴られるにまかせていた。西村が仲裁に入るべき隙は、どちらの側にも見いだせなかった。

「お前もよう覚えとけ」

怒りついでに、女房は罪もない娘の方にも手を振りあげた。

「暑いですね」と西村は呟いた。

女は息子を打つのが得がたい快楽であるかのように、鼻先に汗の玉を浮かべてやめなかった。立膝した裾から贅肉がたるんだ腿がみえ、はげしい動作のたびにぶるんぶるんと震えた。殴っている方がむしろ昂奮して、小さな声を洩らす。結局、西村は、最後に、息子の方がおどりかかって母親をねじ伏せるまで、傍観してしまった。この世のけがれは、見ず、聞かず、触れずにすますことが最も賢明なのだ。人の罵詈や陰口も耳を塞げば何でもない。西村は重いカバンを持ち代え、その界隈では通用せぬ、インテリの無意味な会釈をして通り過ぎた。痩せ細り、自分の不幸な運命の予感に泣く少女への憐憫がわずかに残り、その憐憫の情が尾を引いている間、反省癖は遠のいて彼は幸福だった。

階段を降りきった西村は、厨から出てきた山内千代に会った。

「あんたは、いつもどこへ出かけて行くのん」女は物憂げに言った。

千代の長い首にはシップ・ガーゼが巻かれていた。温泉マークのついた手拭がだらりと肩に掛っている。首の繃帯、そして手拭の穢れも、奇妙に顔の蒼白さとよく似合った。西村は千代の手に握られている野あざみの花に視線を落しながら口の中でもぐもぐ言った。毎日、彼が部屋を出るのと入れ違いに部屋に戻ってくるこの女が何をしているのか、およその見当はついていた。しかしそんなことはどうでもいいことだった。人にはそれぞれの運命というものがあり、その運命を共にするつもりのない以上、人の秘密には触れない方がいい。

「今朝、目をさましたら、ワイシャツが洗濯してありましたけど、あなたですか」西村は言った。

「いいや。うちは知らんよ」糸切歯が並みはずれて大きい歯並みを見せて山内千代は調子はずれに笑った。

階下は、コンクリートの廊下をはさんで十室ずつの借間が両側に並んでいる。盗難を恐れて、七輪も塵箱も室内に持ち込まれ、通路には何の置物もない。千代はぼんやりとつっ立っていた。西村がぼんやりしておれば、相手はいつまでもぼんやりしていそうに見える。十室並んでいる階下の床は、土間より一尺ばかり高くなっている。どの部屋も窓は扉と反対側の一方にだけしかなく、廊下は牢獄のように薄暗かった。

「体が悪いんじゃないかな。顔色も悪いですよ」あたりさわりのない言葉を西村は吐いた。相手は、手に持っていた花を所在なく振って見せた。

「花を摘みに行ってきたんだよ。堤のところへ」

「どこが悪いんです。いつもおそろしく苦しそうに見える。もしか、あの……」

「この花、あんたのコップに生けといたげようか」千代が言った。年齢の読みとれない――おそらく西村が世慣れぬためではない――年輪を失った女の顔がほころぶのを西村は見た。

「いいですね。ありがとう」と西村は言った。

しかし本当は西村には生花や盆栽をたのしむ趣味はなかった。花を机上に飾っても、煙草の煙でたちまち枯らし、花粉で机を汚すのがおちだからだ。何という花だったか。明け方に細かい薄紫の花弁を開く、おそらくは菊科の花は、一輪挿しに移すと三時間ばかりの寿命しかなかった。昔、まだ教員をしていた頃、彼はその花に気をとられ、一つ二つと、なすこともなくあぐらをかいたまま、全部散ってしまうまで数えてしまったことがある。無常感というよりは、自分の中の何かが滅びてゆくようなやり切れなさだった。漆は用あるゆえに手折られるという。しかし、何の効用もない野草もまた、このように摘み取られる。花などない方がましだ、と彼は思った。

「何か言われましたか、今」

西村は千代の目を見た。確か歌声がしたようだった。いや、歌声だけではなく、一種懐かしい芳香が漂ったのだ。しかし、それが何であったかを見きわめようとしたとき、柔らかい香りも音楽も消えていた。音楽の消えた廃墟に、そのとき、全く無関係に、昔愛読したある詩人の詩句が浮かんだ。

Music, when soft voices die,
Vibrates in the memory ——
Odours, when sweet violets sicken,
Live within the sense they quicken.

窓から男松や赤煉瓦造りの工学部の建物の見える演習室で、これを習った時には、感傷的な言葉の羅列にすぎなく思われた同じシェリーの詩句が、今は、彼の精神のすべてのように響いた。なぜだろう？　昔は単に知識の対象にすぎなかったものが、失職して明日の目当てもなくなった時に、まるで見失ったみずからの青春の挽歌のように胸をひきさくのは。そしてその一種もの悲しい感情の中で、西村は、郷里を出ていらい、ほとんど思うことのなかった妻を思った。

妻の千津子は、広島の郊外の山林地主であり、製材業をいとなむ旧家の娘だったが、西村との結婚によって、薄暗い奥座敷、圧倒的な家の重みから解放されて、急に美しくなり活潑になった。

頼りなげだった箱入娘は、ままごとのような生計を、無闇と張り切って切り盛りしたものだ。自分にも納得できない内部の充実感を、「いややわあ。わたし、近頃もりもり肥えてきたわ」と表現して、はじらったりしながら……。事実、子供をうむ準備をしていた妻の腰は、妻の座にふさわしく横に張って落ちつき、着物の上にもそのゆたかな曲線がはみ出た。清潔な朝日が、外のラジオの音とともにアパートの窓から流れ込み、ささやかな食膳を飾っている。顔を洗って、新聞に顔を埋めている西村の横にきて、千津子は彼をつつき、その肉体の張りを確かめさせたりした。「これ、これ。ぷりぷりしてるでしょ」指先で触れてみると、確かにそれは何か自信に満ちており、生活全体の、小さいけれども平和な将来を予想させるものがあった。「何か、威勢のいい……何か弾きでそうなお尻だな」西村はまばゆく目をまたたいて笑う。「あんなこと言って。今度、生徒さんが遊びにきたとき言ってやろ。西村先生は阿呆なことばかり言うてるって」くすぐったそうに笑いながら、彼女は夫婦茶碗に朝の茶をつぐ。

夕刻、西村が変電所のうなりが低く響くプラットホームに降り立つと、たいがい、買物籠を腕にさげた千津子が出札口の柵にもたれて立っていた。地方都市の郊外の小駅。駅の裏側は新たに住宅地域に指定され、雑木林は伐採され、丘陵の陰にブルドーザーが憩っている。粘土質の地肌が丘陵の麓まで荒涼とひろがっている。あまり賑かでない駅前市場をひかえ、広場の側は児童のための小公園になっていて、ぶらんこが風に揺れている。

「一列車、遅れたでしょ。お腹がへったから、うどんを食べちゃった」

「あんまり、もりもり食うな」

古い平屋建が道の両側から肩を寄せ合い、埃っぽい道に夕餉の明りを洩らしている中を、夫婦はアパートへ戻って行く。水底の藻の流れが、仄暗い黄昏の色に透けてみえる小橋を渡り、高圧線の鉄塔の脚下を折れると、田舎道は宮の下の県営アパートまでつづいている。蛙の鳴声が水田から聞えるときがあり、雀が電柱にさえずっていることもあった。二階建のアパートは、さびれた神社の樹々にまもられ、それぞれの窓を輝かせ、共同風呂の煙が屋上の一端から流れ出る。なんの飾りもない石段を駈け登りながら、ふと、田園の香りでも人家のそれでもない香りを西村は嗅いで立ちどまることがあった。先に鍵をあけて入った千津子が再び扉から顔だけ出して彼を呼ぶ。

「何をしてるの？　そんなところで」

ああ、何故あの平和な生活をこわしたのだろう。あの平凡さの中にあった真実いがいにどんな真実がこの世にあるというのだろう。

2

立河出版社を探すのに手間どったのは、番地が交錯していたためではない。西村に一種の固定観念があったためだった。彼が東京で訪れた二、三の大出版社の瀟洒なビル建築、平屋建てであっても大硝子越しに内部の透けるあわただしい編集室と営業部の新本の山が、この企業の徽章のように思っていたのだ。たとえ小人数であっても、知性的な青年たちが出入りし、受付には愛嬌たっぷりな女事務員がいる。社号をはめこんだ大理石はなめらかに輝き、文字もまた、それが文化を担うものの矜持のように堂々としている。付近の人なら当然、会社のありかを知っており、指さして教えてくれる。そう思い込んでいたのだ。

だから、番地の上では近くまできておりながら探しあぐね、煙草屋の老婆にたずねて、すぐその前を指さされたとき、西村は一瞬ぼんやりとしてしまった。繁華街の場末、そこは大劇場や百貨店の裏口が仄暗く口をあけている裏町だった。妙に人通りが少く、しかも表通りの騒音が絶えず悲しげに響いてくる。老婆の指示にもかかわらず、なお数度、道路を右から左へさまよった彼の視線に、その外郭だけが残り、戦後に内部を木造で補ったらしい芝居小屋が映った。

「看板が出てまっしゃろ、二階が万才で一階がストリップのあの建物の地下にありますわ」煙草屋の老婆が言った。

「階段はどこにあるんですか?」

「裏からなんやけど。切符きりの女の子に言うて入らしてもろたらよろしやろ。昔は、その社長さんはこの辺一帯の世話人でね。わてらも大分恩義を受けましたんやけどな。太っ腹の人でしてな。そやけど、戦争に負けてから、子分衆が何をどうしはったんか、今はもう人の出入りも、もう……」

「ありがとう」

あらぬ方角に会釈したその表情のまま、西村は卑猥な看板の立てられた小劇場へ向かった。色眼鏡をかけて、田舎からのお上り客を誘っていた男が、西村に笑いかけたようだった。西村は立ちどまり、ハンカチを出して汗をぬぐった。

「ちょっと地下へ行きたいんですけど、ここから入らしていただけますか」

突然、黒い垂幕の向う、廊下一つへだてた劇場の内部には煽情的な音楽が高まった。酒に喉をつぶした四十男の嗄れ声のようなトランペットの音、煽情的なドラムの響き。西村は、むせるような風が頬をかすめ過ぎるのを覚え、なんとも言えない情けなさに襲われた。チケット台に向かってぼんやり腰かけていた切符きりが、疲れきったような微笑を西村に見せた。彼は同じ質問を、その切符きりに繰り返した。数人の高校生が切符を買い、なだれ込むように、西村と色眼鏡の男の間をすり抜けて入って行った。

「なんなの、あんた」切符きりの若い女が言った。

「地下の事務所に用があるんですけどね。そこの煙草屋できいたら、ここから入らしてもらう方が近いって言うから」

「ああ」と、女はうなずいた。「そこに事務所があるでしょ。その右側が売店。そこをずっと奥へ行くと便所があるわ。便所の扉の横に、下へ降りていく階段がある。左へ廻ったら楽屋裏へ行っちゃうからね。……用が終ってから只見したりしちゃ駄目よ」

「今度からは、裏から入れよ」眼鏡の男が言った。

生活感情全体が、西村のそれと全く テンポを異にしている感じだった。しかも、周辺のあわただしさにもかかわらず彼等の口調や動作はみな、水の中でもがく虫のように緩慢だった。安っぽい軽音楽が一しきり高まり、便所の脇に来た時には女優の歌声がした。所きらわず貼られた宣伝ビラ、巨大な女の裸像、真紅な唇。それらはしかし、もう何週間もまえの番組なのかも知れない。蜘蛛の巣のかかったものもあり、西村の歩みにつれて、階段はぎしぎしと軋んだ。


顔には似合わぬ骨董的なパイプをくゆらしながら、社長代理は、郵便物を整理していた女社員に声をかけた。

「この方にちょっと麦茶を頼む。いや、わしがおごろう。カルピスを注文してきてくれ」

「二つですか」

「いや、皆の分だ」

予想以上に狭苦しい地下の事務室は、空気は幾分ひんやりしていたが、人いきれにむれていた。部屋は、牢獄のような窓が一方の壁に地上に向けて開かれ、反対側の壁の全面を占める書類棚には、僅かの書類と夥しい雑誌とが積まれてあった。他の男たちは、開襟シャツの背中に汗をにじませて週刊誌や新聞に目をおとしていた。相手は、紹介状をたたんで灰皿の下にしくと、額をひくつかせて、事務机越しに西村をうかがった。

「渋川氏とはどういう御関係で？」

「妻の縁者です」

「そして選挙運動の手助けをされたことがある。いや、隠されんでもよろしい。はは」

彼はちょっとの休みもなくいらいらしていた。

ほんの初対面だけで、西村はここでは何も期待できぬことをはっきりと悟った。俗物であることは、かならずしも、人間の不名誉ではない。しかし、社長代理を名乗る相手の女性的な苛らだちの有様が、妻方の母親のそれに奇妙に似ているのに気づいた時、彼はいつまでも自分について廻る不運に絶望してしまった。人がこの世で味わうことの許される幸いは人間関係の中にしかない。物質的な潤いを軽視するわけではないが、しかし、人並みの暮しの基礎があれば、あとはよき知人を持つことが人の幸せというものだ。大学を卒業してから後の西村は、その人間の関係にめぐまれなかった。偏狭な固定観念、押しつけがましい俗念、そして永遠に〈自覚〉しない虚栄と物欲の塊。そしてまた、善意な、善意であるゆえに何一つ力を持たず、また人の心の真の苦しみをてんから理解できぬ家禽のような男たち。彼を取りまくのはそういう人種だけだった。そして、いっそう悪いことには、西村はそうした人々に対して、生活的にも論理的にも攻撃の立場には立たず、目を伏せて沈黙していただけだった。どのような屈辱が訪れても、怒号も弁明もせず、一かけらの自尊心を抱いて微笑していただけだった。いまもまた、西村はそうするだろう。知遇を求めて権門を訪れる諸生の運命は、古今を通じて共通する。歓待する者は身を託すに値せず、尊敬するに値する人物は、また躁進の者として温和な憐れみをかけるにすぎない。

「この前の参議院選挙では、たいしたものだったですな。県会議員から一躍、参議院議員とはね。家は古いには違いないが、あんなに勢力があるとは思ってなかったですよ」

「どうでしょう……」西村は言い渋った。

「渋川さんには、うちの御大も昔、いろいろお世話になったと聞いてましたがね。私自身は、それほどはよく存じあげないんですがね」

「その紹介状は、その……」

「その、なんですね。勿論、一応考えさせてもらいましょう。別に、お急ぎになるわけじゃないでしょう。これがね、貴方の身柄を、つまり何か仕事を探しておられて職の世話を頼むとおっしゃるんですと、及ばずながら、また力添えもしやすいんですがね」

　相手は、あらためて胸のポケットから名刺を取り出して西村に手渡し、右隣りの長髪の男に二言三言指図して手洗いに立った。いや、忙がしげに前こごみになって歩くのが彼の癖なら、手洗いではないのかもしれない。

「うちの親玉に何を頼んだって駄目ですよ」長髪の編集者が言った。「第一、この会社は寿命がもう尽きとるですからな」長髪の青年は鬱憤を下手に晴らそうと、苛らだつ風だった。飛びだした喉仏から汗がしたたっている。「彼に親切にされたら、注意することですな。男色野郎の淫乱ちゅのは、また特別すさまじいと言うからな」

「おい、この校正をちょっと手伝え。実際、厭になっちゃうよ。エロ雑誌やからちゅうやしつけておいて、人相の悪い別の男が言った。

「原稿が、はじめから誤字だらけなんだ。おれにおこったって知るかよ」

「え？　なんか言ったか？　しかしだな、腓線というのは解剖した蛙に電流を通ずると、ぴくぴくと反射運動をするあたりだろうが。それをこの偽生理学者は……」

「わかった、わかった。わしらはもうセックスの権威ですよ。毎号毎号、同じことばかり校正しとるんだ。勝手になおしとけ、勝手に。それとも、たまにはわざと誤植のままにしといて度胆を抜くか。一ぺん、子宮という言葉を全部肝臓になおしといたれ。傑作な新学説だ。な、な、みいちゃんよ。知っとるか。肝臓はここに、このお尻の中につまっとるんだ」

「いやらしい」小鼻をひくつかせながら女事務員は立ちあがって扉の方へ歩いていった。

「それより、カルピスはどうなったんやろ。遅いなあ」

「健康だよ、あんたは。原爆が落ちても女は生き残るね、実際」

自分の失望の度合を計るように、西村は椅子に背をもたせて目を閉じた。新たな幻影をかき立てるべき活力もなく、久しく積り積って憤激を投げつけるべき相手もいなかった。女事務員が敏感に見抜いたように、彼がなおそこに坐りつづけている理由は、一杯のカルピスにありつこうとする意地汚い欲望だけかもしれなかった。手洗いから戻ってきた社長代理は、すぐには西村の前には来ず、所在なく部屋の中を歩きまわって、言っても言わなくてもよさそうなことをべらべらと喋った。
疲れて抒情的になった西村の神経に、社長代理の立てる靴音がいらだたしく響き、そして再び、彼は、何処かで道をまがりそこねたような後悔の念の中に墜ちていった。何一つ結実せず、しかし失敗したと言いきることすら出来ぬくやしさの中へ。

我ふたたび帰り行くを望まざるがゆえに……
望まざるがゆえに
再び帰るを望まざるがゆえに……

理由の知れない後悔の上に、きらきら反射する水紋のように、不意に、誰のものとも記憶にない詩句が浮かぶ。

Because I do not hope to turn again,
Because I do not hope,
Because I do not hope to turn……

あたかもその言葉の断片が、後悔の念の全き解明であるかのように。……あの名状しがたい憤怒に駆られて、生活を断念したとき……その断念自体に誤りはなかったはずだった。しかし、もしかすると、その次に選択すべき方向を、そのとき、彼は決定的に見あやまったのかもしれないのだ。

「渋川氏の関係しておられた頃の立河出版なら、或いは、あなたの希望にもそえたかもしれませんがねえ。ちょうど、この建物の全部が出版社だった。もっとも三階は娯楽新聞社でしたがね。それも同じ資本でね、わたしはそっちの編集をまかせられていた」カルピスが机に置かれると、社長代理は見事に話題を転換させて西村の前に戻った。

「昔はよかったですよね」長髪の編集員が粘りつくような声で言った。「見てやってくれよ、このざまを。営業も編集も一しょくたに、返品用の倉庫に追いつめられとるんだ」

「君は黙って給え。君の知らん時代のことなんだから」

未来を失った人間のすべてがそうであるように、過去の繁栄について語り始めると相手の口調が急に重々しくなった。おそらく編集者たちは、同じ愚痴を何度も何度も繰返して聞かされてきたのだろう。皆が急にそっぽを向いて、部屋全体の雰囲気が白けた。

「最初は大学の教授方の、法律や経済などの教科書を兼ねた学術書でしたがね。どの本も部数は多くはなかったが、みな確実に売れたたし、信用もあった。……立河はんは現金で印刷屋をたたく主義でしてね。同業者仲間の受けはよくはなかったが、紙屋も印刷屋も著者も、本当は感謝しとったですよ。……実際、妙なところがありましてね。あれだけ大きな仕事をしておりながら、現金しか信じられないんだな。関西の商人や事業家には、宿命的にそういう気質があるんだな。債券や手形なんてものは、仕方なしに出したり使ったりしてるだけで、本当は全然信じてないんだ。ある程度まで成長しても頭打ちしてつぶれて行く理由は、多分……」

「昔は、この辺一帯の世話人だったと聞きましたが」

「ああ、世話好きな人でしたよ。もっとも、それも、呼び出しをかけたら、一、二時間で来れる所にいるという奴の面倒しか絶対にみなかった」

「今はどうしておられます？」

「やはり妙な誇りがあったんですな。戦後は活字で印刷してさえあれば何でも売れる時期があったのに、七難かしい本しか出そうとしませんでしてね。そしてすぐ手を引いてしまった。出版という仕事に興味を失ったと自分では言ってますがね。本当は国家主義者だったんだな、多分。あなたがお書きになったものが、どういうものかは知りませんがね、渋川氏の紹介なら、多分会うでしょう。隠遁はしてますが、金は持ってますさあ。いや、実は、あとで叱られては困ると思いましてね、今、ちょっと電話してきたんですよ。あの人の気に入れば、ここから出さなくったって、金一封ぐらいは出しまっしゃろ」

「お住まいはどこなんですか、いま」

西村は黒カバンを抱きしめて儀礼的に言った。本当にたずねたい気持は彼にはなかった。

「それがまた何ともわかりにくいんでさ。住所は今書きますがね。金があるんだから邸宅でも構えりゃいいのに、終戦直後に建ったバラックに独りで住んでるんでさ。巷隠というやつですな。実際、余計な節義など持っとると、人間ろくなことにはなりませんな」

コップの底にあまった氷片で額を濡らしながら、相手は西村のカバンを見た。

「それはそうと、一体どういうことをお書きになったのか、それを聞いておかなかったので、電話でも話のしようがなかった」

「はあ」と、西村は上の空で答えた。

何度、同じ質問に答えてきたことだろう、と西村は思った。初めには、その質問の起るのを今か今かと待ちのぞんでいたものだった。一つの質問、それに対してなされる一連の説明で、ただちに見知らぬ相手との間に親密な紐帯が結ばれ、その絆は無限に拡大していって、全く新しい世界が眼前に開かれるように彼は思い込んでいた。

——この墓碑銘は……

と、かつて二カ月以前、大正初年の創立以来、この国の欧化主義に指導的な役割を果してきた首都の大出版社の、一方の壁面全体を自社出版物の列が覆う広い応接室で、卓子に置かれたコーヒーを見つめながら、西村は語ったものだった。白いレースのカーテンが夏の朝の光をやわらげ、礼儀正しく向かいあった編集部重役のととのった銀髪に微妙な陰翳を与え、斜め後ろにひかえた女編集者の影を、風のそよぎに合わせてゆすっていた。

——今はもう町名を忘れ去られた広島市の練兵場わきに建っていた、ありふれた十二軒長屋に住んでいた人々の、調べえたかぎりでの生前の事跡を書き綴ったものでありまず。太平洋戦争終結の十日前、偶然郊外に出ていたり、郷里に帰っていたりしてたすかった遺族や親戚、その友人であった人々、そしてまた生前知り合っていた勤務先の同僚や学校の先生、その他、聞きだしうるかぎりの人々から話を聞いて、この列伝を書きました。これらの人々は、私の家族もそうでありましたように、同じ棟のうちに住み、同じ隣組に属し、いさかい合ったり、お世辞を言い合ったりしながらも、特定の場合をのぞいて、毎朝毎晩の挨拶をかわすこと以外には、互いに本質的な人間の交わりはありませんでした。平凡な十二軒の家族、壁を境に、唯ひたすらに各自の団欒を楽しみ、時おり夕涼みの床几でお互いの貧しさを確かめあって微笑し合う地域的な共同体にすぎませんでした。同じ祖先をいただくわけでも、同じ職業に従事していたわけでもありません。姓が異なるように仕事も相違し、それゆえにまた、各自の栄達や安楽への夢も質を異にしていたことでしょう。女学校の教師、ガス会社の技師、町工場の工員、電車の車掌、市役所の役人、商事会社の事務員、左官、被服庁の監督、銀行の小使い、傷病軍人……ある者は七人の子持ちであり、また三人の子をかかえて困窮にあえぐ未亡人もおりました。しかし、それら名もなき人々の列伝には、唯一つの共通点があります。それは、その死亡の日時と場所が完全に一致するということなのです。

ある人の伝記は数百枚を費してなお書き切れないのにかかわらず、中には、ただ数行の文章でしかあらわすことのできぬ人もありました。肉親も親戚も共に死に絶えて、私自身の不明瞭な記憶の中にしか、その存在の跡をとどめていない人もあったからです。例えば、私の家の右隣りに住んでいた左官とその女房、そして、その子供がそうでした。その子供の列伝は、次のようにしか書くことができませんでした。

昭和十八年四月某日、広島市――町――番地に左官職米村源七長女として誕生。同月、聖子とめい名。性利発にして、その貌愛すべく、銭湯に赴く近隣の女房達も好んでこの子を伴うたという。昭和二十年八月六日、死亡。享年三歳。

私の力の及ぶ範囲内で、なんとか三十数人の伝記を書きあげることができました。これを書きあげるためにした私の遍歴と行脚は、また別のノートにしるしてあります。その人に前科のあったことを知らず、本籍所在地である四国の観音寺までわざわざ訪れて、根掘り葉掘り経歴を尋ねて不興を買ったこともありました。鉄道の踏切番をしていて生き残った老人は、原子爆弾被爆者の医療等に関する法律で病院に収容されていて、彼の唯一の思い出である細君の写真を私にくれました。その写真も、この原稿に貼ってあります。

私がこの仕事をしようと決心した理由は、しかし残念ながらうまく説明することができません。私は実は、原水爆禁止日本協議会にも、日本原水爆被害者団体協議会にも、また広島市被爆者団体連合会にも属しておりません。その郊外に住んでおりながら、慰霊祭にも平和大会にも参加せず、私はその時にはかならず旅にでました。首筋や背中にあるケロイドを懸命に隠し、就職や結婚問題に悩む被爆した大多数の人同様に、自分がその一員だとは思いたくない新しい〈賤民〉の一員だったからです。いや、もともと、こんな仕事をしようと思って大学にまで行ったのではありませんでした。もっと有意義な仕事が外にありそうな気が、それをしている最中にすら、していたことを隠そうとは思いません。個別的な悲哀にかかわるよりは、より普遍的な問題と対面するのが知性《インテリジエンス》の任務でありましょうし、死者の名誉回復よりは、自己の安楽の方が常に人間にとっては大事です。また死者の名誉回復のためなら、あまりにも忠実に事実に沿うより、それを美化する才能の方がより必要でしょう。また、たとえそうした華々しい才能に恵まれていたとしても、いったん死んだ生命は永遠に戻ってまいりません。しかし、自分でも説明できない脅迫されているような憤怒に駆られて私はその道を選んでしまい、この仕事をやってしまったのです。私の少年期、私の幼年期を、あるいは共にし、あるいは甘やかし、あるいは理由もなく小づきまわしていろどってくれた近隣の人々への悼亡の文章を、何ゆえとも知れず書かねばならぬような気がしたのです。仕事は一応の目処はつきましたが、私は宙ぶらりんの状態にあえがねばなりませんでした。三十数人ではなく、たとえそれが二十五万人であろうと、死者に捧げつくすには、私一個の人生は、私にとってあまりにも惜しい。早くこの円環を閉ざしてしまいたいと思い、いま突然ながら、こうしてここにおたずねしました。もっと威勢のいい大義名分を自分の仕事に付することもできなくはないと思います。だが、私の行為の十全の意味は、私個人によっては価値づけることは不可能です。意義というのは常にそういう他者依存性を持つものでありましょうから。

——あなた御自身は十五年前のその日に、どうしておられたのかな。

——ちょうど防空壕掘りに動員されていて、その前の日掘りおえたばかりの壕内に寝そべって、ぼんやり空を見ていました。

——御家族は？

——父も、動員された女学生を引率して街を出ておりました。しかし母と妹は、この列伝の中に入っております。

——さっき、最も長い伝記と言われたのは、お母さんのことですか。

——そうです。しかし私自身が、その閃光の瞬間、どこでどうしていたか、その後三日間に何を見たかは、ここには殆んど書きませんでした。列伝中の人物と連繫する部分にだけしか、あの悲惨は書き込む気がしなかったのです。なぜであるかは、それも、うまく説明することは諦めねばなりません。ただ、私の仕事の動機が、あの地獄絵図とは直接重なり合わぬ性質のものであったからのように思います。

そして……西村は、鼻糞をほじくっている社長代理の顔を非現実な映写幕に映っている影像のように縁遠い気持で見た。東京の書肆では、ひっきりなしにかかってくる電話が西村の説明を分断したものだったが、今は仄暗い地下室に浮きあがる退屈しきった相手の顔が、ふたたび同じ徒労を繰り返すのを思いとどまらせた。机の上のカルピスを西村にすすめ、相手は、顔面を神経質に震わせながら、部下たちの冗談に首をつっこんで笑っていた。

友よ、と叫びあげるように西村は思った。あまりに親しすぎた学生時代には、むしろその親密さゆえに傷つけあうことが多かったとはいえ、他者の思考、他者の苦痛を、己れの思考、己れの苦痛とする関係が、確か君たちとの間にはあったと思う。政治や処世や酒や女などに、やがて各自の態度と立場は分裂し、あるいは対立し、友情の神話は卒業以前に既に崩れはじめねばならなかったにせよ、なお、その関係の中にあった一片の事実は、今も生きつづけているに相違ない。私の精神の中に君たちの像がまだ呼吸しているように、私もまた君たちの中に生きているはずなのだ。もしそれが誤りでないなら、この意義づけしがたい私の行為も、そしてこの疲労も、君たちこそが分担し、そして解明してくれるはずなのだ。西村は感傷的に目をまたたき、かすかな幻影にすがるように立ちあがった。

「また遊びにいらしてください」

と別れの挨拶だけは尋常に、相手は言った。先刻もらった名刺を掌の中に握りつぶしながら、「何か御縁がありましたら」と西村は答えた。

3

保険会社の受付で求められるまま氏名を書き込み、社内電話の交換手が忙しく受話器を操作する前に立っていた西村は背後から名を呼ばれるまで、筋向かいに建ちならぶ豪壮なビルディングの玄関を眺めていた。夏の日に絢爛と輝くポプラ並木の鮮明な木影に、豪華な自家用車がとまる。小豆《あずき》色、卵色、黒色のものなど。それらの自動車から降り立つ実業家やその秘書の動きは、あたかも舞台の上の仕草のように華々しく見えた。最新式のレースのサマーガウンの女性が、外人に付添ってあわただしく回転扉を押して入る。刑事のように両手をズボンのポケットに入れた肥満家が入れかわりに出てくる。自家用車が滑るようにアスファルトを走りだす。

「西村さんですね」

背後から声をかけたのは、予期に反して、見知らぬ中年の女性だった。スタンドの向うにずらりと並んでいる事務員の方を、さぐるように眺める西村をうながして、彼女は玄関の石段を駈け下りた。丈が極端に高く見える痩せ形の魅力に乏しい女事務員だった。一度結婚し、結婚に失敗した女性特有の諦めたような表情と、薄い乳白色の皮膚が理由もなく、その女の情事のあり方を想像させた。おびただしい社名、合資会社、合名会社、株式会社、投機相談所、貿易商社等の表札をはめこんだコンクリート柱の前までくると、女は、あらためて頭をさげた。

「西村様でいらっしゃいますね。わたし松下と申します」

「ええ」

西村は、彼女の若やいだ髪のリボンが全く似合っていないことを見てとった。

「ちょうど今お人が見えて……席にいることは少いんですよ、あの人は。それから……」女は、あわてて付け加えた。「西村さんのことは、時々うかがっておりました」

この女が藤堂の何なのかは、漠然とながらそのとき想像できた。しかし、藤堂の情事の相手にしては、いささか醜くすぎるようだった。三十の坂はとうに過ぎているだろう。

「ちょっと、そこまでお付合いしていただけません？」彼女は西村をうながして歩きだした。

「あんな定見のない人も少いでしょうよ。一度、誰か昔のお友達がこられたら聞いてみたいと思ってましたんですよ」

薄っぺらなワンピースがバスの走り過ぎた余塵にひるがえり、骨張った上半身の線があらわになった。

「人が麻雀にでも誘えば、絶対ことわったためしがないんだから。胃が悪くても体をこわしていても、絶対最後まで付合うんですよ。哲学者みたいに、うさん臭そうに笑いながら」

女は自分と藤堂との関係のあり方を告白していることに気づいていないらしかった。

「もう長い間になります、彼と文通もしなくなってから」回顧的に西村は言った。

「初めての方にこんなこと喋るの、おかしいでしょう」

「いや」

「世の中には、わからない人がいるのね。もう三年になるんですよ、勤めはじめて。官立の大学を出た人なんて、本社にもそんなにいるわけではないんだし、家が貧しくて中退したにしたところで、その気になれば、出世もできるかもしれないのに」

《家が貧しくて中退したというのは一体なんのことだろう》と西村はいぶかった。《藤堂は一年遅れはしたけれども、大学は間違いなく卒業している。好むと好まざるとにかかわらず、彼は法学士のはずだ。得意の自虐的な出鱈目を彼女に語ったのか。それとも、中退というのは……》ふと湧いた疑問は、しかし、また別の言葉にひっかかることで消えた。人間には、一つの言葉が意味する観念を種々考察してみておりながら、心の中でそれが一向に成育しないある種のシンボルがある。西村は並木がポプラから贋アカシアに変った古風な煉瓦舗装の道を歩みながら、〈出世〉という言葉に拘泥した。たしか彼の父も、よくそれを口にした。余計な形容詞までつけて、着実な出世、と。小学校の卒業式の歌にも、その同じ言葉が美しくはめこまれていた。身を立て、名をあげ、やよ励めよ……あれは一体どういう意味だったのだろう。

夏の微風が所狭く建ちならんだビルディングのはざまを縫って吹く。微風はブラインドを透して、雑多な仕事に従事する事務員たちをも愛撫することだろう。母親のような優しい諦めの香りを漂わせながら、風はビルの窓々をほとほとと打つ。――この都市の北半分は、近畿地方の、そして全国の商業の中心をなし、何万もの月給取りが書類を前に八時間を過ごす。そこから発送される注文書、手形、株券、督促状等々によって、永遠に主役の姿の見えぬ闘争が各地にひろがる。あるいは泡沫のような望みに人を熱狂させ、あるいは人を絶望のどん底におとしいれるために。走り使いする女事務員たちは、皆一様に腕にセルの肘当てをはめ、唇を赤くかたどって能面のように不自然に微笑していた。

「わたしは運が悪いんですよ」松下久美子と名のる女性は言った。

「どこへ行くんですか？」

街に賑わいがありさえすれば、その活気がどんなに空疎なものであっても、やはり失業者は劣等感に苦しめられねばならない。

「あの人が油をうっている所も、ちゃんと知ってるんです」西村の心理とは無縁に松下は言った。

「このあいだ、二人で和歌山の方へ歩いて行きかけたんですのよ」女は歩きながら続けた。「おかしいでしょう。まるで乞食みたいに鉄道線路に沿って歩いてたんです。別に故郷が南にあるわけじゃないけれど、私が死にましょうかって言ったら、いかにも厭そうに、ああ死んでもいいな、と答えるんですからね。もちろん冗談ですけれど、もっと男らしい答えの仕方がありそうなもんじゃありませんか」

西村は空返事を返しながら、突然、愕然と立ちどまった。手はハンカチを握っているだけで、彼はあの黒カバンを持っていなかった。

「しまった！」と彼は言った。一瞬、血の気が頭から引いていった。

「どうなすったの？」相手が言った。

「どこで忘れたんだろ」

「何をお忘れになったの？」

「原稿です。カバンに入れてあった」

「どんなカバン？」

「黒い、ごく普通の……どこで忘れたんだろ」

「受付でお会いしたとき、何か持ってらしたような感じがしたけど」

「持ってましたか、その時、そいじゃ受付だ。ちょっと待ってください」

「大丈夫ですわ、受付でお忘れになったのなら」

「いや、行って来ます」

「すぐそこなんですのよ。あの麻雀屋。電話があるから訊ねたげる。もしあったら、あずかってもらっときゃいい。その方が時間も早い」

「いや」

西村は蒼白になって駈け出した。

背中に冷たく流れる汗に困惑しながら、松下久美子の指定した麻雀倶楽部の戸口に立つと、磨硝子の戸が内側から開いて、微笑を浮かべた藤堂が出迎えた。顎の張ったいかつい顔に、象のような細い目が印象的だった。細い目はまたたきもせず正面から西村を見つめ、下にずれて西村の携えた黒カバンを確かめた。手にした扇子で麻地のズボンの縫目を打ちながら、藤堂は「あったか?」と言った。顔なじみらしい女店主に案内されて、奥まった休憩室まで二人は麻雀台の間を縫って歩いて行った。換気装置が壁の一隅で低いうなりをあげ、天井に扇風機が回転する。カレーライスの皿を左手にささげ、牌《パイ》が一めぐりする僅かの間にかきこんでいる男がいる。ステテコ一枚で椅子にあぐらをかいている者がいる。女子学生をまじえた、まだ十代に違いない学生のカルテットが一番にぎやかだった。

「ちょうど探偵小説を読んでいたところだった。麻雀にも飽きてね」薄いナイロンのカーテンでしきられた休憩室のソファーに腰をおろすと、藤堂が挨拶ぬきで笑った。「面白い、気味の悪い話さ。白昼、堂々と衆目の前で殺人事件があって、しかも犯人は解らんというんだな」

「あなたは、そんなことばかり言ってる」松下久美子が甲高く叫んだ。「いくらつき合いでも、勤務時間中に麻雀をしたり、探偵小説を読んだりしている人がどこにあるの。あなたはもう外勤じゃないのよ」

「保険会社は契約人をふやしゃ御満悦なんだろ。暇な事務所で煙草をふかしてるよりは、人と会ってる方が会社の利益になる。契約人を定期的につれ込むかぎり、会社はおれを誡にはしやせんさ」

「将来のことも少しは考えたらいいのに、この人ったらね」目をみはっている西村の方に女は言った。「生命保険の加入を麻雀の賭で承諾させるんですのよ。いつまでも幸運がつづくわけでもないのに」

「面白い筋書きだろう」藤堂は女を無視して言った。「この探偵小説家が意識して諷刺しているのかどうかは知らんが、犯人が解らないのは、被害者がひ弱な孤児でね。目撃者がみな狂人だから、証言がばらばらに喰い違っちまってね。確かに犯人は内部にいるのに事件は迷宮入りする。題して瘋癲病院殺人事件だとさ、はは」

西村は藤堂の屈折にはついていけなかった。用意されていた再会の場での抒情的な言葉は、先ず西村がカバンを忘れる失策で崩れ、いま藤堂の皮肉な態度でダメを押されるように崩れた。

「探偵は例によって精神分析医でね」藤堂は平然とつづけた。「目撃した狂人たちの支離滅裂な発言を意義づけしながら探究を始める。そして、最後にあきらかになったのは、どういうことだと思う？　彼はある恐ろしい財閥組織の秘密機構を探知し、その殺人は怨恨でも突発事故でもなく、綿密な計算の上での抹殺行為だったことを知る。探偵はそれを告発しようとするんだが、法的に狂人の発言は証拠にはならず、その発言にもとづいた推理は、告訴資料として認められぬことを悟るわけだ。知ることは苦痛だと現代のシャーロックホームズは独白する。探偵は何もせず探偵の定義について自己弁明する。

探偵は検挙し捕縛するのがその任務ではない。しかも彼もまた、おまんまを食わねばならない、と。一巻の終りだ、それで」

本来なら英文科出身である西村の方が、探偵小説などもよく読んでいるべきなのだが、西村は全くその分野には無知だった。その呪物崇拝、神秘嗜好、遊戯化された想像力が、生硬な西村の頭脳には、ただ反撥をしか生まなかった。そしてなぜとも知れず、一切の事象を知識化する習性で、半可通の知識にすがりながら探偵作家の名をあげつらいはじめた西村は、藤堂の身辺のどこにも小説本など置いてないことに気づかなかった。

「ぼんやりしてないで、コーヒーでも注文して来てくれよ」藤堂は松下久美子に言った。

「コーヒーなら喫茶店へ行けばいいじゃないの」

そのとき茶を持って現われた美貌の女店主の方を刺すように見つめながら女事務員は言った。

「コーヒーなら行って参りましょうか」

お妾風の女店主が愛想よく口をはさんだ。

「わたしが行って来ます」

松下久美子が顔に醜い皺を走らせて立ちあがった。

ととのった目鼻だちの女店主は、年齢のそう違うとは思えぬ女事務員を子供を見るように見て、口を掌で覆った。女事務員は本能的な競争意識にぎこちなく歩みながら憤然として出て行った。

「もっと大事にしたげないと駄目よ」

女店主は顔を藤堂に近寄せて言った。

「あの女は色情狂なんだ。一面識でもできた男は全部自分のことを忘れられないはずだという幻想にとらわれている」藤堂が言った。

「手きびしいおっしゃりよう」女店主は、西村と藤堂をそこに置いてすぐ退散した。

「久しぶりだったな」

二人きりになると、藤堂は表情を柔らげた。窓は開け放たれて、そこにも薄い水色の幕がかかっていた。電気蓄音機の蓋の上に花瓶が据えられて、桔梗の花が生けられてあった。

「そのカバンは、どこかに預けといた方がいいんじゃないのかな。何が入ってるのか大体想像はつくがね」

「五年間……」と西村は呟いた。

「保険でもかけてあずけとくか。あるんだぜ、三菱系の銀行にそういう貴重品保管所が」言い終ってから、藤堂は、へっへっと自嘲的に笑った。保険、保険、やりきれんな実際……

「しかしね」

「君の出てきたことは、日浦嬢から聞いて知っていた。偶然、駅前のバーで古在にも逢った。聞けば、君のいまいる所は物騒な所のようだからな。全国にも悪名とどろいている貧民街だぜ。確かな所に荷物はあずけとく方がいい」

「実際、おかしなものだ。風呂に入ってる間でもね、ふっと、このカバンが虚空へ消えてゆきそうな気がするときがある。つまらん空想科学映画でね、宇宙旅行のロケットの中で人が死んでね、風葬をする場面を見てから、何もかもが、ばらばらに虚空に消える夢ばかり見る」

「大分疲れてるらしいな。神経衰弱気味なんじゃないのかね。おれんとこへでも転がり込んで、しばらくのんびり遊んでいけよ。遊びのお相手なら、いつでもうけたまわる。少くとも学生時代よりゃ金持だからな」

「いや、いいんだ」西村は弱々しく言った。

「人間、追いつめられた時に遠慮したりする必要はないぜ。俗物どもがよく言うだろ。社会が悪いんだ、社会がな。ふふ。……それはそれとして、本当に大事なものなら彼女にでもあずけときゃあいい」

「彼女?」

「わっは」藤堂は立ちあがって西村の背中をどやしつけた。久しく経験しなかった、あやふやな恥らいに西村の頬はほてった。恥じて視線をそらせようとすると、藤堂は意地悪く彼を覗きこんで、顔に煙草の煙をふっかけた。「実際、箱入り息子だな、君は。女房子供もちには見えんぜ、それでは。何もかも結構隠しおおせたようなつもりなのかもしれんが、隠しおおせたのは、そのつもりになっている愚かな自分の心だけだ。皆知っている。ちょうど君が結婚したとき……」

「もういい、過ぎ去ったことだ」

「しかし、どうしてあんなに結婚をあせったのかな」

「それは……」

　人が渋々身をゆだねるあの単調な日常、あの退屈な家庭に知恵の足りない少女がこがれるように慌てて跳びこんだ理由も、〈賤民〉ならざる彼には理解できないだろう。そのときは西村自身にもわかっていなかった位なのだから。しかし、今それをどう説明してみても、万事はもう遅い。

「今の君の顔付はかならずしも幸福な旦那様には見えんな。古在や岡屋敷が殺気立っとるのは、そりゃ一向にかまわんがね」

「この仕事から、この仕事を支えとして、僕は今までと違った人間になるつもりだった。仕事が首尾よく完結しなくとも半分の意味は自分に対してあったのだと信じたかった」

「相変らず、本を読んどるような調子だな。いいさ。それが君の身上だから。しかし古在も、いつだったか言ってたな。君は一度、どうにもならん破綻をする必要がある。女のことでも、酒の上の愚行でもいい。もはや弁明の余地なし、もう抜きさしならんというところまでね。一切の幻想が吹き飛んでしまって、貧弱なその肉体をひいひいたたきながら、これ以上どうにもならんという地点を見つけだすまでね」

「そのことに関してなら……」

「まあ、聞け。君が学生時代によくつかっていた言葉があったな。例の認識《コネッサンス》というやつだ。舌を噛みそうなほど、なつかしいね。はは。ところで君はその認識というやつには、まったく忠実な男だった。その系統的な知識と君の生活の態度は、いじらしいほど均衡がとれていた。職業としては、たぶん君は学者が一番似つかわしいだろうな。おれたちの世代から勤勉実直な学者は出そうには思えんが、少くとも君にはその資質はある。しかし、君は大事なことを一つ見落していた。それはだ、例の〈知る《コネッサンス》〉ってことは、それが本物の認識であるかぎり、かならず一つの傷を、一つの破壊を伴うものだということだ。一つの破綻が一つの認識の代償なんだな。君はそれを避けて通ろうとした。君は賢明で、細心だった。それはそれですばらしい能力かもしれんが、そのために君は気位ばかり高い独身女みたいな欲求不満を背負わねばならない」

「ちがう」と西村は言った。

「え?」藤堂は不思議そうに西村を振り返った。「え? 何を言いかけたんだ、何かあったのか?」

どんな平凡な生活であっても、みずから破壊してみせて観念の代償を得なければならぬほど、生活は無内容なものでない。なぜなら、権力や策謀や社会の不合理を、難詰し指弾すべき根拠は、正義や愛の観念ではなくて、人々の生活の幅とその内実だからだ。どんな政治の幅よりも生活の厚みは広く、どんな宗教のドグマよりも生活の不文律はより重い。西村はみずからの保守主義をはじめて口に出して主張しようとした。だが、振り返ってみれば、繭《まゆ》からひきずり出された蚕のように彼は素手であり、素裸だった。彼の生活は、無益な、褐色の憤怒に蹂躙されて一箇の廃屋と化している。長い間かかって練りあげてきた生活の規律、その規律をふんわりと包む生活の香りも、たちまちにして崩れた。そしてあとに残ったのは痩せ細ってわめきちらす妻と、小さな自分の手を吸ってきょとんとしている子供。そして、友達の慈悲にすがろうとする途方に暮れたこの青二才。これが、かけがえのないものと思われた憤怒の代償だった。

「君はもしや……」藤堂は刺すように西村を見た。「余計なことを言ったのかも知れなかったな」

「いや、いいんだ。しかし」

「それより、酒でも飲みに行かないか。久しぶりだし、少しアルコールが入った方が話しやすいだろう」

「いや、古在にも会わなきゃならないんだ。この前連絡したときには都合がつかなかったらしくてね」

「む？　ま、古在の方が頼りにはなるだろう。しかし、連絡なら飲み屋からしてもいいんじゃないかね。こんな機会でもなければ、昔の連中が一堂に会するなんてことは、もうないだろうからな。もっとも、集って憂鬱な顔をつき合わしてみたって何が生れるということもないだろうがね」

「蒔田や村瀬や岡屋敷には最近会ってないのか？」

「おれだけが仲間はずれというわけでもなくてね。君が思っているほどには、同じ街に勤めていても顔を会わす機会はないんだな。日本の大学は奇妙な固定観念を学生たちに植えつけやがるからな。形のはっきりしない、行動の指針にも処世の術にも役立たない、いや、かえってその邪魔になるだけの理想主義を無責任に吹きこんでくれる。年端もいかず、何も知らぬ、使命感に燃えた柔らかい頭にね。大学を出てから一、二年、お互いの月給の安さをぼやき合い、社会の不合理や人間関係の不明瞭さをかんかんになって罵りあう時期には、大学時代の交情はその余韻を保ってはいる。しかし反抗期が過ぎて、結局最初にしぶしぶ選んだ職業を宿命のように守り続ける以外に生きてゆくみちはなく、どんな仕事も、あの〈全人間性〉を賭するほどに華々しくないことに気づきはじめると、結婚した女同士のように友人関係は疎遠になるものだ。やがて人それぞれに会社組織にのめり込み、ある程度の責任も負わせられて〈出世〉しかけると、皆、妙に後ろめたい気持に襲われて、かつて学生時代、共通の理想主義を、一つの釜の飯を食うように分ちあった男たちに会うのが億劫になってくるんだな。おれはコミュニストでもシンパでもなかったし、古在たちの集団からは初めからずれていた。反戦運動に参加したわけでもなかったし、ビラ一枚貼りにも行かなかった。また君の好意で、あの生真面目な研究会に参加させてもらってはいたが、機関紙に雑文一つ載せたわけでもなかった。しかし、それでも、当時、思いあがって、あるいは故意に危機感を煽りたてた人々の元の姿を知っているというだけで、皆は会いたがらないさ。一九五〇年代はじめの学生運動の崩壊や、共産党の分裂や、馬鹿者どもの極左的偏向も、別に古在や村瀬や岡屋敷の責任じゃない。しかし彼らは、それが自分たちの怠慢や性急さや、右翼日和見や極左冒険主義のせいであるかのようにいがみ合っている。しかも現在は、ひとしなみに、かつての理想を裏切った生活をしているということで一層ヒステリックに憎しみ合う。情熱のない憂愁や厭世、吐け口のない苛らだちに、自分も旧友もいっしょくたに漬かってるということが我慢ならないんだな。おれたちの世代は早熟でありすぎて、強烈な観念を身につけるのはむしろ大学を出てからだということを見落した。大学を卒業した頃には、もう半分かた老衰しており、早くも敗残者くさい臭いを身にまとっていた。より新たな、より現実的な観念を蓄積するには疲れすぎており、その暇もない。ただ、かつて無垢であった時代に、思いあがり、背伸びして身につけた乏しい観念を、こっそりと修正しながら生きのびて行くだけなんだな。もっとも、おれはこんな偉そうなことを言えた柄じゃないがね」

五年間——と西村は汗のにじみ出るような息苦しさで思った。彼が過去の亡霊とのみ交わり、どんな過去にも少しは含まれる懐かしさに心を奪われている間に現実の花は散り、実ははじけ、むかし遊んだ故園も今は全くその相貌を変じてしまったというのだろうか。ただ一時、同じ街角に住んだというだけの他者の足跡を探して炎天下を歩きまわり、あちらの路地からこちらの街角へ、人に会ったり図書館に通ったりして、やっと仕事が一段落して元の世界に戻ってきてみれば、もう誰一人、話の通じ合う人間もいないというのだろうか。

「古在や村瀬はともかくも賢明だし、否応なしに賢明にならざるを得ないような仕事に従事しているから、いずれは態度を変えるだろう」と藤堂は続けた。「だが、途中で力尽きて病いに倒れた奴や下積みになってしまった男たちは、人生もまた自然のように変化するものだということをすら見抜きそこなう。人生は少くとも二、三の峠があり、登り坂があり、その転期ごとに装具を変えねばならぬということ自体が我慢がならず、何ものも産み出さない不機嫌さの中に沈みこむことも多いんだな。おれなんぞは初めから堕落しとるから、そういう人間が増えれば、仲間ができるわけで、多少うれしくないこともないがね。岡屋敷の場合なんかは、病気で床にしばりつけられてしまって、変ろうにも変りようがなかったんだから気の毒だがね」

「岡屋敷は病気だったのか。古在に会ったときには、岡屋敷の病気のことは何も言っていなかった」

「あいつは人の病気のことなど喋らん男だ。そういう男だ、あれは。駅前のバーで偶然かち合ったときも、四日前だったかな、その時も、ちらと、君が出て来てると一言語りかけよっただけだ。お互い、そっぽむいて別々の女を抱いて騒いでただけだった。そうだ、思いついでだ、岡屋敷の家へ一緒に見舞いにゆくかね。大会社へ勤めとる奴や忙しい奴は薄情だが、彼は歓待するだろう」

　何でもない藤堂の言葉に西村の胸を衝きさすものがあって、彼は窓の方に目をそらせた。建てこんだ家の裏塀が一間ほど先に見えるにすぎぬ窓を、そこだけが行きづまった感情の抜け道であるかのように見つづけながら、ここでも招かれぬ客でしかない自分の姿を西村はまざまざと見た。

「今、古在にバーで会ったと言ったが、それは何日だった？」

西村は抑制することのできぬ素早さで、曜日を月日に換算し、そして、駅前のバーで古在が酒を飲んでいたというのが、ちょうど約束通り自分が、彼のいる新聞社を訪れた日だったことを発見した。最初、繁華街の三流喫茶で会ったとき、古在は自分の方から、尋ねたいことがあるから夕方電話してみてくれと言った。西村が日浦朝子の学校から連絡した電話の返事は、座談会の司会に急に商工会議所まで赴かねばならなくなって会えぬということだった。そしてその時、二日後の午後の退社時刻を確かに西村に教えたはずだった。その二日後も不意の急用ということで、新聞社の受付前から、古在の声を確かめもせず西村はひきさがった。体が幾つあっても足りないと文句を並べながらも、それゆえに苦しい反省の時間から解放されているだろう旧友の多忙を羨みながら、西村はすごすごと彼の〈寓居〉へと帰った。だがその夕べ、古在は酒を飲んでいたのだ。新聞社の建物の周りを理由もなく一度廻って、一種のうら寂しさを噛みしめながら西村が立ち去った、その同じ雑沓を十数分後に、古在はバーへ向けて歩いて行ったのだ。

西村は、海岸に立っている自分の足下の砂が波にさらわれて行くような墜落感を味わった。古在とは、高等学校の三年間、大学の四年間を通じて、下宿の部屋を共にしたこともある最も親しい友人のはずだった。思想は異なり、専攻も違い、生活態度も異質ではあっても相互の理解は成り立ったし、その理解の上に友情もまた、自然にはぐくまれた。なぜだろうか。何が変ったのか。——五年間、と、またしても西村は思った。老いさらばえゆくオーミエールのように、時の推移、四節の推移の前には、どのような感情も頭を屈し、その艶を失って行く。全く単純明瞭な事実なのだ。それ故に、あの故郷の都市の上空六百メートルに一瞬花咲いた三十万度の火球も、あちらの砂漠、こちらのツンドラで実験の行われるたびにある痛みを伴って思い起されながら、しかし、すべてをのみこんでゆく〈馴れ〉によって、本来の意味を失ってゆくのだ。質問されれば人はすらすらと答えるだろう。それはそもそも国際法違反であり、そして全人類に対する叛逆行為であると。或いはもっとシニックにこうも言うだろう。万人と共に死ぬなら、別に怨むところはありませんと。だが、十数年の歳月を経た人々の意識の中には、類型化した応答のほかには本当は何のイメージも残ってはいない。最初に訪れた、最も良心的なと噂される出版社の、その人自身が戦時中には投獄されていた編集部重役も言っていた。あなたの意図はわかります。お気持もお察しできます。もう二、三カ月早くて特集号を組むときでしたら、一部分を雑誌に掲載させていただいてもよかった。しかし、今はもう……。むしろ一つどうです。それだけ大部のものなら、思いきって虚構に組み立ててみられては。直接、事実性にはよらず、その芸術的完成度で、時間や場所の限定を超えて、人々の反省を促すものに組み立ててみられては、と。そう、その婉曲な拒絶こそは西村の学問的な不実に対する当然の酬いであったかもしれないのだ。はじめてまとまったものを書く機会だった卒業論文に、虚構性の問題を取扱おうとしながら、そうした一般論は受け付けぬと教授に言われて、簡単に世紀末の唯美主義的な作家の作家論に切り換えてしまい、以後も、つきつめて解明しようとはせず、今度もまた安易に事実に託そうとし、事実の重大さにだけ頼ろうとした彼の思弁の怠慢の、それが酬いだったのだ。火山の噴火によっても人は死ぬ。遊覧バスの転落や、毎年のように起る地震や河川の氾濫によっても人命は失われる。まして戦争であるかぎり、経済力と戦闘力の壊し合いであるかぎり、人は、正しく論理的な非情さで殺されねばならぬ。おれは、そのことの本質を、一度でも本気になって考えたか？

「おや、どうなさったの。二人とも妙に黙りこんで」妙に華やかなしなをつくった麻雀屋の女店主は、くぐったばかりの暖簾をなおしながら言った。

「今から酒を飲みに出る」藤堂は立ちあがった。

「松下さんがコーヒーを注文しに出られたままでしょう。コーヒーを飲んでからにしたらいいのに」

「いや、あれはどうせ、そこらの美容院にでも入っとるんだろう。コーヒーが来たら飲んどいてくれるといい」

「わたしは知りませんよ、松下さんが怒ったって」

「もう少しここにいよう」と西村は後ろから言った。

「お酒を飲むんなら、ここで飲んだってかまわないわよ。うちにあるのを貸したげる」

「五合や六合では足りんぜ」

おかみは返事をせず、藤堂の背後に廻って、襟に落ちた脱け毛を指先ではらった。藤堂は眉を微妙にしかめて西村を振り返った。目許のやや黒ずんだ、頽廃的な、しかし、妙に優しい彼の目が何事かを語りかけ、西村はその視線に包まれるように椅子に身を埋めた。

「どうしたんだ、急に。何か厭なことでも思い出したのか？」

「今、急に眩暈《めまい》がして」

西村は泳ぐように周囲を見廻した。

「じゃ、この部屋を貸してもらうか。しかし、今、金はないよ」

今はもうはばかりなく、美貌の女店主の胸を手の甲で軽く打って、藤堂は微笑した。

「おれはあまり頼りになる男じゃないがね。何か喋りたいことが一ぱい詰まってるんだろ。おれでよかったら、聞かせてくれ」

「酒を飲みたい」と西村は言った。不意にこみあげてくる、何を悲しむともしれぬ悲哀感に耐えながら。

第四章

1

道路に面してある幅広い窓のすぐ間際にある二株の棕櫚の樹が、部屋のなかに縞の葉影を投げかけていた。夏の葉影は灰色の壁や、枕許に置かれた薬瓶の上を、幻灯のように絶え間なく移り映えた。都会の塵埃に白く覆われた棕櫚の葉は、窓からの眺望をさえぎりながらしきりに身もだえする。その身もだえのたびごとに、また乾燥した葉ずれの音が部屋に流れ込むのだった。瀬波のように吹き込んでくる風は涼しかったけれども、物音や葉影は、行きづまって一路頽廃してゆく思惟の苛らだちに似ていた。岡屋敷恒造は希望を失って、そして殆んど絶望の感慨からも遠のいて病牀に臥せていた。

彼は痩せさらばえていた。昔、蹴球の選手でもあり、「若者よ、体を鍛えておけ」で始まるあの皮肉な歌曲も率直に受けとれた十六貫五百の肉体は、発病後、数カ月ばかりで見る影もなくなった。かつては、その肉体に支えられた行動力と忍耐で有能な学生党員だった彼のエネルギーは、八年前の山村工作のときいらいの憂鬱症と今度の発病とで、けずり取られた脂肪とともに完全に消えていた。それでも食欲はなお浅ましいほど旺盛だった。だが、実際に箸をとると何もおいしくなかった。いや、それともまだ、彼は何事かをすねて無益な悲しみを悲しんでいたのだったろうか。窓外の気配を探るに倦きて、横ざまに臥せた岡屋敷の目には、空に光のある間じゅう、櫛型に、あるときには掌のようになって上下動する棕櫚の葉形だけが映っていた。

どうした身辺的理由があるにせよ、どのような論理操作の帰結であっても、絶望を内に感じ、それを口にするなどということは、男子にとって（昔ならコミュニストにとってと言ったろう）最も忌むべき恥辱であることを知らなかったわけではない。絶望もまた、それに向けて態度を決定すべき一つの対象にすぎない。喀血して倒れたその日から否応なしに迫られた反省によって、彼はそれを自覚していた。たとい、望みなく暗澹たる思いが喜怒哀楽する人間にとって時には避けがたいものであっても、絶望的態度などというものはあり得ないのだから。そして、反省し、みずからを責めて得た結論はすべて空しく四散し、彼は偽りの平静さの中にまどろんだ。

時折り、何者へ向かうとも知れぬ激しい憤りを覚え、微熱を発しつづける胸を、ひきつれるような発作にかられてぱたぱたと手で打ってみることもある。だが、彼はすぐそれをやめて静かになった。食欲ばかりではなく、口に出しては人に訴え得ない欲望もまた執拗に燃えつづけておりながら、寝巻の上からでも肋骨に触れる扁平な胸の感触が、たかぶった神経を冷たく凍らせたからだった。

はじまったばかりの闘病は、確かに社会から——社会といっても、憂鬱な労働会館の事務所や、仕事の上で接触する労働組合の幹部や、革新政党の地区委員との談合、そして学生時代からの数人の友人との交友が彼の社会だった——彼をもぎはなした。隔絶された床の上の生活は、彼を無理強いに落伍者の一員にした。だが、その病いが彼に絶望を教えたのではなかった。病いは絶望を生まず、思いあがったあげくの頽廃が絶望を生み、それに圧しひしがれて健康もまた急速にそこなわれたのだった。気分というものの恐ろしさを予期しないではなかった。しかし、それに反抗しようとした時には既に手遅れだった。気分を転換するためのブルジョアジーの知恵である旅のすすめもまた、岡屋敷には手のとどかぬ高い虚空にあった。それらは、天の高みがそうであるように、棕櫚の葉影がそうであるように、手には触れ得ず、ただ眺めうるものにすぎなかった。なさねばならなかった任務、多くの困難はあっても、なおなし遂げたかった仕事、日頃は心の奥に睡っていて気づかなかったエゴイスティックな欲求、そしておそらくは身分相応の、個人的な、しかし正当な希願などが一度にどっと倒れた彼の体の上にのしかかってきた。書物の世界から離れれば、たちまち魂の貧困を覚えねばならぬ中途半端な勉学にたいする後悔、理論が要求するのではないただ奇妙な固定観念から、青春の団欒や行楽から遠く離れて住んでいた自己の偏狭さにたいする後悔。このままでは、自分の人生には何一つ価値も意味も見いだせないのではないかという、あるくやしさ。彼は腸のねじれるような寂寞感とたたかわねばならなかった。

家には、生涯ガラス工場の管吹工だった父の買っておいた古い碁盤があった。父自身は連珠を、それも全くの素人、小学生相手に打っても負ける程度にしか知らず、囲碁は知らなかった。どういうつもりで買ったのか、父はそれを押入れの奥にしまい込んだまま、心臓疾患と喘息に悩まされ、初めは一人息子の授業料滞納を、次には息子の社会主義を苦に病みながら五年前に老衰死した。

　書物を読む気力もなく、また、それがすべての空しさの象徴のように思えて、無力な憤りをすら書物に対して覚えていた彼は、時おり独りで碁を打ってみることがあった。亡父がどういうつもりでそれを買ったのかもわからぬまま、その碁盤は貧弱な家の狭い病室で岡屋敷の役に立った。白黒の石を、勝負を模して適当に布石すると、その配列の上にも棕櫚の葉影がゆらいだ。限られた盤面のなんということもない石の配置が、偶然、意味ありげに美しく輝くことがある。すると彼は突然いらいらとし、碁盤から石をはらい落す。生命のない碁盤が重々しげに在り、単なる石ころが意味ありげに見えること自体が腹だたしいのだ。むかし、講談本で、ある僧侶が拳で樫の碁盤を打ち破ったという話を読んだことがある。事柄の意味、その物語の文脈とは関係なしに、彼にはその衝動が理解できた。

　祖母にはそのことが、しかし厭がらせの所作と映るらしかった。祖母はなめし皮のような口臭を発しながら、散らばった石を一つ一つ拾い、そして愚痴る。

「信仰心がない。お前のお父さんもそやった」

「ほっといてくれ」

彼は便意もなく廁に立つ。

鬱積した憤怒、そして、それと相殺しあう自己憐憫が自分の胸をしめつけるとき、彼はきまって不浄の場へ逃避する。おなじ階層から出、彼とはまったく異なった道を歩んだ藤堂との、なかば虚栄の入り混った放縦の際に性病におかされてから、わが身一つの憂鬱は不浄の場で嚙みしめる習慣が彼にはできていた。祖母は知らず、冷えこみかと錯覚し、結核菌がはや腸にまで蔓延したのかと心配した。

「腹巻を巻けと、あれほど言ってあるのに」

「ほっといて欲しい」

縁側の簾が戦災跡の荒野と家とを区切っている。簾のまえで躊躇しながら、鏡を覗きたい奇妙な欲求と彼は無益な戦いをたたかう。

「皆が寄ってたかって年寄りをないもんにしとったら、ええわ、ええわ」

岡屋敷は技巧的に、祖母を慰める妥協の言葉を呟かねばならない。そしてふと、少年のころの、漠然と偉くなりたかった内心の緊張《はり》を想う。具体的には、それはただ上級学校に進学し、よき就職口をえて立身出世することを意味し、なにほどの特異さもなかった。にもかかわらず、ボリシェヴィキの義務感が彼を束縛し、かつ、彼を鼓舞していた青年期よりも、なぜ彼はより賢明でより充実していたのだったろうか。

厳格すぎる義務意識のために、いや漫然たる有閑者への憎悪のために、触れそこねた未知の空間、もう手の届かない新奇な地平への羨望がまた彼を打ちのめす。そうなることが解っていて、なぜ人間には想像力などあるのだろうか。想像にも喜びはなく、疲れて逃げこもうとする過去の思い出も、殺伐としていた。

深夜、反対党の選挙ビラをはがし、声をからして白昼、農家を歴訪した日々。いかに階級解消の理想を説いても、血走った目を彼に注いだまま、ぞっとするような憎悪の言葉を彼にあびせた部落の老人。そしてまた共通のイデオロギーに生きながら、彼が芸術に没趣味なことを憐んだり侮蔑したりした同志たち——おれの人生は何故こんなに貧しいのか。六尺の床に釘づけにされ、見はてぬ夢を彼は追う。その焦躁感は、かつて彼が留置所で経験したそれに似ていた。コンクリートの廊下に電灯が一つ灯っている、保護所の細かい金網の中で、蛍のように目を光らせながら流行歌を唄っているスリがいた。岡屋敷の瞳も、検挙された事項の名誉不名誉にかかわらず、また蛍のようにはかない光芒しかなかっただろう。保守党の選挙違反で挙げられた官吏は、毛布にくるまり、自分にはわけがわからんと愚痴り通しだった。検察庁送りか不起訴か、言葉もほとんどこの二つにかぎられ、溜息はきまりきっていた。自信のない罪人ほど類型的なものはない。「お母ちゃん」泥酔保護で一夜留置された日傭は、蛾の羽音のような細い呻きをあげていた。そして鼻先すれすれに金網と錠前とがあるのを見たとき、結局、岡屋敷もそうなってしまったのだ。確かそのとき、岡屋敷はしきりに尿意を催した。廁の扉は、しかし、ただ尻を隠すだけの高さしかなく、風が便紙を吹き飛ばした。廊下づめの部屋から監視の目が光る廁の中で、彼は子供のようにおふくろの名を呼んだ。彼もまた完全に〈罪人〉だった。罪とは、命令を受けるようにだけ仕組まれた一方的支配関係を言う。ドン・ジュアンは罪人ではない。罪人はただ一日じゅう、じっと穴倉の中で取調べを待ち、呼び出しのかかるのを待つ。心を空しくして磔柱を待つ殉教者のように慎ましく待つのである。

時折り、かつての友人、古在や村瀬や蒔田、藤堂や日浦が病気見舞いに訪れることがあった。しかし、すぐれた友人たちとの間は最初に疎遠になった。彼らは動いており、彼は静止していたからだった。労働会館の資料部の同僚や産別の委員も一、二度彼を励ましにきた。しかし、その足はすぐ途絶えた。行動力を失った彼は、プロレタリアートとは似て非なる貧乏インテリにすぎなかったからだ。自分の日記を何度も読み返せるような余暇《ひま》の持主だけが、病みついて三カ月後の彼の見舞客となった。玄関に、いや、玄関などという言葉は、この地上から抹殺すべきだ——彼の家の貧弱な出入口に近寄った足音で、その残された友人（本当の友人は彼を見棄てていたから、正確には友人ではなく、単なるなじみの者にすぎなかった）の誰であるかが推測できた。召使いは主人の靴音を聞き分けねばならない。

見舞客は一般にみな小麦色の肌をし、声をたてて笑いたくなるほど健康そうだった。彼らに、牢獄の中で手淫によって自殺を企てた囚人のあることを話しても、誰も信用しないだろう。それでよいのだ。岡屋敷は一種本質的な劣等感を嚙みしめて味わった。それは、生温かく、捉えどころのない、そして甘美な味なのだ。その劣等感を嚙みしめていると、自然と、物理的に涙が溢れてくる。

「ふふ。いつも同じ恰好をしてる……」

ひんぴんと訪れるなじみの言い種《ぐさ》はそれだった。彼は新しい牢獄の壁に目をそらせて笑っていた。いかに病人に対してであろうと、そうした軽侮の言葉を真向から浴びせてよいはずはない。しかし、彼は落伍者であり裏切者であり〈罪人〉であるとみずからをなだめて、それに耐えた。罪人は待つだけで、与えられたものに対して批判を加えることは許されない。彼は、家の者が選んでくれる薬を、かつて党の発行するパンフレットに山と盛られた教条を嚥み込んだように黙って飲んだ。水で飲め、白湯《さゆ》で飲め、食前に服用せよ、食後に服用せよ。彼は言われた通り実践して恩寵を待った。どのような屈辱も舌の先に乗せて一気に嚥み込む。

「いつもいつも、手土産なんぞ持ってこなくっていいんだぜ」

岡屋敷は言う。友人は――いや隠す必要はない――最もしばしば訪れるなじみは男性ではない。彼女は、ふやけた白い皮膚と貧乏くさい唇をひきつらせて言う。

「ふん。別段、あなたのために買ってきたんじゃないわよ。家にあまってて腐りそうになってたから持って来てやったのよ」

「ありがとう」

彼は明確な敵の表象を見失っており、それゆえに人間を愛してはおらず、人間の心理にもほとんど無関心だった。ただ惰性的に、かつても、そしていまも生きているにすぎないのだから。しかし、愛や憎しみとは無関係に、感傷だけは残っていた。原始林に住むターザンにも、ちゃんと恋人がいるようなものだ。

まだ岡屋敷が学生であり、水のほとんど涸れてしまった川堤をつたい、欄杆の半ば朽ちた木橋を渡って通学していた頃、いまも紡績工場の女工である彼女、小谷明子は彼の恋人だった。日浦朝子を除いては、学生共済組合事務所の階上にあった共産党組織に出入りする女たちはみないじけて土気色の顔色をしていた。志を等しくし、同じ階級の利害を分つゆえに、かたくなな処女たちも、その集団の中では一人一人が女王だったが、彼の恋人はそのうちにはいなかった。また岡屋敷は彼女を自分たちの運動の中に誘い込もうともしなかった。知り合うきっかけは、紡績工場のストライキの際に応援デモに赴いたことだったが、彼女は別段〈意識の高い〉女性というわけではなかった。むしろ流行歌をうたうのが好きで、お涙頂戴映画を見たがる平凡な女工にすぎなかった。そして、その平凡さと愚かしさが、岡屋敷にとっては心の安らぎだったのだ。古風な紅殻格子の平家を改造して自転車修理業を営む小谷明子の家に、岡屋敷は、ときおり夕食を食いにいった。週に一度は逢いびきもした。しかし彼は、友人の誰にも彼女を紹介はしなかった。安楽な階級への彼の憎悪を、将来性のある青年の若々しさと見あやまった彼女の両親は、彼の態度を男らしいと褒めていた。二人の関係は、彼ら二人の意識においてのみならず、彼女の両親の誤った祝福のもとに〈恋人〉だったのである。週に一度、彼らは人通りの途絶えたポプラ並木の道や、夜の公園の一劃で抱擁しあった。化粧の仕方もろくに知らず、彼女の唇は、接吻する前から既に斑らだった。あるとき、湖の見える小高い丘まで遠足に行って、山腹の寺院の境内で、彼は彼女の合意のもとに、そっけない彼女の肉体を所有した。岡屋敷は欲しくもない子供を産むことを主張し、彼女の方が納得のいく理由をあげて反対していた。忘れられぬ情景はほんの僅かながらもあったのだ。たとえば、彼はいつか、彼女に耳飾りを買う約束をして、口実としては自分の今持っている奨学資金は、自分の労働によって得たものではないからと、実際はそれが惜しくてなんども違約した。その頃、彼女は透明な皮膚をしていた。おなじ白さは今も保たれているけれども、その頃の彼女の顔はまるで善意そのもののように円っこく、可愛いかったものだ。彼女の容姿の顕著な変化は、おそらく彼のせいだろう。何度、彼女を欺いたことだったろうか。市の穢物処理場の日傭仕事やビルディングの硝子拭きのアルバイトの帰りに、その日、手にしたばかりのはした金を持ち、彼女との約束の品を買うために、彼は繁華街におもむいた。アーケードに覆われたネオンの街を何度か行き戻りして、宿舎である学生会館に帰ってきたときは、しかし、耳飾りもブローチも、女性用の文学書もなく、彼は泥酔していた。そして、その女工への愛が消えたとき、卑怯にも岡屋敷は、彼女には理解できぬ〈思想〉の懸隔を楯にとった。唯物弁証法への傾倒と立身出世主義とを実に素朴に共存させておりながら、彼は自分の出世のさまたげになるとは言わなかった。大学在学の四年間、懸命に身につけた経済学の知識、そして、その思想的実践の経験を、彼は女との関係を断つ悪しき切札に使ったのだ。

いつのことだったか、小谷明子は、はじめはおずおずと受け取るべき贈物の種類をより安価なものへと下げてゆき、最後には、一枚の写真が欲しいから買ってほしいと、はっきり注文した。一枚百五十円は超えないだろう。事実、彼はそれをも確かめてあった。彼らがたとえどこへ出向こうとも、行き帰りには必ず通る——また乗物の都合で必ず通らねばならない——巨大な柳のある川堤に面した写真店に、それは飾られてあった。古びた旅館と煙草屋に挟まれた一間《けん》間口の出店だった。

彼女の欲しがったのは、俳優のブロマイドではなく、犬と猫との写真だった。写真雑誌の表紙にでもありそうな、それが或いはその写真店の主人の自慢の作品なのかもしれぬ数枚の印画紙。引伸しの各種に応じて、名刺型から原稿用紙大までが順に列べてあった。飼いならされ、目を表情たっぷりに見開いたテリヤが、豪華な絨毯の上に寝そべっている。その横に立膝したペルシャ猫は、彼女に似ていた。彼は、その買約も惰性でのばした。理由を尋ねられると、店主は飾窓に貼ってあるのは日に焼けて黄化しているから早急に原版を探して焼き増ししましょうと言ったと、もっともらしい偽りが、すらすらと出てきた。彼女はそれを信用し、二週間ばかりが何ごともなく過ぎた。週末には焼付けができる、今度の月末にこそと、彼女の支払うコーヒー代を前にして彼は何度弁解したことだろう。そして、ついにある日、岡屋敷の方からそのことを言いだそうとすると、それを手で制して、彼女は寛大な母親のような微笑をもらした。葛の蔓から葉がぽろぽろ散るように、何かがそのとき滅びていった。外には風はなく、いつも顔を合わせる喫茶店の熱帯魚の泳ぐ飾窓の前で彼は彼女の顔を見ずに別れた。

……こうした岡屋敷にも、夜の何げない街路の物音に、かつてどこかで見た流水の記憶がよみがえったりするとき、親しかった友人たち、その友人と共にした馬鹿騒ぎや秘密な政治活動の一齣一齣が救いのように思い出されることがあった。病床にしばりつけられたまま、彼は、やにわに筆をとって、それらの男たちへの呼びかけの文章を書こうとすることがある。かつてのように、世間知らずで傲慢で、臆面もない純粋さの押売りではなく、胸の奥底深く、腐るほど長い間しまい込んであった憤激や憎悪を、崩壊した集団のせめてもの記念に残したい気がするのだ。感傷的な人間、いつまでも大人になりきれない人間のあさましい欲望だった。祖母に買ってきてもらった便箋をまえにし、彼の書く文章の一節一節が、今は別々の職場で別々の喜怒哀楽を生きている旧友の胸を揺さぶることがあるかもしれぬと妄想する。掘りかえせばいいのだ。ただひたすらに掘り進めれば、乾ききった砂漠にも水が湧き出るはずなのだ、と。あの学生運動の崩壊期、左翼陣営の大解体期にも、岡屋敷は最後まで踏みとどまって活動した。日浦や蒔田が脱党し、古在が分派活動で除名された後も彼は執拗に党活動をつづけ、細胞の再建に尽力した。『おれには、いま檄文を発する権利があり、彼等の態度を糾弾し、問いつめる権利がある。たとえ、再組織などはもはや架空の夢にすぎぬとも、この憎悪、この虚無には、彼らはいささか身に覚えがあるはずだ。その俊才ぶりでいつも彼に劣等感を感じさせた男も、その貴族的な容貌で常に彼を見下していた女も……いまこそ、おれがこの病いに裁かれつつあるように、裁かれねばならぬ』だが、便箋に向かった筆は虚しい空白におののいて進まなかった。かすかな囁きが耳許をかすめすぎる。お前のような人間に、どんな形にもせよ対社会的発言をなす資格があるのかと。誰が譴責するのか、その声は、岡屋敷の資格をおごそかに問い、彼の秘められた行為の一切の意味を、厳格な正義に照らして裁断した。人は、その者の犯した罪を超えてはなにごとも発言することはできぬ以上、爪の垢ほどの積極的価値も、お前の発言にあり得ようはずはない。彼は沈黙し、ペンを投げすて、限りなく惨めであったみずからの過去を思う。喊声にはためく党旗の背後にも、夜の街路に燃えあがる火焔瓶の焔の影にも、決して埋めつくすことのできない貧しい過去を。その過去の二、三の断片を思い起すだけで、彼は彼自身を断じて許すことのできないことを悟らねばならない。世代の悲劇、貧困の脅迫、青春特有の無思慮等々、弁護資料になりそうな一般性をいくら動員してみても、彼みずからの罰当りは、その百分の一も蔽うことはできないのだ。ラジオのスイッチをひねって、愛の歌曲の流れるのを耳にすれば、彼は彼の性病を思い出し、そして、愛なくして優越感や屈辱からの解放を味わい、洋食やコーヒーを只で飲み食いしたいために女をあざむいた呪われた記憶が、電球にまつわる毒蛾のように舞いもどってくる。

ある日、岡屋敷は、見舞いに立ち寄った——まだ彼の欺瞞に気づかない昔馴染に、意地汚く肉体を求めた。可哀そうな、ああ、可哀そうなという形容は、彼女にかぶせられた以上はもう他のどこにも使うことはできないだろう。——可哀そうな彼女は、精一ぱいの豪華な服を脱ぎ、スカートをとって、もぞもぞと、汗くさい彼の床に入ってきた。拒絶されることを予想し、そのときに吐く自虐の言葉まで用意していた岡屋敷は、かえってうろたえ、襖一つへだてた奥の間に祖母のいることを思い――そして、初めて彼は、肺病を彼女に感染さすのではないかという恐怖を覚えた。神よ。それは、ただ一瞬の躊躇にすぎなかったにせよ、彼は確かにそのとき、彼女に結核菌を感染させてはならない、と思ったのである。長い潜伏期があってのちに発病する疾患なのだから、もし感染しているとすれば、川堤の抱擁の頃から既にそうであったはずである。その時には自覚は伴わなかったから、罪の意識のあるはずはないにしても、その後に心配してみる心遣いぐらいはあってもよかった。だが、自分に全く自信を失ったその時になってはじめて、岡屋敷は倫理的になったのだった。

「部屋が明るすぎるわ、部屋があかるすぎる」と彼女は泣いた。

彼の肉体と意識は、そのとき分離し、彼は母親のことを思い出した。しかし、一方、彼は小谷明子の下着を脱がすのに苛らだち、乳房や髪を愛撫する余裕すらなく、娼婦に向かってするように、ひたすら性器をまさぐろうとした。それにしても、と彼は思った――おふくろは、なぜあのように寛大なのだろうか。彼が豚箱から出てきたとき、母だけが好奇心の片鱗もなく、「もう痩せてしもうたげや」と田舎弁で言った。胃をこわしても、こわした原因については母は一言も穿鑿したことはなかった。彼女はことことと医院まで歩いてゆき、薬をもらって帰ってきた。

「これは食後、この水薬は食前やと」

母親は机の片隅に薬瓶を置き、煙草のすいがらを塵籠に入れる。

「薬なんぞきかせん」と岡屋敷は言う。

「いまちょうど、食前のを嚥んどいたらええわ」とおふくろは置時計を見ながら言う。

彼女は何を信じて生きているのだろうか。くる日もくる日も昇給の望みすらない町工場の手仕事に通いながら、なぜ絶望もせず微笑しているのか。

「もう、ここへは来ません」と、終ってから小谷明子は言った。

岡屋敷は後頭部を指で按摩しながら、自分の汗の中に埋もれて後悔を嚙む。

「聞いてるの？」と彼女は言った。

窓をあけると棕櫚の葉音とともに、晩春の湿った空気が流れ込んできた。

「男の人にはわからないでしょう。また二、三日、台所の竈や机の前にうずくまるたびに、あなたの匂いがするわ」

わずか数年の間に、おそろしくふけて、脂の浮いた頰を痙攣させて彼女は言った。水泡のくだけるようなかすかな物音がして、そして彼女はハンケチで顔を覆った。ふくれあがって醜い——そして美しい横顔だった。

「お別れね」と、しばらくして彼女は言った。

「結婚する時には、金持で酒飲みでない男をみつけるといい」と岡屋敷は言った。

その後、本当に、彼女は来なくなった。馴染からも見放されたのだ。手紙が二、三度、岡屋敷のもとに届けられたが、それにはどこにも彼女の署名はなく、ただ、岡屋敷恒造様と彼の名前が礼儀正しく書かれてあった。お読みになれば焼いてください、と誤字まじりの手紙には追伸してあり、岡屋敷は、最後の誠実を守って、依頼通り、誰もいない病室の火鉢でそれを焼いた。あなたはひどい方ね、と手紙の一つは書き始められてあった。くねくねした字体だけが記憶され、内容は消えた。

古在からの葉書を祖母が持って入ってきたとき、岡屋敷は根気よく貯めた睡眠剤の粒を畳の上に列べて、たわむれにおはじきをしていたところであった。腸の薬だと思い込んでいる祖母は、ぶつぶつ文句をならべながら、それを紙包みに戻した。葉書には、時候の挨拶も病気見舞いのこともなく、ただ三行の通信があるだけだった。

君の従兄が、確か出版社の編集をやっていたな。頼みたいことがある。西村が郷里から出てきている。数日中に一緒にお邪魔する。

西村？　ああ、あの社会民主主義者か、糞ったれ、と岡屋敷は思った。革命勢力の擡頭期には同盟者面をして、周囲をもの欲しそうにうろつきまわり、いったん党が政策的に失敗して世間の非難を浴びだすや否や、巧みに身をかわし、さっさと逃げだしていく、あの〈心あたたかい〉社会民主主義者ども。

2

岡屋敷の中にある西村の映像は、日浦や藤堂や古在ほどに鮮明なものではなかった。藤堂との馴れ合いの根拠になったような出身階層の共通点もなく、古在や村瀬との出会いのような共通の政治的立場もなかった。日浦ほど目立つ存在でもなかったし、西村たちの集団の二、三の者が固持していたような対立的立場に立っていたわけでもなかった。むしろ、古在の影に、藤堂の影に、日浦朝子の影に、常につき添っている蜉蝣《かげろう》のような人物にすぎなかった。人と話すときには、常に心もち目を伏せており、相手が十しゃべる間に三つぐらい相槌を打ち、時おり、すまなさそうに首を横に振った。それも、相手の主張に肚を据えかねてするというよりも、何かの記憶を振りはらおうとするような孤独な素振りだった。大学時代、彼らが形成していた微温的な集団の名目上のキャップではあったが、その控え目な性格がまとめ役に適しているだけで、信頼はされていたが、理論的な指導権は他の人物が握っていた。同じ社会民主主義者でも、今は学者になっている鮮明な選良主義者《エリート》の青戸や、不幸にして脳膜炎を病んで死んだが、当時、きびしい感受性の網を身辺に張りめぐらして容易に人を寄せつけなかった三輪などの颯爽とした姿勢の方が岡屋敷には印象が強かった。

学部を異にし、性格も異なって、本来ならば転んでも交友関係の生れるはずのない人物だった。その出会いも、言ってみれば同一大学の同学年に属していたという偶然にすぎない。しかし、ただ、人間のうちに一つの信念の生れる年齢に起った偶然であったゆえに、影の薄い西村もまた、岡屋敷の運命の布を織る一本の糸となった。学校の授業にではなく、細胞ボックスへ岡屋敷が毎日出勤し、ガリ版のインクに汚れながら、校門で撒かれ、学生や職員が時計台に入るまでの砂利道にまるめて捨てられるアジビラをつくっていた頃——その共産党細胞ボックスの隣りに、西村たちの属する文学哲学研究集団の部屋があった。生活協同組合の経営する校内喫茶の二階、一段ごとにおびただしい埃の立ちのぼる階段を登ってゆくと、踊り場に面して落書きによごした三つの扉がある。一つはK大学共産党細胞ボックス、一つは、民科系の歴史科学研究会の集会所、いま一つが、誇大妄想的な名称を持つ文学青年たちの本陣だった。天井の梁が露出し、去年の蜘蛛の巣が北向きの窓枠に垂れさがっている共産党細胞の屋根裏部屋にくらべて、その文学集団の部屋は広く、窓からは、芝生が小さく波うっているグラウンドや医学部の煉瓦建てが見えた。自治会が各クラブの部屋の配分を決定する以前に、彼らは、あっぱれにも、実力でその最上の部屋を占領していたのである。冬、細胞員が手をこすり合わせ、がたがた足踏みしながら会議を開いているとき、彼らはどこから運んでくるのか電熱器を備え、ストーブにあたりながら茶を飲んでいた。ビラ用の半紙にも事欠く細胞を尻目に、彼らは機関紙発行用の巻紙を豊富に保有し、休憩用のベッドまでを備えつけていた。しかし、我慢のならないことには、岡屋敷が学校行政の不正を職員組合員からかぎつけ、長い努力のすえ、やっとその証拠をつかんで細胞会議にはかるべく勢いこんで登校するとき、きまって、どこから情報をキャッチするのか、その文学集団署名の弾劾文が先を越して掲示板に掲載されてあるのだ。その上、巧妙な彼らは、イールズ声明反対闘争から天皇事件にいたるまでの間に一人の犠牲者も出さなかった。デモ隊からひきぬかれて検挙されたり、ストライキ決議の責任を問われて退学処分を受けるのは、いつも岡屋敷たちの方だった。拘留中の同志の救援策や退学処分撤回運動の討議に疲れて打ちしおれているとき、隣りの部屋からは、アルトハイデルベルヒの歌声や、のどかな芸術談義がもれて、時には実際にヴァイオリンの音が流れてきたりした。不思議に女子学生を寄せつけない集団だったが、豊富な黒髪を房々させ、眼鏡の奥でいつも目を微笑させている女のような優男《やさ》や、いかにも語学に堪能そうに唇のひきしまった典型的なインテリや、ぜいたくな憂愁に瞳をうるませている文学青年がいた。北向きの屋根裏部屋で、またしても敗れた選挙戦の事後対策や、効果のないデモの計画に疲れ、党員の筋肉の消耗や、喉をからして叫ぶ無駄な呼びかけ以外に何の方法もないことがあきらかになるとき、顔を見合わす沈黙の中に、徐々に何ものに向かうともしれぬ憤激が湧き起ってくる。ある者は、自分の生れる以前から存在し、おそらくは彼の生存中には変革される見込みのない制度と機構に、ある者は好んで苦しい道を歩んだ自己の馬鹿正直さに、ある者はまた、彼らの苦心も誠意も知らず、その身を着飾って楽しげに街を歩く女たちに、その目標なき怒りを向けはじめる。あれは、なんの対策を講じていたときだったろうか。みすぼらしいジャンパー姿の地区委員が、黄色い歯と紫色の歯茎をだらしなく見せて、だらだらとコミンフォルム批判以後の党内方針決定の経過報告をし、同志諸君、同志諸君、と空疎な間投詞を連発するのを聞きながら、岡屋敷は、ほんの廊下一つ隔てるにすぎぬ男たちへの理由のない憎悪と羨望を覚えた。かくしおおせぬ明瞭さで、彼はその時、一つの未来像を想い描いたのだった。彼らこそが、次の時代の指導者となり、支配機構の中堅に位置し、また、いわゆる進歩的インテリゲンチャとして人々の尊敬を得るにいたるに相違ない。全的な信頼を置くことはできなくとも、その力を借りねば瑣細な校内問題一つ解決できない、あの一群の進歩的な教授団の補充源は、ほかならぬ彼らであって、この顔色の悪い党員たちではない。長い労働争議に動揺しはじめた労働者の前に、救世主のように乗りだしてくる市会議員や地方労働委員、長い未決囚生活に誇りを失い、ただ一刻も早く娑婆に出ることを願う政治犯に、あたかも神託をくだす予言者のように法服をまとって登場する裁判官の予備軍は、ほかならぬ彼らであることを。いや、もし仮りに革命が成立したとして、革命後の社会が要求する高度の科学的技術と知識を身につけ、能力に応じて働き、能力に応じて報酬を得る長い過渡期に、恵まれた地位と生活を約束されるのもまた彼らであるだろう。つぎつぎと、矢つぎばやに手を打ってくる反動勢力の圧倒的な優勢さに、党員たちは、ただ受身に〈反対〉の姿勢を保ちつづけねばならず、そしてやがて、甲羅となった〈反対的姿勢〉の代償に貴重な創造的能力を失ってゆく。

活動の秘密性ゆえに、親しい友との虚心坦懐な交わりも結べず、快活さや野放図さなど、美徳とは言えずとも二度とは訪れぬ若さの特権をみずから放棄し、みな一様に一日見ただけでそれと知れる薄暗い影を持つ人間になってゆく。党内民主主義という、それ自体が一つの皮肉な矛盾である言葉はあっても、上部から伝達される命令は原則として批判も拒否も許されず、会議の動静に逆らう僅かな異議のためにも、党歴や自己批判や、長々しい自己弁明をつけてしかものを言えないような人間に転化する。就職口は、試験を受けぬ以前にすでに全く閉ざされ、教授たちは、及落すれすれの成績を前に皮肉な微笑を洩らす。

それにひきかえ、彼らは……心に大衆を侮蔑しながら、大衆の尊敬と賞讃の上に安楽な生活を約束され、その鷹揚な身振り、知的な風貌、巧みな修辞主義、そして一般的な愛や正義の観念などによって指導者の座に立つのだ。処女たちは、もの柔らかな文学的弁論にうっとりとし、有閑婦人もまた、彼らのシニックな心理主義に拍手を送る。貧しいこの日本の現実を、美と理想の幻影によって五色のシャンデリアの輝くサロンと化し、人はパンのみにて生くるにあらずと呪文をとなえながら、この世の絶望をすら永遠性のヴェールで神秘化するのだ。無為を美化し、無関心を装飾して……彼らこそが、その代表者たちなのだ。

岡屋敷は席を蹴って立ちあがった。隣りの部屋に駈け込み、とりすましたそこにいる男たちの横面を殴りとばすために。

「もっとほかにも動員できるエネルギーがあるはずだ」と誰かが、いつもの空しい提案を繰り返していた。「我々と同世代の良心が、いま覚醒しなければ覚醒する時のないこの今、不意にまた眠りこんじまったなんてことが信じられるか。考えてもみろ。運動はついこの間まで、すばらしい上げ潮だった。あの全国労働組合懇談会の成立、そして全官公庁共同闘争委員会、それをバックにした全国労働組合共同闘争委員会の結成。そして、あの歴史的な二・一ゼネストの宣言をしてからだって、まだ僅か足かけ四年にすぎない。共産党が議会に三十五の議席を獲得したのも去年のことだ。中華人民共和国の成立も、ほんのこの間のことだろう。虚脱したあの戦後の混乱期から、あらゆる労働運動、あらゆる経済闘争、あらゆる解放闘争の指導は、共産党の手によってなされてきた。いまはなるほど、赤旗が無期限の発行停止をくらい、党幹部が追放され、民間企業にレッド・パージが荒れ狂っている。しかし大衆が全き忘恩の徒でないかぎり、レッド・パージ反対闘争は、われわれの闘争であると同時に大衆の闘争であるはずだ。しかるに主流派・国際派の角逐にあけくれして、三十余人を擁したこの細胞もたちまちに十八名に減り、ストライキ一つ打てないで、毎日こうして憂鬱な顔をつき合わしている。おれたちの同盟者はどこへ消えたのか。あの厖大な同調者はどこへ行ったのか。たしかに一時、有頂天になって、一般大衆から浮きあがっていたことは認めねばならない。しかし、あれだけ結集できていたエネルギーが一朝にして行方知れず消滅するなどということがありうることだろうか。おれたちが何か重大なことを見落しているのか、それとも……」

「利用しているつもりだった同調者に、いつの間にか見抜かれてたんだな。目標が誤っていようが誤っていまいが、ともかく、反抗的気分をかき立てて突撃させ、そこに何もなければ、その怒りをまた別の方に向けて行けばいいなどという無論理な闘争が長続きするはずはないからだ」

一人が会の険悪な雲行きを楽しむように傲然と言い放った。その発言者は確か古在だった。古在以外にそういう露悪的な批判をぬけぬけと言う男はいなかった。

「野坂参三や徳田球一の下手くそな演説を聞いてだな、感激しました！という一言だけで、入党を許された時代の弥次馬気分が、党が非合法化の道を歩ませられる現在、清算されることは何も悲しむには足らん。そういう奴らは、はじめからコミュニストではなかったのであり、党も幻想に酔いすぎていたんだ。レーニンの組織原則、厳密な秘密活動、厳格な成員の選択、すなわち政治的エリートとしての尖鋭な職業革命家のみによる党結成は、かつてのロシアにおいてよりも、現在の日本においてこそ必要であり、政治や経済支配の領域で、いわゆる民主主義的ルールなどありえないということを知っただけでも意味は充分あるわけだ。アメリカ軍の軍事占領下においても、平和革命の道は残されているなどという幻想は、コミンフォルム批判どおり早く捨て去るがいいんだ」

「それは分派だ。君は細胞を二つに割るつもりか」誰かが哀しげな叫びをあげた。

「ちょっと隣りの部屋に行ってくる」岡屋敷は議長の認可なしに戸口の方へ歩いて行った。皆は不審そうな目でちらりと彼を仰ぎ見た。

「何をしに行くんだ」と古在が笑いながら言った。

「おれは、もうどうしたらいいかわからんのだ」と無関係に黙り込んでいた蒔田が弱音をあげた。「おれも、ちょっと小便しに行ってくる」

「隣りの奴らはなかなか口がうまいぞ」

　古在は休憩の提案をし、地区委員や細胞キャップの制止を無視して、粗末な長椅子に横たわった。一旦おさまりかけていた怒りを、再びつのらせて、岡屋敷は人のいないときにしか入ったことのなかった文学哲学研究会の部屋に入っていった。

「君たちは……」入って行くなり、岡屋敷は右手をこめかみのあたりに振りあげて叫んだ。何か横文字のテキストを前にテーブルを囲んでいた数人の哲学青年や文学青年は、それぞれ異なった反応を示して振り返った。

「入ってくるときには、ノックをせんか」と青戸が鋭く言った。

　貧乏人同士のよしみで、幾らかの親しみを感じ合っていた素朴な風采の藤堂が、「まあ坐れよ」と、あいている席を指した。出鼻をくじかれて、岡屋敷は、しばらく言葉を失って立っていた。ストーブからはうっすらと煙が立ちのぼり、茶瓶の沸騰する音が、この世界には何の不合理も存しないかのようにひびく。

「なにか御用ですか」と西村が丁寧に言った。

「君たちは、一体……」

「われわれの方にはむずかしい秘密はありませんから、相談なら、いつでもどうぞ」

「なに？」

「話し合うときには、こちらの部屋を使う方が便利でしょう。少し待っていただければ、われわれの方の会は終ります」

西村の詰襟の清潔な白さを岡屋敷はぼんやりと見た。紺の背広に温かそうなマフラを巻いた青戸。灰色のホームスパンの前をはだけ、同じ灰色のスェーターとプルシャンブルーのネクタイを見せている三輪。そして、頬に垂れる髪を掻きわけながら、平静に書物に目を伏せる男たち。岡屋敷は、社交場に迷いこんだ田舎者のように、与えられた椅子につくねんと腰掛けた。そのころ、まだ党員ではなかった村瀬も、机に両肘をついて頬を支え、闖入者には一瞥もあたえずに書物を睨んでいた。藤堂が前に押しやったプリントも見ず、岡屋敷は、不意にそのとき、病父のことを思った。いや、思いは、天井の低い家の病室をつきぬけて、はるかな昔、まだ岡屋敷が小学生だった頃、学校からの帰りに寄り道して、トタン塀の隙間から覗きに行った硝子工場の情景へとのびていった。工場前の小広場には、おびただしいコークスの屑にまじって着色硝子の破片や球状のガラスの塊が宝石のように光っていた。前はアルミニウム工場、隣りは鉄工所、その隣りは煉瓦塀の高い石鹼工場……。出勤と退勤時以外にはほとんど人通りのないアスファルト舗装の道路に、時おり、どこから流れてくるのか、ぱらぱらと煤煙が雹のように降ってくる。小学生の岡屋敷は、みすぼらしいトタン塀の隙間から、冬も開け放ったままの硝子工場の炉の焰を眺める。土造りの熔解炉が卒塔婆のように中央にもりあがっていて、周囲にあけられた小さな穴から黄色と桃色の焰が舌を出している。

工員たちは、細い硝子の円管の先を回転させながら炉孔から差し入れ、ころあいを見はからって、先端が半ば液化した管を取り出す。それを、一方の端を両手の掌ではさんで廻しながら、息を吹き込む。そして先端をふくらませながら横にたおし、逆さまに持ちあげて型をととのえ、特殊鋼の瓶型にはさんで切りはなす。彼の親父は時おり力のない咳を繰り返しながら、頰を、飴玉を含んだ子供のようにふくらませて硝子管を吹いていた。瓶型に入れて、ちょんと上部を打つと、ぽとんと管は離れて、製品が一つ完成する。汗の玉が親父の額から、ぽたぽたと流れるのが印象的だった。真夏にもゆらゆらと揺れる人工のかげろうが土炉の上に立ちのぼっていた。

「坊主、担任の先生がおまえを上の学校にやったってくれと頼んどったぞ。いくか？　行きたいんなら一生けんめい勉強せなあかん」

あるとき、工場前のコークス屑の上で寝てしまった岡屋敷の手をひいて帰りながら、無教養で善良で甲斐性なしの親父は言った。

肥満した工場主の前で一生を卑屈に微笑して送りながら、その心貧しい父親が一人息子に託した夢、そして彼自身もまた、それを受け継いで内に育てた夢は、細く長い指、白く高いカラー、もの静かで威厳に富む高級官僚であり、科学者であり、教育者だった。工場を退職した老職工は、学士様である息子、そして気立ての優しい中流階級の嫁に瀟洒な隠居所を与えられ、世界のちがった息子の仕事の話を拝聴し、その孫をあやしながら安楽な老後をおくるはずだった。「大きな会社勤めがよかろうて。月々入ってくる金はきまっとるが、生活の不安がない。上役の人に気に入ってもらえりゃ、重役になれんとも限らんしな」喘息の発作を焼酎でおさえ、鼻先を赤くして親父は酔うたびに、まだ中学生にすぎぬ彼にそう言った。大学の試験を受けたとき、旧制の高等学校の寮生活で遊び癖のついた彼は、語学に失敗して二流の学校か就職かの選択に孤独な一週間ばかりの迷いの時間を送った。

事実、先輩に手紙を出し、職業安定所の門もくぐり、また、たまたま見た農事試験場の助手募集の広告に応じて履歴書も送付した。お袋は、なけなしの臍くりをはたいて彼に小遣いを渡し、「そう、いらいらせんと、旅行でもしてこいや」と、そっと囁いた。ちょうど、下痢をしていた彼が旅行もせず、夢半ばにしてついえ去った(と思われた)輝かしい未来を、なお未練がましく愛慕しながら厠につくばっていたとき、「おおい、恒造。通知が来たぞ。大学から、合格の通知が来たぞ」と親父が厠の戸をあけて言った。喉に痰をつまらせてぜいぜいと喘ぎながら、たしかに岡屋敷自身よりも親父の方が有頂天になっていた。

昔から、偉うなった人間はみな苦学しとる。家柄や血筋のええ温室育ちよりも、苦学して鍛えた人間が、本当の実力者になっとる。豆腐のように皺のない脳味噌をふりしぼって親父が垂れた教訓がそれだった。部分的には、父親のその素朴な認識は正しかった。彼の進んだ専門分野が経済学部でなかったなら、その認識を重々しく観念的に粉飾し、学校という一種の治外法権内では、確かに妥当する〈自由競争〉に勝ち抜くために、書物の虫となっていたかもしれない。だが、学問は抽象的な知識の合理的体系であるよりも先ず、人間とその社会の正義への奉仕であり、また真理実現は、思索だけではなし得ないゆえに、いや、はたして、そうした大義名分が彼の翻身の根拠であったかどうかはわからない。しかし、少くとも……

「研究会は一応終りましたが用件はなんですか？」と西村が言った。

岡屋敷は言葉に窮して天井を見上げ、弱々しく微笑した。

「ごきぶりみたいな男だな、君は」と藤堂が膝を打って笑った。

「ぽかんと、威勢よく入って来たのはいいが、用件を忘れたのか」

「いや。このまえ流会した学生大会で論じられるはずだったレッド・パージの問題について、君たちのグループがどう考えてるのか、それを聞きに来たんだ」と岡屋敷は嘘をついた。そしてその嘘を悟られまいとして岡屋敷はまくしたてる。「共産党幹部の追放にはじまってから、官公庁や国鉄、全逓や一般商社、そして新聞から放送、教職関係者にいたるまで進歩的人士が今年の夏から次々と不法に免職され馘首されている。君たちもそれは知っているだろう。今までにわかっているだけでも、通信報道関係者七百余名。映画関係百余名。電産二千百数十名。一般民間企業一万一千名。車輛九十余名。鉄鋼千名。造船六百名。繊維百四十数名。電工三百……うーむ、三百数十名、それに私鉄や印刷出版など、さらに官公庁労組千二百名を加えて一万七千数百名もの人々が職場を追放されている。ペストのように、これは中小企業にも蔓延するだろう。思想の自由は新憲法施行の四年目にはやくも失われ、特審局による全労連の解散命令によって、結社の自由も蹂躙された。吉田反動政府が、ＧＨＱが、そしてアメリカ帝国主義が何をたくらみ、日本をどうしようとしているかはすでにあきらかだ。赤狩りの直接の被害は、いま君たちには、かからないかも知れない。しかし、君たちがこうして平和な集会をもち、それぞれ、自由な意見をのべあい、それを公表する自由もやがて圧迫されるだろう。このまま放置すれば、あの暗い谷間の時代の悲劇を、またわれわれは繰り返さねばならないだろう。先輩たちが、おれ達が今もっている程度の自覚や見透しすらを持っていなかったはずはない。いや、戦後発表された哲学者や文学者の手記や回想録は、彼らの一人一人は、日本の運命をはっきりと予知していたことをあかしている。ただ、もう何度も言われたことだが、彼らは、必要なときには必要な団結をしなかった。小さな集団や個人が、許される自由の中で、小さく生きのびようとするとき、もうおのずから敗北は始まっている」

「われわれの集団が孤立主義的だと言われるわけですか」と西村が言った。

「それは逆だ」と青戸が言った。「閉鎖的で排他的で、孤立しているのは君たちの方だ。そうじゃないかね。なるほどこの集団は、小さな専門分野の一つ二つの橋わたしをし、急にどうということはない研究会を通じて、これもまた、小さな共通の広場を作ろうとしているにすぎない。おれたちに出来ることには限界があるからね。しかし、その範囲内で最善の努力は払っている。それが必要であり、有効であると判断したとき、君たちの指導する運動にも参加させてもらっていい。しかし、命令は受けませんよ」

入って来たときの理由なき怒りが、岡屋敷の内部で再燃した。岡屋敷は椅子から立ちあがり、頭の中に渦巻く侮蔑の言葉を、順序もなく、相手に投げつけようとした。その時、——外に細かい雪が降りはじめた。いや、雪は、大分まえから窓硝子を濡らし、曇天を白く彩りつつあったのだが、誰も気づかなかったのだ。

「雪が降ってる」と西村が言った。

彼は、それだけが自分の関心であるかのように窓際に寄って、頬を硝子にすりつけて、虚空に舞う雪片に見とれた。藤堂がゆっくりと顔をねじむけ、他の二、三人も、あやふやな微笑をもらして窓際へ寄っていった。不発に終った怒りをもてあまし、なおも、テーブルをはさんで青戸と睨み合いながら、しかし青戸によってではなく、西村の素振りから、岡屋敷は、そのとき、一つの痛みのような認識をおしつけられた。ああ、世の中には、いろんな人間がいるのだな、という平凡な、しかし、決定的な認識だった。精神構造の基調を異にし、思考の次元を異にする人間の存在。皮膚の色よりも、男女の生殖器官の相違よりも、なお甚だしく相違する〈自覚〉の形式が確かにある。そして、もし、それが人間の社会というものであるならば……

そういえば、思想の対立ではなく、ある意味では、もっと根深い人間の存在そのもののあり方の相違を岡屋敷は西村から感じさせられたことがあった。岡屋敷の関心は、当時、そうした存在にまつわる不可解さや意識の深淵などには向いていなかったから、おかしな奴だなと、一瞬、背筋がむず痒くなるような違和感を覚え、翌日にはもう忘れてしまったものだったが、思い返してみれば、いわば一種の乱世であった戦後の混乱期に、華々しくさまざまの思想や才能が割拠していた中で、みずから主張らしい主張もせず、しかも、西村はなぜか無視することのできない存在だった。

朝鮮戦争と前後して、スエーデンの首都ストックホルムで平和擁護世界大会の第三回会合が催され、原爆禁止を世界に呼びかける、いわゆる、ストックホルム・アッピールが行われた。ちょうどそれは、日本共産党の分裂の時期と重なり、党の指導はその運動には充分には浸透せず、戦争と革命の区別を失わせる欠陥を産んだが——しかし、ともあれ、その運動は大衆動員とその組織化には、戦後まれにみる成功をおさめた。小さく、各地域ごとに無連絡にすすめられていた平和運動に、相互の連絡の生れたのはその時期だったのだから。暗い内紛を繰り返して党員の大半を失い、人材不足のままに幸か不幸か細胞のキャップになっていた岡屋敷は、ある夕刻、非合法出版物の受渡しを終ってから、当時反戦詩グループを主宰していた西村の下宿を訪れた。西村は戦災をまぬがれた古都にも二十数人住んでいた原爆被災者のガリ版ずり文集の発行者でもあった。

西村とは毎日のように生活共済組合の二階で顔をあわしていたが、「うるさ型」の多いその部屋での交渉を避けて、いわばボス交渉によって、西村たちのもっている集団力とエネルギーを捲き込もうと計画したのである。

彼等が持っている奇妙な魅力にひきずられて、党員の一部、特に国際派の連中が急速に近代主義的偏向を犯し、党の鉄の規律から離脱しつつあった。岡屋敷の殴り込みは演技力不足で失敗し、もの笑いになったが、以後、二つの集団に相互の往き来が生ずるきっかけにはなった。しかし、案に相違してその結果は、細胞のがわの近代主義的偏向だったのである。

西村の下宿は、さびれて人通りもない別格官幣社の森に面してあった。官吏の未亡人が経営する素人下宿の二階、間数の多いわりに部屋割が悪く、奥の方の間にいる下宿人の通路にもなる四畳半の部屋で、西村は書物に囲まれて端然と坐っていた。

外出から帰って来たり、手洗いに降りたりする下宿人が、岡屋敷のいる一時間足らずの間にも、数度、失礼、と言って部屋をつき抜けた。そのたびごとに西村は通行人の顔は見ず、書架でかこった孤塁から「いや」と返礼した。

「こんな場所で、よく勉強できるな」と岡屋敷は言った。

「図書館にいると思えばいい」

「夜はどうするんだ。酒に酔っぱらって帰って来たり、小便に降りたりする奴が、君の枕許を通るわけか」

「部屋代が安いんだから仕方がない。一度、寝とぼけて、もぞもぞと僕の蒲団の中に入って来た人がいた。寒かったな、その時は。毛布の奪いあいだ。は、は」

「放り出しゃいいじゃないか」

「うん、今度からはそうしよう」と西村は眼鏡の奥で目を細めて笑った。

「それはそれとして……」そのとき、岡屋敷はとらえどころのない西村に向けてこう説いた。

平和運動というものは、戦争を欲することのない社会形態が何であるかを自覚した上でなさねば意味がないこと、従って、あらゆる平和運動は、そのあるべき社会形態を実現させるべく努力する階級と、その階級の党の指導下に統一されねば、すべて空念仏に終るだろう、と。その時の西村の態度ははなはだ意外だった。岡屋敷の説明を聞きおわると、あっさりと、責任者の位置を会員の反対がなければ岡屋敷にゆずると言ったのだ。集団というものは、どんな小さなものでも創りあげるのは大変なことであり、その指導的位置につくことは、なおさら大変なことだ。にもかかわらず西村は実にあっさりと、それを岡屋敷にゆずるという。あまりにあっさりしすぎて殆んど不気味だった。幾分気がひけて岡屋敷は反戦詩運動のグループを細胞の指導下に置くことと交換に、今度の学校の創立記念日に予定している原爆展の責任者になってくれと言ってみた。だが、西村は、今までとはうって変った激しい口調で、「それはことわる」と言った。

「しかし、君は広島高等学校の出身だったろ。この街に存在している原爆被災者とも連絡があると聞いている。CICのきびしい監視のあった時代から、君は被災者の文集を出そうと努力してきたとも聞いている。世界的な平和運動の高まりで、やっと、公然と被災者画家夫妻の原爆の図が丸物の五階に展覧され、各地の労働組合が被災写真の回覧展を歓迎するという声明を発表できるまでになった。古在も、君が一番適任だと言っている。君は学校当局に睨まれてはいないし、自治会の信望も厚い。戦争責任者に対する君自身の怒りも、僅かながら投げつける手段ともなる。ケロイド症状からは免がれているとはいえ、第一、君自身が、被害者の……」

「おことわりする」と、とりつく島もなく西村は言った。

「なぜだ。われわれのやり方が気にくわないと言うのか」

「ちがいます」

「では、なぜだ。日本の平和運動の独自性が、わからないわけではあるまい。原爆とは直接関係のない諸国ですらが、それを平和運動の回転軸にしようとしている。その矢先、われわれが逆に平和運動の環から原爆をとりはずそうというのか」

「自分の弱い性格を鞭うって、いままで、できる限りのことはしてきたし、これからも、手薄になってゆく……いや、実際すでにそうなっている君たちの運動の役に立つのなら、連絡や物品のあずかりぐらいは、よろこんでさしてもらいましょう、しかし」

しかし、と西村は繰り返した。長い沈黙があり、結局、西村はその「しかし」を説明せず木偶《でく》のように坐りつづけた。

訪問の目的の半分は解決し、その解決が、細胞キャップになったばかりの岡屋敷の頭上に、もう一つの栄光を加えることになる予想に満足して、岡屋敷は、それ以上、西村を追及しなかった。人の心の襞に何が隠されてあろうと、社会を動かすのはそうした襞の陰翳ではない。ちょうど日浦が西村を訪ねて来て、気まずくなった対面を救われたのを機会に岡屋敷は退散した。裏話の好きな岡屋敷に、顔を見合わせたときの西村と日浦の表情が、また一つのお土産となった。それで彼は満足だったのだ。

3

「奇妙なことがあるものだな」と岡屋敷は言った。「どうでもいいような気がするんだ、そういうことは。長いあいだ腫物を潰しもせず温めといてね、さんざん痛がったあげく、気がついてみると痛くも痒くもなかった別の病いで自分は死にかけている……そういう皮肉たっぷり、芝居気たっぷりな気がするな」

「まだ何も終ってはいない」慰めるでもなく、非難するでもない言い方を古在がした。『こんな人の同情を求めるようなことを言いだすつもりは毛頭なかったはずだった』と岡屋敷は思った。古在からのそっけない葉書を見たときから、一方では、もう古在とも、ましてや西村などと今さら顔を合わして話すべき何ものもないと思い、また一方では、もし、なおも彼らが過去の連帯感の上になにごとかを語りかけてくるなら、今こそ彼らのずるさ、彼らの賢明さに対して、愚かな人間の、愚かな失敗の歴史を対峙させようとしていたはずだった。確かに古在も西村も、そして招きもせぬのに偶然一緒になったからといって連れだってきた青戸も、一時期、岡屋敷の友人であり、連帯者でもあった。しかし、あの〈危険な遊び〉が彼らの冒険心を満足させる華々しさを持っていたかぎりでは。しかし、みずからの手を汚して生活の糧を得なければならなくなったとき、幻想のヴェールはがれ、醜いエゴイズムがむきだしになった。ただ敵対しなかったのは、芋づるのように互いの愚劣さがつらなっており、わが身可愛さに、誰もあえて掘りかえそうとしなかったからにすぎないのだ。

「確かにまだ何も終ってはいない」岡屋敷は寝そべったまま言った。

来客のために障子を取りはずした窓と棕櫚の植木の間に、半ば捲きあげられたままの簾が夏の微風に揺れていた。

「おれが失敗したことは事実だが、〈終った〉と言う資格は誰にもないかもしれん。なんとて太陽はまだ毎日東から昇ってやがるし、社会はなに一つ改まってもいない。毎日、喉に痰のたまるのも同じことだからな」

来客のために、台所で夕食の仕度をととのえる庖丁の音が聞えた。季節に料理を合わす知恵も金銭もなく、お袋はまた一つ覚えのすき焼きをふるまうつもりなのだろう。

西村は何が詰まっているのか古びた黒カバンを膝にかかえ、病室の隅に積まれた大衆小説の背文字を流し目に見ながら、「同じことだろうか」と低く呟いた。「君とはちがってね、少くとも戦後は、この社会を憎悪せねばならぬような損害は、僕は何も蒙らなかった。長いあいだ本ばかり読んでいたから」

「見事な結婚もしたしね」と岡屋敷はひねくれて言った。

しかし、西村は何の反応も示さずに続けた。

「それも直接自分とは関係のない異国の歴史や過去の精神に関してばかりだった。僅かな共感の灯を頼りに、顔を見たこともなく、見ることもできない人間たちの事蹟を僕は追ってきた。特定の二、三人に関しては論文を書きたいと思って、その伝記や発言を徹底的に調べあげてみたこともあった。結局、論文は完成しなかったけれどね。一つだけ確からしい認識は得たと思う。それはね、どの人間も、その生涯の間に一、二度、突然に変るものだということ。しかも、その変化は、彼の過去の事蹟や記録の中には決して原因を探し出すことはできないということだった。分らんのだよ、本当のところは。なるほど論文というものは、三段論法によって説明され、首尾一貫していなくてはならない。素朴リアリズムで納得のゆく筋道が通っていなければ、それは研究者の落度となり、文章能力の不足ということになる。だが僕が、たった一つの論文も完成させることができなかったのは、表現能力や洞察力が足りなかったからではないと今でも自分では思っている。首尾一貫性という枠を、生き身の側におしつけてまで筋を通すことが大切なのではないという思いの方が強かった。その人間は事実変ったのであり、理由よりも先に、変った人間がそこに存在する。……いや、君が言おうとしていたこととは関係がないかもしれんな」

「うむ」と古在は西村を振り返った。結核患者から少しでも遠ざかろうとする意図を隠そうともせず、古在は窓枠に腰かけて、しかも戸外の方に顔を向けたままだった。

「西村の言うことはわかるような気がするね。だが今、君は生き身の側と言ったが、それは事実上死人のことだろ。君の専門の世紀末詩人たちは現に生きてはおらんからな。君の言うことの尤もらしさは、だから文献学や文学史の方法という範囲内に限られる。

……ほとんど総ての人間が、その一生のうちに一、二度の突然変異をやってのけるというのは……おれも実際そうだと思うが……実は、一生を温室の中で過ごすんじゃないかぎり、どんな人間だって、彼の生活や観念の支えを根底から見失うような騒乱や失敗を一度や二度は経験するってことだろう。まあ人類の歴史は、絶え間のない戦争と流血の連鎖だったからね。もちろん、戦争や革命による社会秩序の転覆、破産や破門などの個人生活の挫折が、突然に個々人の存在様式までを変えてしまうことはない。その人間の挫折が秘められた躓きや改信であれば、変化の原因をあとづけることが困難なのは、なおさらのことだ。大体、人間は安定本能や帰巣本能の強い動物でね。相当な打撃をうけても多くの場合は何事もなかったのだと思い込もうとし、台風にこわされた国宝の寺や社を昔のままに復元しようとするように、態度や価値意識を元通りに補修するもんだ。だが、時にいる自覚的人間という奴は、執拗に破損部分をいじくりまわしたあげく、椅子の脚の長短をととのえようとして却って全部脚を切ってしまうように、礎石までぶちこわして放浪に出たりする。そういう思いきった奴の大部分は野たれ死にするんだろうが、中には、まったく新しい思考の形式と態度とを身につける奴も出てくるわけだ。それが外に現われるのが、特に文献として残されたものに現われるのが突然だから、原因なく変ったように見えるだけじゃないのかね。例えば、この生き身のおれたちにしても、みな等しく既に二、三度、思いがけない暗礁にのりあげたし、どうにもならない頭打ちを経験もした。肉親の死や家庭のいざこざや失恋など、各人に共通しない破綻は別にしても、まず、おれたちの人生を根こそぎねじまげる力を持った最初の障礙として、太平洋戦争があった。わずか一、二年、戦争の終結が早く、アメリカで原爆の完成するのが早かったために、おれたちは輸送船の中で貝殻のようにあぶくを吹かずにすみ、焦土作戦で、手榴弾をかかえて戦車の下敷きにもならずにすんだ。しかし、おれたちのうけたあの素晴しいほど不合理な教育、あの飢餓、動員先の工場で教師が生徒の弁当を盗み、一つの玉蜀黍粉のせんべいを家族が睨みあい、じいさんが孫と奪いあうような飢えの経験は、おれたちの精神に回復不可能な或る〈疑い〉と荒廃とを植えつけてしまった。いや、当時には気づかず、今でも忘れうるちょっとした不愉快な記憶だぐらいに思ってる人が多いだろう。だが、極限的な事態の記憶というやつは、忘れようとする努力を吸って、逆にだにのように肥えふとり、向う側から追っかけてくるものだ。そして、また突然、始まった時がそうだったように、夏のある日のかんかん照りの太陽の下で、街のラジオが戦争の終結を教えた。堪え難きを堪え、忍び難きを忍びと、よくは聞えなかったが、この国の元首の涙声がわれわれに訴えた。ある奴は自決し、ある奴はたちまち見事な闇商人となった。それから、あのわけのわからない混乱と虚脱、そして解放気分の謳歌だった。舌の根のひあがってゆくような感じを、おれは今だに忘れない。人間という奴は、おかしなものでね、本当言うとおれなどは少年時代、妙に徹底した個人主義者だった。自分さえ銀しゃりを食っておれば人のことなどどうでもよかったし、勉強の方では典型的ながりがり亡者だった。ところが、戦局が不利になり、玉砕が相つぎ、特攻機が飛び、しかも、待てど暮せど軍艦マーチは鳴らず、日本の主要都市が次々に焼かれる頃になって、不意に日本は正しいと思いだした。いや、正しいのかどうかは知らんが、敗戦色が濃厚になってはじめて、この祖国を愛しはじめた。西村流に言えば、理由なしにだ。疎開する荷車がごろごろと通り、街のおかみ連が情けない声をあげて竹槍の訓練を受けている。絶望的な、もの悲しい軍歌を聞きながら、たしか英語の単語帳を見ながら道を歩いていたとき、不意におれは愛国青年になり、ファッシストになった。しかしだ、いかにそれが突然のことに見えても、理由がないわけではないんだな」

「そのとき、しかし、君は自分自身でその理由がわかっていたのだろうか。あとで都合のいいように、ちょうど解釈学者が、天才だろうが逸脱者であろうが落伍者であろうが、その個々人の秘密や絶対性を全部、常識の地平にひきずりおろすように、相対的な説明を強引につけ加えたというだけではないんだろうか」と西村が言った。

「その頃は子供だったからね、まだ。しかし、そのとき、おれが全く人間の心理法則に反する操作をしたわけではなかった。充分、成熟してはいなかったとしても、やはりおれは人間の心をもっていたのだからな。今までに身につけてきた道徳や価値体系では、どうすることもできない事態に直面したとき、はじめて人はその個人の責任において態度を決定する。いわば、その時になって初めて真の個人が生れ、人間は単に生物的な存在、伝統的な存在の殼から抜け出して、歴史的な存在、社会的な存在になるわけだろう。もちろん、その態度決定の前には、長い虚脱や保守的なあがきや、自暴自棄の期間がある。たとえば、原爆が広島に落ちたとき、人々はどう反応したかね」

「…………」

「倒壊家屋の下から女の叫び声がし、体じゅうを火の粉だらけにして、水が、水や、とわめいている男もいた。しかし、ずりむけた背中の皮をひきずりながらぞろぞろと救護所に歩いて行った罹災者も、ヨードチンキを爛れた肉塊のようになっている赤児にぬっていた医者も、みな無言だった。君も覚えているはずだ。都会全体が、焼けおちる家屋のたてる物理的な物音以外には、全くの沈黙の世界だったろ。人々には、眼前に起っている情景が信じられなかった。どんな判断も、どんな価値基準も、その現実を裁断することはできなかったからだ。意義づけは、いつも後からやってくる。二、三日たって、人々はやっと鬼畜米英という言葉を思い出した。電車の窓から虚空に放り出されて死んだ者も、アスファルトの道路に影だけを残して死んでいった者も、黙って死んでいったが、二、三日して、脱けおちた髪の毛を見ながら嘔吐《へど》を吐きつづけて死んでいった少年は、天皇陛下万歳という言葉を叫んだし、少女は母の名をよんで死んだ。既成の観念をやっとこさ思い出し、なんとかそれで対処しようとしたわけだ。だが本当は、そういうレディメイドな観念は何の役にも立たなかったし、役に立てようとしてはならなかったのだ」

西村が目に見えて苛らだちはじめた。古在の発言の途絶えた瞬間に、胸をふくらませてさえぎろうとし、不意にまた思いとどまっては顔を伏せた。煙草をたてつづけに吸い、一本をまだ吸い終らないうちに、またマッチを擦った。古在は横目でそれを見ながら続けた。

「人間にとって態度決定ということが、どれほど大事かということが、〈廃墟〉に面してはじめて身にしみてわかる。別に、それは情景の荒廃だけには限らないがね。生きているということは一つの事実だ。死んだということと同様にね。だが、従来の彼の生活の基盤が根こそぎ灰燼に帰した以上、今まで身につけてきた態度では次の段階を生きてゆけない。否応なしに新しい態度を身につけ、観念を構築しなおさねばならない。自分で構築しなければならないんだ、観念だってね」

やはり今日の対面も、最も肝腎な事柄を避けて、一時しのぎの観念論議に終るだろう。岡屋敷は、その時はじめて鳴った風鈴の音を、とり戻せない決断の時の幻のように聞いた。何かが食い違っている、と岡屋敷は思った。だが、人には、それぞれの関心があり、その関心のあり方によって価値意識もことなる。たとえ人がすべて死んでゆく存在であるにしても、すべての人の関心が死にあるわけではない。そしてまた、一人の青年が政治的人間となっていった過程が、彼にとって最大の関心のまとであったとしても、恋にうつつを抜かしている男もおれば、毎晩の晩酌だけが楽しみだという男もいる。そして、それをどうすることもできないのが、この現実なのだ。

「おれにも、そりゃ、皆にその理由を聞いてみたいことはあったさ。お互いが証人になれる、あのおれたちの憂鬱な時代の行動に関してね。しかしもう、どうでもいいことになったような気がするな」

意外に涼しい風が吹いてきて、岡屋敷のはだけたゆかたの襟元をくすぐった。風が吹いているな、と岡屋敷は思った。この風の涼しさも一回限りのものなのだろう。おれの死後にもやはり風は家々の窓に吹くだろうが、その風は、この病んで微熱を発する胸を愛撫することはないだろう。そして、あんなに、その到来を待っていた社会制度の変革も、この風のように、彼がその社会を見ることも確かめることもできなくなったのちに、家々の扉をたたくにすぎないだろう。革命の嵐が、たとえ彼の生きている間におとずれて、この絶望の床を吹きとばすことがあっても、かつてその運動に参加した動機の卑しさと、犯した多くの誤ち——そして彼が断罪した罪のない男たちの怨みのゆえに、おれはきっと革命政府樹立の宣言とともに、首でもくくって死ぬだろう。

「風が吹いている」と西村が言った。

岡屋敷はどきっとして西村の方を見た。

「話をそらさずに古在の言うことを聞けよ」と、今まで黙っていた青戸が、パイプ煙草をふかしながら言った。

「ともかく人間が変ることは事実だが、それには理由がないわけではない、とおれは言いたい。例えば、かつて左翼運動に参加していた奴が、こういうニヒリストになっているとする」一片の思いやりもなく、古在は大きな目玉をむいて岡屋敷の寝床を指さした。

「その理由も全く不可知だとは言えない。少くとも、そいつの胸倉をとって説明を迫ることはできる」

「なんだと、もう一ぺん言ってみろ」不意にこみあげてきた咳と痰を嚥み込んで岡屋敷は起きあがった。

「おれに向かって、そんなことが言えた柄か。なるほど、あの火焰瓶事件のときも、リンチ事件のときも、君は巧みに身をかわし、失敗した方針の責任も問われず、私刑加害者の後ろめたさにかられずにすんだかもしれん。君は賢明で卑怯で、たくみに失敗をすり抜けた。だが、何の責任もないとは言わせないぞ」

「そうなのだ。おれたちは、またしても一度失敗した」古在が言った。「裏切ったと言いたいのなら、そう言ってもいい。どちらにせよ、おれたちの中には、到底もとの白紙には戻せない罰あたりな傷が残った。人間が突然変るということは、誤ちて改むるに憚る勿れ、などと言うほど簡単なものではない。しかし、心に傷と穢れを持つということは、その人間の精神の構成により豊富な支えが加わったということを意味する。内部により多くの矛盾をはらむ人間ほど、態度は微温であっても精神は強靱であり、行動は持続的である。死者にのみかかわっていた西村はそれを見過ごしている。弁証法というのは空念仏ではない。おれたちが蹉跌を経験したとき、おれたちは初めて弁証法を教条としてではなく、みずからの存在法則とする可能性をつかんだのだ。蒔田が、いつだったか言っていたように、脱党してからも、自分は一度もコミュニズムそのものを疑ったことがないなどと弁解する必要はないんだ。コミュニストは石ころじゃない。そこに存在するそのままの姿で、終始一貫してコミュニストであるような人間なぞあり得ない。人はあらゆる文化的態度、政治的立場を学び、選び、誤ち、超克するんだ。苛らだたしい試行錯誤を繰り返して身につけるんだ。一つの絶対的観点があり、それに近接してゆくことが人間の正義や進歩ではない。どんなに努めても永遠の近似値であり無限の近接線でしかありえないような観念体系は、この人間の世界には存しえない。たとえ存しえたとしても、この生き身の人間にとって一文の値うちもないと思え」

「人間にとって必要なことは、常に彼が、どれだけ彼自身の態度に徹底しているかということじゃないかね。古在の主張には、人間的な温かさがあるし、失敗者の復権を計ってやろうとする思いやりもある。しかし、にもかかわらず根底的に誤っている。心理学の法則によれば、人間は一たび経験したことは、それが十全の意味で経験であった以上、絶対に忘れることができないんだ。意識の深層に、それはとぐろを巻いて残っている。それを明るみに取り出し、説明しつくすことによって、コンプレックスから免がれることはできるが、それと意識の論理的弁証や、行動因となる暗示のあたえ方の技術ということは、少くとも直接には関係はない」

今まで黙って煙草をふかしていた青戸が甲高い声で言った。岡屋敷はこの美男子が本能的に嫌いだった。常に尻尾を摑まれぬ細心の注意をはらっていて、抽象的な次元でしか発言しない男だった。しかも、心理学者にふさわしく、人が発言するときには、発言そのものよりも、人の呼吸の乱れや羞恥心、内心の葛藤やあがきを、なにが彼の劣等感の根拠になっているのかをじっと目を注いで観察している。

「一度失敗した奴は、一生失敗しつづけろとでも言うのかね」

「命令形ではなくて、多分そうなるだろうと言うだけのことだ。彼が自分の失敗に甘え、青春の初期にちょっとばかり活動したその懐かしい思い出にしがみついてる限りね。誘われるたびにできるだけ時間をさいて、君たちの集まりには顔を出しているが、大学を卒業してからというもの、君たちの会話は果てしない堂々めぐりを繰り返しているだけだ。発育の途中で精神の成長をやめてしまった小頭児のようにね。愛されない嬰児がよく道ばたに寝ころがって足をばたつかせてわめいてるだろう、自分を忘れないでくれってね。醜態だ、それは。そういう場合に心理学者は、泣きわめくのが阿呆くさくなるまで放っておくことにしている」

この蒼白い男の自信は一体どこから出てくるのだろうか。蹴球の選手だった頃の岡屋敷なら、躍りあがって殴り倒しているところだ。しかし、顔を伏せている西村の方を窺っただけで岡屋敷は何も言わなかった。人を傷つけることなど屁とも思わず、暴言を吐きまくる青戸の方が、意外にも澄明な魂の持主であることをも岡屋敷は知っていたからだった。

「君が、そういう強い発言をできる根拠は何だろう?」と西村が言った。

「いや、簡単なことだ。彼らの言う、そして、それが正しいとおれも思っている来たるべき変革の時代に、そして、それにつづく建設の時代に、いま、いたずらに愁歎し怨嗟している人間よりも、おれはより役に立つ人間になっているだろうというただそれだけのことだ。社会が果してそういう怨嗟的人間を要求しているかね。戦列への参加を叫びまわるだけの役立たずを、本当に戦列の側が要求しているかね。能なしの文句たれの弱虫の御出馬を〈大衆〉の誰が希望しているかね。インテリゲンチャにはインテリゲンチャ特有の困難な利害の場があり、と同時に、特有の任務もある。インテリは所詮、同伴者にすぎず、政治的勢力としては、迷ったり悩んだりしながら、よたよたと革命の尻にくっついてなだれ込む中間階層にすぎない。しかし、それはインテリゲンチャに特有の活動領域がないことを意味しない。人類の科学や民族の文化の担当者であることができ、またその階層の浮動性ゆえに、権力をめぐる闘争者ではなく権力そのものの批判者であることができる。かつて学生時代、君たちから見れば意識の低かった奴らが、いま社会の中堅層に位置しつつある。彼らの歩みはのろかったが、勉強はしていた。しかも、我利我利亡者と侮蔑されていた者の方が、現在、出世主義者ではなくなっている。なぜなら、すでに彼らは責任ある位置を与えられているからだ。個人的憤懣と公憤とを区別できる一応の生活的安定をえているからだ。それにひきかえ、早熟すぎた政治活動家たちは、科学の発展、文化の継承者たるべく自己を鍛えるべきときに弁明の余地のないほど学業をさぼった。勉強はいつでもできるが、この反対闘争に敗れれば学ぶ自由すら失われるというのが、そのときの君たちの論理だった。しかし、勉強もまた、いつでもできるわけではない。機会を与えられている時に怠けた男は、当然、文化担当者の戦列から落伍しなければならない。そして、落伍者を社会は原則として要求しない。誇りばかりが高くて、筋肉労働にも適さず、たった一つの確かな技術も身につけず世に出た落伍者を社会が見棄てるのは当り前だ。たとえ、彼の頭の中にマルキシズム理論が山と積みあげられていようと、労働者でも農民でも科学者でもない、中途半端なインテリ崩れは、化粧品が買えないといって身も世もあらず歎く没落有閑婦人と同じぐらいの社会的価値しかないんだ。能力に応じて働き、必要に応じて報酬をうる社会を、と繰り返して叫んでいたのは誰だった。何かの理由で一度脱党したところで、もし、その政党が正しいと思え、政治を一つの専門としてそこで自己の知識と能力を生かしたいのなら、なぜ、もう一度入党してビラ貼りからやり直さないんだ」

青戸はパイプの灰をゆっくりとマッチでほじり落す。ただ彼は、その論説のするどさにもかかわらず岡屋敷の目は見なかった。

「君たちは細胞会議の席上で、西村やおれたちのことをどう言っていたか。表面では良心的シンパサイザーとおだてておきながら、陰では、利用価値のある間に利用しておけと言っていただろう。おれたちのやっていた運動の中に割り込んで分裂させ、破壊させてほくそ笑んでいたのは誰だ。君たちはたった一つの大衆団体をでも育てたか。寄生虫のように途中から忍び込んで来て、変革という名目でそれをぶっつぶした。おれたちの集団が気にくわないのなら対立するのもよい。西村のやり方が微温的だというのなら会議の席上論議をするのもよい。しかし、例えば西村が退いて君たちの中の誰かに責任を譲ったとき、それを発展させたことがあったか。惰性と哀惜の念から会員たちが僅かの間、もとの姿を維持しようと努力する。しかし、みな崩壊していったのだ。あらゆるクラブの中に君たちは忍び込んでいった。そして君たちは一体どのクラブを育てたか。大学を出てからも二、三度おれたちは集まりかけた。しかし、その場合も、いつも厳しすぎる主張をかかげ、せっかく統一されかけている戦線を瓦解させたのは誰だ。各人に個性のあることを、その個性の輝きを陰険に嫉妬でもするかのように、いつも一定の方向、一定の言辞を弄さねば忽ち相手をファッシスト呼ばわりしたのは誰だ。かつては同じ仲間で、地方へ行った奴や、別の集団をつくった人々が却って活躍しているのはなぜだと思う? 君たちは個性的な活動を始めかける個人や集団の足をひっぱりに行った。二枚舌を使い、不必要なことまで秘密めかし、必要もないときに細胞会議めいた閉鎖的な小委員会を開き、そこだけにしか通用しない隠語を得々と使い、他の人間が入ってゆくと、いたたまれないような薄暗い雰囲気をつくった。それがコミュニズムか。君たちは、己れと自分の主義を穢しているのだと思ったことはないのか」

「では訊くが、青戸は何をやったというんだ」岡屋敷は痩せ細った手を振りあげて言った。「いま、どういう参加の仕方をしているというのか。君は柔らかいソファーにもたれ、研究室でパイプ煙草をくゆらせながら書物を読んでいる。理論はおれたちよりよく知っているかもしれない。批評するのもより巧みだろう。レトリックも心得ている。しかし、この大反動化の時代に、君は、それを阻止するどの闘いの戦列に参加しているのか」

「君は、この社会が分業社会だということを忘れたな。職業の分化は社会を進歩させると同時に確かに人間の能力を細分化し、人間を全的人間性から疎外した。しかし社会主義国家でだって、分業化は一層進められてこそおれ、文学臭い全人間性など、どこにも成立してはいない。社会の進歩にせよ、退歩にせよ、参加は各自の専門的領域を通じてしかなし得ない。おれたちが今こうやっている部屋にすら、畳があり蒲団があり、薬品があり薬瓶がある。町を歩いてみたまえ。修理工場、加工工場、販売店、運送業、病院、学校、市場、銀行、教会、無数の職業があり、無数の人々がみずから選び、あるいは不本意に選ばせられた仕事に従事している。大学に行けば十指にのぼる学部があり、学部は最低三つの分科を、分科の一つ一つはまたおびただしい専門部門に分化して研究が進められ、後進が育成されている。軌道の鋼材研究をしている男がおり、ローマ法の研究をしている奴がいる。ビタミンや抗生物質を探して溝や糞壺を掘りくりかえしている奴もいる。頭脳を切りとって、脳腫の手術をしている医者、辞書の誤謬を補訂している言語学者、インドのカスト制度を研究している社会学者、シェークスピアの注釈に一生を棒にふった老人。何千何万の人間が、各人ほとんど一人一分野といってもいい分野で仕事をしている。おれの従事する仕事は、科学の一分枝の心理学、その一部門の発達心理学のまた一分枝である幼児の言語習得過程の実験的研究にすぎない。ロケットの研究のように華々しくはないし、農産物の改良のように直接的有用性にも乏しい。習得言語の序列が、唇音から舌音に進もうと、感歎詞から名詞に進もうと、その理解でおれたちの生活が急にどうなるということはない。だが、極小的な利用価値、分野の極小化においてしか極大の世界に人は参加することができないんだ。哲学すら人間文化の一小部門にすぎぬ。いいかね。だが、その各分野で積み重ねられる努力の集積が、その社会を支えてるんだ。大観念が支えているのではない。小技術と、おそろしいほど複雑に組み合わされた管理系列が、この世界の安定と進歩の鍵なのだ。もし、その専門分野でおれが怠けており、怠けていると非難されるのなら、その非難はどんな苛酷なものでも聞かざるを得ない。しかし、おれはソファーにのうのうと坐って煙草をのんでなぞいない。もしそうなら、頬骨のつき出るほど痩せたりはせん。おれの論文は僅かな進歩にもせよ、人類の科学の進歩に参加している。日本の、フランスの、ドイツの、アメリカの、ソビエトの科学者にも読まれている。論議され、追実験され、確かめられ、克服される。政治はしかし、政治の専門家にまかせておけばよいほど技術化されていないし、分化していない。分化の前提になる社会の富の生産者である労働者、文化の推進者である技術者の政治管理も成立してはいない。この日本では、依然として階級は鋭く対立したままだから、万人がどちらかの陣営に属して政治的に闘わねばならないだろう。しかし、親の脛かじりだった学生時代のように、ことが起れば全存在を賭けるような調子でデモに出て行ったり、ビラ貼りに出て行ったりはできないのだ。中国の五四運動や、アジア・アフリカ諸国の植民地解放運動の場合のように、学生がそれほどこの日本で前衛的役割を果せるものとも思っていない。……それはともかく、仏教の言葉を借りるなら、おれたちは在家仏徒である。いつも政治に全身をつぎ込み、禁欲一途に精進しているわけにはいかないのだ。片足をつっ込んでも、片足は専門の仕事の方に常に向いていなければならぬ。政治は、その葛藤の頂点で人の生活を破壊する権力を行使するけれども、みずからの生活を破壊して反抗することは、それ自体、政治の魔術のとりこになることだからだ」

「青戸は、いまだに議会主義によって真の変革がなされうると思っとるのかね」狭い病室の窓際を熊のように行き戻りしながら古在が言った。「いわゆる経営者革命でもおこる可能性があるとでも思ってるのかね。職業分化は事実だが、その極小的な分化現象の奥に一貫している本質を見きわめれば、すぐ明らかになることがあるはずだ。いいかね、俸給生活者は、いわば労働者の余剰生産物で養われているわけだが、生産手段を所有する階級が、その余剰生産及びその価値を左右する権力を握っている以上、大局において、ただただ学的に誠実な専門的探究は、特定の階級の利益にだけ利用されることは火を見るよりも明らかだ。恩恵は他の階級にも及ぶかもしれない。利用された残滓のおこぼれが、その利用を二重に効果的にするための押しつけとしてね」

「やめてくれ。そんな論議はいくらしたって、無駄だ。ナンセンスだ」

西日は簾をつき通して岡屋敷の枕元まで伸びてきていた。ふたたび仰臥した岡屋敷の目に、あくまでも澄んだ夏空を抛物線を描いてのびる電線、そして電柱の白い碍子が見えた。いつも見なれた貧しい景物だった。そして、舞いあがった塵埃が、向かいのバラック建ての杉皮葺きの屋根に絶え間なく降りそそいでいた。『立場の相違こそあれ、この自信に満ちた秀才たちには、やみくもに友達を欲しがった醜男の、祈るような集団参加は理解できないだろう。政党だけではない。体の造りは大がらだったとはいえ、運動神経の鈍いおれが、きびしい訓練に歯をくいしばって蹴球部にしがみついていた理由も、彼らにはおそらくわかるまい』懐かしい音楽に耳を傾けるように岡屋敷は目を閉ざした。『おれは孤独な、人に好かれない男だった。いじいじといじけていて、人の目の色を読むことにばかり気を使っている、ませた子供だった。子供のころから、おれは醜かった。弟が産れてからは、彼が学童疎開先で死ぬまで、両親からすらも、泣きわめかなければその存在を思い出してもらえないような子供だった。幼い英雄主義も青くさい選良主義も、おれには縁がなかった。おれの少年時代の充実は、弟の死による両親の愛の復活と、何かを見返してやる夢であり、繰り返してそういう場面を想像することだけだった。おれの友達もまた恵まれぬ家の子や醜い女の子に限られた。しかし、やはり、そうした自分を正当づけてくれる思想が欲しかった。この恵まれた男たちには金輪際わからないだろう。気のきいた会合をすぐ白けさせてしまう鈍重なおれの存在を、そのまま認めてくれる集団に磁石にひき寄せられる砂鉄のように近寄ったのであったことも。なぜ最後まで細胞活動をつづけたのかという理由すらも』

「そうだ、危うく忘れるところだったが、葉書にも書いておいたように、君に頼みたいことがあった」古在が言った。

「頼み？」と岡屋敷は言った。ひきつれるような笑いがこみあげ、最初はそれでも控え目に、しかし深刻そうな西村の表情に耐えきれずに岡屋敷は笑った。彼の肺にとって、いま笑うことは寿命を縮めることだった。

「おれみたいな病人に何を頼むんだ」

「君の従兄はどうしてる？」

「従兄がどうかしたか」

「出版社につとめてたんじゃなかったかね」

「古在が何か論文でも書いたのか。それなら君んとこの雑誌に発表すりゃいいだろ」

「いや、おれのことじゃない」

「実は……」と西村が小声で言った。

「なにか原稿なら、教授に頼めばいいだろう。世話などというより、最近はどこの大学でも各部毎に部報を出しているし、実状はおそらく金より原稿の方が足らないんじゃないのかね」青戸は胸を張り、学会誌を自分が運営してでもいるかのような口をきいた。

「一度大学の方へも遊びに来たまえ。水曜日以外の週日には大体研究室にいる。学生時代は文句ばかり垂れていたが、見なおしてみるといいところだぜ、大学も。これから秋にかけて銀杏の樹が段々と色づくころだ」

「はあ、ありがとう。しかし、実はちょっと考えることがあって……それに僕は遅筆だものだから、足かけ五年もたついたあげく、三カ月ほど前に、この……」西村は胸に抱いていたカバンを愛撫するように撫でた。「研究論文なら発表機関には困らないだろうし、また経済論文なら、時事雑誌だけれども、社で発刊している雑誌に強引にのせさせるくらいのことはする。だが、西村の書いたのは論文じゃないらしいんだ」

「なんだ、小説か」と青戸は軽蔑するように言った。「どうも小説には興味はない」

「いや、ちがう」と西村は言葉をはさんだ。

「何だ、それでは」

「伝記……」

「誰の？」

「誰のと言って、うまく……」

「おれもごく簡単なことを西村の手紙で知っているだけで、まだ読んでないんで、強力に推薦するというわけにもいかないんだが、どうだろう、君自身は病気で動けそうにないから、一つ、その従兄に頼んでやる手紙を書いてやれないか」

古在は、机の側に近寄り、すぐにでも書けというように、伏せてあった便箋に手をのばした。岡屋敷は不意に身を起して、古在が取ろうとする便箋をひったくった。

「どうした？　女に書く手紙の書きさしでもはさんであったのか」古在は大仰に肩をそびやかして笑った。「たいしたニヒリストだ。は、は」

「冗談はよしてくれ」岡屋敷は弱々しく言った。

「久しぶりの頼みだ。簡単なことだろ、いま書いてやれ」

岡屋敷は西村の方を見た。やはり、かつて覚えた予感は誤ってはいなかったのだと、焼けつくような羨望に苦しめられながら。僕は真面目な教員になろうと思う、と、卒業式のあと、卒業論文の重荷から解放されて大騒ぎした酒席でこの社会民主主義者は言った。およそ、まともな就職口の閉ざされていた岡屋敷らの狼狽を尻目に、西村たちの集団は、あるいは大学の助手に、あるいは大新聞社に、あるいは官僚に、あるいは大製薬会社の宣伝部に、その才能と専門に応じて、幹部候補生として次々と就職していった。新制の高等学校の教員を選ぶという西村が最も地味で、一見、彼の良心を生かそうとするように見えた。とくに、都落ちして田舎の学校につとめるというのは岡屋敷には理解できなかったぐらいだった。なぜだろう、といぶかったものだった。しかし、それも今あきらかになった。西村は直接、栄達や高い収入は求めなかったが、時間をかせいでいたのだ。給料は安くとも、教員には夏や冬の有給休暇があり、受持ち時間以外には好きな書物を読み、自分のためにする書きものをしていてよい自由がある。郷里の旧家の娘と古風な見合い結婚をしたのも、彼が何ごとかにおいて一家をなすための計算された準備操作だったのだ。その雌伏の期間は予想よりは長かったけれども、彼は着実に自分の計算通りの仕事をした。伝記という一見地味な形式によって、自分の政治的立場の曖昧さを客観化し、しかも歴史の名において、時代を、風潮を、判断し、裁断しようとするのだろう。おそらく裁かれるのはおれたちであり、裁くのは、何もせずじっと傍観していた西村なのだ。傍にくっついていて、ときには紛糾した意見の調整者として、求められて秘密な会合にも顔を出した西村は、おれたちの裏面、おれたちの誤謬や失敗をみな知っている。あの火焔瓶事件のさなかに、なぜ古志原が下宿裏の林の中で首を吊ったか。ぱくられて警察に何もかも喋ってしまったからではなく、何もかも喋ったものとして査問委員会でつるしあげられ、スパイ嫌疑で二六時中監視人を配置されたことによって、ほかならぬおれが制裁を加えたことによって自殺したのであることも西村は知っている。おれたちの崩れた生活の内幕も、この男は知っている。藤堂との絶望的な放蕩のはてに性病におかされたとき、治療費を工面してくれたのは、ほかならぬ西村だったからだ。彼は何も訊かず一言のからかいも言いはしなかった。しかし表面は沈黙と慎しみ深さに韜晦しながら、実は、何もかも心得ている腹黒い観察者だった。彼は観察し、微笑し、そして記録をとりつづけて時代の証人になろうとする。文章技術を心得ぬおれたち、そして数多いおれたちの仲間に代ってそれを表現してやろうとする。しかし、たとえどんな甘美な献辞が表紙裏に印刷されるとしても、実際に行為し、回復不可能なまでに傷ついた者は、彼が開陳しようとする形而上学の一資料にすぎないのだ。おれたちの世代の失敗が、なんと名づけられるかは知らないが、人々が記憶するのは西村の名であり、しかもなお、あの一回限りの運動、交換不可能な惑いと苦痛の代表者は、結局西村だったということになるのだ。古在はいい。彼には才能がある。彼は西村が成功すれば、いつでも踵を接して表舞台に登場し、拍手をあびながら彼らと握手できる才能がある。だが、一つの歴史、一つの記録の裏にも、おれのような、永遠に浮かびあがらず、救済されもせぬ人間たちがいる。

「他に手段がないとは思わないが、君に依頼しようと思いついたのは、西村が長いあいだ孤独に抱いてきた宝を、いま社会の価値にする手助けを、おれたちがやるべきだと思ったからだ。勿論、そのためには内容や意図の全般にわたって徹底的に討議をし、彼のなしとげたことが、おれたちの責任の一端を担うものかどうかを確かめる必要はある。それは、よければおれが代表して聞いておく。金の問題もあって、西村はいつまでもこの土地にとどまってもらうわけにもいかんだろうし、悠長な論議や芸術的完成度よりも、たとえ欠点をはらんでいても、一つの状況の中に時期を失せず提出することが、より重要である問題もあるわけだ」

「いったい、原稿用紙にして何枚ぐらいのものなんだ」青戸が妙に粘りつくような口調で言った。

「一千二百枚ぐらいかな。それに後書きが百枚ばかりついてる」西村が言った。

「ひどく長いんだね。ひまな奴にはかなわんな」

西村の目が初めてきらっと光って、青戸の横顔を刺すように凝視した。

「古在の言うこともわからんではないが、いま、おれにはなんともすることができない」

いったん手に取ったペンを投げ出して岡屋敷は言った。率直に言うなら、西村のためには、そして西村に限らず昔の友人のためには、何も援助する気はないと断るべきだったろう。

「どうしてだ」古在が言った。

君たちは、もうおれの友人ではないからだ、と岡屋敷は苦い薬を飲むように、胸のうちにその言葉をのんだ。いや、もうおれは君たちを必要とはしていないからだ。党費を滞納し、新聞費を遣い込み、オルグとして派遣された製油会社の組織化には社会党員に負け、そして、病気とともに自然消滅的に党派からずりおちた今――しかも右肺を剔抉しなければもう二年とは命は保たないと宣言され、手術をしても成功するかどうか見込みのたたない今、おれには、君たちはもう必要ではないのだから。今まではぜひとも自己を完成させ、この世において有意義な存在たらんとしていたゆえに、また、自己の薫陶を一つの力と関係づけたいと願っていたゆえに仲間が必要だった。だが、いま、どうせ滅びてゆくおれに仲間はいらぬ。望むと望まざるとにかかわらず、滅びるためには独りぽっちで充分だからだ。何の援助も君たちからは受けたくない。いや実際、それが喉から手の出るほど欲しかった時には、君たちは皆そっぽをむいていた。それゆえにまた、君たちのうちの誰かの力になろうとも思わないのだ。

「従兄が出版社に勤めていたことは事実だが、彼はやめたよ、ずっと以前。それも、やめたんではなくてやめさせられたんだ」と岡屋敷は嘘をついた。「例のレッド・パージの時に。頑強に頑張ってね、不法解雇の訴訟を起して二年後に馘首取消しの判決はあった。それから二年間ほど、毎日、会社には通っていたようだ。何の仕事も与えられずにね。煙草を吸い、白い目で見られながら弁当を食うために。ボーナスはだめだが、月給だけはくれていたそうだ。しかし、そのうち気が変になってしまってね、やめてしまった。一種の失語症なんだそうだ」

こんなにもすらすら嘘が吐けたのは、勿論、別の人物についてそうした事件のあったことを知っていたからだった。しかし、それがいかに現代社会の病患に触れる内容の話であろうと、嘘であることには変りはなかった。

「これが別な事情で退職したのなら、現に彼が勤めていなくとも、従兄の紹介は相当に有効だろうがね。いま会社で彼の名前を口に出したら、唾を吐きかけられるのがおちだろうな」

実際には、従兄は共産党のシンパだったことは事実だったが、裏切って第二組合をつくり、赤を追い出したあと、編集長の位置についていた。従業員二十名足らずの、企業形態としては小企業にすぎなかったが、彼に依頼して承諾を得れば、書物の出版ぐらいわけはなかった。岡屋敷は、この従兄を憎んでいたけれども、向うはこちらを妙に可愛がってもいた。事実、父親の法事のときも、遠慮会釈なく大酒をくらったあげく臥せている彼の枕許に坐りこんで、何かものでも書けと励ました。探偵小説でも暴露小説でも書きさえすれば、うまくゆけば、三、四十万の金にはなるぜ、と。だが岡屋敷は、自分でも恐ろしくなるほどの白々しさで、うつむいている西村の方を真向から見つめながら嘘の上塗りをしようと努めた。

『君が世に出るのは勝手だ。何を書いたのかは知らんが、一山あてるのもいいだろう。しかし、おれは世話はしない。今のおれに、もし友があるとすれば、それは共に滅んでくれる人間だけなのだから。おれが手術のあとにこみあげてくる痰を吐きそこね、息をつまらせてあの世に旅立つとき、もし一緒に首でも吊ってやろうというのなら、握手ぐらいはするだろう。しかし、それ以外のことは厭なのだ。かつて共に一つの学園に学び、一つの理想を思いえがいたことがあるというだけのことに、一体なんの責任があり、義務があるのか。俗物になるのも勝手だし、出世するのも自由だが、それを失敗者の側が援助せねばならぬ何のいわれもないいんだから』

「残念だったな。せめて、おれが健康なら、また、左翼系の本屋なら、あちこち走りまわってみることもできるんだけれど」

「いや、いいんだ」と西村は言った。「ありがとう」

お袋が挨拶に入ってきたとき、岡屋敷は、今の話をお袋が聞いていたかもしれぬと気づかう気力もなく、ぐったりと蒲団の上に横になった。遅ればせに西村が卵を三つポケットから取り出した。お袋は、それが甘露ででもあるかのように平身低頭して受けとった。

「食べものだけは普通に食べてもいい病気ですもんね。ちょうど、すき焼きを作りましたよってに、一緒に食べていってつかはりませ」と、お袋は田舎弁で言った。

「かまわんでください。もう帰らなきゃなりませんので」青戸は、ろくに挨拶も返さずに立ちあがった。

「こちらは古在さんでしたね。このまえ見たときよりちょっと顔色が悪いようやけど、古在さんもどっかお体が悪いんですか。気をつけなさいよ。体にだけは気をつけんと」

「いや別に……私も帰りましょう」

「そう言ったって、ほんとに、御飯の準備をしましたんですさかいに」

「皆さんの都合も聞かずに、ひとりよがりに準備したりするからいかんのだ」と岡屋敷は目を閉ざしたまま言った。

　ぼろぎれのように力を使いはたしたあげくに、友人からすら、人は何の未練もなく路傍に見棄てられるのだ。ひたすらに隠蔽することによって意欲を罪悪感に染めてしまい、もう全身をもっては信じられなくなっている〈思想〉も、いずれ思想の方から彼を見棄てるだろう。青戸がいみじくも言いあてたように、役に立たぬものは見棄てるのが政治であるからだ。彼には何ひとつ拠るべきものはない。一片の思念も一文の金もなく、路地に行きだおれる惨めな自分の姿を岡屋敷は思った。昔は、彼には信じたい欲望があり、即物的にも憎悪する対象をもつことができていたから、彼は一つの思想体系にもたれかかることができた。すぐれた友人たちが合議の仲間にいたから、彼は遅ればせながらも乏しい思弁を行動に転化することができた。しかし、しょせん彼は理論家ではなかったし、論理がそれ自体においても力であることを認識できるほど、ものごとを深く考えてみたことはなかった。なぜ共産主義運動にたずさわったのかと尋ねられれば、それが正しいからだと、なお彼も人並みに答えるだろう。なぜ、正しいかと問われれば、近代世界の人間の問題を、経済、政治、そしてこの人間性の全領域にわたって科学的に問題にし、それを解決する最も秀れた方法だからだと彼も言うだろう。なぜ、最も秀れた方法と言えるのかと問われれば、上部と下部との構造の弁証法的な相互作用を常に念頭に置いていて、全体の見透しの上に、先ずその根本基底たる経済社会のあり方を変革し、いかなる物神も介入しない、人間と人間との対等な関係を恢復、いや、創造しようとするからだと答えるだろう。人間の問題がそれだけかと訊ねられるなら、それが基礎であって勿論すべてではない、しかし万人が自己の精神の伽藍、そしてそこに開花する道徳的な、あるいは美的な諸問題の平等な解答者たるためには、まず経済的平等と全き意味での機会均等の礎石が必要なのだと説明するだろう。政治を経済で理解し、哲学を政治の地平で見、神学を哲学の光にあて——そして芸術や科学や、愛の高貴さや日常性の重さも、その透視図にあてはめてみてこそ、はじめてその本来の意味を見いだすことができるのだと。そして、その変革の担い手はプロレタリアートであることも。そして、その論理は、いま彼を励ましも勇気づけもしなかった。かつて、十全の意味ではプロレタリアートではなかったとき、彼はその階級の使命を理解した。彼が今それになったとき、彼に残ったのは上へ這いあがりたい欲望と、役に立たない肉体だけだった。なぜ、おれはもっと楽しまなかったのだろう。僅かの人生の間であるのに。うまいものも食いたかった。可愛い女房をもらって、時折り浮気をして女房を嫉妬させながら温かい蒲団に眠る。その軽薄さ、軽佻なふるまいの中にしかない爛熟した快楽を、なぜ味わってはいけないのか。旅行もしたいし、温泉にもつかりたい。蓼の茂る高原、白樺の林、そして、山肌を匍うようにあがる温泉の湯けむり。あの暖かそうで、しかも軽い純毛の服すら、おれはまだ一度も着たことがない。

「それでは失礼する」青戸の声が岡屋敷を現実にひき戻した。

「青戸、君との話の結着は、いずれ、つけに行くからな」と古在が青戸の後ろから部屋を出ながら言った。

お袋はおろおろと狼狽し、なおも皆をひきとめようとした。

「もうお菜を作ってしもうて、残しても仕様もないきに、どうぞ食べていってつかっさい」

日頃は微笑を崩さない顔に一種の悲哀を漂わせながら、彼女は最後に部屋に残った西村の手をとった。

「いや、僕も皆と一緒に」西村はすまなさそうに言った。「じゃ、お元気で」

岡屋敷は目を閉ざして返事を返さなかった。彼は机の抽斗の中の睡眠剤の包みを一瞬脳裡に浮かべ、次に理由なく、頼りなげに彼の顔をうかがってばかりいた小谷明子の小さな顔を思い出した。あの晩春の夕暮れ、遠く霞んでいる湖を俯瞰する岡の中腹、笹の葉ずれを聞きながら彼が初めて彼女の体を抱いたとき、知性のない顔をそのときばかりは神々しく輝かせながら、大丈夫だわね、大丈夫だわね私たち、と彼女は繰り返していた。蚕の肌のように薄く、そして化粧けのない皮膚、化粧けのないゆえに何物にも汚れることのないひそかな体臭。

「その飴玉を私にも頂戴」と草むらの名も知らぬ小さな花の花粉を顔にあびながら彼女は言った。「ううん、そっちじゃなくて、あなたが今、食べてるの」

あの貧しい女工は、今どうしているのだろうか。何を考え、何を悲しみ、どこをほっつき歩いているのだろうか。

岡屋敷は抑制できない怒りの発作に襲われて立ちあがった。

「君らは、君らは……」

この貧しい母親が、二日分の日給を投じてつくった馳走を食べてゆく思いやりすらないのか。一言のお世辞で、この心貧しい女の饗応にむくいてやる気づかいすらないのか。

岡屋敷は、部屋の閾のところでぼんやりと客人を見送っている肉親の痩せた背中を見、そして祈るように呟いた。

『……どうか、みな、お願いだから帰らないでくれ』

第五章

1

「あんたは武士《さむらい》の魂をもっておる。いや、謙遜せんでよろしい。わしはそれを一目で見抜いた」

かつては歯科医であり、いまはただ、バリカン一つ、剃刀一つ、目の荒いブラシと櫛とを前垂れに包んで出稼ぎに行くにすぎぬ散髪屋が上機嫌に言った。もっとも彼は自分を出前の散髪屋だとは絶対に認めず、詩人にも宮廷や貴族のサロンに媚を売る侍従詩人と、城郭から村落へ、村落から港へとさまよう吟遊詩人とがあるように、自分は故あってさまよっている吟遊の散髪屋なのだと言っていた。

貧弱な菊屋旅館の玄関先、朝のかろやかな気配の中に、細い枝の垂れた柳並木がささやかな木蔭をつくっていた。一夜のうちに、ともあれ埃は地におち、早朝の幾時間かの間だけ、そのスラムの並木にも、いくらかの清浄さが返ってくる。ささやかで、ひんやりとした木蔭、それは、この地域の唯一の救いのようなものだった。西村は無理じいにとっつかまって一金三十円也の散髪をさせられながら、仕方なしにその男の饒舌に相槌をうっていた。髪がのびて、耳朶がかくれるほどになっていたことは事実だったが、その不潔な櫛で梳《す》かれるのは背筋が寒くなるほど不愉快だった。台湾禿げの病菌でもうつされたら、料金が安かったどころの話ではすまない。傍らの床几では、もう、自動車の運転手らしい男とあぶれた日傭とが賭碁を打っていた。

「むかし歯科大学に通っていたころ、いつも控え目で、破れ太鼓みたいな文弱な男がいたね。しかし、その男は囲碁で言えば、天元でね。地所争いには超然としておるが、七五とか、ここが勝負どころというときには絶対に光りだす男だった。それが狩米五郎、つまり、このわしだ」

しまりなく散髪屋は哄笑した。しかし、その快活さは、自分を周囲の者からなんとか区別してみせようとする演技にすぎなかった。頭をおさえつけられていて、表情を確かめることはできなくても、彼のみじめったらしい計算は、西村には筒抜けだった。同じ貧民窟にすんでいて、自分一人は別ものだと言ってみたところで、何になるか。

「みなが開業医や軍医や研究所員になろうとして汲々と努力しているとき、彼は女のことばかり考えておった。彼の希望というのは、一番程度の低いものだったんだな。一番楽な道、それは普通なら船医になることだ。遠洋航路の船は、客船はもちろん、商船でもタンカーでも、形式的にでも医者をのせとかねばならん。乱れとる頃でね、いろんなことが。外科専門医や内科医の代りに歯科医でも船医になれた。特別なことでもないかぎり、波のうねりを眺めて暮せるひまな商売だ。どうせ人間の言葉や思想なんぞは、海の波音みたいなもんだ。飛沫《しぶき》の音を聞いて暮すつもりなら、船にのりこむのが一番いい。人間この世の外へ出られるわけはないけれども、思い込みたけりゃ、脱出ちゅう、ヒロイックな気持にもなれるしね。荒らくれどもと一緒に、港々で黒ん坊女や白系ロシアの淫売を抱くのも悪くはない。しかしだ、しかし、彼はそれにもならなかった。船会社の社長に会ったり、履歴書を書いたりするのが面倒くさかったんだな。もう一つ方法がある。無医村へ行って学校の教師でもしながら、ゆくゆくは村長や校長のどぶろく飲みのお相手になることだ。こっちの方は大分考えたな。しかし、彼が本当に望んどるのは、そんな生優しいことではなかった」

はっは、と一区切りごとに彼は笑った。

「本当はだ、彼の願いは不倖せそうな女と結婚することだった。彼は、その甘い夢にひきずられて、あやうく貧民窟で罪もない少女を強姦しかけたぐらいだ。この世の中で、一番不幸な人間の形態は何だろうと、講義の時間にも実習のあいまにも、一生懸命その青年は考えていた。しかし案外、人間の不幸なんてものは底の浅いもんでね。信仰に熱中しとる奴に地獄ちゅうのはどういう所だと尋ねてみても、真綿みたいに劫火がふわふわと浮いとって、胸や脳に蛆虫を湧かした人間が飢えてさまよっていて、時には尻の穴から熔鉄を注ぎ込まれたりするというぐらいの説明をするのが関の山だ。どうやら人間の悲惨というやつも、これと似たり寄ったりの虚妄らしい。疾病、老衰、死……いや、死ぬことは不幸じゃないしね。貧乏、孤独、天災、人災、片輪、飢餓、不安、失職、まあこう言ったもんだ。何一つ本当には知らんくせに、彼には全部が見え透いてみえた。そして、結局、彼は兎口《みつくち》で歯槽膿漏の女と結婚した。歯科医だったから、歯槽膿漏がこの世の不幸の象徴のようにみえたんだな、わっは」

西村は、道化たレトリックを出しつくして語りかけてくる男の背後に、失職がもたらす梅毒より恐ろしい痴呆性、そして人格そのものの軟化症状を見た。どんな憤激、どんな絶望のためであろうと、やはり人は、その日常の規律を崩してはならない。たとえ、この現在において日常の規律を守りつづける唯一の道は、あの非人間的な資本の組織に身を委ねることだけであっても。正義を求めるためだけでなく、怨みを述べるためにすら、人には地盤がいるのだから。もう慢性になってしまった苛らだちの上に、恐怖までが加わって、西村は閉ざされて行くみずからの未来を思った。

昔から女のことばかり考えていたと、この男は自嘲的に言う。しかし、それはおそらく本当のことではなく、規律を失い日常性を失って軟化した脳に浮かんだ妄想にすぎないのだ。なぜなら、西村自身、みずから好んで失職し、規律正しい生活のリズムを見失ったとき、最初にあらわれた変化は、自分のすべての時間を、おのれの正義のために捧げる人間となることではなく、女を、妻を、不安を忘れるための肉の糧とみる精神的なジプシーとなることだったから。

あの空しい五年間、机の前にあっては自分を励ますためにあらゆる意義づけを胸に繰り返しながら、節度を超えて、妻の体を求めようとする崩れた欲望との闘いに幾たび爪を噛んだことだったろう。交際の道に拙く、必要以上に人みしりする性格だった西村には、職場を退けば身近に一人の親しい話相手もいなかった。週に二、三日は確かに充実した日を送れるときもあった。いま自分がたずさわっている仕事は、彼がしなければ誰もする者はなく、価値の幅は狭くとも、深みにおいて無限の意味を持っているはずだと思えたときもあった。しかし、はかない昂奮と充実感の去ったあとは、砂を噛むような単調な孤独の時間だった。口笛を吹こうにも音楽も浮かばず、ただ腕を頭の後ろに組んでじっと寝そべり、無意味に天井のしみを見る。そして、そのとき彼の念頭を去来するのは、金輪際口に出すことのできないだろうような淫逸の夢だった。彼の肉への傾斜につれて、妻の表情から軽やかさが消え、そして内部から家庭が崩壊していった。何を思ったのか、千津子はその頃からカソリックの教会へ通いはじめた。料理や編物の本の並んでいた彼女の本箱の内容が、祈禱書や讃美歌の書物にかわっていった。やがて、千津子は子供とともに洗礼を受けたのだが、憂わしげにひそめられた眉間に、時おり走りはじめた陰険な影は洗われなかった。彼が信じたがった一つの任務の、それが彼の現実にもたらした最初の変化だった。節度を失って執拗になり、そして、胸に掌をあわせて小声で祈りの言葉を呟きつづける妻の拒絶にあうとき、西村は深夜、まじまじと闇を見つめながら、生唾と夜の闇と、そして、あの〈後悔〉をのみこんだ。欲望はいじけて内訌し、解き放とうとする努力でいっそう奥深く沈澱し、次に、ひたひたと迫ってくる死のような空虚に西村は包まれる。平凡な生活、優しい家庭、一輪の花の幸福、彼の拠りどころはつぎつぎとくずれ、愛も消え、なにか無意味な肉体の内部の軋轢の音がきこえてくる。彼は羞恥と汚辱にふるえながら、妻の祈禱の声に追われて、冷たい畳の上へ、そして自分の床へと体をずらせてゆく。

「痛い」と西村は悲鳴をあげた。

「毛がひっかかったかね」

散髪屋はバリカンの歯を吹いた。

「実際、なにごとも辛抱が肝腎でね」狩米は急に疲れたように語調をおとして言った。「人生、生きてさえおれば色々なことがあるもんだが、結局は辛抱せねばならん。いまは吟遊の散髪屋になっとるがね、こう見えても昔はちゃんとした一家の主《あるじ》だった。それも借家に住んどりゃいいものを、奇妙な固定観念があったんだな。自分の家が欲しかったんだな。船医にもならずに、その俗物は自分の家を欲しがったんだ。もちろん、火災保険にも入っとったよ。心配だったし、二度と馬車馬のように働いて金を蓄めることはできないことぐらいは解っとったからね。しかし、何もかも全部パアだった。同じ戦争中に焼けるにしてもだ、散発的に艦載機が機銃掃射にくるころに燃えておりゃ保険金は返ってきた。しかし、この大きな街の三分の一もが一夜に焼けたときに類焼したもんでね。商売人ならまたバラックを建てて商売をやりなおせただろうし、大きな工場なら、棟が焼けおちても、機械は油で洗えば、まあなんとか使い物になる。だが歯科の医療器具なんて可愛い機械は、ぼうぼう火に焙られたら、あとかたもなしだ。ちっちゃな一軒の家を持つために使いはたした若い頃の精力は、もう二度と帰ってきてくれやせんしね。徴用から帰ってきたときは、結構、頭に若白髪まで生えていた。さて、しからばどうするか。結論は簡単だな。辛抱するより仕方がないという寸法だ」

表面は無責任に相槌をうち、内側で抵抗する神経の使いわけに疲れて、西村はいつしか相手の世界に捲きこまれそうになっていた。

「あんたは酒を飲むかね」と、もと歯科医は言った。「わしらの、この光栄あるぼた船に参加された運命を祝って、ひとつ今晩あたり真夏の饗宴を催そうかと思っとるんだ。お祭り騒ぎを軽蔑しちゃいかんのだ。ほかに特別、意義のあることが人生にあるわけじゃないんだからな。第一、隣りあわせに住んでおって、隣りは何をする人ぞ、てな無関心はいかん。あんたが、どういう男なんかということをまだ誰も知らん。二、三日泊って、ひょいとまた飛び立ってゆくんなら話は別だが、あんたはそのつもりでもなさそうだ。一軒一軒、いや一室一室、挨拶廻りなんぞする義理はなかろうが、自己紹介をする機会ぐらいはあった方がええ。わしの言うことは間違っとるかね」

「僕は……」

「いや、それは今言ってくれなくていい。よく辻褄の合うように考えとってもらってだな、その馬鹿騒ぎの前に、一度、大法螺を吹いてもらやいいんだ。刑務所や港の酒場やスラム街では、お互い以前に相手が何をしとったかはわからんのでね。あんまり正直になると損をする。しかし反対に、その人間の言ったことだけが、その人間を知る材料になるという奇妙なよさもあるわけだ。思われたい通りに思ってくれるというわけじゃないが、疑われたところで証拠はないんだからな。ところで、しかし、あんたは一体何をしに来たんだ。わしにだけ聞かせんかね」

「大罪を犯しましてね」と西村は軽薄な冗談を言った。「悪魔《デーモン》に身売りしたんですよ。神学はやらなかったが、ま、語学も美学も哲学も自然科学も、一応身につけました。そのあげく、〈アッハ、げにも慣れなる男ここにあり〉というわけです」

くっくっくっと相手は喉の奥で笑った。

「あんたは割と話せるぞ。実際、久しぶりだな、そういう古典的なものの言い廻しを聞くのは。なんや知らん、いりもせんことを思い出して悲しゅうなってくるぐらいだ」

そのとき、邦人牧師を先頭にしたみすぼらしい布教団が、同じくみすぼらしい幟をおしたてて歩道を歩いてきた。大道路が鉄道と交叉するガードの横の敷地に、プロテスタント系の慈善宿泊所があり、隣りに、毒々しいクリスト復活の絵を板塀にペンキでかいた救霊会教会がある。毎朝、最も救済を必要とするように見え、しかも一向にその門をたたかない浮浪者に、鳴り物入りで礼拝への参加を呼びかける。スローモーション映画のようにその一団は緩慢な足並みで歩いてきた。金光教からでも改信したのだろう、手太鼓を打っている男もまじっている。鳴り物の音が途絶えるあいまに、牧師がわざとらしい英語なまりの声で、あぶれた日傭の群れに三位一体を説いている。勤勉が神の恵みに通ずることを説いている間は聞えてくる牧師の声は平静だったが、不意に甲高くなって、脈絡もなく共産主義を非難する。神を恐れぬ輩《やから》は禍いなるかな、と。背の低い牧師は、熱心な数人の信徒に護衛され、頭の先しかその姿は見えない。一しきり、むなしい呼びかけが終ると、一団はまたぞろぞろと移動しはじめる。半裸の子供たちが、中に一人まじっている外人の女性を珍しそうに指をくわえて見ながら、その奇妙な〈紙芝居〉のあとを追う。子供でなくとも、只見のできるものなら、なんでも見物にゆくのだ。だが、この近在には信仰よりも前に、ある種の厳しい戒律があるらしく、只見はしても只では誰も物をもらわないのだ。大道路一つへだてた小さな空地で、金髪の外人女が包みを開いてパンを配ろうとしても、子供たちは指をくわえたまま後ずさりして誰も受け取らず、電柱にもたれているあぶれた日傭の目の前へ、彼女が同じ贈物をさし出しても、そっぽを向いてそれを受けとろうとはしない。

「あのパンはね、結局、今晩には全部なくなるんだ。教会の連中が疲れて引きかえすだろ。そうすると、夜なかに、今日一日仕事にありつけなかった日傭や浮浪者が教会の塀をのりこえて盗みに行くんだ。教会の方も心得ていてね、盗みやすい所に置いてある」

パンを捧げた女信徒は、同じ拒絶にあいながら、「どうぞ、どうぞ」と一人一人の前に持ってゆく。遠くからでも、顔じゅうにそばかすのあるのがわかる醜い女だった。大人は顔を歪めてそっぽを向き、子供は半泣きになりながら、それでもやはり手を出さない。今まで西村の知らなかった世界の、それは事の善悪にはかかわらぬ妙に感動的な情景だった。立ちあがろうとした西村の肩をおさえて、散髪屋が言った。

「最後の街頭説教は大体、四日ごとにその空地でやるんだがね。もう少し待ってみろ。面白いことが起るからね。寄せ屋の和田と、長谷川の息子が、もうじき出てきてわめき出すからね」

妻よ、と彼は不意に郷里のことを思った。上を羨めばきりがないが、われわれの生活もまだ完全についえ去っているわけではないのかもしれないよ。――お互いの心はいつしか冷たく閉ざされていったとはいえ、お互い与え与えられる贈物を、目を閉じて拒絶するほどの絶望にまでは、まだわれわれはおちこんではいなかった。無条件な信頼は一旦くずれれば二度とは建てなおせはしないだろう。だが、建てなおせぬ苦渋をお互いに噛みしめながら微笑しあうことはできるだろう。私自身が悪かったのだとは、どうしてもまだ思いたくないにせよ、いずれ遠からず私はお前の許へ帰るだろう。お前の空拭きして磨いた狭い台所の床、子供に破られた跡を、星模様や花模様の色紙でつくろった襖――家具や衣類は売り払われ、あるいは入質されていても、それだけは残っているだろうあの住みなれた家へ。この〈狂気〉の余韻がつづいているかぎり、私はまだ帰ることはできないけれども、結着はもう殆んどついている。ただ最後まで見きわめなければ、かえって心はいつまでもその狂気に執着し、未練を残すだろうゆえに、今は帰れない。だが今度結びあえば、かつてのようにみずからを偽ってではなく、本心からお前の期待にそう人間になろうと努力するだろう。その期待がいかに俗っぽいものであっても、私はそれを非難しはしないだろう。私のエゴを押し通した五年間は、どうやら対外的な結実をみずに終りそうだ。しかし、私はその間に、新たな結晶をうむべき貴重な経験を積んだ。この二カ月間だけを区切ってみても、何年かの書物から得る認識を上まわる知識を私は得た。平凡なサラリーマンにかえる私に、その経験を直接生かすなどという機会はないだろうが、少くとも、お前に聞かせてやり、子供を面白がらせるお伽噺の材料ぐらいにはなるだろう。一つ話を何度も繰り返してお前を退屈がらせたお前の父親のように、私もまた煩さがられながら一つ火鉢をかこんで、際限なくそれを語るだろう。

いったい、いつから心の扉が閉ざされ、こんなにも遠く離れて住むことになったのだろうか。西村はみずからの履歴書を繰るように記憶をたぐった。

普通の人間なら学生時代、その未熟さや反抗が微笑で許される時期に既にすませてしまっているだろう夜のさすらいを、西村は結婚してから覚えた。夜のさすらいとはいっても、金銭に乏しく体力に恵まれぬ西村に特別な狼藉の働けるわけはなく、新しい人間関係を結ぶのを億劫がる性格に不義も背信も犯せるはずはなかった。ただそれは、深夜、寝静まった郊外の田圃道をひとり独語を呟きながら散歩し、駅前の屋台店で水っぽい二級酒の盃を重ね、そしてまた盗人のように足音をひそめて帰ってゆくだけの、文字通りの、それゆえに却って悲惨な夜の逍遥にすぎなかった。

いったん床につきながら、不自然な神経の酷使に疲れた体に熟睡はやってこず、二時間ばかり仮眠すると、西村は決ったように目をさました。がばと跳ね起きるほどの恐怖があるわけではなく、かといって、また自分を慰め諭す手段があるわけでもない。郊外のアパートにも、麻雀に夜更しする者を目当てに夜鳴きそばがくる。そのチャルメラの音を口実に西村は起きあがる。

「どこへ行くの。こんなに夜おそく、どこへ行くの」

妻は子供の添い寝から敏感に目をさまして言う。消えてしまった愛情のあとに監視人の目が入れ替り、千津子は西村の一挙手一投足を必死にとらえようとする。結婚当座の消え入りそうな微笑、インテリゲンチャの妻の座をなまめかしく飾ったあの柔らかい身振りはもうなかった。かつて妊娠して、まるくふくれた腹部に西村が耳をあてたとき、あんなに幸福そうに忍び笑いした千津子は、西村が浴衣の帯を探しても、どこの抽斗にあるかを教えようとしなかった。

「外へ出てくる。ちょっと外へ出たいんだ」

「君ちゃん、君ちゃん」と妻は答えず、子供の名を呼ぶ。「パパちゃんは、あなたをほっておいて、どこか遠くへ行ってしまうんよ。可哀そうな君ちゃんをみなし児にして」

「子供の名を呼ばないでくれ」西村は背筋に走る苛責に身震いして耳をふさぐ。

「お母ちゃんも君ちゃんも捨てて、夜中にどこかへ行ってしまうんよ」

「馬鹿なことを言うな。ちょっとそばを食ってから、川べりを散歩してくるだけだ」

「ちがう、ちがう」千津子は、目ざめない、目ざめてもまだ言葉の意味もわからない君子の頬に顔を埋める。枕許の蛇腹の電気スタンドは、寝乱れた母の髪を死人のそれのようにぼんやりと照らしだしている。

「君子、お父ちゃんは、お母さんの着物も全部売ってしもうて、お酒を飲みはるんよ。狐に憑かれて、気が狂うてしまいはったのよ」

西村は釈明の言葉も尽きて、見あたらない帯の代りにバンドを締めねばならない。彼が死ねば、妻はどう身を処するだろうか。彼はアパートの扉をあけて、夜の風に頬をぬらしながら考える。むかし口ずさんだアイルランドの詩人の妻恋いの歌が頭をかすめ、夜の霧に、孤児になって泣く君子の顔が浮かぶ。

「やっぱり散歩をしたいんだ。憂鬱でたまらないんだ。こうした方が結局はやく眠れるんだから……」

「明日に勤めがあるわけでもないのに」

ドアを内側から閉めながら呟く妻の声がする。

「ああ」

そうだ。あの時から彼自身にも解っていたのだ。醜い彼の魂の末路も、彼の将来になにが待っているのかも。

教会に精神の自由をゆだねた妻は、つぎに、家庭の独立を実家の干渉にゆだねた。以前は、あれほど逃れたがっていた――西村との結婚を喜んだ一つの理由は、家庭の、とくに母親の監視から逃れることだったと彼女は告白したことがある――母親をアパートに同居させた。三日に一晩ぐらいの割合で泊りに来るだけだったが、狭い二間きりのアパートでは同居の煩わしさと同じことだった。押さえつけるようにして自分のことばかり喋る義母は、直接彼を非難することはなかった。いや、むしろ彼に向かっては、しきりに、彼女が茶や花の席で知りあった大学教授夫人、医学博士夫人、某々会社社長夫人の噂話をし、あさましい幻想をなお彼に託していたにすぎない。

「こんど退職なさるわたしのお知合いの大学教授は、退職資金を育英会に全額寄付なさるんですって」若やいだ声で老婆は言う。

「そうですか」

「お盆には、あなた、高校時代の先生のところへも挨拶に行ってきなさいよ。いまは大学に昇格して、それぞれ教授になってられるんでしょう。世の中は、いくら偉い人の世界だって、お付きあいは、お付きあいなんだから。ビールでも持って行くんなら、家にはいくらでも義父《とう》さんのがあるんだから」

「私はもう、どこの学校にも籍はありません」

「お金さえ払えば、あなたの出た学校の方が格は上なんだから、研究員にでも、大学院にでもすぐ入れるんでしょう」

「今さら、もう大学院でもありません」

「男の社会には腹に据えかねる厭なこともあるんだからって、あなたが教員をやめたことは、おとうさんも怒ってやしません。でも、あなたはやっぱり学校の先生をするのが一番性に合ってるんじゃなくて。田舎でも、ここの大学は高等師範系では全国有数なんでしょ。関係をつけとけば、また世話をしてくださる人も出てくるでしょ」

こうした会話が、三日毎に、おそらく臨終の席でも続けられるだろう執拗さで繰り返されるのだ。ノイローゼにならなければ却って不思議というものだ。そうでなくても、西村はコンプレックスをいだきやすい性質なのだ。その仮面をかぶった拷問は西村を追いつめ、自分の家でありながら、彼は二六時中、自分の感情を武装し、居候のように顔を伏せて食事をした。

「見てみろ、あれを」散髪屋に肩をたたかれて西村はわれに返った。

見ると、いつの間にか表道路に姿をあらわした寄せ屋の隠居が、異様にふくれあがった腹をつき出して、転がるように大道路をつっぱしり、そのあとを、長髪を振り乱した長谷川の息子が追って、空地に聴衆を集めた布教団の環へ突進して行った。ドラム缶の上に立った邦人牧師が手を振って一言、神の慈悲、信仰の至福を説くたびに、二人は声をそろえて、しかし内容はばらばらに弥次を入れた。「心貧しい人は幸せです」と牧師が喋ると、ヒロポン中毒の青年は、「われら貧民を撲殺せよ!」と大声で叫ぶ。「神がこの世を造りたもうたとき……」と牧師が言えば、寄せ屋の老人は、世界の創造地は日本の大和《やまと》である、と難癖をつけた。退屈した聴衆は大声で笑い、二人の闖入者を声援する。弥次は段々とその渦を大きくし、牧師を護衛する信徒と聴衆のあいだに小ぜりあいが起り、女の悲鳴がし、たちまち牧師が何を言ってるのかは聞えなくなった。菊屋旅館の前にも住人たちが出てきて、勢揃いし、無表情に、しかし、口をだらしなく開けて見物する。

「わしも一つ行ってくるか」散髪を中途で放りだして狩米は駈け出した。「困るじゃないか」と西村は言った。「ひるから人に会わなきゃならないんだ。こんな虎刈りじゃ困るじゃないか」

西村は大きな前垂れ姿で立ちあがった。続いて走り出そうとして、しかし背後でした女の笑い声に西村は辛うじて自制した。

碁を打っていた男たち、運送屋の妾や兎口の女、いかにも臭そうなスカートを掻いている女たちにまじって、ワンピース姿の山内千代が軽蔑しきった目で西村の頭を見ながら笑っていた。妙におどおどして西村を見た菊屋旅館の女あるじの顔にも、やはり醜いそっ歯をむき出した笑いがあった。かッと血が頭にのぼり、西村は、その女たちを罵倒する言葉を探しあぐねた。

「………」

浮かんだ罵倒の言葉を、しかし、西村はのみこんだ。その言葉のあまりの汚さを嫌悪したのでも、その効果を懼れたのでもなく、もっと本質的な恐怖にとらわれたためだった。怖い、と西村は思った。恐ろしい……

「われら貧民を撲殺せよ！」と長谷川の息子が、恐怖におののく西村を前につきのめすように繰り返し叫んでいた。

2

「この前は失礼した」

約束をすっぽかした時のこととも言わず、岡屋敷を見舞った時のこととも言わず、西村の待っていた応接室に入ってくるなり古在は言った。新聞社の受付の脇に、二つの応接室が粗末な木組みでつくられてあった。内部はテーブルとその上の扇風機だけ、開け放たれた窓から、薬品問屋街の乱雑な街路、そして売薬広告と公道に所狭く置きはなたれた単車や三輪自動車の列が見えた。

「ところで、君は家の方を一体どういうふうにしておいて、出て来たのかね。どういうふうにと言うのは、もちろん、経済的な配慮だがね。顔を合わせれば、学生気分が返ってくるのはお互い喜ぶべきことだろうが、君は子供もある一家の主人だろ。不本意にそうなったにしてもだ」

「最初会ったときに、君の方からも話があると言っていたのは、そのことか。千津子が君のところへ手紙をよこしたのか」西村は訊ね返した。

「今度の君の決心は、全く君だけのものだったのかね。……もちろん、論理的には当然のことだがね。人さまの決心まで代行してはおれんのだから。しかし、一種の自然了承もできていなかったのか？　それとも、その決心自体が、何か家庭の事情と関係があるのかね。まさか君は出家坊主のように、もう家には帰らんつもりで出て来たんではないだろうな。無論、おれは君の家庭内のいざこざにまで首を突っこむつもりは毛頭ない。そういうことは蒔田か藤堂にまかせておく。ただ、昔馴染という理由だけでなしに、君の今度の仕事に力を貸す以上は、君の意図の大要、そして、君が突然に〈変って〉そのことをなそうとした動機のあらましは聞いておかなければならない。そして、その動機、その意図の如何によっては、支持者になるどころか、むしろ難詰する側にまわらねばならないかもしれない。受け取った手紙の内容は一方的なものだった。おそらく、もっと次元の違ったところで君の〈価値〉は認めうるだろうと期待はしている。ただ、いずれにせよ、日頃は睨み合っている社長を動かすにも、おれ自身、推薦する強力な理由がなければ、無駄に対立したり、理由もなしにものを頼んで、その恩をきせられるのは厭なんでね。なにはともあれ、盲判はおせない」

「そう急に何もかも説明せよと言ったって、それは無理だ」と西村は言った。「……何から先に言うべきなのか、僕にはわからないし、それに正直になることができても、直接、正直さが価値とは重ならないような生き方を僕はしてきた」

「なにも卑下することはない。君は華々しいことを言えもできもせんが、昔から着実なところのある男だった」

「着実さ?」西村はにが笑いした。「その着実さというのは、いつでも繭に閉じこもり、保護色を身に纏うことにすぎなかったんだと、ふと思うことがある。しかも自分を守るためにではなく、自分をごまかすために。時折りは、どうせそうしてきたのなら、その同じ態度でなぜ終生を押し通そうとしなかったのかと悔やむこともある。生涯を通じて一貫すれば、自己欺瞞も立派なものだからね。……しかも悪いことには、僕の思考の及ぶ範囲は、いつも目に見、具体的に耳に聞え、手に触れうる範囲に限られていた。いや、そのように自分をつくってきていた。僕は確かに今度、いままで営々として築きあげた殻をはみ出すようなことをした。しかし、そのはみ出るようなことをした理由を尋ねられても、要するにはみ出したんだとしか言えはしないんだ。今までのように、自分のすることと為すことに全部説明がついてるような生き方そのものにむかっ腹が立って、したようなもんだから」

「過去の生活の、心理的な反省や弁明を聞きたいと言ってるんではないんだ。そんなことで人間はつかめやせん。多少とも修辞学を心得ている奴なら、そんなことぐらい、何とでも言うことができる。今、聞きたいと言ったのは、君が何を欲しているのか、何を欲して今度の行為を選んだのか、なのだ。その欲したこととの繋りにおいて君の二、三の事柄を明るみに出してほしいと言ってるんだ。説明を聞きたいんじゃなくて、主張を聞きたいんだ。昔みたいに甘えあい慰めあっとる時代なら話は別だ。わかってもいないのに、わかったような顔をして、それで結構矛盾も対立も起らなかった〈ねんね〉の時代なら、それもよかろう。しかし、おれにはもう、義理人情の意識はほとんどない。昔、飯盒の飯を寮の一室で分かちあい、自分の親父の齢を忘れても君に聞けば知っていたような交友であったとしても、それだけでは、何も援助したいという気は起ってこんのだ。おれは暇にまかせて管轄地を巡察し、閑にまかせて詩を作っておれば、結構地位をたもてた士大夫ではない。君が君を俗物に鍛えようとしたように、おれはおれを論理的な人間に鍛えあげようとしてきた。おれの論理的精神に、君の行為、君の存在が納得いかなければ、おれは君とは無関係な人間なんだ。いいか、意地悪く訊くぜ。そして、おそらく誰も問いつめて君を困らせる奴は他にいないだろうから、君が汗水たらして答えようと努力することを、いま要求する。君が今も、ぼんやりとその日暮しに安住して何をするつもりもないのなら、話は別だ。どてら着暮しにも幸福や不幸はあるだろうが、そんなものは聞いてみてもはじまらん」

まだ用件の中心に話題が及ばない前から、西村の掌はじっとりと汗ばんだ。凧は消え、遠くヘリコプターでも飛ぶのか、かすかな唸り音がする。西村は、血色の悪い古在の顔をうかがい、彼の指先にくゆっている煙草の煙を追った。

昔、A号・S号などとスタンプされた秘密文書の包みを携えて、古在が夕刻、すっと案内もなく西村の下宿にあらわれ、しばらく預かってくれないかと言ったとき、西村は、それが何であるのかを尋ねなかった。匿し場所に西村の下宿を選ぶ理由、古在の行為の目的をも尋ねなかった。金を貸してくれと彼が頼みにくるときも、西村のペンで西村の便箋に借用書を書く古在の彫りの深い横顔を見ながら、きいてみたいその金の用途をも、西村はたずねなかった。古在がある学内政治運動の責任を問われて無期停学の処分をうけたとき、西村は哲学科の主任教授に会いに行き、学部長に事情を説明し、総長の私宅にまで独りで面会に行った。そうした個人的歎願は処分反対闘争の戦列を崩すものとして、西村は学生大会で吊しあげを喰った。確かに友人であることは、経済的利害の場で連繋者であることと同じではない。また経済的利害の連帯者と政治的同志性とは必ずしも重ならない。だが、それは友人であるということの全き無価値さを意味するだろうか。単なる友人としてではなく……と古在たちの集団は学生時代からことあるごとに繰り返していた。単なる友人、単なる……単……た……そして無。

たしかに人の連帯には論理の裏づけがあった方がいい。とりわけ、インテリゲンチャにとっては。しかし、ふっと顔をあわせ、互いに微笑しあい、そして生涯の友人関係がその微笑からうまれることがあってもいい。彼の方はそういうつもりで古在と交わってきた。〈単なる友人〉ということが、西村にとっては、父が父であり、母が母であるような価値であると思われた。母が何々女史であるよりも、単なる母であることで、充分であるように。だから、彼の花園を無遠慮に踏み荒らしてゆく者がいても、それが〈単なる友人〉であるかぎり、西村はそれを許してきた。見ながらに丹誠こめた庭園を荒らされ、利用されつくした荒蕪地に独りとり残されても、その茫然自失、その不安には耐えてきた。

「僕は……わたしは……」西村は口籠った。「とてつもない甘い錯覚を食ってきたようだった」

「待て」古在はさえぎった。「はやまるな」

ドアをノックする音がし、見るからに頭の悪そうな、鼻の頭をてらてら光らせた給仕が手づかみでコップを持ってきた。給仕は二人を見較べながら大きな茶瓶から麦茶を注いだ。会話はとぎれ、否応なしに自己を振り返らせる重い沈黙が漂った。

「君には感謝していることもある」と古在は声を落してつづけた。「大学教授の実証談義や、青戸や岡屋敷の一触即発の反論よりも、一兵卒みたいな鈍重さ、靴底をすりへらすようなまわりくどい臆病たっぷりの君の行為から、かえって衝撃を受けることの方が多かった。いや、君は知らないだろうが、君の存在が一つの救済であるような気すらした抒情的な瞬間もあったんだ。若気のいたりで、ヨーロッパかぶれの愛の不可能論でも喋れば、本気になって一喜一憂する奴がいたからな。そんなことない、と君は遠慮深く言う。……まあ聴け。おれが君をいま問いつめようとするのは、君を憎んでいるからではない。君のことを全く忘れてしまっているからでもない。率直に言ってしまえば、むしろ逆だ。大学卒業後の君の身の処し方は、おれを失望させたことは事実だった。おれは時候見舞や年賀状などは出さない主義だから、去るものはまた日々に疎い。郷里へ夜逃げでもするように消えて行った君を、おれの記憶の中においても、いつかは葬ろうと思っていたことも事実だった。しかし、それゆえ、遊びが目的でやってくるのではない君との再会を、おれはまた心待ちにしていた」

「そう言ってくれるのはありがたい」と西村は言った。

「さあ、久しぶりに君の話をきこう。……場所がそぐわねばどこかへ出て行ってもいい。公園がいいか。それとも屋上へでも行くか」

僅か四階建てにすぎない、そのビルの屋上ですら、自分の立場が安定していて、群衆を見下ろすということが西村の心理を変化させた。同じ苦しみを背負い、同じ不安に喘ぐはずの通行人たちが、鼠の群れのように矮小に見える。その群れがいつまでたっても増えこそすれ減らないとき、巨大な槌ででもたたきつぶしたくなってくる。整列する兵士たちをロビーからアジるファッシストや、飛行機の上からレーダーに映る地上の映像を見ながら爆弾投下のスイッチを押す軍人の気持は、たぶんそういうものなのだろう。西村は屋上に張りめぐらされた金網にもたれ、上気した顔を吹きあげてくる埃っぽい風にさらした。独裁者が刺客に対する恐怖から、段々と高く屋棟を積み重ねていったのだとすれば、あるいはバベルの塔も、天国への憧れではなく、地上への恐怖の産物だったのかもしれない。事実、そうとでも考えるより考えようのない、住むためにはあまり不便な、物見台にしては費用のかかりすぎるかつての独裁者の古城が、その屋上から見えた。

下を通る者の有無も確かめず、古在は金網越しにぺっと唾を吐いた。

「橋の上や崖の上に立つと妙に小便をしたくなるのは、どういうわけかな」にやりと笑いながら古在が言った。

多分、同じようなことを考えていたのだろう。同じ時代の同じ雰囲気の中で育った事実は、やはり争えない発想の共通性をうむのだ。

「青戸あたりに一ぺん実験させてみるんだな。一方がちょっとした崖で一方が山腹の岩になっている道で、子供が立小便をするときに、どちら側に立つか。青戸なんぞのように、病院やブルジョワの応接室で、飼い馴らされた〈ぼんぼん〉や〈こいさん〉を被実験者にしていては人間の心理なぞ、わかりゃせんさ」

建ち並ぶビルディングも、その裏側は醜かった。上貼りのタイルは処々はげ落ち、窓枠も避雷針も例外なく錆びていた。冷房装置のある近代ビルは窓を閉ざし、ゴチック風の建物は窓を開けはなっている。

「お山の大将という言葉があるがね。高みに駈け登るというのは、フロイト左派なぞに言わすと権力欲の一つのあらわれかもしれんね。高みから排泄物を撒き散らす快感は、さしずめ、気まぐれな支配の象徴だ」

「女の子が、しかし高みから小便なぞしてるのは見たことないね」

くだらぬバッド・ジョークのために、深呼吸が途中で駄目になり、西村はくっくっと自分で笑った。

「む、なるほど。それは案外新発見かもしれんぞ。犬と女は岩影にしゃがみ、猿と男は崖上に立つか」

しかし、掌を返すように真面目な顔付に戻って、古在は西村の前に立った。おしひしがれた家々の屋根、交錯する街路、そして灰色の画面に僅かに色彩を添える街路樹の緑。西村の視線は友の仮借ない真面目さを懼れて、なおしばらく四辺をさまよった。西村は漠然と思う。遠くに山脈が煙っていて、そのたたずまいが一人の人間の情緒をゆさぶるとき、あの山はなんというのかと尋ね、故郷の山の姿とはやはり違うだろうと答える平凡な交情が、なぜわれわれには育たないのだろうか。

「何ほどかの犠牲を払わねば、どんな仕事だって完成しない。これは、わかりきったことだ」西村の抒情を無視して古在は言った。「たとえばだ。自己を変革者に築きあげるためには、徹夜の会議にも苛らだたず、どんな貧乏や病苦にも、もうどうでもいいという気分にならぬよう訓練せねばならない。工場の事務所の机にごろりと横になれば、次の瞬間には鼾をかき、羨望や嫉妬に満ちてヒステリックに非難してくる奴に対しても、辛抱づよく論理的に説得してやる神経の図太さも必要だ。問題を自己一人に限ってすら、何ものかになるためには、獲得するのと同量の犠牲がいる。払われる犠牲に対して、おれはとやかく言おうとは思わん。自己の行為に責任をとるかぎり各人の価値体系、各人の態度は、それぞれ独立のものだし、対等のものだ。だが、作用が社会性を帯びてくるとき、一つの態度に賛同し一つの運動に参与するためには、その人間、その集団の目的を知っておかねばならない。そうだろ。同じように明日の糧にも困っている奴がいても、組合運動ゆえの失職者にはカンパはするが、酒の上や女のことで人を傷つけた罪人を救援する必要はない。ちがうかね。君の出てきた直接の目的は知っている。広島にはろくな出版社はないから、他の都市でさがしている。しかしそれを探して何をどうするのかを、おれはまだ聞いていない。それに、君の女房からの手紙では、女房子供は食うや食わずだという。実家へ帰れば相当な贅沢もさせてくれ、甘やかせてくれることはわかっているが、そうすれば、何かが決定的に崩れてしまうような気がして、頑張ってるというじゃないか。思っていたよりも見上げた女らしいが、肝腎の君の方が一体、何を考えとるのかわからんのでは、どちらに味方をしていいのかわからんじゃないか」

「そんなに目的がはっきりとあって、そんなに自分のとる行為の一々が完璧に説明できるなら、僕はなにも、こんなに……」吹いてくる風が西村の髪を額に垂らせ、彼の言葉を奪った。

「人間の脳髄にはいろんな質がある」古在がおっかぶせるように言う。「誰もが哲学者にならなくていいし、誰もが、プロトコル命題や五支作法を心得てるというわけでもない。その説明がしどろもどろであってもかまわないし、情緒的な説得でもさしつかえない。君が大金持か地方のボスで、金権や暴力でことを為そうとするのなら、何をやるつもりかなど初めから聞かない方がましだ。しかし、われわれには……われわれ貧者の武器は論理と説得にしかない。そして、この最低の真理を見失うと、たとえ同じ階級に属するものでも、いつしかみずからの階級に対する裏切者になってゆくもんだ。日和見的になり、機会主義者になり、権力や権威に迎合し、自分ひとりの都合だけを計算するようになる。論理と正義を失った人間は、例外なしに御都合主義者になり、ちょこまかとした、女の腐ったような人間になってゆくもんだ」

「僕には、僕は……何も言うことはない」と西村は吃りながら言った。

もたれていた金網が揺れ、真向から夏の太陽をうけながら目を閉じた西村は、一片の花弁のように散る想念の残像を見た。数日前、麻雀屋の休憩室で藤堂が彼の顔をのぞき込みながら辛抱づよく西村の発言を待ったときにも、西村は結局、何も喋らなかった。その言や善し、と共感さるべきたった一つの言葉も本当に浮かんでこなかったのだ。今もまた西村は、人類の運命について、人の愛について、そして、自己の〈正義〉について、ただの一言も主張できない自分を見いだしただけだった。久しく書物の世界から離れていたためだろうか、彼には人を説得する論理はもちろん、気のきいた警句ひとつ見いだせない。おれの魂はからっぽだ。……ニーチェやウェーバーや、ミルやシェークスピアの断片が脳裡をかすめ、奇妙にも、どこから香るともしれないかすかな芳香を彼は嗅いだ。彼のあの果てしない憂鬱は、神経質な妻の叫び声や乳をもとめる嬰児の涙声からくる苛らだちにすぎぬものだったのだろうか。あの〈後悔〉は、ただ、出世街道からの脱落からくる自己嫌悪にすぎなかったのだろうか。今語らんとして、西村には語るべき思想はなかった。五年間をついやして書き綴った記録も、書き終えた安堵感から、その全体の相を忘れ去っており、彼の意図の正当さにもかかわらず、彼の思い出すことのできるのは、ほんの僅かな断片にすぎない。それも文章上の技巧、イギリス世紀末詩人から学んだ若干のさわりめいたメタフォールの断片だけだった。

おれは何をしていたのか。何か解りかけていたような気のしていた奇蹟的瞬間というのは、このぼんくらの男が、金もなく、友にも見棄てられかけて、言うべきこともなくて沈黙しているこの空虚さのことだったのか。一番、確かなものというのは、この虚無のことだったのか。

「僕には今こういう風に言うことができるだけだ。人はそれぞれ運命というものがあり、僕の今度の行為も、その結果であるこの重い黒カバンも、そして、この見知らぬ街にさまよい込んだのも……」と西村は呟いた。「これが僕の行きつくべき運命だったような気がする」

脚下の問屋街をしきりに自動車が駈け過ぎ、そのたびに、影響されるはずのない日光までが激しく動揺するように思われた。口を一文字に結んで避雷針の方に目をそらせていた古在は、屋上に置きざらしになっていた椅子を蹴とばし、靴音を荒だてて西村の前に立ちはだかった。

「いま、何と言った？　え？　……君はどこの大学を卒業した。いままで何の勉強をしてきた。三十年、何を考えて生きてきた。肝腎の時になって、『運命みたいなもんだ』としか言えんのか。おれは、昔にも今にも、そんな友人をもった覚えはないぞ。もし、おれの友人にそんな奴がいたとすると、過去のおれは、おれの恥だ」

今は感傷も途絶え、蒼白になって西村は立ちすくんだ。

「せっかく書いてもらってある紹介状だから、これは一応君に渡しておく。蒔田にでもついていってもらったらいいだろう。おれが受け取った君の女房からの手紙も、今日は持ってきてないが、蒔田にでも渡しておこう。帰ってくれ」と古在が言った。

階段の方へ足早に立ち去ろうとする古在のつりあがった肩を見、西村は、青春時代、幾度かその肩と組み合って歩いた自分の姿を想った。広島から一緒に大学の受験に出てきたときも、旅館で発熱した西村を、ともかく答案用紙の前に向かえと言って脇から扶けて歩いてくれたのも、その骨太の肩だった。今、薄汚い屋上のコンクリートを踏み、昇降口へ歩み去り、西村の手のとどかない部屋へ、西村の知らぬ組織と、その仕事の渦中へ返ってゆこうとする、その同じ肩だった。

「神の名において……」と不意に西村は夢遊病者のように言った。

ぎくっと、古在は屋上の扉の前で立ちどまった。しばらく沈黙がつづき、その沈黙の濃度が増し、そして古在は亡霊でも見るようにゆっくりと首をねじった。

西村が名もない三十数人の人々の列伝を書きおえ、その自跋に代えて、彼らに死をもたらした惨状そのものを書き綴りはじめたとき、西村は一種不可思議な問いかけの声をきいたものだった。補足的に書かれたにすぎぬあとがきに、姿なきものを呼び起す特別な方法があったわけではなかった。たたけば開かれるという祈願の門を、たたいたつもりも西村にはなかった。本文がそうであったように、依然として彼は事実に忠実であり、どんなセオリーにも依拠してはいなかった。ほとんど構成的配慮すら払わず、彼の唯一の形而上学、空論に託さんよりは事実そのものに語らせるにしくはないという命題に従って、彼が触れた記憶の細部、ほとんど煩瑣な細部を、ただ克明に記述していっただけだった。

……唇の膨れあがった隣家の主人の死体。動物的な叫び声をあげながら、すりむけた自分の胸の皮膚をひきはがしていた子供。そして、その皮膚の赤爛れた色彩。じかに見えていた薄桃色の筋肉質。恐怖と微笑を交互に頰に浮かべながら、少年は自分の胸の皮をはらりと棄て去った。どうして生き残ったのだろうか、一株の街路樹、一本の雑草すらない死都の上空を、赤とんぼがすいすいと飛んでいた。あわああ、あわああ、と女の子の泣き声がする。その中を一匹の猫か犬かが、瓦と煉瓦の間を縫って、防空壕あとの水溜りへ近よっていった。体じゅうに一本の毛もなく——いや、それは猫でも犬でもなかった。ゆっくりとなにか愚劣な悲鳴をあげながら、その動物は四つんばいに這ってゆく。巨大な芋虫のように這ってゆく。皮膚は体液で金蠅の翅のように光り、二つの目玉から色の薄い血がしたたっていた。それは、名状しがたい、一つの困難の姿だった。しかも、それ以上に奇怪な情景が、妙に張りきってしまって、疲れを忘れていた中学生の西村の目に映った。家のあととおぼしい廃墟の、半ば崩れおちた石垣の上に、その不可能な情景はあった。元来、人は倒立し、しかも手を地に触れないで壁にぴったりと背を寄せて静止することなどできはしない。糞尿に身を横たえ、針山の上に坐禅を組む苦行僧にも不可能な姿態が、むせかえる熱風にさらされたその石垣にあったのだ。倒立して、死裸形で、しかも手は土につかず、ぴったりと石垣にへばりついた人間を彼は認めた。倒立して、死んでいるのではなかった。なぜなら、そのさかしまの女は、瞑想するように、首をゆっくりと左右に動かしていたからだ。乱れた髪が風に容赦なくもぎとられながら揺れ（本当にもぎとられて一本一本散っていったのだ）、しかも、無限につづく人間の悲惨から超脱したように、女は無表情だった。女の全身からぽたぽたと血漿が流れおちる。いつまでも、倒立して虚空に浮かびながら。すべてが炭素と石灰とに還元された中を、水を求めて兵士が歩き、死に場所を求める老婆が泣きながら通ってゆく。西村は肉親の屍を探すのも忘れて、その石垣に磔にされた女の姿を見つづけていた。

惨劇そのものを描くのが西村の目的ではなかった。しかし、三十数篇の墓碑銘の結語には、どうしてもその死の状況を、そして沈黙と悲鳴の交錯を書きしるさねばならなかった。思い出したくない、いったん浮かびあがれば容易には消えない記憶の重みに喘ぎながら、西村は筆を進めていった。もうこの叙述で、自分の労作は終るのだという最終的な努力だったからこそ書けたのだ。この点、西村が採用した構成法は正しかった。もしその部分を冒頭にすえれば、西村の神経は最初の部分ではやくも磨滅してしまったことだろう。日は暮れ、月も傾き、明け方、川原へ罹災者とともに流されていったその川原の情景、河豚《ふぐ》のように白い腹を出して浮いている死体、なによりも耐えがたい死臭。現象学者のように、樹々は風によって動くとはみず、その動く一枚一枚の葉の形状までも、西村は書きこんでいった。理論的研鑽によってではなく、記憶への忠誠によって西村は純粋現象学の方法をおのずから体得していたのだ。庭にある一本の樹、路傍に転がる履き古した下駄一つも、その周りを廻ってみないかぎり、人にはその形状はわからず、そして、所詮人は常に物の一面しか見てはいない。免れがたい一面性、それを逆に西村は固執した。走っている列車の片側しか見えなくても、もちろん人には、その乗物が立体的であること、隠れている裏側にも同じ数の窓、同じ大きさの車輪があることを知ることはできる。想像力で、理解で、変らない日常に立脚した常識によって。しかし西村は、ことさらに焼けただれた死体の裏側を想定しなかった。死と苦痛の裏面になにがあるか。そして、ほかならぬその時その場に〈死〉が枕をつらねて転がっているのはなぜか、とも質問しなかった――そして、その方法こそが逆に、現にそこに、蟹のように手足をまげて転がっている死体、棒切れのように立ちすくんでいる並木の残骸に対する最も正解な見方だったのだ。またそれが、見ている少年、西村の側の意識の流れそのものでもあった。すべすべした光沢の墓標が形なき廃寺の裏山に立っているとする。しかし、そのとき、確かに足を運んで裏側へまわってみなければ、裏面も滑らかな御影石の輝きを持ちつづけているかどうかは解らなかったのだから。淋しそうに頸を垂れて一人の男が川べりに腰かけている。だが、ぽっと肩をたたけば、振りかえりもせず、その男は前にのめって死んだ。背後から見えなかった前面に、人間の顔が、二つの目、一つの鼻、一つの口が元の形をとどめているという保証はどこにもなかったのだ。すでに完成された紫色のケロイドの隆起の上に、ただ三つの孔が、ぽっかりと開いているにすぎないかも知れなかったのだから。

触れたくない過去のイメージが、そのようにして、西村の筆の先に蘇生し、一つ句読を打つたびに、人間の恥辱が――そう、西村にはそれが〈恥辱〉と意識された――復活していった。それは、なぜか不可能の味のする作業だった。そして不意に、それら一面的叙述の積み重ねの奥から、意義づけを求める亡者たちの声が怨みと瞋恚《しんい》の叫びをあげて西村に襲いかかった。がむしゃらに書きあげて、それを読みかえす過程で、彼は厖大な一つの審問に捕えられた。

それは、確か、今は腐肉の塊にすぎない女性の醜くひらかれた陰部を描写した部分を、削除しようとしていた時だった。彼の美意識には、その表現は事実的であればあるほど許されがたいものに映ったからだった。一本線を引き、二本ひき、その数行を抹殺しようとして、不意に彼は、決して実在するはずのない天界の、いや、むしろ地底からの呼びかけの声を聴いた。

——これぞ我が黙示なり。すなわち、かならずや速やかに起るべき事を、その僕《しもべ》どもに顕《あらわ》させんとて、いまこの屍を示すなり。汝、その手に触れしところ、その瞳に見しところ、その耳に聞きしところ、その一つをだに忘るるな。時近づけばなり。

「いま、奇妙なことを口走ったな。君はいつから予言者になったんだ」気味悪そうに西村をねめまわしながら、古在は言った。

「君のお叱りを受けるまでもなく……」西村は屋上の床に散った紹介状の封筒に目をおとして言った。「……これを書いている過程でも、修正するプロセスでも、なぜ、死人の恥をあばき、みんなが忘れたがっている地獄を再現するのかと反省しない日はなかった。なるほど、抽象名詞にすりかえられた平和運動、生活保護や医療扶助は不充分だけれども行われてはいる。被災者もそれを望んでいる。しかし、〈この恥〉そのものの再現を人は望んではいない。なるほど、映画も作られた。小説も書かれた。記録も、大半は抹殺されたけれど一部分は出版された。平和大会も、この国の首都で、第一爆心地で、第二爆心地で、年ごとに開かれている。黒衣をまとい、白い頭巾を被った尼僧たちのうたう讃美歌もそのたびにラジオやテレビを通じて全国に放送された。悲しげな鐘の音といっしょにね。しかし、あの厖大な好色画のような惨状、そこにぽっかりとあいてしまった深淵を、いったい誰が埋めただろうか。禁断の木の実を食ったときから、人間には楽園はないと人は言うけれども、それも人間が生きている上での話だ。いや、生き残った者も、それを見てしまったために、どこにも安定することのできない精神的な放浪者になってしまった。この僕が、そのいい例だ。神の恵みにではなく、人間の悪意によって彼らは選ばれた。この人間の中世の、彼らこそが憐れな選良なんだ。君も知ってるだろう。予言者面をしたがる人間たちが、一言口をひらくたびに、必ずその畸形者をあたかも聖寵のしるしのようにひきあいに出すことを。君はそれを何とも思わんのか。君だって……」

抑制できない衝動に駆られて、古在の前まで駈けよると、西村は相手の胸倉をとった。

「君こそ、君こそが非難にあたいする」

黒カバンが空しい音をたてて足下に転がった。

「君は一たん郷里を出てから、どんな休暇にも、肉親の冠婚葬祭にも、あの土地には帰ろうとしなかった。復興と名づけられる空しいソロモンの栄華からも君は目をそらし続けている。君こそが、僕には逆に非難にあたいする。僕には五年かかることでも、君なら二年でできたはずだった」

「おれは、そうは思わない」胸倉をとられたまま、古在は不思議な微笑を浮かべながら一歩前に踏み出した。「おれは大学でヨーロッパ近世哲学を学んだ。それは、ただ理窟をこねまわすのが好きだったからでも、抽象名詞を巧みにあやつる教養人に憧れたからでもなかった。もっとも、おれの生活の態度には抜きがたい享楽的な部分もあったし、論理や観念それ自体が一つの知的快楽であることもある。丸善で書籍を買うのに生活費の大半をさいて、貧しいそばやうどんを食っとった君の書籍を、わがもの顔に読んだり売ったりしながら、おれはうまいものばかり食っていた。勿論いわゆる学問や美の創造も嫌いじゃなかった。あの顚倒した自意識、信仰ですら、おれは必ずしも嫌いじゃない。とりわけ、ラッセルやカール・レーヴィットのように、愛知の歴史、認識の澄明で非情な弁証の歩みをたどることに一生をついやしたい気もした。しかし、ほかならぬ認識の荘厳を教えるヨーロッパ近世哲学を学んだからこそ、それをやろうとしなかった。君のように自己を一箇の悲しめる存在として完成させ、ただそこに生れる神秘的なミットライデンを絆として、一人から一人へと遍歴的に交わりを広めようとはしなくなった。体系からはじき出され、また生温かい共感の環からはじき出されることの方を、おれはいまも選ぶ。平静な総括者や心優しい共感者より、おれはむしろ一つの弾丸であることを、いまも選ぶ。名前は忘れたが、昔、日本の漢学者の言葉を軍国主義時代の中学で学んだことがある。もし、孔子や孟子が軍勢をひきいて攻めてきたらどうするか。その江戸時代の儒者は答えた。孔子や孟子の教えで戦う、と。気骨のある奴は、いることはいたんだ。真の学問とは、おそらくそういうものを意味するに違いない。ヘーゲルに対するマルクスの関係、フッサールやハイデッガーに対するサルトルの関係も、そのような、相手の武器で相手をのりこえた点で学的だった。未来を失った煩瑣主義、自分の現実に責任をもたない実証主義など、問題にするにも価せん。そして、おれもまた小粒ながらも自己をそのように鍛えようとした。ソビエトのある種の政策、日本共産党の馬鹿げたはねあがりに批判的だったために、おれは党籍を剝奪された。しかし、おれは現在も真正のコミュニストであり、コミュニストであり続けるだろう。青戸や岡屋敷との議論によって証明するのではなく、おそらくこの次、幾年かたってまた会うときに、少くとも、このちっぽけな会社を完全な労働者管理の組織に切りかえておいてお目にかけよう」

「それは答になっていない」

「あわてるな」古在は、その弁論の鋭さとは似ない、胃の痛みでも耐えるような微笑を洩らした。「いいかね。君がただ一つのことに固執することもわからなくはない。それが無意味だとも言わない。社会は確かに、青戸的な専門家を必要とするように、現在が政治的時代であるゆえに、逆に君のような非政治的人間をも必要とする。しかし、君の意識の中に、一つのことを固執する態度のなかに、全くこの政治的現実が存しないとすれば、人の非難よりも、あきらかにそれは君自身の不幸だ。不感症の女、インポテンツの男よりまだ哀れな存在だと言える。快楽から閉め出されていることよりも、苦悩から閉め出されている人間の方が哀れなのだ。なぜなら、君の求める共苦《ミットライデン》の絆すら、そこには生れないからだ。快楽は人を孤独にするが、苦悩は人間の連帯をうむ可能性をもつからね。いいか、石油、アルミニウム、医薬、テレビ、コカコーラ、その他なんでも思いつくままに商品の名前を列挙してみたまえ。それらの産業からあがる利益の大半、そして、われわれが論議したり研究したりする器具や手段すら、特許権の支払いや技術援助の利子によって海外資本家の手もとに流出している。戦後の修正資本主義の修正の正体は、またしても海外資本への依存にほかならなかった。君がこだわる核分裂も、人類が、神の審判、カイロスに先んじてみずからの手に全き破滅を招きうる武器をにぎったというだけの意味しか持たないのじゃない。なぜか。原子核を分裂させる技術は幾十万の人命を奪ったが、その分裂を制禦する技術は、またかつて石油がそうであったような、将来、日本経済への支配力をもつかもしれぬ不気味な魔手として、生き残った者の上にものしかかっているからだ。これは村瀬にきけばよくわかることだが、原子力開発計画は、関西電力を通じて、技術と設備の基礎的借款を日本にあたえられることになった。もう大分前になる。学者は研究をしたい。一つの技術、一つの理論は、それが価値であるかぎり、国境を超えて学ばねばならんし、学びたいと思う。文学や哲学の研究なら、その借款は劣等感で支払えばすむ。移植し、翻訳し、みずからを植民地化し、みずからの思考力を喪失し、永遠の追従者となって、そして次代の学生や大衆に向かってその代償に威張っとりゃええさ、国民の税金を食いながらね。しかし、将来あらゆる企業の根底に横たわるかもしれない動力源を白い手に握られて、日本に平和革命など起りうるはずはない。この前も原子科学研究所の放射塵計量メーターが破損したとき、アメリカから部分品と技術者が到着するまで、研究所全体の安全度もわからないままに、ぼんやり待ってただろう。日本の頭脳は、特に理論面では、どこの国にもひけをとらぬほど進んでいる。しかるに、たった一つの実験装置すら自分たちのものじゃねえんだ。原子力は、われわれにとって、少くとも三つの意味で目の前に横たわっている。一つは、純粋な科学の研究対象として、そしてその応用を誤らねば、二十世紀の人類が見いだした、おそらくは最高の価値の一つとしてね。次に、君の言うような全否定者にも転換しうる破壊武器として。そして第三には、われわれ後進資本主義国の自由の新たな束縛として。ヒューマニストたちは、それが破壊力に転化する危険を絶叫する。また朝鮮の南北戦争のときに、それを使用しようとする計画があったし、現にわれわれは、その洗礼をうけた国民である。たしかに、それがもつ全否定的側面ゆえに、人類は何万年かの人類の歴史が何一つ結実しない仇花であったことを承認したくないかぎりにおいて、人間は全体として今こそ〈理性〉たることを要求されている。国家法や世界法、信仰や善意によるよりもむしろ、科学的必然によって、人類は理性そのものであることを迫られていると言ってもいい」

「そうだ。それゆえに、今、人類は……」

「いや待て。しかしだ。かつてカントが地球の滅亡という観念を自然科学のうちに導き入れようとしたように、またフーリエが人類の滅亡を歴史観のうちに導入しようとしたように、いま君が、原子爆弾を、かつての終末思想や宇宙冷却説や、自然淘汰やハリー彗星の接近などと同じ次元で終末観の形成に利用しようとしても、おれにはそれは賛成できないんだ。なぜなら、アトムボンブは爆弾であり兵器であるゆえに、被害者がいると同時に、それを投下する人間が、確かに被害者とは別にいるということだ。加害者にも災厄が及ぶと計算されれば、それを所有する政治集団は絶対にそれをおとさない。ヒットラーがユダヤ人なら、ユダヤ人迫害をやりはしなかった。人類は、まだ一つの現実的範疇とはなっていない。破滅の観念を契機にすることによっては、絶対にならないだろう。死を前にした人間の平等は人類の発生の時からあったはずだ。われわれの社会は、それにもかかわらず平等にはならなかった。黒人と白人、男と女、煽動家と大衆、資本家と労働者、いまもなお、がんじがらめのテミトリーがわれわれを支配している。神を前にした人間の平等意識、ひとしく原罪を背負った被造物だというクリスト教的な世界観が、ヨーロッパの近世を築いたと、君は本当に信ずるかね。精神史の解釈、それは、その書物に発端があり指導理念があり、完結させねばならぬ限りにおいて、そのように解釈もされる。しかし、完結させることによって、ヘーゲルの体系ですらが一つのポエジーとなるのだ。詩は世界を支配しはしない。君はなぜ、人類という言葉を使いたがる。いや、おれは昔、そのように何度か君に説き、語学と実証的訓練にだけ閉じこもっている君を非難した覚えはある。しかし違うのだ。人間を支配するのは、人間が造り出した抽象にはちがいないが、それはクリストや愛、仏陀や死ではなく、もう一つの抽象、冷酷な、そして合理的なもう一つの一般性なんだ。それは金銭、交換価値なんだ。万人は彼が貨幣の使用者として、またそれに動かされる奴隷として、人間一般へと抽象される。一万円を持った人間が大臣であろうと乞食であろうと、一万円は一万円の価値をもつ。君が善人であろうと、悪人だろうと、いや、悪人すら金を使うことができる。これが現代の真宗、現代の他力本願の正体だ。われわれの第一義の任務は、それゆえに……」永遠に喰いちがったまま進行する古在の弁舌に疲れて西村の手の力は抜け、そして体全体の力も抜けていった。彼は腰をかがめてカバンを拾った。古在は屋上の片隅に吹き寄せられた封筒を拾いに行った。

「失礼した。帰る」と西村は言った。

振り返った西村の目には、古在の存在はなく、空全体を汚す煤煙の流動、その上に力なく覆いかぶさる夏の雲が見えた。がくがくする足をはこびながら降りはじめた西村の頭上から、わんわんと響く古在の声がした。

「おい、この紹介状はいらんのか」

西村は振り返らなかった。

「ともかく、蒔田に連絡しとく。彼は勤務時間中でも自由に出歩ける身分だから一緒に行ってもらえ。それからな、ともかく郷里へ一度手紙を出せ。いいな。わかったな。成功を祈ってるぞ」

3

断わりもなしに、ベニヤ板造りの扉が開き、一人の男が西村の仮りの宿へ入ってきた。

「退屈でっしゃろ」と相手は言った。「実は、ちょっといい仕事があってね。あんたが職を探してると聞いたもんでね」

西村は小机の上の書きさしの手紙を畳み、扇子でその上を覆ってから振り返った。狭い京間の六畳には、どうしようもない倦怠が漂っていた。

「この部屋は、なんちゅたって最上級だ。白粉の匂いが、ほごわかほごわか漂っとるのなんぞは、こたえられん」

ステテコ姿の酒木は、派手なカバーのある鏡台や柱にかかっている山内千代の長襦袢をじろじろ見まわしながら言った。

「話なら外で待っててくれませんか。ここは完全に僕の部屋とは言えんようだから」

またしても一日を無駄にした夕闇が、窓のあたりを微風になって打った。

「しかし、あんたは、妙なとこがあるな。癇が強そうだし、弱そうだし、金持みたいな顔をしとるが、金は持っとらん。ものをよう知っとるようで何も知らん。全然何も知らんかと思っとると、にょきっと妙なことを知っとる」

西村は立ちあがって窓の鍵をかけ、カーテンをひらいた。

「外では、ちょっと具合の悪い話なんだがな」と酒木が言った。

「それじゃ、あなたの部屋へ行きましょう」

相手は毛脛もあらわに坐り込んでいて容易に動きそうにはなかった。

「わしの部屋はね、壁に穴があいとるんだ。話なんぞ、できたところじゃねえ。お千代さんはもう出たんだろ」

「仕事の口を紹介してくださるのはありがたいんですがね。どういうことですか」

「そう紋切型にならんでも、よろしいやろ。実際、話をしにくいやな、お宅は」

もってまわった口振りは、特別な用件などありはしないことを示していた。あっても、職を求める西村を喜ばそうとする好意からではない。自分の時間を持てあまして、気ばらしに新参者をからかいにきたにすぎまい。西村は、独りのときには却って感じなかった耐えがたい孤独感を覚えた。廊下を抜き足で歩く物音がし、西村は扉をあけた。廊下の隅にシャツ代りに海水着を着て、膝から上までしかないスカートをはいた少女が、妙に憎悪のこもった目で西村を見ていた。一日に必ず二、三度は泣いている隣室の長谷川の娘だった。何を怨んでいるのだろう。野良猫の目のように湿っぽく光っている。甘えることや、夢を見ることより先に怨むことを覚えてしまった少女の瞳は、相手を別段憎んでいるのでなくとも、怨みがましく光るのかもしれない。声をかけようとすると、少女はさっと髪を振って、二階の便所の方へ姿を消した。扉を閉ざして振り返ると、酒木は中腰になって、小机の上の手紙をのぞいていた。たたんで扇子で覆ってある以上、内容の知れるはずはないが、西村は皮膚を撫でまわされるように不愉快になった。

「いや、仕事といってもね。そこらで毎朝ごろごろと、労務手帖もなしに土建屋のトラックが来るのを待っとるような仕事じゃねえんだ。そりゃ、わしもたまにはそういう仕事もするがね。ま、運動のつもりなんだな」

「労務手帖がなくてもいいんですか、あれは」

「あたりき。もっとも怪我をしたりしたときには損をするがね。あんたでは無理だよ。大体は、あらくれ仕事か汚穢物の掃除だからね」

「しかし、ちょっと参考のために聞いておきたい。大体一日働けばどれ位になるんですか」

「四百円。四百五十円もらおうと思や、正式に職業紹介所へ登録しとかんと駄目だな」

そのとき、ふたたび扉の表に忍び足で歩く物音がし、そろそろと扉が開いた。つづいて後ろざまに先刻の娘が入って来た。

「何や？　人の部屋に黙って入ってきやがって」主客を転倒して酒木が言った。「ほんまに、世の中の奴全部が、寄ってたかってわしの話の腰を折りやがるな」

「どうしたの？」

西村は立ちあがって電灯をつけた。

「また叱られたのかな？」

少女はまたたきもせず、怨みに光る目を西村の方に注ぎながら、じりじりと体をずらせて奥へ入り、体が鏡台に行きあたると、そこに立ちすくんだ。あっけにとられて、西村は無意味に頭をかいた。だが、少女の土気色の脚が小刻みに震えているのに気づいたとき、腹立ちは消えていた。少女はひねた顔を一層皺くちゃにすると、両手で自分の目に栓をして泣きだした。

「あんたは、よっぽど人気があるんだぜ。あの貪欲なお菊婆さんがあんたにだけは親切やし、散髪屋はあんたをおれの子分やと言うとるし、その上、長谷川の小娘までが、理由もなしに部屋へ入ってきて、あんたの顔みてしくしく泣いとるじゃないか」

年端もゆかぬ少女にとって、唯一の安息の場である家が、手仕事の荷物で足の踏み場もなく、家族同士がのべつまくなしに啀《いが》み合っていては、泣きたくなるのも無理はないだろう。だが、耳を澄ましても、隣室にギターの音もなく、罵り合いの声もしなかった。

「叱られたんなら、あやまってきたげよう。もうそろそろ夕御飯だろ」

西村が扉の方に、狭い部屋を歩みかけると、跳びはねるように、少女は西村のバンドを後ろからひっぱった。少女とは思えない力で西村はひきずられ、西村がよろける隙に、少女は扉の前に立ちはだかった。

「どうしたんだい、一体」

押しのけて外の様子を窺おうとすると、少女は不意に大粒の涙をこぼしながら、拳をかためて西村の胸を打った。

「兄ちゃん、行かんといて。見にいかんといて」

かためられた拳には、段々と力がこもり、動作が激しくなった。肉のない西村の胸には、内部から打たれる良心の疼痛のように、じかに響く。具体的に、一間きりの隣家に何が起っているのかわからないままに、少女の真剣さには、西村の表情を、そして全身の血を冷たく凍らせるものがあった。なにもたずねなくとも、やがて西村には、なぜ少女が、部屋に入れないのかはわかってしまった。

「にゃあるほど」卑猥な声で酒木が言った。「ま、ええわさ。親父もお袋もなにも悪いことをしているわけじゃないし、誰が悪いわけでもねえ」

皆が電灯をつけはじめたのだろう。部屋の四十燭光がぼっと暗くなり、黄色みを増した。夕暮れが急速に部屋の窓をつつみ、近くの物音を消し、遠くの響きをよみがえらせた。大道路を走る自動車の警笛までが、和らぎと潤いをもつ。西村はやさしい気分になり、妻にも子供にも久しく呼びかけなかった言葉が口をついて出た。

「こっちへおいで。抱いたげよ」

憎悪に光っていた目が涙に洗われ、少女は頼りなげに鼻の先に皺を寄せると、おそるおそる西村の方に近寄ってきた。煩さがられても、何に煩さがられているのか理解できず、丸まると肥えた顔をほとんど昂然とあげながら、県営アパートの一室を、暇さえあれば彼の方へ這い寄ってきた子供の幻影が西村をとらえた。西村は父親らしい慈しみを子供にはかけなかった。乱暴な性質ではなかったから、まだ立って歩くこともできない嬰児を打ったり叱ったりはしなかった。世間の父親なみに、少くとも初めは、ビニール製の人形やガラガラを買い与えることも忘れなかった。しかし彼の愛情には、つねにある義務感がただよい、彼の優しさは冷たさと裏腹だった。やがて君子は成長するとともに、彼が手をさしのべても畳をへだてて、じっと彼の目をうかがうようになった。

西村の膝を枕にして横になった少女は、しかし二言三言話しかけているうちに、もう睡り込んでしまった。貧しいシャツから、とりわけその髪から饐《す》えた臭いが強く匂った。鼻をつまみたいのを我慢しながら、西村は機械的に体を前後に揺りつづけた。房子という可愛い名前をもちながら、両親も兄も、その名を呼んでいるのを聞いたことがない。もう学校へ行く齢恰好なのに、ランドセルをしょった少女の姿すら西村は知らなかった。夏休みだからではなく、多分、長期欠席か、もともと入学していないからなのだろう。

「あんたは、この間、立河出版へ行ったろ」

専売公社の煙草にしては些か太すぎ、でこぼこのありすぎる巻煙草を酒木はすすめた。

「たわいのないもんだな、子供は。……しかし、どうしてそれを?」

「早耳の酒木って渾名があるんだ、わしはね。……それでね、ちょっと聴いたんだが、あんたは文章が書けるんだろ。いやね、インテリはだ、うまい下手は別にして、誰しも筆は持ち慣れてるから、文章が書けるっちゅうことを別に才能だとは思っとらんだろうが、新聞は読めたって、皆なが皆な文章を書けるわけではないんでね。事実、狩米なんぞは、昔は歯科医だった、医者だったと、ことあるごとに吹いてまわっとるがね、ろくすっぽ雑文も書けん。それでだ。あんたのその技術をだな、ひとつ売ってもらいてえんだがな。いい金になるんだ。それに迷惑は絶対にかけん」

「何のことですか」

「解っとることを解らん振りするな。酒のみ仲間でも、酔うてもせんのに酔うたふりする奴は一番根性がきたねえんだ」

西村は舌の先に唾の泡をつくり、それをふっふと吹きながら、〈堕落〉という言葉を思い浮かべた。人にはそれぞれ愛用の語彙があり、五、六分考えたり喋ったりする間にも、必ず数度は使っておりながら、実際にその意味内容を体験的に知っていたわけではない言葉がある。理想、アポリア、奥義、還行など一群の西村の慣用語の中に、デカデンツの諸問題について、些か経験のあることをわざわざ告白する必要があろうか、という「この人を見よ《エッケ・ホモ》」の一節が早くから加わっていた。だが、その著者が非難する通りの英雄の汗を舐めるような教養人であった西村には、恥ずかしい行為はあり、後悔の念はあっても、堕落や頽廃は、ただその名辞を知っているというだけにすぎなかった。

「何をするのか、お聞きになりたいなら、言いまっせ、幾らでも。言うぐらいなら只や」

「お金は欲しい」と西村は言った。

一回の食費を三十円にきりつめても、もう五日分の金銭しか嚢中には残っていなかった。人に会うためには電話料もいり、交通費もいる。汗臭い体を人前にさらさぬためには、二日に一度は風呂にも入らねばならない。毅然たる態度をまもろうと空しくみずからを励ましてみても、安定した収入も、生きてゆく目安もなく、どうして自分を保つことができようか。

——各個人の出生や論理的能力によって、影響され方に差異はあっても、と、いつか古在は言っていた。だいたい、大学をはじめあらゆる教育機関は執拗に、絶対的自由、理性の優越、中庸の徳、傍観者の安楽を説いている。人間の絆を階級闘争にも置かず、また勿論、義理人情にも置かない。真面目なインテリゲンチャは、一生を象牙の塔の中で過ごした虚体のような教授諸氏の幻影をそのまま受け入れる。そして卒業後、各自の解体がはじまるのだ。人は〈社会〉で身を処するとき、全く別な体系、ないしは非体系、つまりは個人の勘や親戚のコネクション、阿諛に頼らねばならない。二つの方法で彼らは生きており、しかも表だって主張するとき、一つのことをしか説かないのだ。どちらかが論理的に誤っているはずなのだが、それを誰も追究しない。なぜ追究しないか。——それは、おそらくこうだ。追究しはじめれば、人間は必然的に〈行動〉しはじめねばならないからだ。そして行動を人が嫌うのは、勝負が目に見える形ではっきりと現われてくるからだ。はっきりと、スペードが〈無二文〉と出るからだ。

そうだ、古在よ、君の言う通りだ。西村はひとり呟いた。君の主張は正しかったが、君は声を荒だててまで、この私にそれを説く必要はなかったのだ。あらゆる点で君は私の先輩であり、常に一歩を先んじていたけれども、その論理の正しさを体得した点だけは、私の方が早かったのだから。

「薄気味の悪い笑い方をせんでもらいたいな」東洋的な薄ぺたい顔を歪めて酒木は言った。「もったいぶらんと、イエスかノーかを言ってくれりゃいいんだ。厭なら、ほかにも頼む奴は幾らでもありまんねんで。イエスなら、参考のために、面白い見世物にも案内しまっせ。それを、ちゃらちゃらと文章に書きゃいいんだ。絵はわしがかく」

何か夢でも見たのだろう。寝ついた少女が身震いした。しかし目をさましもせず、頭に手をやって、ばりばりと掻きはじめた。

「また毛虱をわかしてやがるな、こいつ」酒木が言った。

西村はん、と、そのとき扉の外から声がかかった。即座にことを決することに慣れない西村は、救われたように、眠っている子供を座蒲団の上にずらせて立ちあがった。

「入ってもよろしいか、西村はん」

しかし、西村がドアをあけるより先に、がたごとと戸をきしませ、滝川菊が姿をあらわした。その後ろには、いつもは夕方からどこかへ姿を消している山内千代が蒼白い顔で、精の抜けたように立っていた。

「これ、お寿司や。もらいもんやけどな、あげらい」と老婆は言った。だが部屋に酒木や長谷川の娘のいるのを知ると、とたんに表情から声音まで変えて老婆は怒鳴った。

「あんたら一体、何をしとるんでや。ここは、あんたらの部屋やないで」

「泥棒みたいに言うな。ちゃんとことわって入っとるんだ、おれは」酒木が言った。

西村は菊の背後に身を隠すように立っている千代の、病的に長い頸、その頸に喉仏ではなく、食道組織の全部が浮きでてゆっくりと上下動するのを見た。慢性の寝不足がその顔をさめ肌のようにし、近くから見ると、みにくい皺がその首筋のあたりにも走っている。

「出て行きゃいいんだろ、出ていきゃあ」酒木が立ちあがった。

「考えておきましょう」と西村は言った。

「厭なら横手のどぶ河ででも耳を洗うこったな。しかし、ことわるんなら、いま吸うた煙草代は払うてもらいまっせ。手捲きでも一本、一円五十銭はしまんねんからな」

「西村はんにつけ込んで、金のない日に、合部屋で泊めてもらおうと思ったたって、そんなことはさせへんのやで」額に静脈を浮かせて菊が言った。

酒木が立ち去ると、滝川菊は、古いがま口を思い出させる口臭のする口を西村に近寄せてささやいた。

「ちょっとな」

「え？」

「ちょっと今晩はすまんけんど、下の部屋で寝てほしいんや。その寿司を食べたら下へ降りてほしいんや」

この部屋で何が予定されているのか、西村はもう考えなかった。

「手紙を書きおえたら降ります」と西村は言った。

空腹も忘れ、前の壁にもたれている娼婦のことも忘れてぼんやり放心していた西村は、何げなく少女が無意識に掻きむしっている後頭部のあたりを掻きわけて見た。薄暗い電灯の下にも、はっきりと見える。ぞっとするほど大きな毛虱が一匹、髪の根本をもぞもぞと匐っていた。思わず体を後ろにひいたとき、少女は目をさました。

「かゆい。頭がかゆい、かゆい」

「もう、お家に帰ってもいいだろう」

「いやや」と少女は言った。

「ちょうど、お菊婆さんが寿司をもってきてくれたし、これを食べて帰るといい」

「頭がかゆい、虫をとって」

名状しがたい情けなさで西村の頰はひきつった。おれは子供は嫌いなんだ。犬も猫も大嫌いなんだ。昔、日浦と春の郊外の道を並んで歩いたとき、道ばたに犬がおれば、その頭を撫で、首をくすぐったりしたけれども、あれは見えすいた演技にすぎなかった。古在や蒔田らと酒場で実りのない観念論を闘わしているとき、子供が花や辻占を売りにくれば、真先に小銭を与えたのも、ただ早くその場から消え去ってもらいたかったからだった。今、一時の不運からこの安アパートにその日暮しをしていても、私はルンペンの仲間ではない。鼻をつまんで、目を閉じてまで、貧しい人々を抱かねばならぬ義務はない。飢えた虎に自分の脳をさき肉を分つ菩薩心など、嘘でなければ最も悪質なデマにすぎない。さわるな。とっとと出て行ってくれ。

「いけん、いけん。そんな顔したらいけん」少女は両手をひろげて西村の目を覆った。

ぎゃあッと、外にはあらわれず西村の内部が軋轢の音を立てた。喘息やみのように不自然な呼吸を繰り返し、西村はやっとの思いで微笑した。

「とってやったら、いいじゃないの」千代がもの憂げに言った。「それが厭なら、早く、その子の手でもつないで出て行って頂戴」

「しかし今日だけだよ」と西村は言った。「今はいい薬もできてるんだから。どこの薬屋にでも売ってるし、あのガード横の教会へ行ったら、ＤＤＴも只で撒いてくれるんだろう」

汗臭い埃だらけの髪の根本をわけると、ところどころに、尻の方だけを出して毛虱は皮膚に喰い込んでいた。両手の母指の爪をそろえて近くに持ってゆくと、毛穴からころりと匐い出て、虱は意外な素早さで髪の房に隠れた。たっぷりと血を吸い、憎々しげに肥えて。しかし、脂に滑って虱は容易にはつぶれない。いらいらしながら西村は息をとめて髪を掻きわけた。髪の根本には、白い卵が鈴なりに付着している。一匹や二匹を殺しても全然意味はない。だが、中途から妙に彼は偏執狂的になった。全部殺してやるぞ、糞ったれめ。今度は声に出して呟きながら、彼は素早く爪を合わせた。虱ではなく卵が一つ小さな音をたてて破れた。忘れ去っていた戦争中の記憶が、啓示のように西村によみがえった。彼自身、昔、防空壕の中でもぞもぞと体を動かし、深夜、灯火管制の黒カバーを垂らした電灯の下、なんど釜で煮ても絶えない毛糸の腹巻を手火鉢にかざしながら、あぶられて出てくる虱を一匹一匹殺した経験があった。最初は家人に知られるのを恥じて独りでこっそりと、いつしか家の者全部にうつって一家そろって苦笑しながら。まだ中学生だった西村は、最後には毎晩、体面を重んずる女学校教頭の一家が繰り返すその操作に奇妙な楽しみをすら覚えていたものだった。戦時中の不潔さは彼だけのことではなかった。服をぬいで運動場に整列する冬の体操時間、前の級友のネルの肌着に、跳躍するリズムに応じて、虱が一匹ぴょんぴょんと蚤のようにはねていたのを見たことがある。担任だった物象の教師も黒板に数式を書きながら、腰のあたりを、あの特有の、指先でつまんで揉むような掻き方をしていたものだった。

「頭をもっと下にさげんとだめだな」

首筋のあたりはうっすらと、あるかなきかの生毛が生えていて、その一本一本の生毛の先に微細な埃が何かの稔りのように着いていた。まだ体臭をもたない年齢の皮膚は乾燥していた。西村は両方の膝で少女の額を支え、注意深く髪の根本をわけていった。今、彼は一個の奇妙な狩人だった。息をひそめて窺い、敵を探し、素早く射とめる喜びを確かに味わった。古在との、過ぎ去ってみれば、その昂奮の意味もわからない論議の残滓は、初めて彼の脳裡を離れ、同じ部屋にいる見知らぬ女への気まずい気づかいも忘れ、重石《おもし》のようにのしかかっていた郷里の家族の生活への配慮も消えた。そして、そのとき、頭を彼の腕にゆだねたまま少女が声をあげて泣きだした。泣く動作、微妙な筋肉の収縮が悲しみを生むのだと学者は言う。だが、まったく体一つ動かさず、少女は泣いていた。

西村は、なぜ泣くのかとは、もう訊ねなかった。

「やかましいなあ」と、壁に折れ崩れるようにもたれていた山内千代が言った。

第六章

1

日浦朝子は半睡《まどろみ》から醒めたばかりの重い瞳を、運河のように黒く光るアスファルトの舗道にそそいでいた。炎天下の正午過ぎ、道路には人影はなく、警笛の音も車輪のきらめきもなかった。高級住宅の建ち並ぶ影の部分と、極彩色の宣伝カーが駐車している彼方の光の部分とが截然と区切られて見えた。——日浦朝子はさっきまで自分を苦しめていた半睡の夢を想いだそうとした。彼女の三十年の経歴にとっても、夢自体にとっても、さほど重要ではない、地下鉄のなからしい蛍光灯、そして信号機の点滅する停留所の記憶だけが鮮明に残っていた。その停留所で、日浦は女子大時代の友人の二人と、なにかあわただしく言葉を交した。同窓会か観劇かの帰途だったろうか。それとも雑沓の中の偶然の邂逅だったのだろうか。エスカレーターのように、それ自体が緩慢に動くらしいプラットホームで、彼女はしきりに話を長びかせようとしていた。最初、彼女の着物の袖をすり、彼女を押しのけて通っていた人波がいつのまにか通らなくなり、空気が清潔になった。電車がホームの一方にだけ来てとまっていた。それが終電らしいことが奇妙に彼女に理解できた。彼女が礼儀正しい別れの挨拶を述べている間に、二人の友は小走りに扉の方へ駈けていった。それから朝子は、地下鉄ではなく、真昼の高架電鉄の乗客になっていた。窓から夢見た風景は、人家の屋根と軌道沿いの電線の波ばかりだったけれども、すがすがしさに満ちていた。彼女は途中の小駅で下車して、蘭の花が咲き乱れる駅前の芝生に立った。子供たちが野球にうち興じていたと思う。野球ネットのある広場の正面は、十数段の石段の観客席になっていて、そのまえの粗末なコンクリート造りの天蓋のもとで、さまざまの楽器を持った青年たちが音階を合わせていた。いつの間にか、そうなっていたのだ。その白いユニホームの楽団の周囲を、彼女は二、三度ゆっくり往来した。しかし、だれも言葉をかけなかった。ミシン販売の看板が一軒の家の軒にかかっていた。風が吹いていた。どのくらい時がたったのだろう。彼女は石段に腰かけてひっそりと待っていた。楽団は、いつまでも不統一な調節音を立てているばかりだった。見物人は彼女以外には一人もいなかった。

記憶に残っている情景はそれだけである。卵の白味のようなその憂鬱な印象とは別に、確かに存在した夢の核心は、すぐ手のとどくところにありそうで、しかも見事に消え失せていた。自分がつくりだし、見ている間はそれがすべてであった感情は霧散し、無に融けてしまっていた。ある事件を転機にして、人に誘われれば、それが世間体をそこなわぬかぎり誘いに応ずるように努めてきた彼女が、自分を譲るために身にまとった忘却癖のためだろうか。俯せていた事務机の上に積み上げられた生徒の宿題帖や読みさしの婦人雑誌などが崩れて散らばっていた。誰が傷つけたのか、樫の板に刻まれた爪の窪みに涎がたまって濡れていた。三十女の半睡《まどろみ》の名残りなのだ。自虐的な意地悪さで彼女はしばらく机の上の汚れを見つめ、塵紙でそれを覆った。

夏休みで、生徒も教員も、そしておそらく鼠もいない閑散な教員室は、しきりに彼女に〈自己流謫〉という言葉を思いおこさせた。早くも七年になる教員生活は、彼女から、結局は女の唯一の価値である美を奪い、勇気を奪っただけだった。生活に倦んだ異性の同僚たちは、無差別に誘いに応ずる彼女を、土曜日半日、映画館から展覧会場へ、喫茶店からダンス・ホールへと堂々めぐりするしみったれた浮気の相手にした。抵抗感のないその日暮しに小さな波紋をわざと起して、その心理的なもつれを楽しもうとする中年教員。自分を愛して悶えている女がいて悪くないという浅墓な妄想を彼女に託そうとする苦学力行の教員。その必要もないときに自分は左翼だと言いふらして、勤務評定のときに真先に馘になった教員。大蒜《にんにく》の臭いのする田舎者の教師。さまざまの男たちが若い彼女にちょっかいを出し、彼女が三十に近づけばまた露骨に肉体を要求した。

誘いに応ずるとはいっても、むろん限度はあったけれども、しかし、男たちは彼女の拒絶によってではなく、譲ってばかりいる彼女の微笑に飽いて退いた。おなじ道に行きつくのならば、彼女の側から写真の選べる年頃に、あの〈永遠の身売り〉をすべきであったかもしれない。奴隷に対しても、人間は結構、愛や憐憫を感じ得るものだろうし、反対に、暴君や白痴をも愛《め》でる女心というものもあるだろう。何ものかになれそうで、しかし、一向に花咲きもせぬ可能性に執着するよりは、事実の痛みに声あげて叫ぶ方が幸福かもしれなかった。

籐編みの掛戸が開かれ、草履をひきずる小使いの足音がした。つづいて、日直をずるけて海水浴に行っていた同僚が帰ってきた。日浦朝子は、窓際に立って街路の公孫樹に目をそらせ、動かぬ家並みの影を追った。

「お退屈でっしゃろ、日直は」

「さっきね、自転車同士がそこの角で衝突したんですよ。物好きね、こんな暑いときに」ほとんど同時に入ってきた同僚に彼女は話しかけた。

「暑くたって用事がありゃしようがないさ」短ズボンに開襟シャツの若い同僚が、日浦のそばの廻転椅子にひっくりかえった。

「日も長いですし、近頃は」

小使いは真夏にも鼻をすごすご言わせていた。末端肥大症の顎や鼻先が、その男にも、やはり何か掛けがえのない自負のあることを滑稽に示していた。学校美談によくある無欠勤の小使いだったが、老齢の片意地さと健忘症で、実はほとんど無用の長物だった。片脚を棺桶につっこんで、片脚を貧乏神に摑まれとるんでな、というのが彼の常套句であり、彼のつもりでは、貧乏神というのは女房のことを指すらしかった。

「今、日浦先生に電話がありまして」

「そう、誰から？」

「先生が日直でと申しますと、何か、こちらへお越しになると言ってましたな」

「誰からかは忘れたんでしょ」

小使いは締りなく笑い、例の常套語を呟いた。

「わかった、わかった。何べん聞かすんや」と若い同僚が叫んだ。日浦は、誰が来るのだろうと思い、なんとなく不安になった。もちろん、不安はその時に限ったことではない。人間関係の平衡をとるのに拙く、親しくなりすぎては大急ぎで疎遠になる彼女には、迎えるのに不安を覚えずにすむ客など殆んどなかったのだから。誰かしら？　日浦は二学期の教課予定のでっちあげにとりかかった。

「かちわりでも買うてきましょうか」小使いが言った。

「ああ、頼む」やけに扇子をつかい、日浦をじろじろ観察しながら体操教師が答えた。安っぽいポマードが粘りつくように臭う。彼は無遠慮に朝子の机を覗きこんだ。

「二学期の予定表ですか。手廻しがよろしいな、日浦先生は」

「ええ、もう少しで」彼女は答えた。

「しかし、もうすぐ退職《やめ》られるんじゃなかったかな。教頭から聞きましたぜ」体操教師は教頭の口吻を真似た。

日浦は一瞬、どんな些末なことでもかならず秘密にしたがり、しかも、あらゆることを全部陰で暴露してしまう教頭の皺くちゃの顔を思い浮かべた。体操教師は自分の言葉の効果をたのしむように口笛を吹いた。額の広い容貌は、いかにも理智的で精悍だった。

しかし、人の言動に難癖をつける能力はあっても、まだ一度も彼は首尾一貫した主張をしたことがない。

「いつになったら、このくそ暑い夏が終るんだろ」小使いは草履で床をひっかきながら姿を消した。

「日浦先生は、山はお好きですか」体操教師は彼女の婦人雑誌のグラビアを見て言った。

「もう一生、登る機会なんてないでしょう」

「どうして?」

「本当は私は高所恐怖症なんですのよ」日浦は話題を変えた。「高いところに登ると、落ちたくなってしまうもんだから」

「そんなもんですかな」

話は全然通じなかった。

そのとき、夢の結末を一瞬思い出しそうになって彼女は目を閉ざした。だが、結局なにも思い出せなかった。部屋の隅の洗面台の蛇口が、ごぼごぼとかすかな水音をたてた。

訪問客は、勝手に教員室まで入ってきて背後から声をかけた。聞きなれた、彼女を甘やかしてくれる古い友の声だった。不安は解消し、そして日浦は軽い失望感を覚えた。

「あなたでしたの」

日浦は、首を横に振って笑っている藤堂に椅子をすすめた。

「ほかに誰かくる予定だったのかな」

藤堂は、めずらしく気どった服装をしていた。麻の卵色のズボンにワイシャツ、蝶ネクタイは趣味のいい灰青色のものだった。すさんで輪郭は崩れていても、本来は穏和な瞳が敏感に朝子の表情から失望の色をよみとる。

「ここの小使いさん、健忘症だもんだから、電話口でお名前を聞いても、ここへくるまで覚えてないんですのよ」

「忘れた方がいいこともあるんだろ」人見知りする訪問客は、気むずかしげな視線を側の体操教師にちらりと投げて席についた。

「それはそうと、その後、西村はここへ来なかったかな」藤堂は日浦の机の上のコップをとると、自分で水を教員室の隅へ汲みに行った。

「この前一度こられたきり。それにもう別に何もお話しすることなどありゃしない」

「ああ冷たい」と藤堂はコップを両手で捧げるようにして言った。「なかなかよく冷えてる。学校の水道には、なにか特別の仕掛けでもあるのかな」

藤堂の幾分なれなれしすぎる口調が、日浦のうちに、ある悲哀をかきたてた。朝子は好奇的な目を光らせている体操教師に、理由のない嫌悪を覚えた。

「この前会ったときも沈黙の行だったのか」しばらくしてから藤堂が言った。

「一向に変わらない方ですのね」

「そうでもないらしい。彼はうっとうしい男だけれど、思想の導くところならどこへなりとも赴いて行こうではないか、という宿命みたいなものを持ってる人物でね。あらゆる弁明、はじらい、躊躇を繰り返して自己嫌悪し、焦《じ》れたあげく、結局、思ったことしかできないという男らしい。馬鹿げた理想主義者だというところかな」

「男のお友だちって、お互いに妙にほめあうんですね。西村さんもひどく貴方のこと気にしてらした」

「笑っとったろ、喋っちゃったかな、全部」

「いいえ」

「それとも、わけもなしに深刻な顔付でもしてたか。昔からあまり酒の呑めん男だったからな、彼は。冗談まで糞真面目にきいて、いらん心配をする悪い癖があった。なんか面白いところに住んどるらしい。行ってみませんか、今日」

「今日、それで誘いにいらしたの？」

「行きましょう、一緒に」

「日直ですのよ、私は」

「さぼれ、さぼれ。小使いさんにでも頼んどきゃいい」

「宿直じゃないんですから、時間は午前八時から午後三時半まで。もうすぐ義務は終るんですけど。でも、今日は家で人に会わなきゃならないんです」

「家庭教師ですか」

「いいえ」

「何です?」

「………」

「いや、失礼、おれには関係のないことだった。しかし、夕刻までなら時間はあるでしょう。いやなら、どこか涼しい所へ行きましょう。ちょっとした大口の仲介が成功しましてね。独りで金をつかってみてもくだらんしさ。豚箱へ入るまえに、せいぜい奢っときます。何か欲しいものがあったら教えてください」

「冗談なの、いま変なこと言われたわね」

「もちろん冗談です」

藤堂は昔から、冗談のかたちでしか本当のことを言わない男だった。

「何とおっしゃったかしら、松下さん、あの方に振舞っておあげになるといいわ、喜ばれる」

「人に随喜の涙を流してもらったりするのは坊主や政治屋にまかしときましょう」

「本当に今日は七時までに帰っていないといけないんですのよ」

「別に誘惑はしません。するんだったらとうの昔にしてる」

「私ね、結婚するんですのよ、それで……」日浦は言った。

「いつ?」藤堂は振り返った。

「この秋に」

「ふーん」

藤堂は目を細めて彼女を見た。

「いつ決ったんです」藤堂は決めたとは言わず、奇妙なアクセントで〈決った〉と言った。

「いつのまにか」朝子は、できるだけ冷静に答えた。「相手の人はね……」

「いや、別に、それは聞きたくない。そんなことはどうでもいいことだ。女の結婚の相手は男にきまっておる」

そのとき、結婚の相手に関してではない、絶え間なく彼女を束縛してきた家庭の憂鬱を思った。

子供の頃、夏には、彼女は二階のだだっぴろい部屋で独り毛布にくるめられて寝かされた。毛布は米袋のように締紐がついていて、彼女が袋に入ると母は彼女の首だけを残して封鎖してから彼女に接吻した。「さあ、お休み。朝六時に起したげますからね」そのころ彼女は、母は自分を愛しているのだと信じ込んでいた。童話や少女小説には、母親は何よりも子供のことを思うと書いてあったからだ。寝冷えをしてはいけないから、と言われれば、女学校に入ってからでも母の指図通り、その繭の中に籠った。蒸し暑い深夜、ふと目をさますと、首だけを芋虫のように出して身動きのとれない自分を発見する。水を飲みたい。小用もしたい。しかし、彼女は自分の力で何一つすることができない。頭がかゆくても、それを掻くことすらできない。恐ろしい真黒な恐怖が子供の目の前にひしひしと迫ってくる。彼女は自分の呼吸に怯えながら身をすくませる。何か巨大な重圧が体全体にのしかかってくるような気がする。悲鳴が胸の底からこみあげてくる。しかし別な面で早熟だった彼女には、深夜、両親の名を呼ぶこともできなかった。そして、うかつにも修学旅行で学友と寝所を共にするまで、世の中の子供たちは皆そうして寝ているのだと彼女は思い込んでいたのである。伊勢で一泊した旅館の大広間で、級友が蒲団を蹴散らかし、枕を畳の上に転がしているのを見たとき、今までの夜毎の茫漠たる恐怖が一挙にかたまって、ぞくぞくと寒気を催し、はじめて声をあげて彼女は泣いた。三十歳になった今も、彼女は朝、目がさめては、寝ついたときの姿勢のまま一寸も動かなかったことを悟って、自己憐憫のために嘔吐をもよおす。

「あの痛々しい反抗者も、結局は、平凡に見合い結婚をするというわけですな」藤堂があらたまった口調で言った。「結局ね、熱狂的な反抗も、目玉のとびでるような怒りも、この倦怠感、飽和感には勝てないというわけなんだな」

「そんな大袈裟なことじゃないのよ。でも、疲れたことは事実ね。もう疲れてしまった、わたしは」

それを口にすることによって日浦は、急に椅子に腰かけてもいられないほどの疲労を覚えた。

「考えてみると、朝子嬢とのつきあいも長いな。何年になるかな。七年……いや、もっと長いか。このあいだ行った飲み屋のおかみが、おれを七年選手だと言っとったから。

君と知りあったのは、あの飲み屋に通うようになる以前のことだからね。手ひとつ握らなかったけれども、どうしてかな。ま、それはそれとして、この間、西村の来たのをきっかけに、例の連中が岡屋敷の家に集まったらしいが、あの連中も、そしてわれわれも、もういい加減におさらばしてもいい頃かもしれないね。だらだらと長い間つきあいすぎ、昔の面影を温めすぎた。おれたちは、お互いをもっとはっきりと裏切りあった方がよかったのかもしれないと思うことがある。そうすりゃ、別の活動の広場もひらけ、別の味方もできたことだろう。孤独になる奴は、石をぽりぽりかじるような徹底的な孤独におちいるべきだった」

「長かったわね」

「なんで知り合ったのだったけな。われわれは。キルケゴールだったか、瞬間、瞬間ってわめいてた哲学者は。気持がわかるようだな。確かに永遠の母親みたいな、そんな瞬間があったわけだ。しかし、五十年の人生は実は長すぎるんだね、人間には。余生が長すぎるんだ、人間は」

いつものことながら、そのいかつい体軀や装われた放埒さにも似ぬ藤堂の繊細な気配りに感心しながら、つりこまれて日浦は、自分の長かった夢と、そしてもう夢一つ見ないだろうこれからの〈余生〉を思った。流れは行きつく所までゆけば廻るものだという諺があるけれども、砂漠の中の河のように、廻りもせずに消える河もあるだろう。魚ですらが躍りあがってその絃音に聴き入る激しい渓流、柳の枝をかすめながらたゆとう豊かな淀みもなく、死水はどこからか発して、空しくどこかへ消え去ってしまう。

人間にはまだまだ知られていない論理があり、知られぬゆえに、たとえその個人にとって絶対的な経験であっても、人とはかかわらず、他者と関係せぬゆえに無価値のままに終る多くの論理があるのだ、と、かつて西村は言っていた。一体、何をしに来たのかを理解できず、半ば忘れていた過去の苛らだちを掻きたてられて、追いかえすようにして帰してしまった。考えてみれば、しかし、訥弁で常に寡黙だった西村にしては、いささか饒舌で、しかも恥じらいを観念のヴェールにかくして、何か大事なことを訴えようとしていたようにも思える。何を言いたがっていたのだろう、彼は。——

「おれは西村よりも、あなたと知り合うのは早かったんだぜ」と藤堂が言った。

『死に場所を探しに来たようなもんですって、妙な冗談を言ってました』と日浦は言おうとしていたところだった。しかし喉もとまで出かかった言葉を嚥み込んで日浦は藤堂の顔を見た。目尻に微妙な微笑の皺が寄り、藤堂はてれて髪を掻きあげた。

「覚えてるかね。少くとも五分ぐらいは早かったんだな」

光を放つのではなく、むしろ吸い込むように見開かれている藤堂の瞳の色に、日浦は抵抗力を失った。

「誰だったかしら。そう、青戸さんが雑誌を私たちの学校へ売りにこられたのよ。あのアナキストみたいな顔した人、今どうしてるかしら。がりがりに痩せて、しかも目玉が出っぱって、買えッて言うのよ。校庭を歩いていたら、暴漢みたいに木蔭から突然あらわれて、華奢なくせに妙に怖い人だった。女子寮まで逃げて帰ったら、当り前のことのようについてくるんだから。御存知でしょうけれど、私たちの学校は男子禁制なのよ。仕方なしに、お金がないって言ったら、そのとき妙に人なつっこく笑って、いや、お金はいつでもよろしい、だって。腹が立ったけれど、私は几帳面だから、わざわざお金を支払いに行ったのよ」

「それで、階段のところで、この拙者と会ったわけだ。うわずった声で研究会のボックスのありかを訊いていた」

「おぼえてます。あなた、あのとき、お酒に酔ってられたでしょ。授業最中の学校のなかで、こともあろうに昼間から」

「そしてクラブの部屋にあがって行ったら、西村が埃だらけの寝台に新聞紙を敷いて、すやすやと独り昼寝をしていたというわけだ。その話は有名だな。牧歌的で、感傷的で、小説的で、素晴しい出会いだな、まったくね。一度一緒に九州まで旅行したことがあるんで知ってるが、あの野郎、罪のない寝顔をしてやがるからな。寝相のいい奴に悪人はおらん。もっとも、これは迷信ですがね。男のことは知らんが、寝相のいい女は大体、悪女だと思ってさしつかえない」

半ば自嘲をこめて、日浦は久しぶりに大声をあげて笑った。

「さ、これから一緒に外へ出ましょう」と、すかさず藤堂は言った。「あなたが結婚されれば無闇に遊びに行くわけにもいかないだろうし。それとも、その返事を今日するわけですか?」

「いいえ。そんなにはっきり、いつだなんて、お芝居じゃあるまいし」

ちょうど、かちわりを給食用の碗に乗せて持ってきた小使いの手から、小使いが配らない先に、藤堂は一つ氷片をとって自分の額を冷やした。

日浦は机の方に向きなおり、今は藤堂の方も見ず、小さな氷片を舌の上にのせた。味はなく、氷は舌の上でとけていった。

「お蔭さまで、いろんなことを勉強させてもらいましたわ。あなたは無闇にちゃんづけで呼んだりするけれど、私は大人なんですのよ、大分まえから」

「そういう気がしないでもなかった」靴音がして、藤堂は窓際の方へ歩いていった。

「ただね、人の齢を考えると自分の齢も考えねばならんし。おれのように傲岸不遜、不誠実な人間にかぎって、案外内心はびくびくものでね、怖いんでさ、わけもなしにね」

「そこの喫茶店にでも行きましょうか」と日浦朝子は言った。「それぐらいだったら……」

「いやあ、今日は失礼しましょう。例によって、また会いましょうと挨拶しときます」

「本当は、お話ししたいこともあるんです」

「おれが何も聞いていなくてもよくて、あなたが喋るだけなら聞きますがね。しかし、人生、そう区切ったりしなさんな。同じことなんだから。太陽がこの空に照っているかぎり、人間には幸福なんてありゃしないんだから。ギリシアの哲学者も言っている」

「藤堂さんのお話は今まで沢山きかせていただきましたけれど、私の方は何も」

「空に向かって話されるといい。もし、どうしても人に聞いてもらいたいにしても、話す相手が違っている」

「真面目なんですのよ」

靴音はやがて窓際を離れて戸口の方へ近寄っていった。

「西村はひどく金に困っているということだった。おれなら無一文になってもビールを飲むすべぐらいは知ってるけれども、あの男は糞真面目で頑固なところがあるからな。ま、よろしく言ったと伝えておきましょう」

書きかけていた授業の予定表を閉ざして振り返ったとき、いつもならば、放蕩にすさみ、そして、その荒廃の中で身につけた何か広く孤独な微笑で包みこむように笑うその笑顔も姿も、そこにはなかった。

しばらくして、講堂からピアノの旋律が流れてきた。気が抜けたように放心していた日浦は、その旋律にひき寄せられるように立ちあがった。誰だろう？　なぜピアノの鍵が開いていたのだろう。午前中に彼女が退屈しのぎにピアノをひいていたのは事実だったが、鍵は教員室へ持って帰ったはずだった。没趣味な体操教師にも、耳の遠い小使いにも、音楽の素養のあるはずはない。もっとも、流れてくるピアノの音は恐ろしくたどたどしく、また昔一時流行したことのあるダンス音楽にすぎなかった。誰か、近所の子供でも忍び込んだのだろう。日浦は溜息をついて立ちあがり、そして、確かにピアノの鍵は机の上に置いたはずだったことを思い出した。騙されているような、夢の続きを見ているような、頼りない感覚だった。第一、あんな通俗的な曲をひいて、教育委員会の人やPTAのうるさ型にでも聴かれたら、結構また、まどわしい悶着の種になる。曲は確か仮装舞踏会とかいうダンス曲だった。日浦がそれを知っているのは、彼女が方向を見失った頃の初め、藤堂がつれていったダンスのレッスン場で、彼が最初にステップの踏み方を教えてくれたときに鳴っていた曲だったからだった。

誰があんないたずらを……

ああ、と小さく声をあげると、心の抑圧ががらがら崩れるのをみずから聞きながら、日浦はそばにあったカバンを鷲づかみにすると駈け出した。

2

あの季節はちょうど桜花見の季《ころ》だったと思う。人波は思い思いの晴着にいろどられ、定まらぬ視線を、かぶさってくる枝尾根から彼方の丘陵までの一面の桜雲の波に投げかけていた。こよない霽れ間の日射しが、樹々と花弁と、人々の表情と衣裳とを等分に輝かせていた。

疏水の流れに沿って、華美な飾りの旅館がおもてを列べていた。観光客を誘う割引料金の貼紙が真向から日光を浴びている。貼紙は梢をゆるがす春の微風にも動かない。なまめかしいそれらの景観と対峙するように、古都の旧家は緑化した屋根瓦をいただいて黝んでいた。あちらにも、こちらにも、男たちは泥酔して、あるいは桜の梢を振り仰ぎ、虚空に手を振りあげて何事かをわめく。つき添っている女たちは、笑いながらそれをひきとめる。大概の場合、しかし女たちの制止には意味がなかった。むしろそうした思いやりや世間体は、最初から無視されるためにあるようなものだったから。泣き喚ぐ赤児をあやすようにして、背中をさすってやっている人がいる。酔漢はそれこそ桜色の嘔吐を、流れる疏水と畔の芝生に吐き散らかす。遊覧客はそれをちらりと一瞥して、微笑を浮かべて通りすぎる。

どこからともなく合唱の声が聞えてくる。歌詞は錯綜して意味をなさず、猥雑な詠歎の言葉ばかりが余韻となって残った。華々しさと空虚さの関係が、その歌曲のなかでも明瞭だった。

もう取り返しのつかないかつての日、七年以前の春、日浦朝子は西村恆一とつれだって、その野外にくりひろげられる饗宴、花と酒と、悦楽と醜悪とのはざまを縫って歩いて行った。

「ほおりゃ……」

桜の、いや、その周辺は梅桃《ゆすらうめ》であったろうか。花影の深みに環になっていた若者たちの中から声がかかった。

「そこのつんと澄ましたお嬢さん。今晩一緒に泊りまひょ」

　見ると、そこには五人の派手な服装の若者達が円陣をつくっていた。ことさらに声を励まして笑い、肩と肩をぶっつけ合う。どの顔も一様に脂肪をにじませ、目を血走らせていた。

「お嬢さん。お嬢はん」

　一人が声をあげると、残りの者が一斉に嗄れ声で後を受けた。堤の若草は、胡坐したり寝転がったりする男たちの狼藉に、おしひしがれて撓《たわ》んでいた。つれだっている西村はほとんど沈黙をくずさなかった。彼がそうした時、青筋を立てて男たちに応酬するか相手を殴りつけるかでもする人物なら、日浦朝子の世界はもっと違った様相を呈したことだろう。彼女には冷静さが欠けていたが、西村には情熱が不足していた。後ろから執拗に嘲罵の声が追ってきたと憶う。同じ方向に歩んでいた制服の女学生たちが、彼ら二人を振り返ってくすくす笑っていた。

「そんな世をはかなんだみたいな顔をしなさんな。よう、よう」先刻、朝子をからかった同じ街の不良が立ちあがり、首から真白な絹マフラをはずし、前のめりになりながらそれを振った。「世の中は面白うおっせ。ちょいと、おねえさん。わいはもう面白うて面白うて、死にとなりますわ」絹マフラの男は樹の根につまずいて不様に顚倒した。

　忘れもしない、西村とのあの《過失》があってから、なぜか、そうした愚劣な冗談しか言うことのできぬ男たちを、軽蔑することが出来なくなっていた。背負った傷が、そうした外からの中傷や攻撃にも痛手を覚えぬほど深かったためだろうか。いや、恐らくはそうではない。本来怨んだりすべき筋合いのことではないし、彼女につきまとう悲哀も相手が不満であるゆえに消えないのでもなかった。ただ、自分自身を懸命に変えようとしていた時期に、こともあろうに、およそ変化などとは縁のない古風な人物とかかわり合い、しかも結局自分が求めていたものがまた、およそ古色蒼然としたものだったことを、思い知らされたことが癪だったのだ。

しばらく行くと、山腹の小広い平地で二組の男女が踊っていた。いつの間に世間はそんなに解放されたのだろう。それとも、朝子たちの方がもう社会の潮流からとり残されてしまったのだろうか。衆目の前で、携帯ラジオから流れ出す曲に合わせて、二組の男女は平然として楽しげだった。

「綺麗ですね」

ああ、そのとらえどころのない甘美さが、彼女の唯一の青春のようなものだった。そして学校当局のひんしゅくを買い、家庭や友にも見棄てられて殺伐な男達と、こちらの組合からあちらの工場へと、ビラを持って廻っている時には墜落は起らず、彼女はその甘美さに足をとられて内側から崩れていった。

そう、最初の触れあいの時に彼女が覚えた感情は、喜びというよりは、今までの色々な努力が全部無駄になるような淋しさだった。その時、彼女は植物園の梧桐の樹に凭れて池の面の微妙な光の移りかわりを見ていた。何がこんなに淋しいのかと、その時は訝かった。樹によりそった体は薄暗がりのうちに震えながら滑ってゆく。肉体が羞恥に顫えるのではなく、儚ない克己、たてこもった殻、自己変革の夢、それらが風に吹かれる髪のように左右に揺れるのだった。仕方のないことなのかもしれなかった。理由もなく心ひかれ、心そぞろになり、そして我れと我が陥穽におちこんでゆく。目を閉じる前に、ところどころ外灯の光る植物園の、虚空に茂るポプラの梢や、白い温室の硝子屋根、暮れやらぬ夕陽に浮かびあがっている砂利道、そして、そこを散策する一対の男女の影絵を彼女は見た。

「ほんとに綺麗ね」

へだたった時間の間を想念は行き戻りし、日浦は、不意とわれにかえる。そして彼女はわめくように、頼れる人が欲しいと思った。浮き立つ季節、一種刹那的な風景が、秘められた感情を掻きたて、部厚い眼鏡に隠された相手の目が、奇妙にも一つの救いのように見えたのだ。――その時、西村の腋にかかえられていた書物は、何だったのだろうか。

「あのお茶屋でちょっと休みません？」

日浦の方から西村を誘った。山腹の段々畑から下肥のかすかな臭いが漂ってくる。実際この人物は、女と一緒に歩いていても、何をどうしていいのかも心得てないのだから。

「このあたりは時折りこられるんですか？」西村は後頭部を掻きながら言った。

「いいえ、めったに」

彼女たちの態度は、不毛な関係の一齣としてはごく自然なものだった。

「熱いお茶をいただけますか」西村は茶屋のおかみに注文すると、ポケットからパンをとり出し、二つに割って日浦にすすめた。紙ででも包んでおけばよいものを、パンは煙草の粉がくっついて見られたものではなかった。西村はそれをふっふっと吹いて笑った。空腹には、しかしそのパンはおいしかった。思えば、それが西村から贈られたものの初めであった。

「まずいな、これはまた」西村は頰張ってから白眼をむいて慨歎した。しかし実際は、彼もいやいや食べているという風ではなかった。日浦は小走りに駈け出して、同じ味付けパンを五つ六つ買ってきたい衝動を覚えた。それは、青春の季節を一足とびに跳びこえて、まさしく世話女房的な衝動だった。

「一度きいてみたいと思っていたんだけれど」と朝子は言った。

深夜、公開をはばかる会合が開かれたりするとき、自分の下宿の一室を古在や村瀬や、そしてその大半は自分の知らない人物たちに占領されながら、静かに茶を沸かし、コップを配り、世間話をするわけでもなく、ふっと外へ出てゆき、帰ってきてもまだ会合が終っていないと、じっと暗い廊下の隅で待っているこの男が一体、何を目標にして勉強し、どういう価値体系をもってみずからの生活を律しているのか。それがおそらく最も日本的な、古風な青年の善意の姿なのだろうけれども、単に善意であるにしては、彼は固い殻をかぶりすぎており、また、もみくちゃに崩してやりたくなる妙な自信ももっていた。自由な自己表現を全く禁じられている時代ならともかく、彼の頑固な無為には何か理由がなければならぬはずだった。腹立たしいことには、しかも、時には動きまわる方が却って馬鹿にされているような気にすらなるのだ。

「なんのことかな」と西村は微笑した。

「あなたは、御自分の将来のことなんか考えてみたことがあって?」

日浦の期待した答は、古在や岡屋敷のように自己の運命をより高次な社会の動向と関係させることではなかった。しかし、偽りであっても、未来を青年らしくいろどることであり、また未来を現にそこにあるもののように主張することだった。だが、西村の答は彼女の期待を裏切った。

「僕には、それは見え透いています」と西村は言った。「万年平社員が、自分の恩給額を計算するより、まだはっきりと、僕には自分の末路が計算できます」

日浦はかッとなった。

「わたしだって、言葉の遊戯ができないわけじゃありません。そんな言いぐさを聞きたくて尋ねたんじゃないわ」

「そりゃあ、僕にも希望はあります。しかし、それも口に出せば、人の失笑をかうか、人を怒らすかのどちらかに決っている」

「何なのよ、それ」

「先ず……」西村は樹々の梢の方に目をそらせた。「多分長生きしたいということだろうと思う。与えられた寿命をできるだけ引き伸ばし、じっと見ていたいんです。この哀れな惑星の上の、愚かな虫けらたちが、一体自分をどうしようとするのか、見極めてやりたいんです」

常にスフィンクスのように微笑しておりながら、口を開くと支離滅裂なことしか言えない相手への失望が、逆にまた自分に対する幻滅になって日浦は目を瞬いた。

「誇張ではなくね、僕にはありありと見えるんです。レニングラードからベルリン、硫黄島から沖縄にいたるまで、まだ葬られぬ屍たちが星をじっと見つめており、そしてすべての戦争による死者の墓石が、その無駄な死の意味を解明し、責任のすべてを担ってくれるものの到来するのをじっと待っていることが。いったい何のために人は希望し、いったい何のために人は幸福になろうとし、そして闘うのか。しかし、僕には何もすることはできない。破壊も救済も、華々しいことはなにも。ちっぽけな小市民の、少しばかり記憶力がいいというだけで、身分も権勢も大哲学もない人間に何ができます。だがしかし、僕はじっと身を沈めて見つめていたい。すでに僕は、当然もっていてしかるべきエネルギーも抵抗力も失って疲れている。毎日、毎日、体は気だるく、夏の午後のように頭は睡りたがっている。しかし、かつて私を、このように……」

「何のことか、わたしには解りませんわ。疲れてるんだったら、その前の疏水にでもはまったらいいわよ。助けてはあげませんけれど、目ぐらいは醒めるわよ」

いま憤然と立ちあがっても、この男は後を追ってはこないだろう。日浦は、散ってゆく、いや、散るのではなく虚空に舞いあがる桜の花弁を追い、力なく立ちあがった。そして、ちらっと振り返ったとき、彼女は不意につきのめされるような悲哀の虜になった。

「あなたは、あなたは一体、何を見てるの？」

西村の目は、確かに優しげに見開かれておりながら、春景色も、彼女をも、現実にあるどのようなものをも見てはいなかった。憑かれた人間の熱っぽさも、諦めた人間のもの悲しさもなく、西村はじっと、重なる緑陰、点在する人家、田園、そして、その背後にあたかも別の亡者の世界でもあるかのように呆然と目をみひらいていた。

「はあ？」

「あなたって、なんか可哀そうなところのある人ね。……そして、こういう風に人に憐れまれても、憐れまれるのは恥だなんていきり立ちもせず、ぼうっと笑ってるんでしょ」

「すみませんでした」と西村は頭をさげた。

「あやまったりしなくったっていいのよ」

「古在や岡屋敷たちのように、考えるのは後まわしにしてでも、行為するという生き方が羨ましいと思うこともあります。しかし、だが……」

「いつだって、あなたは〈だが、しかし〉でしょ。〈にもかかわらず〉とか〈だが、しかし〉ばかり。トロッデム、トロッデムばっかり」

「…………」

「こんなことは言いたくはないわ。でも、あなたは何かあるとすぐ古在さんや岡屋敷さんのことを引き合いに出すけれど、本当にそれほど立場や考え方の違うお友達のことを気にかけてるとは思えない。もし気にかけているとすれば、あなたは一番卑怯な人だわ。そうじゃなくて。あなたは色んなことを知っている。読んでる本の内容は古在さんとほとんど変らない。いいえ、読んでいるという点でなら、古在さんより沢山の本を読み、理論の理解も、反対意見のありかたも、あなたの方がよく知っているかもしれない。古在さんがあなたに本を借りたり、自分の考えを確かめるためにあなたに相談したりしてる位なんだから。でも、あなたは何もしない。ただ枕許に書物を積みあげ、万年床に寝そべって一冊一冊読んでいっては、『我れ未だかかる指針によりては行為せず』と呟いているだけ。いずれ彼も動き出すだろうって古在さんは認めてるけれども、あなたは、いつまでも微笑しているだけ。わたしはあなたが好きよ。理由は解らないけれど。いいえ、わたしがこう言ったからって、なにも慌てて返事してくれなくたっていいのよ。でも、あなたのその悟りすました態度は嫌いだわ。立場が違うなら、何故なぐり合うほど議論しないの。あなたが……」

「それは違う」と西村はうめくように言った。

「どう違うの。なぜ、その違いを自分の方から主張しないの。なぜ、相手の方に〈いや、しかし〉と言わさないの」

なんと悲しい日本の自然だろう。おびただしい人出にもめげず、その周辺には名の知れぬ小鳥が囀っていた。戦火を免れた古都、その郊外に点在する農家、春を楽しむ小鳥たちの群れは田畑や樹々を超え、沿道の電線の上にも鳴いていた。

「僕は、そして……あえて言います、僕たちは」顔を合わすのを避け、西村の方から先立って茶屋を出た。「僕たちは、知らずもがなのことを知ってしまった。幸福であるためにすら、青年のように無知でなければならないという諺もある。ところが僕たちの青春は、〈予想〉してもだえるのではなく、事実上〈知って〉しまったために穢れている。人間が如何に恐ろしい狼であるか、そしてまた如何に愚かな羊どもであるか。目の前に絞首台があり、僕たちの運命は進んで血を流すか、逃げまわって首をくくられるか、選択という言葉の具体的な意味はそれだった。不意に恩赦を蒙って、平和になったからといって、観念して目をつむっていた首から縄をはずされても、ムイシュキン公爵のような善人には、誰もはなれない」

「あなたのお説教はもう沢山。あなたは口を開けば、人生がこんな無意味だったことはこれまでになかった、と言う。理性は死んだ。いずれ我々の生命は朽ち果てるだろう。太陽が黒く光を失い、森は死ぬ。そんなことばかりあなたは言ってる。逃げ口上だわ、そんなのは。そんな遁辞に、われわれなんて言葉を使うのは卑劣よ。……でも、あなた自身は御存知ない。あなたの目は、その勿体ぶった口調を裏切って輝いてるのよ。自惚れるといけないから綺麗にとまでは言ったげないけれど、きらきら光ってることは事実なのよ」

二人の交す会話の内容とは無縁に、疏水は再び脚下に現われ、それは山腹に寄りそい、身をよじりながら延びていた。満開の峠をいま僅かに越した桜並木は、両岸に背丈を競ってならび、はては霞と靄に包まれている。紫と緑の中に、一筋つづく桜色はひときわ鮮明だった。

日浦は、白い杖をついた貧相な老人が青年に扶けられて歩いてくるのを見、ひとり立ちどまった。傍らに彼女が付添うのも忘れたように背をまるめて歩いて行く西村の後ろ姿を見、自分の貧弱な青春に日浦はこっそりと涙を流した。

なんという寒々とした世界に自分は生きてきたことだったろう。知りあった人は少からずおりながら、魂は氷のように冷たく、見栄を張るのでなければ競争心でいがみ合う人々。子供の頃、父の留守中しばしば、盛装して外出する母を彼女は讃歎の目で見ていたものだった。母は確かに美しかったし、自慢の手もまた事実細くて長かった。だが、まつわりついて土産をねだろうとすると、鏡に面してはあでやかに微笑んでいる母の顔は、不意に般若面のようになり、朝子はその〈美しい手〉に突きとばされた。たまさかに、縁側の寝椅子に昼寝をしている母親に、なにか自分の存在が頼りなくて甘えかかりに行くと、はっきりと目醒めもしない母親の肘は邪険に一人娘を振りはらった。幼い彼女は、いつも目を一ぱいに見開いて不安におののいており、いつも人の影におびえ、自分のどこが悪いのだろうかとばかり考えていた。精神分析医の手にでもかかれば、母の意識の深層には、なにか我が児を愛せない複合観念《コンプレックス》が蔵《かく》されていたのかもしれない。しかし恐らくは――十中八九まで、単に子供が邪魔で煩さかったにすぎなかったのだろう。そして、その理由のない邪険さと身勝手さが、庇護されねば生きられぬ未熟な魂に、どんな大きな衝撃であるかを、母は一度すら考えたことがないのだ。女学校などまだ珍しい時代に、その高等教育を受けた傲慢な士族の娘には、自分の快楽以外に使うべき神経はなかったのだ。数えあげればきりのないほど、朝子は理由なく頬を打たれ、寒い倉に鍵をかけて閉じこめられた。地位は高くとも生気のない官吏の父、贅沢で、ちやほやされていなければすぐヒステリーの発作を起す母。広すぎる家の豪華な食事の間で両親が何事かを諍いあい、ぴしゃっと、襖の紙が破れるほどの音をたてて、母が奥の間へ去ってゆく。朝子はひとり台所で爪を噛みながら、幾度その音におびえたことだろう。父祖伝来の土地と貸家がどれだけあるのか妻にも知らさず、銀行通帳と印鑑をじっと握りしめて黙りこんでいる父。死んだ舅が集めた書画骨董を次々と捨て値で売り払って新しい衣裳を買いこむ母。そのくせ、参考書一つ買ってもらうにも、朝子の言葉に偽りはないか、先ず書店に価額を電話で問い合わせてからでなければお金を渡してもらえなかった。一段高い高台の、貝塚の生垣に囲まれて住み、ええしのお嬢さんと羨望され、確かに衣類だけは無理強いにでも一級品を着せられながら、彼女の小さな机の抽斗には、貧家の子供なみの、こけし人形一つなかったのだ。河原で拾ってきた石ころに人形の顔を描き、新聞紙の反故に宮殿の絵を描いて彼女はいつも独りで遊んでいた。人前に出ると不思議に目がくらみ、声がかすれるのだ。音楽は好きだったが、強制的に習わさせられたピアノは苦痛だった。それでも、覚えこみの早かった彼女は、独りで楽譜に向かうときは、ショパンもバッハも弾きこなせるのに、発表会になると必ず失敗した。着飾った有閑婦人たちの意地悪い視線に射すくめられ、途中で鍵盤に打ち伏して、今日もまた一体どこへ帰って行けばよいのだろう、と彼女は考えあぐむ。

戦争で物資が不足し、またモンペ姿でなければ非国民扱いされる頃になると、母親は突然、朝子の教育に熱中しだした。教師が迷惑し、生徒たちに笑われているのも知らず、母は毎日、それこそ一日欠かさず、授業の参観にきた。教室の後ろや窓際から、じっと娘の様子を観察――いや観察ではなく監視したのだ。誘われて友達の宅へ遊びにゆくともなれば、相手の姓名、家の所在地、電話の有無、そしてどんな階級の、どの程度の家柄なのか根掘り葉掘りききだして、夕食前には必ず迎えにくる。友達は口をそろえて言う。なんという子供思いの母親だろう。あんなに気を使うお母さんを持って、あなた倖せねえ。

級友が家に遊びにくると、母は口紅を塗り、パフをはたき、晴着姿で出てきて挨拶をする。「ああら、よくいらっしゃったこと。うちの朝子ったらぼんやりしてますでしょ。ほんと。女学生にもなって服地一つも選べなかったりして。私がこれがいいって指図してあげても、いらない……だなんて、本当に気難し屋さんで、ほ、ほ、ほ……」若やいだ身振りで仲間に加わり、話題をさらい、いつの間にか娘の客を奪って自分だけで相手をしてしまう。気恥ずかしさと憎悪で身を縮めながら、友が空虚を満たしてくれるはずであった時間を朝子は女中役にこき使われてすごす。家族、肉親、母子……これが最も基本的な人間関係というものだろうか。真面目に頼みごとをしても、言葉尻をとらえられ、ぴしゃりとしっぺ返しされるのが関の山だった。賤しい想念の凝りかたまった額、獣的にてかてか光る頰、人を信じない目、いつも打算している口許。総毛立つような過剰な演技。どこにいても背後から彼女の一挙手一投足をじっと監視している気配。ああ、どんなに自由が欲しかったことだろう。誰の世話にもならず、独立して生きてゆけるようになる日を、どんなに待ちこがれたことだろう。

戦後は掌をひるがえしたように朝子のことを見限り、母親は色んな若い男を誘い、ダンスに浮かれたり麻雀に凝ったりした。四十七歳。毎夜、背中の膏薬を貼りかえさせ、胃腸が弱くてつらいからといって炊事仕事一つせず、その上砂糖気のものがあると全部一人でぺろりとたいらげてしまう女。その母は、来客には豪勢な贈物を投げすてるように与えて歓心を買う。色事師めいた従兄、その紹介で朝子もまた、その頃、何一つ精神的な富を持たぬ社交家たちと知りあった。空しいお世辞、きざな身振り——失業ブルジョア、演劇かぶれの道化者、あらゆる外国語を会話に混ぜて得意な田舎者。母や従兄がつれてくる男たちは、朝子が男性への観賞眼を養う役にすら立たぬ人間の屑ばかりだった。

外郭運動ながらも、日浦が一つの目的を持った結社、青年共産主義者同盟に参加したとき、確かに彼女は、その団体が意図する変革の内容、その内容を支える〈哲学〉をも充分に理解していたとは言えなかった。しかし、閉ざされた家庭の、捨子ではない限り誰しも先ずそこで感性と理性の基礎をつくる家庭の中に、自由な心、平等な態度がないとき、人はどんなに惨めでなければならないかを彼女は厭というほど知っていた。理念を失い目標を失った人面獣のあさましさを、彼女は厭というほど知らされていた。応接室のソファーで若い学生と抱きあい、転がされた豚のように白い股をばたつかせていた母の像だけが獣的なのではなかった。自覚的な自由のない所、人との平等を欲しない関係の中には、獣性しか生まれない。外見だけをとりつくろう寒々とした空洞の中の生活にはもう倦きあきしていた。征服と屈従。侮蔑と羨望。傲岸と無知。心理の遊戯と精神の虐殺。不労所得に執着する男の無気力と、儚い浪費に不安をごまかす女の空しさ。ああ、どんなにか、真面目で優しい、そして束縛のない関係が欲しかったことだろう。経済理論については、彼女はほとんど何も知らなかった。商品の価値が市場の相場によって定まるか、費やされた労働量によって決るかの相違が、一体なぜあの厖大な権力対立をうむのか、賃銀と俸給がどう違うのかにも彼女は盲目だった。また社会機構の変化によって国家法の基礎理念がどう変るのか、ドイツ刑法とソビエト刑法の相違も彼女は知らなかった。難解な事柄に出会うごとに、西村の下宿まで訊ねにゆき、いささか鄭重すぎる彼の説明で、やっと遅ればせながら、彼女はついていっていたにすぎない。秘密な会合の席で、女性であるゆえに、もの珍しげに意見を求められる時、ともかくも威儀をつくろって答えられたのは、彼女には陰に知識の供給源があり、西村の説明のうち身についたものを細々と語っていたにすぎなかったのだ。しかし、もの珍しさや捨て身のかまえだけでは一日も行を伴にすることはできないだろう過重な任務、陰鬱な雰囲気、そして例外なく靴下が厭な臭いをたてる男たちの体臭に耐えられたのは、彼女にはそれが見失われれば、もう生きていないに等しい、自由と平等と真面目さへの祈願があったからだった。親が日々子供を心理的に屠殺しようとしたり、自分の欲求不満を癒やすために理由もなく頭から水をぶっかけたりする以外の、もう一つ別な世界がどこかにあるはずだと思われたからだった。たとえ如何に観念的で感傷的であっても、彼女には、そう信ずるより救いはなかった。一種名状しがたいあの家庭の中の阿修羅、あの心の地獄。彼女の場合ほどではなくとも、世の乙女たちが何故あのように愛に憧れ、花嫁衣裳に見とれるのか、世の男たちは知ってはいない。多くの乙女にとってそこが人生の居間である家庭の、優しげな日々の拷問、父母の目に見えぬ圧迫、それから免がれうるという夢があってこそ、愚かにも女たちは偽り多い男の甘言に夢中になり、あたかも三文小説中の人物のように、二人だけで生活できるならどんな貧乏もいとわないと衷心から断言するのであることを。

だが、もともと観念的であった彼女の希望は、当然、その政治的結社の中でも満たされはしなかった。会議の後の休憩時間、各人の経歴を語りあい、その苦しみの歴史を披瀝しあうとき、経済的に恵まれた階層に属したゆえに、彼女の決意は買われても、そこにもまた恐ろしい、人間の葛藤と苦しみの存在することを誰も信じようとしなかった。

美食に肥え、退屈に倦いた母と娘との、時間つぶしのいさかいに過ぎぬではないか。たとえそれが、何らかの悲しみであったとしても、いわば贅沢な悲哀であり、大脳皮質の気紛れな震えにすぎないではないか。そんなものは苦痛の数にかぞえられはしない。明言しないまでも、人々の目はそう語っていた。無遠慮にあくびをして、彼女の口を封ずる男も確かにいたのだ。

ふとした会話の、ある僅かな言い廻しから、西村がそうした人間の悲惨をも理解する人物であることを彼女は知った。小声で打つひかえめな相槌が、限りない彼女の日々の憂鬱と符合するものであったからこそ、彼女は質素な下宿生活をする彼のところを訪れるたびに、どうせは母親が浪費する品物をかすめてきては置いて帰った。果物、煙草、喫煙セット、カフスボタン、テーブルクロス、そしてカーテンにいたるまで、西村の下宿を若者の住まいらしく飾った品物は、他の誰も知らぬ彼女の贈物だった。対等にあつかってくれようとして、〈思想〉の手ほどきの代償に、拙い音楽の知識を拝聴してくれる態度はうれしかった。けれども、心の闇の、闇の裂け目がどんな淵より深いことを知っているのなら、どうして、そうした彼女の存在の全体に光をあてようとしないのか。教える以上は、また何故みずから腰をあげて先達しないのか。私のこの心の〈喪服〉をはいでくれるなら、いつだって喜んで目を閉じるだろうに。

桜並木がとぎれ、山腹から湧きでる地下水が小さな滝になって疏水に注ぐところに、数人の小学生たちが手製の木船を浮かべて遊んでいる。くま笹の茂みが、かがみこんでいる子供たちの頭上に伸びて風に揺れている。ゴムを張ったスクリューでもついているのだろう、浄らかな、河床の砂も読める疏水を玩具の船は遡行する。初めは威勢よく波に逆らって、しかし子供たちの喊声がまだ終らないうちに、たちまち小船の力は衰え、小さな船首を困惑したように左右に揺すって逡巡する。子供たちが立てた目標の旗じるしまで、あと僅か三十センチばかりなのだ。もう少し頑張れば子供たちの讃歎に迎えあげられるだろう。だが木船は全く力を失い、横倒しになって流れにおされた。その後を川上から流れてくる花弁が追う。日浦は西村のあとを追うのも忘れて、その遊戯を茫然と眺めていた。あたかも、あり得ない弱者の転生の夢を、その玩具の小船に託そうとでもするかのように。

「僕などと知りあって、後悔しませんか」西村の方から戻ってきて彼女に囁いた。日浦は流されて行く小船、それを追う子供達の姿から初めて目をそらせた。

「わざわざあなたの方から言って下さらなくったって」彼女は、かつてどんなにか充実し、どんなにか身も浮きあがらんばかりだろうと思っていた、あの〈過失〉のひとときに、なぜあのように激しい墜落感に襲われたのかを考えていた。不自然な沈黙、そして日浦はひとりの口の中で呟いた。

『やっぱり、あなた方とも知りあわねばよかったと思いますわ』どうせ人は己れひとりの孤独の中に、あがきつつ滅びるのであるならば……

あとになって、甘美な惑いや、誤解でしかなかった期待が消え去ってからも、しかし、消え去らない特定の時期の特定の人間関係というものが確かに存在するものなのだと彼女は気づかねばならなかった。あの、ただ話を長びかすために付け加えられる放送劇のような愚かしい愛情ではなく、また、くやしさでもなく、この世界には、その人が欲すると欲しないとにかかわらず繰り込まれる《運命共同体》というものがある。それはその成員のすべてが死滅し、状況が全く変化し、新しい世代に死刑の宣告をされるまで、ほかならぬこの世界を形づくる単位として生き続けるものなのだ。西村がその無為の底から「われわれ」という時、そこにすら抹殺できない内容があったのだった。

そして、ことの褒貶は別にして、いま彼女にははっきりとわかるのだ。明晳さや論理的筋道や、明確な実践だけが社会的価値ではないということが。なぜなら、明確な原理から重力法則が導き出される前に、混沌とした存在が先ずそこにあるように、一つのカオスの共有こそはどのような学派の連帯よりも強いのであり、西村の不明瞭さすらが、あの《運命共同体》の一環であり、それゆえに一つの価値であったのだということが。勿論、彼女は、かつての一種気恥ずかしい実践をその後は誰にもあかさなかったように、彼女のその認識を誰にもあかさなかった。藤堂はともかく、運命などという言葉を聞いただけで、唾を吐きかける男たちに向かって混沌を説くほど愚かでもなかった。なぜといって、共感を求めずとも、断ち切れない無形の靭帯がそこにあったのだから。年々歳々の古詩とはまったく逆に、世の有為転変につれてあの疏水の畔の桜の様相がいかように変っても、各自の生の終りまで消えない、時代を同じくした者の運命の香りは変らないのであるから。

3

今、西村の住んでいる館のみすぼらしさを正視できないで、日浦は数歩しりぞき、共同洗濯場のある横丁の方に目をそらせた。両側の家の軒が傾いているために、見ている側の意識が却って歪んでいるような錯覚が起る。黒くいぶされた安旅館の板壁、それに沿って一筋の溝が油に光りながら、泡や野菜の切れはしを浮かべている。

「西村君がここに泊ってるでしょう」

藤堂が玄関前に歩みより、涼み台の上に俯伏せに寝そべって按摩をさせていた老婆に語りかけた。大道路に面した床几の上で、老婆にまたがるようにして按摩をしていた男が、五分刈りの白髪頭を掻きながら立ちあがった。

「お菊ばあさん。西村はんの友達だと……」

「もうじき帰ってきはりまっしゃろ。まあお入り」老婆は陰険な顔付に似ぬ愛想よさで、しかしまだ寝そべったまま玄関わきの部屋を指さした。

日浦が目をそらせている狭い路地に、大八車が解体されたまま放置され、その車台の上に栄養不良らしい女が一人つくねんと腰掛けていた。蒼白く痩せたその女は玄関わきの話し声をきくとゆっくりと立ちあがった。薄っぺらな胸と病的に長い首、そして怒った肩が歩みにつれて大仰に左右に揺れた。落ちくぼんだ二つの目が、閲兵式の一兵卒のように執拗に日浦の方に向けられている。何を憎んでいるのか、ぞっとするほどの憎しみをこめて光っている。

「どこへ行ったのかわかりませんか?」

藤堂がそっ歯の老婆に言った。

「仕事に行ったよ。でもね、どこで仕事をすることになるか、自分にもわからないんだから、わてらが知ってるはずはないよ」

「仕事というのはそういうもんだ。わしは昔船に乗っとったがね。自分が一体どこにおるのか、次の港に着くまではろくすっぽ知っとりゃせん。大体、毎日行くところがきまっておってだな、机の前で朝から晩までうろちょろしとるようなもんは仕事じゃねえ」

妙に下腹の出張った按摩が、目に溜るやにを頻繁に拭きながら言う。何か面白い見世物でも見るように、シュチュー屋の前や寄せ屋の前にたむろしていたルンペンが、ぞろぞろと藤堂と日浦の方へ歩いてきた。

その貧民街では殆んどすべての人の動作が不貞腐れたように長閑《のどか》であった。背中に闇米らしい包みを背負った女も、煙草の吸殻を竹筒の先にはさんで歩く男も、食堂の窓硝子を拭く女給も、皆申しあわせたような機械的な消極さで体を動かしている。旅館の表のタイルの壁に凭れて、茫然と空を眺め続けている中年のナッパ服の男がいる。何を妄想しているのだろうか。鼻先に浮かぶ酒乱と自暴自棄の様相、頬にはまた幾すじかの、雨水に削られる岩石のような亀裂があった。石膏色の肌の女が、半裸の背に嬰児を背負って、何をするのか両手にバケツを持ってよろよろと大道を渡っていった。

「その仕事というのは何ですか？　今日も彼はカバンを持って出てるんですかね」藤堂が言った。

「いや、カバンは預かってあるよ」

「どうするかな。この近所に喫茶店でもないですか、目立ちやすい。そういうところで待ってることにするか」藤堂は日浦を振り返った。

「喫茶店みたいなところなら、千代が知ってるだろ。千代、教えてあげな」老婆は大八車のある路地の薄暗がりから出て来た女に向かって言った。ぱっと頭を振って、それだけは黒々と輝く髪をひるがえすと、千代と呼ばれた女は黙って道を歩き出した。藤堂は日浦に目配せをすると、その後に従った。あわてて藤堂のあとを追った日浦の背中に、その時びっしょり冷汗が流れていた。

　貧困が必ずしも人間の罪悪ではないことを日浦は知っている。吹き溜りのように、無気力や醜悪さが貧しい地帯に吹きよせられるにしても、その責任の大半は吹きよせた無情の風の側にある。誰だって好きこのんで襤褸をまとっているわけではないだろうし、たまたま衣服が汚れたからといって、その人の心までが汚れているとはかぎらない。頭ではそう考えようとしても、獣的に光る周囲の男たちの目には、どうしようもない嫌悪が起った。そしてまた、きたならしい街を、激しく肩で呼吸しながら案内してゆく見知らぬ女の後ろ姿にも、日浦は抹殺するより方法のない人間の腐敗を見た。

貧相な薬屋と古着屋が対角線に睨みあう四辻で、駈け過ぎる自動車をやりすごす間、あたりを興味深そうに眺めていた藤堂が、不意に声をあげた。

「あれは、西村じゃないかな」

彼の指さす方向に視線を移すと、道幅を拡張する工事場で一群れの日傭たちがアスファルト舗装作業に従事していた。表情の定かでないどの顔にも、汗の流れているのがはっきりと見えた。遠くに、重々しいローラーカーが地ならしをしており、近くに、黒焔をあげるアスファルト熔解槽があった。敷かれたばかりのアスファルトを、大きな焼鏝で日傭たちがなぞっている。日没間際の西日が、油を流したように地上に光をそそぐ。目を細めて確かめると、確かに三三五五、舗装作業に従事する労働者の中に、一人、きわだった痩身の男が混っていた。みな一様に麦藁帽かハンチングをかぶっている中で、その男だけが手拭いを頭に巻いている。男達が乗馬ズボンのような青い作業ズボンにゲートル、地下足袋すがたなのに、服装もその男だけが異端だった。

「そうでしょう？　確かにあれは西村だ」

案内してきた女が、首を斜めに傾け、脇の下から窺うように頭をねじった。

「あいつ、あいつ、本気だな」無意味に呟くと、藤堂は駈けだした。日浦は何故ともなく、会いたくはないと思った。もう遅い。今また若さの失せた顔を互いにつきあわせ、その瞳を覗きこみ、どんな言葉を交しあおうと、万事はもう遅いのだから。

「どうも、わざわざ御案内していただいて」日浦は初対面の女に頭を下げた。「小綺麗な喫茶店なら、そこの踏切を渡って左に折れると、市電の車庫の前あたりに、ブラジルって店がある」

女はもう一度、舗装工事の現場の方を、顔を伏せたままの上目づかいに視ておいて——もと来た旅館街の方へは戻らず、いま自分が指さした踏切の方へ歩いていった。日浦の挨拶には返礼せず、また、いったん離れると、その後ろ姿はもう完全なひとりだった。

「よく来て下すった」仕事から離れて、駄菓子屋の軒陰によると、西村は頭に被っていた日本手拭いで顔を拭いた。日焼けした頬と、手拭いに覆われていた額との間に滑稽な境界線が走っている。肩にもたせかけた大鎧が、そのとき西村の杖になった。

「割合に似合っているから不思議だな」藤堂は一歩退き、頭から足の先まで品定めして笑った。「眼鏡さえかけていなきゃあ、結構、自由労連の幹部ぐらいには見えるぜ。昔、おれたちの大学のあった街に有名な人物がいたろ。一中、三高、K大と、関西の秀才コースを進んで、それから依怙地に日傭をやっとる共産党員だ。あのおっさんにちょっと面影が似とるな」

あたりは街の貧しいわりには市内交通の要衝に当っていて、大道路は勿論、いま補修されつつある道路すら、自動車のゆきかいに絶え間がなかった。彼方にはまた高架線が走っていて、ひんぴんと電車が駈けすぎる。夕陽をうけて高架線の架線柱が美しく、電線はさらに虚空高くお噺の世界のような五線の譜だった。

「もう仕事は終る時間だろ。つきあわないかね、今晩。この辺でおれの顔はきかないが、なんなら君のいまいる部屋で飲んでもいい」

「いや」西村はなぜか狼狽してさえぎった。「ゆっくり話をしたり、ものを食ったりできる部屋じゃないんだ。夕方から夜半まではまるで蒸気風呂だし、第一、蚤がいてね、置いてあるコップの中にとび込んだりする」

「まさか蚤も殺さんというわけじゃあるまいな」

西村は鼻先に皺を寄せて笑った。

「どうだね……」藤堂は妙にはしゃいだ。「この都市の河はみなどぶ河だがね。屋形船の上でビールでも飲まないか。アルコールで適度に臭覚が麻痺すれば、けっこう楽しくて大名気分も味わえる」

「しかし……」

地面に置かれた真黒な茶瓶を手にとると、西村は口移しにごくごくとそれを飲んだ。日シャツの背中は大きな地図を描いてべったりと濡れ、埃と垢に黄色く染まっている。日浦は繊細さを失ってゆく一人の人間の運命を見るように、その汗の痕から目をそらせることができなかった。もう一カ月もすれば、わたしは満で数えて三十一になる、と日浦は不意に思った。ふと、奇蹟的に訪れる自動車の絶え間に、遠くから夏祭りの準備をする太鼓の音が聞え、次に、それを払拭するけたたましい工場のサイレンが鳴った。

「どうしたんだ」と藤堂は道路を距てて話しかけた。「君は疲れてるんじゃないのか。この日陰で一ぷくして日浦嬢の顔でも見ておれ。作業の終るまで、代りにおれがやっていてやろう。かまやせんだろ」

付近の日傭たちが仕事の手を休めて日浦と西村を見較べていた。屈強そうな体軀の男も、例外なく異様に下腹がふくれあがっている。そういえば、先刻の按摩もそうだった。そうでない者はまたガンジーのように痩せて真黒だった。全く男の服装で、しかも長い髪が縮れている性の区別のつかぬ人物もまじっている。そして、それらすべての日傭たちの白濁した目が、もの問いたげに光っている。好奇心からではなく、疲労からくる、寂しげで、もの問いたげな態度。一体、何を解明したくて、何が不思議で、こんな目つきをするのだろう。

「そこにある区切りの白線まで表面の地ならしをすれば、今日は解散するはずだ」西村が言った。「僕は××組工務店まで日給をもらいに行かねばならんし、風呂にも入りたいしね。時間があるなら、何処かで待っていてくれるとありがたい」

「君個人の分担区画があそこまでなのかね」

「いや、皆でやるんだ。僕だけが慌てたって仕方がない」

「そりゃ、先に行って待たんこともないがね。しかし、君は恐ろしく律儀な反面、妙に約束を忘れる素質がある。いや、忘れるんじゃなくて、くよくよと悩んで、揚句に自分がそこへ行くのは相手にとって迷惑だなんて奇想天外な結論を出したりする。ま、ちょっとおれに手伝わせろ。第一、君のそのひょろひょろの体は見ちゃおれん。早くこの日陰に戻れ。日射病にやられても知らんぞ」

日浦は痴呆のように目をみはるばかりだった。顔を合わせれば、すぐにでも投げつけたい怨みや、問いただしたい疑問がいっぱいつまっていたはずだった。だが、それらはいま埋もれて消え、その場にはかかわりない哀れな想念の数々が、次々と彼女の意識の表皮をかすめすぎた。かつて華やかな鱗をひるがえし、蒼い感情の波間にとびはねたあの青春の喜び。そして、また、懐かしいくらげのように、過ぎゆく時間の上にわが身を漂わせたひとときの安息。そしてやがて、貝殻のように水底深く埋もれていった悲哀の断片。……日浦は色づきはじめた夏の空を仰ぎ見、また掘りかえされた地面を見た。その一瞬、めまいがし、彼女は、ふらふらと自分の体が前後に揺れるのを意識した。その一瞬の錯乱の中で、彼女は、かつて西村が彼女に教え、彼女もまたそれを愛誦したアイルランドの詩人の詩句を思い出そうと努力したようだった。空しい七年……。夢の情景を思い出そうとするような苛らだたしい努力が続いた。あの詩は誰の作品だっただろう。何という出だしから始まっていたのだろう。その発端さえ思い出せば、あとはすらすらと出てくるはずなのだが。日浦は思い出すことができず、短い放心の後、藤堂に脇を支えられている自分を見いだした。

「どうかしたのかね」藤堂が小声で言った。

もう遅い、と、またわけもなく日浦は思った。

太い皮バンドで腰を締めた監督らしい男が近寄ってきて、手を休めていた日傭たちに仕事に戻るように命令した。西村も顔を伏せ、頬を強張らせると、藤堂から鏝を奪って、それを焙るドラム缶製の炉の方へ歩いていった。途中で、西村は立ちどまって振り返り、多分、藤堂と日浦に早く立ち去ってもらいたかったのだろう、珍しく屈辱に歪んだ表情をして、鼻先の埃でもはらうような仕種をした。先刻の微笑と、いま振り返った西村の表情との変化があまりに激烈だったために、日浦は危く駆け寄って、何が起こったのかを訊ねようとしかけたぐらいだった。事実、西村が何か言ったのかと、日浦は首を前にだし、耳朶に手を添えた。だが、西村は何も語らず、しばらく日浦と藤堂を等分に見較べ、そして無理強いにほほえもうとするように唇を歪めただけだった。夏の斜陽が西村の影を長く道路におとしていた。

今そこにいる西村、髪をふり乱し、額に汗をにじませ、喘ぐように口を開けている西村の顔……その顔、その同じ顔付をして、西村がとめどなく嘔吐する姿を、七年以前、日浦はたしかに見たことがあった。自分だけの冷たい殻にとじこもり、何を言われても仏像のように微笑していた西村が、自己の無為の網の目を破って、ただ、一度、進んで政治的な役割を担ったことがある。その悲惨な事件の結末に、この今とまったく同じ顔付をして、西村は……

それは一九五二年、すなわち昭和二十七年、サンフランシスコで対日講和会議が開かれ、つづいて四十八カ国の対日平和条約調印によってこの国の形式的独立が成立したその翌年の梅雨期のことである。平和条約発効の前、またしても、盥まわし的な内閣改造を強行して党内批判を封じた吉田自由党政府は、対外的に日米行政協定の締結や台湾国民党政府との講和を急ぎつつ、対内的には露骨な再軍備の促進と労働運動の取締りを遂行した。反共立法のための木村篤太郎の法務総裁起用がその下準備、そして駐留軍の機密保全のための刑事特別法、労働運動の規制を目的とする破壊活動防止法案の国会上程がその具体化の第一歩だった。

三月、総評および労働法規改悪反対闘争委員会は拡大戦術会議をひらいて破防法反対のためのゼネラル・ストライキの時期を討議した。結果、四月十二日が第一波、四月十八日を第二波ストと決定。それはかつてマッカーサーの鶴の一声で挫折した二・一ゼネスト以来の、最も大規模なゼネストになるはずだった。選ばれた時期は、総評の新賃金綱領を主軸とする春季経済闘争と五月一日第二十三回メーデーの中間に位置し、押しつけられたものながら、また絶好の盛りあがりを期待してよいものだった。当時、追いつめられた日本共産党は秘密党員を中心に、かつてレッド・パージに触れて生活の地盤を見失い、ほとんど飢餓線上をさまよいながら半ば自暴自棄に陥りつつあった多くの下級党員たちを、極左的軍事方針の下に中核自衛隊、地区親衛隊に再組織しようとしていた。一方、全学連は、当時、共産党の内部分裂のあおりをくって多数の国際派アクティヴを党活動停止や除名処分で失い、さらに全学連加盟各校は、あいつぐ政治闘争に次々と放校処分者を出して、実りのない処分反対運動と追加処分の悪循環を繰り返していた。

表面上、一つに見えた破防法反対運動の中には、実は少くとも四つの志向が存在した。社会党右派と旧全労系労組にとっては、賃金闘争の一環としての示威行為であり、左派社会党および総評にとっては、その傘下労組は勿論、中立労組の抱きこみによる勢力拡大のための統一運動であった。そして、共産党にとっては、軍事方針を具体化する絶好のチャンスであり、更に一様に細胞や自治会組織のじり貧現象に業をにやしていた全学連にとっては、奇蹟的な起死回生の意味をもっていた。切り崩しをはかる政府や日経連の策謀がなくとも、その運動が実りなき悲劇に終る可能性は運動自体の中の内部矛盾にすでに孕まれていたのである。ヒステリックに危機感を煽る文化人、そして麻痺したように無関心な農民層と一般大衆の奇妙な対比の中に、事件はまたやがて単なる偶発事故として片づけられ忘れられてゆく素地すらが先に完成していた。

第一波のストを見送った全学連加盟各校は、文部省の威嚇、常に繰り返される教授陣の微温的な説得に苛らだちながら、やけのやんぱち、一斉に、事後収拾のめどもないまま破防法反対第二波ストライキに参加した。左翼系教授が教授会内の多数勢力をもつ僅かな私立大学を例外として、官立・私立各大学当局は、時を移さず、おのおの懲罰委員会をもうけて、学則違反者の調査をはじめた。ところが、学内細胞はそれに対処する暇もなく、農村工作隊派遣の指令を受け、足りない人員を、手あたり次第のシンパサイザーで埋め、いったい何をしに行くのか、究極の目的は何なのかも解らない工作準備に忙殺された。つづいてあの血の祝祭の日が訪れた。この国の首都、この国の権力を象徴する堀ばたの広場で、デモ隊二万と完全武装の警察隊五千が催涙弾とピストル、プラカードと火焔瓶で市街戦を演じ、米軍自動車十三台が炎上し、米兵が濠に投げ込まれ、学生が死に、五百名から千余名の重軽傷者が出た。首都の衝突があまりに大きかったために他の都市の模様はほとんど報道されなかった。だが、古典的な電車が走り古寺が緑色の瓦をつらねる、日浦の、そして西村たちの学園のある街でも、紫の煙を吐く催涙弾が公園の樹々の上、網の目のように走る電線の上を鮮やかな弧を描いて飛んだ。その後に発表された様々な批判や声明が、この国の矛盾を痛々しいほどによく物語っていた。産別会議は吉田政府が計画的に五月一日を国民虐殺の日として選んだと声明したが、総評は、共産分子が行った集団的暴力行為であり、総評労闘の関知せぬところであると発表した。白系ロシアのさる女性が首都のデモ隊を陰から指揮していたという奇妙な噂がとび、全人民に武装蜂起をよびかける秘密文書が流布されたとも言う。だが、本来ならば潮のように起るべき全国民的な政府の責任追及の声はその後たて続けに起った火焔瓶ごっこにそがれてたち消えになり、最高検察庁は、何の抵抗も受けずに騒擾罪の初適用によって千余名の大検挙を行った。

学生たちがこの闘争に参加して得た報酬は、先をこして行われていた民間企業の赤色追放とおなじように、各学園からの徹底的な政治的分子の追放にすぎなかった。ストライキ、メーデー、そして火焔瓶事件の責任者はすべて、譴責、停学、放校の処分を受け、同時に、その何人かは長い未決監の囚人となった。就職難と就職前の思想調査に一般学生は動揺し、推薦書をもらうための身元調査書には、政治には無関心、投票は人物本位と書くことが流行した。進歩的と称されていた教授団もまた、どこからかの圧迫を受けて、ずるずると後退し、沈黙し、自治会には解散命令が発せられ、共産党細胞ボックスは封印閉鎖された。きのう期待された前途ある青年は、今日、生涯人生の裏街道を歩むべく運命づけられた。そしてやがて内部から戦術批判が起って全く逆の方向に方針が転換されることとなるその時期の運動家は、組織からも邪魔者あつかいされ、やがて見はなされてゆくのである。

日浦の顔見知りの中では、岡屋敷と村瀬がその不運な道にはまり込んだ。学校は異なっていたが、日浦の在籍するミッション・スクールには、細胞も唯物論研究会もなく、便宜上、西村たちの大学の組織に彼女は属していたのである。日浦は、女であることと、その大学の学生ではないということで処分されることなく最後まで健在だったから、かえってその間の事情を古在や蒔田、青戸や西村よりもよく知っていた。

細胞キャップになりたての岡屋敷が連絡のために東京に行き、そのころ党籍を得たばかりの村瀬が破防法反対のストを議決した学生大会の議長を務めた責任を問われて無期停学処分に付された時、K大学××班共産党細胞は、一年前の三十余名の四分の一、わずか九名に減少していた。古在を中心とする国際派や蒔田らの近代主義者はほとんど同時に除名され、あるいは脱党し、それ以外の者も、精神的動揺がたちまち肉体の疾病となって、あるいは結核、あるいはノイローゼで入院し帰省し、やがて自然に脱落していったからだった。一人の脱落者がでるたびに、十年は忘れ得ないだろう絶望的な査問委員会が開かれ、スパイの噂が一つとぶごとに、一人の人間が事実上のスパイ行為の有無にかかわらず、精神的に破滅していった。

よくも悪しくも一方の〈親分〉であった古在の除名決定の査問委員会は、彼の論理と弁舌に傾倒する〈子分〉をひきつれての対等の討論であったから、しょせんは指導権争いにすぎぬにせよ、そこにはまだ幾らかの濶達さがあった。集中的な吊し上げは、一方の入れ代り立ち代りする本質論に相殺され、肩を張ったままの分派の一斉退場には、嗜虐的な私刑《リンチ》の余地がなかった。だが、取り残された者たち――古在らの分裂脱退が劇的なまでにあざやかだったために、主流の側が奇妙に取り残された集団という陰惨さを背負い込んでしまったのだ――その者たちの間で、脱落を阻止しようとして開かれる会合は、灰色から暗黒、暗黒から虚無にと、回を重ねるたびに非人間化されていった。細胞は感情化してしまった内訌に精力をすりへらし、繊細な感受性、自然の美、芸術の美、それらを感得しうる神経をもつということ自体が脱落の原因となるほどに、索莫とした空間に変化した。貧困そのものではなく、貧乏臭さが秘密な集団を支配した。黄色い歯、汚れた襟、汗臭い髪、破れて臭う靴下。古在のように上級党員に向かって、足と口を洗って出なおしてこい、と命令できる人間は最早なく、各人は故意に自分の体臭をかきたて、その体臭があたかも煙幕でもあるかのように、その陰に身をひそませようとした。かつては発言整理に困惑した議長は、いまは誰かに口を開かせようと躍起になり、たまさかに発言はあっても、それは吃ったり口籠ったりする呟きにすぎなかった。残ったその九人――在籍校に細胞形成定員がないゆえに賛助員として他校から加わっていたものを加えても十一人にすぎなくなっていたその細胞に、学則第九号違反による六名の放校、停学という追討ちが加えられた。ストライキ〈煽動〉の責任を問われた八名中、六名が党籍所有者だったのである。聴講権の剝奪とともに厳しい登校禁止処分をも伴った。かつての関西の学生運動の牙城には、役立たずの病人、逃げ腰の男、おろおろして為すところを知らぬ女、ヒステリックに叫びをあげるだけで人望のない劣等生、そして一層極端化した極左主義者しか無傷では残されていなかった。もう打つ手は何もなかった。分校、附属研究所、附属病院の各班を一つに集め、地区からの援助を加えても、もう〈学生大衆〉を組織し、教育し、動員する力は残されていなかったのである。

その時、突如、西村たちの研究集団、そしてそれに性格の近似する非共産系の進歩主義団体が動きだした。意外な機敏さと意外な政治的手腕で、群拠していた諸団体はたちまち横の連絡をつけ、対策委員会を組織し、八名の処分学生の処分撤回要求をもって教授団と交渉する一方、瓦解した自治会に代って統一的な学生大会を計画したのだった。

第一回の対策委員会による学生大会は、大学の校庭に敷きつめられた砂利が降りつづく雨に怪しく濡れていた梅雨期の一日、その僅かな霽れ間に開かれた。

その日、日浦は何かの用事があって、その頃人々の噂の的だった「軍事科学研究会」の会合通達が貼られた正門脇の掲示板の下に立っていた。休日ではなかったから、彼女自身、女子大には講義があったはずだが、そのころ彼女はもう、女子大の国文学の講義にはほとんど魅力を感じなくなっていた。なぜ、その掲示板の所につっ立っていたのかは覚えていない。ただ何となく彼女はそこにいたのだ。

神社のある小高い岡の方から、古在と西村がつれ立って歩いて来た。二人が背をかがめるように歩いて来た印象が鮮明なのは、まだその時小雨がしょぼついていたからだろうか。西村は袷の着物に小倉の袴をはいており、古在は不良青年がするように背広の襟を立て、袖をたくしあげていた。「やあ」と西村は童顔をほころばせて挨拶し、しかし彼女に話しかけるわけでもなく古在と肩をならべて立ち掲示板の方に目を据えた。学生大会の通知と並んで、そこには二色刷りの右翼団体の会合通知が出ていた。本会の運営は多数決制にはよらず、最終決議権は常に研究所長の手にある。発会当初から不敵な言明をして、当時、地方紙の話題を賑わしていた「軍事科学研究会」の第四次総会は「大東亜戦争の研究」だった。

「この前の会合では太平洋戦争の責任は、経済封鎖、特に石油の輸出を停止して日本を追いつめた連合国の側にある、と結論したそうじゃないか」

「そりゃ一理はあるがね」と古在が言った。「しかし、どうせまともに説得できる奴らじゃない。……しかし、ちょっと左翼が後退すれば直ぐこれだ。情けない。だが、君はまた、なぜ、この前の会合の結論を知ってるのかね」

「藤堂から聞いたんだ」

「む？　そうか、あいつは特攻帰りだからな。だが、気をつけた方がいいぜ。友情に厚いのはいいが、君自身が今度は動く決心をした以上、立場を考えておかないと、思わぬトラブルに巻きこまれたりする」

古在は掲示板をどんどんと打ち、しばらくビラを眺めてから、それをはがそうとした。

「ま、置いといてやれよ」西村が制止した。

「なぜ？」

「君がそのビラをはげば、五十歩と行かぬうちにこっちの大会通知がはがされるだけのことだ。選挙運動じゃあるまいし」

「しかし、わざと会合時間を一致させやがったんだな。岡屋敷らは何をしとるんだ。主流顔をして仲間うちだけで威張ってるのが能じゃないぜ」

「一緒に行きますか？」と西村は日浦にはじめて微笑みかけた。「ただし傍聴席で傍聴するだけですよ。あなたには発言権も投票権もありません」

詰襟姿の学生達が書物を重たげに抱え、部厚い眼鏡の奥に目を瞬きながら出入りしていた。例外なく、屋上の時計台をちらりと流し目に見ながら。その日、煉瓦造りの校舎全体が遠い夢の国の寺院のように見えた。

大講義室で実際に会合が開かれる頃には、細かい雨が再び窓硝子を濡らしはじめていた。傘の用意をおこたった学生たちが首をすくめて校庭を駈足する。掲示板やプラカードは、軒下に積み重ねられ、あるいはそのまま棄てておかれて濡れそぼった。新委員によるその大会は、無理には人々の参加を強制せず、ただ成立定員のそろうまでじっと待つだけだった。理性と良識に話しかける以外の何事もなさない。それは立派すぎて現実性に乏しい申合わせだった。だが壇上に居並ぶ新委員たちは一様に頑固に瞑目して坐っていた。しかしそのように手をこまねいていて果して法的に効力をもつ会合を成立させうる会員が集まるだろうか。何程かの無理、強制、煽動がなければたった一つの運動も生れないのがこの世の慣わしではないのか。事実、小心で勤勉な学生たちは会場前のビラを流し目に見ておりながら、次々に離散していった。同じ問題に悩む他の大学から派遣された陪席員たちの方が、かえっていらだった。

もの珍しそうに下手のドアの方から会場を覗き込み、奇妙に深閑とした内部の雰囲気に、安心したように立ち去ってゆく下駄履きの学生。香水の匂いを漂わせながら一たん入場した文学青年らしいベレー帽の学生は、そこにいる顔見知りの二、三人とひととき冗談を飛ばしあってまた出てゆこうとする。たまりかねた末席の岡屋敷がその男の出場を阻止しようとした。

「おれは、こんな阿呆らしいものには出んよ」

ベレー帽の男は虚無的な高笑いを残して立ち去った。

「議長！　新対策委員の不信任動議を提議したい。本日の大会の準備委員たちには、果してこの大会を成立させようとする熱意があるのか」

　不要な摩擦を避けるという主旨から、対策委員からはずされていた岡屋敷がその憤懣をこめて絶叫した。各自、書物を開いて開催を待っていた学生たちが、愉快そうに岡屋敷を振り返る。書物に目をおとして、冷静に会の開かれるのを待っているように見えた男達も、実は退屈していたのだ。

「まだ議長は選出されておりません」学者肌の青戸が冷たい口調で対策委員席から答えた。

「今しばらく待って下さい」と西村が、岡屋敷にではなく、学生たちに向かって弁明した。「専攻によって、まだ講義を行っている科があるようですから」

「受講している連中には、今日の会合通達は徹底しているのか！」岡屋敷が追及した。

「本日、朝、念のためあらゆる教室の黒板に、その旨を書いておきました」

「最初の時間の教授が、それを消してしまえばそれまでじゃないか」

「今日一日、消さないで欲しい旨、注意書きもしるしておきました」

　答えている西村の姿を、古在が複雑な表情で見あげたのが印象的だった。出校停止を命じられているはずの村瀬が、その目立たぬ容貌を伏せて入ってきて静かに末席についた。もともとは西村たちの研究会集団に属していて、割り切れないものの価値もわかる人柄だったが、いまは皮肉にも、彼自身が割り切れぬ形式的責任をとわれて停学処分を受けていた。岡屋敷が東京に赴いていなければ、処分対象は当然村瀬ではなく、岡屋敷であるはずだったのだ――

会場に電灯が灯される頃になって、ようやく定員数を僅かに上廻る学生たちが集まった。大講堂は、中央部の床が崩れおちていて、列べられた机はすべてその陥没部の方に傾斜し、参加者たちは自然中央部を避けてみな壁際に集まっていた。汗と脂と、そして群衆の臭いが、煙草に混って立ちこめている。大会は講義台わきの戸口を除く総ての扉と窓を閉ざし、完全に外界と遮断された。青戸が議長に選出され、議長は会の昂奮をはぐらかすようにことさらに事務的に発言し、各専攻別の経過報告と、犠牲者をだしたストライキ闘争の批判を促した。従来、大会の指導権を握ってきた岡屋敷たち、そして村瀬ら犠牲者自身にとって、それは耐えがたい退嬰的な会の運びだったろう。教室全体が忽ち騒然となった。

新しい方針を協議する以上、感情をこえて前回の闘争形態を反省するのは当然のことなのだが、岡屋敷や村瀬たちにとってみれば、批判さるべきは徹頭徹尾、大学当局であり、大学当局に圧力をかけ続ける背後の人民奴隷化・戦争挑発勢力であり、内部批判は直ちに利敵行為につらなると考えられる。大局的には味方であり友であるはずの立場は、かえって、しばしばその近接性ゆえに激しくいがみ合う。結局、会合が従来の運動の批判から出発することに大勢が落ちついた時も、すでに批判は必要以上に刺《とげ》を含むこととなっていた。

「この前、大会でスト賛成の投票をしたうちの何人が本当に活動したか。国文科の学生はあたかもそれが英雄的行為であるかのようにスト破りをし、デモ隊が警官に蹴ちらされるのを、ある種の人間たちは喫茶店の二階からお祭り見物のように傍観していた。あるいは下宿でのうのうと〈幸運な休暇〉の惰眠を貪り、ある者は帰省やアルバイトの必要を口実に逃避した。これが認識者のとる態度か。仮りに近頃流行の第三の立場がありうるにしても、あり得ると信ずるならば、なぜそれを大会の席上で堂々と主張しなかったか」

自分の語調の烈しさに押されて発言者は一層激昂し、また怒り得ることの純情さを讃えるように拍手が起った。

岡屋敷が次に立って苛らだたしい口調で、処分撤回要求のためには無期限ストをも辞さぬ決議を表明すべしと要求して却下され、古在が奇妙に逆説的な表現で犠牲者救援会の強化を提案した。……闘いには犠牲はつきものであり、現在の情勢下において闘うことは敗北することである。救援会組織はそれ故にいま恒久化する必要があると。人々は疲労し、次々と出される動議の、討議、採択、議決、具体化方針、委員選出に徐々に投げやりな調子が加わっていった。そして閉会間際、傍聴だけでも充分に疲れていた日浦が、半ば放心し、どんな会合の終りにも必ず起る厭人的な気分におちこんでいた時、不意に、今後一週間以内に、この会で決定された諸要求を大学側が認めないときは、ハンガー・ストライキをもって、われわれの要求を貫徹し、当局に反省をうながすべしと誰かが提案した。すべての出席者が、新しい学生代表と教授団の仲介に期待を寄せていたにせよ、その要求が一方的に認められると楽観していたとは信じられない。だから、一週間の間に学生側のすべての要求が受け入れられるなどということは考えられないはずだった。とすれば、今まで細々した修正意見にすら慎重審議を重ねた会議が、簡単に過激なハンスト提案を投票議決に付したのは、明らかに青戸議長および西村たち司会側のミスだった。しかも奇妙なことには、その発案者が誰であったのか、発言の前に必ず所属学部と姓名を名乗ったはずであるのに、後になって事柄の重大さに愕然とした時には、誰も記憶していなかったのだ。記録にも見えず顔も解らず、往々にして何かの事態が大きく旋回する時にふと現われる影のような気配で方向が決ったのだ。散会の直後には、要するに、問題が一週間後に持ち越されたにすぎぬという程度にしか皆は考えていなかった風だった。その日の会合準備委員たちは、会場で決った専門委員に事務引継ぎをした安堵感で気をゆるめ、質素な晩餐の会につれ立って赴いた。その会には同じ方向に帰る日浦も誰に誘われるともなく従った……

打ち続く会合の場は、細胞ボックスから西村たちの研究集団の部屋に移り、その頃、どこの大学の学生か我ながら解らなくなっていた日浦は、古在の指導する救援会の賛助員として毎日、西村たちと顔を合わせた。ある別な任務が日浦には秘密裡に課せられていたのだが、日浦自身すら自分の役割に気づいてはおらず、結局、政治に不慣れなお人好しにすぎぬ西村たち〈社会民主主義者〉も勿論、それには気づいていなかった。一日たち、二日経過し、そして四日目ごろから、学校側との交渉委員や自治会の再建委員の出入りがひんぱんになり、西村たちの集団に焦躁の色が加わった。学園新聞は交渉不成立の時になさるべきハンガー・ストライキについて華々しく予報する。だが毎週、週日半ばに開かれる教授会は有志教授の働きかけにもかかわらず、いったん決定された処分の再審議を否決し、学生部長や補導委員も、定例会議を悠長に待って、いつも問題保留で決定をのばした。処分反対の署名簿の数はふえたが、懲罰委員会の処分理由掲示は、あらためられることなく掲示板にかかげられたままだった。学園は学問研究の場であり、過激な政治運動は学生の本分にもとる。当局の勧告を無視し、告示第九号によって禁ぜられたストライキの議決は、〈悪意〉をもってする告示違反たることは明白である。それゆえに左記の八名を下記の通り処分する……

処分問題の根底に横たわる破壊活動防止法案に対しても、学生部長の、私人としての反対意志の表明が伝えられはしたが、学園新聞にはまた、補足して、「私は国家公務員の一員であり、諸君は国立大学の学生である。ストライキ禁止の学則は、いかなる場合においても守られねばならない」と談話が発表された。私立大学には、教授団有志の名で破防法反対の声明をだす動きもあったが、それは、日を追って増す村瀬らの被処分者の動揺も、西村たち対策委員の狼狽をも救いはしなかった。一週間の期限は近づいたが、解決の見透しはたたず、満場の拍手で議決されたはずの、万一の場合のハンガー・ストライキに進んで参加を申し出る者も現われなかった。新交渉委員たちの教授に対する個人的信望も、所詮は政治的な力ではなく、人々の無関心と好奇心の前に、その日は無慈悲にやってきた。その午前、窮余の引き延ばし策に、青戸たちが招集した第二回学生大会は正式には成立せず、前回最終議決は今は、いやでも従わねばならぬ既定方針となった。いくぶん退嬰的ながらも、問題を学内に限り、限ることによって、学問と思想の自由を真向におしだし、また当局側の学内自治の主張を逆手にとって処分の不合理をつくはずだったその運動は、より過激な泥沼の争いにみずからおちこんでいったのだ。そして実際にハンガー・ストライキに入ったのは、処分者一名を出していた学部内で最も定員の少い、つまりは目だたぬ学科の、非政治的誠実の持主一名、従来学内運動には参与していなかった孤独なヒューマニストと思われる××語学専攻の学生一名、そして責任感の権化のような西村の三名にすぎなかった。保健所の医師はハンスト開始まえに既にそのうちの二人に思いとどまるよう勧告した。一人は神経衰弱的傾向が甚だしく、西村の体重では素人目にも危険は明白だったからだった。

かくて事態は別方向に発展し、個人的感情と責任意識、責任感と闘争精神とがまた奇妙に錯綜した。学生運動を常に一部学生の煽動と考えることに慣れていた教授会は今回の処分撤回運動の意外な顔触れに驚き、青戸ら大会司会者らは決議の空文に終らなかったことに安堵するとともに、加重された責任にほとんど真蒼になった。上部からの命令によって動くことに慣れていた細胞は、自由意志にもとづく彼ら三名の行為の理由が解らずポカンとし、村瀬は複雑な視線で岡屋敷をみ、岡屋敷は、「誰もやらなきゃ、おれひとりでもやるつもりだった」とぶつぶつ言いながら、極端なはねあがり的言辞をろうしはじめた。蒔田は紛糾しだした人間関係の環から病気を口実に遁走し、古在はむっつり考えこんで不機嫌になった。だが、いったんはじまってしまった事態は、内部や同伴者の隠微な反目を超えて、転がるべき坂を、雪だるま式に膨脹しながらごろごろと転がっていった。「自覚された必然性」のそれが皮肉な幕間劇ででもあるかのように。

日浦は家から、自分の学校ではない大学の総長室前まで、ハンスト者のために毛布を運び、母校で学友からカンパを集め、気をゆるめれば頭をもたげる不快感と疑惑を強いて押し殺して〈活動〉した。

当時、労働争議にもハンスト戦術はまだ珍しく、学内の紛争解決の手段としては、日浦の知るかぎりでは、戦後の例も皆無だった。新聞は、夏枯れ前の社会面記事に飛びつくように集まり、教授たちは驚愕して、教授側の交渉委員を選び仲介に乗り出す一方、非合法手段を中止さすべく勧告に赴いた。書庫の中、研究室の平和な雰囲気のうちに齢を重ねた教授たちは、乏しいポケット・マネーで牛乳とパンを買い求め、久しく書物以外には荷物を持ったことのない痩せ細った腕にそれをかかえて、ハンスト現場におとずれた。

「どうか、この牛乳を飲んでもらいたい。君たちの要求のすべてを受け入れることはできないにせよ、君たちの期待には必ず私たちの誠意をもって答える。十全の努力をもって学長とも懇談することを約束する。だから、こんなことはやめなさい」

奇妙に痛々しい面会が何度か繰り返された。最初、ハンスト者を励ます坐り込みが多かった間は、共産党細胞は、交渉委員の指導権を奪回することに精力を注いだ。活動の主導権を、微温的な〈社会民主主義者〉どもに握られていては、いちばん多くの犠牲者を出している組織の要求が、最後までつらぬかれずに適当に妥協されてしまう恐れがあったからだった。放校者をも交えた細胞の会議がその強硬方針を決定していた。秘密な会合の席では、キャップの岡屋敷は狂気のように、未熟不徹底とは言え、むしろ感謝すべき青戸ら学生側交渉委員を罵り、細胞員の奮起をうながし、あるいは、潜入策に没頭した。だが、坐り込み部隊が疲れて人数がへりだしてから、細胞はもう一つの方面を監視しなければならなくなった。それは、教授との個人的なつながりの深いハンスト者が仲介教授団の勧告を入れて、独自の判断から、あっさりとハンストを中止する〈危険〉があったからだった。自己自身に忠実であることを至上命令とする彼らは、説得がもし高度な論理性をもち、吟味の末、自己の論理以上の体系を相手がもつものと認めた時、容易に屈服する。しかも、近代主義者たちは、それを屈服とは意識せず自由とみなす。だから交替で、教授側の説得を粉砕する監視役が必要だ。いったんハンスト戦術を採用した以上、十全の効果を獲得するまでは、死の危険が彼らを襲う以外の理由によってそれを〈自由〉に停止してもらっては困る。いや、たとえ少々の犠牲はあっても、組織の建てなおしのためには目をつむるべきだ。蚤がぴょんぴょんとはねる岡屋敷の下宿で開かれた秘密な会議の後、日頃は彼女を白眼視していたはずの岡屋敷が珍しく鄭重に日浦を物陰に呼んで依頼した。

「明日から、しばらく学校は休んで、西村につきっきりになってもらいたい。意味は解るね。何かある時にはおれがすぐ行く」

その後、学校側と学生代表との交渉がどのような紆余曲折をたどったかは日浦は知らない。日浦の報告の代償に、岡屋敷が漏らす経過は、青戸が西村たち三人を見舞って西村に耳打ちする話とは驚くほどの懸隔があった。その懸隔の信じがたさだけではなく、以後西村に付添った僅か三日間のあいだに、日浦の精神は、過去二、三年の無理に無理を重ねた〈方向〉から悲しげにそれていった。お嬢さんの遊戯と罵られながら、必死に家庭に叛き、違った世界、新しい真理を求めて歩んでいたはずの彼女は、不信と徒労の末むくわれぬ愛着に悩む平凡な女へとおしもどされてしまったのだ。

赤い絨毯の敷きつめられた総長室前の廊下。開かれぬ無人の扉の前に毛布が敷かれ、昼間も灯されたやわらかい電灯の下で、世界から見離されたようにハンスト者は坐っている。一人だけ飛び抜けて元気な人物がいて、彼は林檎箱を前に、どうしてもせねばならぬというアルバイトの筆耕を清書している。神経衰弱気味の一人は時折り難解な哲学論を喋りだし、相手かまわず相槌を求め、喋り疲れると、持ち込んだ部厚い原書にぼんやりと顔を埋めた。坐禅僧のように足を深く組んだ西村は、終始寡黙で壁に背を凭せ、交渉の進展にも徐々に興味を示さなくなっていった。時折り、粗末な水さしの方に手をのばしかけ、その自分の手を喰い入るように凝視し、何か過去の幻影とでも語らいあうように一時、声低く独語しては手をひっこめた。

「腹の皮が背骨にくっついた」剽軽な神経衰弱が叫ぶ。

「静かに横になってないと余計に疲れるぞ」

自分はアルバイトをやめないしっかり者が、槓杆《てこ》でも動かない自信に満ちた声でたしなめる。新聞に名前の漏れるのを警戒して、互いに顔見知りのはずの相手の姓をすら、三人はほとんど呼び合わなかった。

人目に立たぬよう気を配りながら、日浦は時折り、立ちあがって毛布の上を清掃した。時間を計ってビタミン剤や葡萄糖を注射するのも彼女の仕事だった。だが西村は自分でするからとそれを拒絶し——最初は気づかなかったのだが、結局、西村はポケットに蓄めるだけで自分でも打たなかった。ワイシャツを取り換える時、日浦は西村の無駄に蓄められたポケットの注射液に気づき、はじめ美味しい菜を後に残す子供の仕種を見た時のようにおかしくなり、ひやかそうとして西村の憔悴した顔を見て、ぞっと悪寒が自分の背筋を走るのを覚えた。当然許される水をすら、西村はことさらに飲んでいないことに気づいたからだった。

労働組合や他の大学の自治会からの激励班が訪れ、誇大な檄文を読み、報道関係者が携帯梯子の上から写真撮影をしようとして悶着を起した。連絡や偵察員、そして物見高い見物衆がどっと一時におしかけてはハンスト者をいらだたせる。そして型通りの健康状態への忠告が終ると、傍観者の好奇心は付き添っている日浦に集中した。日浦は、その視線を避けるために、まだ新しい瓶の水をまた化粧室まで汲みかえにゆかねばならなかった。やがて人の潮が退き、空しい靴音が階下に消えると、西村たちはふたたび凝固したような各自の孤独の中に戻っていった。

付き添った一日目には彼らはまだ饒舌だった。だが二日目、もともと脂肪のないインテリの頬が目に見えて窪んでゆく頃から、〈大衆の輿望を荷っている〉はずの三人は、それぞればらばらな存在に還元されていったようだった。看護人面をして、実は監視している日浦の目には、痛々しい明瞭さで、三人それぞれの内面の葛藤が読みとれた。それに応じて彼女自身の果している役割が絶望的な重荷になり、目には見えず瞭《あき》らかに感じられる三つの〈悲惨〉を前に、彼女の精神もいつしか崩れていった。……もう厭だ。もう厭だ。早く終ってほしい。早く決着がついてほしい。

既定処分者の処分の全面的撤回は不可能である。だが無期停学処分者の速やかな学校への復帰と、悔悟による処分切り下げは考慮する。なお今回の処分反対運動者の追処分はしない。——仲介教授団が出した妥協案は、ついに交渉委員に加わることに成功した岡屋敷ら学生側の委員に蹴られた。全面撤回を約束するまで、われわれはハンストを解かないであろう、と。古在を責任者とする救援委員会は独自の立場から交渉を継続、青戸ら学内団体連合会は再び学生大会を招集して教授側と妥協案の協議を計画、教授団はまた単独にハンスト者に最後の説得をすべく、夕刻、総長室まえの廊下を訪れた。日浦が付き添って三日、ハンスト開始より四日目の夕刻である。

ハンスト者が所属する学科の主任教授と仲介教授団代表は、声を低め、直接ハンスト者に語りかけようとした。だが、知らせを受けてかけつけた岡屋敷が、大声をあげて教授たちを罵った。

「あなた方の三百代言は信用できない。ハンストを解けば事態はまたもとの姿に逆行する。誠実をもって、善意によって……そんなキャッチ・フレーズは聞きあきた。事実を示せ！　書類を手渡せ！」

「もう一度言ってみたまえ！」

頑固な古典主義者ながら、その誠意ある人徳で学生達に思慕される某教授が激怒した。

「私どものどこが三百代言か。教壇生活に入ってからこの方、少くとも教え子たる諸君、若い友人たる諸君に向かって、ただの一度も偽りを言った覚えはない。撤回したまえ、謝罪したまえ」

にやにや笑いながら、するするとすり抜ける官僚や資本家に対し慣れた岡屋敷たちは、文字通り烈火のように憤る教授に度胆を抜かれて放心した。

岡屋敷は三百代言とののしったけれども、古在からの連絡によれば、その教授こそは事態収拾に苦慮して夜も眠らず、食事もとらず、実際上、その状態はハンスト者と変らないとのことだった。事実じっと立っているのも苦しげに、魁偉な体は前後に揺れていた。目は真赤に溢血し、病的な青筋が眉間に走っている。人影に隠れたまま、西村の方をそっと窺った時、依然として坐禅を組んだまま、暗がりの方にそむけた西村の顔にうっすらと涙が流れているのを日浦は見た。西村が好んで口にする「すべての基礎なる人間関係」なるものの――日浦たちの学校の優しく上品ながら常にとりすましている師弟間にはない――それが一つの人間関係の具体的な姿だった。一方の激怒と、一方の顔をそむけた沈黙とが……

岡屋敷が謝罪するか、それとも教授方が学生たちを見棄てて立ち去るか。異常な緊張のもとに長い沈黙の時間が過ぎた。たまりかねて誰かが……誰がいったい何を言おうとしたのだったろう。だが明瞭な言葉になる前にその場を一層混乱させる珍事が起った。絨毯をひきずるドタ靴の音がし、泥酔した一人の相当に齢をくった学生が、そのとき殴り込んできたのだ。素面の時はおそろしく優しい、そして酔えば酒乱になる顔見知り、それは藤堂だった。

「やめろ！」と教授たちの間をかきわけて出ると藤堂は叫んだ。「もう戦争は終っている。もう特攻隊精神は充分だ。西村、西村はおるか」

今度は教授たちがあっけにとられる番だった。

「何だ貴様は！」と岡屋敷がどなり返した。「学生大会にも出席せずに、今さら大会の決定になんくせをつける気か！」

「君に言っとるんじゃない。西村は何処だ。出てこい！」藤堂はよろよろと護衛するようにハンスト者を囲んだ人垣をかきわけ、顔をそむけた西村の前に立ちはだかった。

「君がどういう心算《つもり》でこの行為を選んだのかは知らんが、観念的劣等感もほどほどにせい。みずから好んで窮地にはまり込み……そう、限界状況とやらをことさらに経験して何になるんだ。心理家の君のことだ。軽はずみに正義顔をして、次の時代にはわけのからん真実ちゅう奴に復讐され、理由も知れずに自信も誇りも失ってゆく人間がどうなるかぐらいは知ってるはずだろうが。それとも、このおれみたいな傷だらけの大酒飲みになりたいか」

「黙れ反動!」と岡屋敷が藤堂をつき飛ばした。「きさまが大袈裟に吹聴するような贅沢な傷だけしかこの世にないのなら、われわれは何も苦しみはせん。正義や真実にすら縁がなく、一生動物のように這いまわらねばならん人間が無数にいることを知らんのか。目に見えない真綿で首をしめあげられ、そして少数の人間の都合で、危くすればまたわれわれも戦場に狩り出される。一つ一つ、その準備を売国奴らは整えようとしている。一歩譲れば一歩墓場に近づいてるんだ、われわれは」

「戦争、平和、戦争、平和、平和のための戦いに、自由のための闘争、ああ、おれはもう沢山だ」駈け込んできた時の見幕を急に失って、藤堂は西村の横に坐り込んだ。「おれはもう正義の名を口にはせん。生き残って帰ってきた時、そう決心したんだ。しかし、なあ西村よ、正しいか悪いかはおれは知らんが、分際を超えた無理をして、ろくな結果は生れてきやせんのだぜ」

「この男、酔ってるんじゃないのか」ハンスト者の一人がはじめて気づいたように言った。

「いい匂いをさせやがるなあ。おれなんぞは、彼が廊下に現われた時から、空っぽの腹が鳴ったぜ」別の一人が小声で歎いた。

「目まいがするよ、実際」

「君たちは昂奮しているようだ。いったん私どもは引きあげる。真に君たちの意志を代表できる少数の者と懇談したい」教授が言った。「しかし先刻の暴言は絶対に許しませんぞ」

「後程、それは謝罪にゆかせましょう」一番元気なハンスト者が立ちあがった。「しかし代表は学生大会が選んだ交渉委員以外にはありません」

「わかった。君達の友情の厚さは認めるにやぶさかでない。また今回の君たちの行動は従来の騒動といささか性質の違ったものであることも大体解っているつもりである。だが、君たちがハンストという手段をとったことは、みずから自分のヒューマニズムを裏切るものであるということを反省しておいてもらいたい。最も基本的な人間の権利の、それは全く自己放棄であるからだ。君たちが本来の誇り高きインテリゲンチャの姿に一刻も早く立ち戻ることを希望する」

　藤堂は反応のない西村になお暫くぶつぶつ繰り言を囁いていた。真理や論理や情勢など、客観性をより多く含む語彙は使わず、勇気や親切や苦悩など、より情緒的な言葉を使うのが日浦に聞えていた。だが呂律の段々と怪しくなる話の全体は日浦には聞えなかった。酒を飲めば、藤堂とはいちばん気のあう岡屋敷が、その日は苦笑しながら藤堂をひきずりだした。あつかい方を一番よく知っていたのだ。

「貴様とは今日かぎり絶交だぞ」

「へんだ。出来るならしてみやがれ」

階下に降りてからも、二人の諍いがまだ聞えてきた。ひときわ大きく藤堂が叫ぶ。

「なんなら、御立派な共産党員が、遊廓で女郎相手にどういう泣きごとを言ったかを喋ったろか、みんなの前で」

鈍い物音が階下の庭の方から伝わってくる。二人は動物的な叫び声をあげながら殴り合いをはじめたらしかった。鉛のように重い、しかも空虚な笑いが残された者の間に起った。

足かけ五日目、またしても降り始めた雨の中へ、古在が日浦をよび出した。奇妙な相々傘のまま、古在が日浦に組織への裏切りを懇請した。

「君がどういうわけで西村に付き添っているのか、青戸たちは気づいていないが、おれには解る。それを知った上で、君の立場が困難になるということも百も承知の上で、折入って頼みがある」前置き抜きで古在は言った。

「お話の内容をうかがわなければ、なんとも答えられません」

「もし君が不承知であった場合、おれの方の立場が完全になくなってしまう……神に誓って口外せんでもらいたいなどと、われわれ唯物論者が言うわけにもいかんしね」

雨の中を郵便配達夫が自転車で走り、大学の白ナンバーの自動車が泥を二人にはねつけて走り去った。校庭は深閑として静まりかえり、どこかで校舎を修理する物音が、薪割りのようなのどかなテンポで響いてくる。

「聴いてくれますか？」

「食堂へでも行きましょうか？」と日浦は言った。

「いや、こうして歩き廻ってる方が、かえって人目につかなくていい」

接近するのを避けた日浦の肩は、雨が肌着にまで浸透していた。西村とは違って、古在は、隣りの者が濡れていても、それがまた女性であっても相手が何も非難せぬかぎり、自分が有利な位置を占めて平気だった。

「断わってもよろしいんですのね」

「ああ、それはあなたの自由だ。だが、引き受けてくれるなら上手《うま》くやってもらいたい。しかも急を要する」

日浦は何も聞かない先から小刻みに震えた。

「西村を、誰にも気づかれないように連れ出して、ある所に隠してもらいたい。一時間後、自動車は裏門前に停車させておく。西村の衰弱は相当にひどいし、今度は本当に看護してもらいたい」

「病院へつれ出すんですの？」

「いや、おれの下宿がいいだろう。病院ではすぐ発見されてしまう」

「どうして、そんなことをするのよ？」

「昨夜、ある人物と約束をしてきた。今日中にハンストは解除するとね」

「処分撤回運動の方はどうなるの」

「それは、ある人物が職を賭して収拾してくれることになっている。撤回は現実的に無理だが、短い期間に処分は解除される」

「交渉委員は知ってるの。それに岡屋敷さんは？」

「青戸だけが知っている」

「ある人物って誰？」

「それは言えない」

「男の約束だから？」

「前近代的なようだが、まあそうだ」

「ボス交渉ね」

「まあ、そうだ」

「信じられるの？」

「うむ」

「でも、どうして私に頼むのよ」

依頼をすらすらとのみ込む印象を与えるのを恐れて、日浦は、はかない反抗をした。

「あなたを信頼するからだ」平然と相手は答えた。図書館の前まできて、古在はしばらく考え込み、しかし、やはり内へは入らず雨の中をもとの方向にひき返した。

「私が食事に行ってる間にでも、何故あなたが連れ出さないの。もし私に対しても思いやりがあるなら、そうするのが当然だったでしょうに」

「人手がいるんだ。おれだけでは足らないんだ」

「青戸さんがいるでしょ」

「青戸には交渉委員を説得し、もう一度大会を開かねばならぬ仕事がある」

「あなたは？」

「残ったハンスト者を説得し、場合によっては真相を秘めたまま、新聞に西村の容態が変化したと発表してから、ある人物と具体的協議に入る」

「完全な裏切りね」

「何に対して？」

「わからないふりをなさるの」

「いま問題なのは戦術だ。ハンストだって一つの手段にすぎない。だが政治的手腕になれない連中は、危くすると本当の悲劇にもちこみかねない。本質的悲劇にね」

「もう、その悲劇ははじまってますわ。わたしには解る」

「たとえ、一部踏み込んでしまったにせよ、まだ戦術論的に解決する余地はある。そして、遅まきながら、より有効な手段が発見された以上、早急にそちらに切り換えねばならない。それがどうして裏切りかね？」

「あなただけのことを言ってるんじゃないのよ」

「む」

「あなたの思惑通りに仮りに事が成就したとして、それから、わたしは一体どうなるの？」

「…………」

「何故わたしを、今度に限って信頼したりするのよ」

「…………」

「あなただけじゃない。岡屋敷さんだって、そうだった。今まで、わたしの存在、わたしの希望、わたしの発言を……今はあなたはもう脱党したけれど、一度だって信頼してくれたことがあって？　カンパばかりさせて、わたしにわたしの創意を生かせるような責任のある仕事をさせてくれたことがあって？　それに掌を返したように、なぜ急に信頼しはじめたのよ」

抑えていた不満と悲哀が不意に噴出し、そして、その噴出が同時に迫られる行為の重大さへの恐怖を生んだ。いや事柄そのものではなく、後に彼女が蒙らねばならぬ、幾度もこの目で見てきたあの恐ろしい吊しあげの有様が……

「なぜなのよ」彼女は思わず叫んだ。

「われわれはもう子供じゃない。不必要なことを言わせたり言ったりするのは、事態を混乱させるばかりだ。そうだろ」

「身勝手な、身勝手な人達ばかり……」

「そう純情無垢な乙女のように歎き給うな」

「わたしが純情じゃないみたいな言い方ね。失礼だわ」

「いや、こういう世界に足を踏み入れた以上、われわれ全部の者は穢れているという意味だ。失礼だったら許して下さい。それで、結局、引き受けてくれますか?」

「ひどい、ひどい……」

「保健所の医者も警告を発している。今日が恐らく彼らの肉体的限界だろう。もし痙攣現象でも起れば、おも湯を食って二、三日静養すればすむというわけにはいかなくなる。そうでなくても、西村は虚弱体質だ。おれの思惑と、あなたは今言ったけれども、これは成功しても、決しておれの名誉にはならない。名誉にならないどころか、おそらく……。だが後はどうあれ、今なら多少のことは出来る。おれと肩を組んでくれる人も幾らかはいる。この大学での奸智の出し終りだ、これが。卒業論文の期限が近づき、就職試験でも始まれば、組織を離れた人間の連帯なんてものははかないものだ。あなたに言うのは自己矛盾みたいなものだが、おれは西村のためにも、この方法が一番いいと思う。答えてほしい。イエスかノーか」

「つれ出す人が西村さんでなきゃならない理由があたしには解らない」はかない抵抗を日浦は繰り返した。「衰弱、困憊なら程度の差こそあれ、三人とも同じことでしょう。なぜ、西村さんを選ぶの」

「考えねばならぬことが山ほどあることはおれも知っている。勿論まだ誰にも言っていないから、西村の方が拒絶するかもしれない。だが、あなたが西村に頼んでくれれば、西村は従う。そして、それが事態全般の収拾に一番いいことなんだ。闘争はどんな種類のものであれ、引き際が大切だ。不合理な学校側の処分に全学生……とまではゆかなくとも主義主張の違う多くの人々が怒った。だがもし、その正当な怒りを恒久的な抗争の手段に切り換えようとすれば、支持は必ず薄れてゆく。岡屋敷が対策委員会で主張するように、一人が倒れれば一人がまた新たに加わればよいというのでは、批判は、逆にその闘争の形態に向かうだろう。それは目に見えている。しかも、実際に、誰が新たに加わるだろうか。今が潮時だ。世間の同情も学生側に集まっている今が引き際だ」

「わかってます。わかってるわよ。わたしはこれで足かけ三日間、食を絶った人々の衰弱につきあったんだから。でも、あなたは、わたしの質問には答えてない。なぜ、沢山いる人の中で、わたしが……」

「かつて授業料値上げ反対のストライキの時、処分されたおれのために西村は、方法は正しくなかったにせよ、尽力してくれた。おれにはいま西村を見すてて安閑としていることはできない。それにあの男は何か奇妙な想念の持主だ。同郷、同窓で中学時代から知っているおれにもまだよく解らない、何か恐ろしい自己否定の想念を内部に飼っている。理由はよくわからんが、今度の決意にしても、人々が考えているような動機、責任感や村瀬への友情だけで参加しているんではなさそうだ。彼は確かに何か、不可能なことを試そうとしている。放っておけば危いのは肉体だけではない。いま手を打たなければあの男はきっと破滅する。限界線を超えない前に、彼の苦行をやめさせねばならない。そばについていた以上、あなたにもそれはわかったはずだ。彼の想念の秘密を問い質《ただ》しておかなかったのは、友人としてのおれの怠慢だが、今それを悔やんでも仕方がない。あとのことだ。な、頼む。大義名分論は聞きたくないというのなら、個人的に頼みたい。彼がおれの提案に従ってくれた場合も、彼を危険な孤独に陥れない配慮からなんだ。それにはあなたが一番いい、わかってくれますね」

「女の気持を……、女には、どんな境遇にせよ、どんな立場にせよ、そうした計算を離れた所で育てたい感情があるのよ。それを岡屋敷さんは利用し、またあなたは利用しようとする」

「利用ではない、頼んでるんだ」

「わたしの言うことに西村さんが従うって、どうしてあなたにわかるのよ」

「わかるんだ。それが、なんとなしに」

古在は生硬な論理の仮面を脱いで、不意に胸につきさすような情緒的な言い方をした。それを言ってしまってから、古在はもう強いて弁じようとせず、一歩はなれて傘から出ると、柵を越えて芝生の中にある小さなプールの側に立った。雨は藻もなく魚もいないプールの水面に小さな波紋をつくっている。迫られた決断を少しでも引きのばそうとするように、日浦の視線は、芝生からプールへ、プールから楓の樹へと揺れ動いた。

はるばる越え来し山河、幾千里……

どこかで、誰かが、当時流行のロシア民謡を歌っていた。

ここは遠きブルガリヤ、ドナウの彼方、
ここは遠きブルガリヤ、ドナウの彼方、

古在は一時、その遠くからの歌声に合わせて口笛を吹き、不意にやめて、雨に打たれながら日浦の方を振り返った。

「じゃ」

意外に無邪気な微笑を洩らすと、古在は日浦をふり切って、学部の方へ駈けていった。幾度も同じ歌詞を繰り返す、事務員たちの合唱練習らしい歌声を耳にしながら、雨の日に日浦は立っていた。あと一時間。その内に態度を決定しなければならない。小さな選択。しかし、選択という言葉を何度か使っておりながら、実際には、それが彼女のはじめて直面した選択の場だった。目に見えぬ心理の拷問が続く。ぐらぐらと対極から対極へと揺れながら。楓の樹がそのとき、雨に濡れた地面にゆっくりと倒れる幻覚を日浦は見た。

足もとをふらつかせる西村が、階下にある手洗場へ汗をぬぐいに出るのに付き添って総長室前を離れ……そして日浦は西村とともにそのまま〈戦列〉から姿を消した。西村には何も説明せず、「もう行きましょうよ、ね」と言っただけだった。西村もまた黙って頭を縦にふり、日浦の傘に保護されて校門を出、自動車は雨の中を何事もなかったように疾駆する。時折り警笛を鳴らし、硝子にふりかかる水滴をワイパーでパタパタとはらいながら。平和な街並みは曇った窓硝子の背後に流れ、はじけた小石が車体の底部にあたる小さい物音がした。

古在の幾分贅沢な下宿に着くと、既にベッドとおも湯が用意され、彼女の先輩に当るという教養のありそうな内儀が、すべてを心得たように物静かに西村の世話をした。カーテンをひいて薄暗くした部屋の中で、ベッドに横たわった西村は、枕許におも湯をおかれると、腹ばいになって無言で碗を手にとった。はじめは恐る恐る、おも湯の表面を吹きながら、しかし途中から残飯に首をつっこむ野良犬のように西村はがつがつとそれを食った。一碗食べおわり、お代りをし、二碗食べおわり、そして西村は悪事を悟られた子供のように、自信のない、何か狡そうな眼付をして日浦の方を盗み見た。次の瞬間、獣のような悲鳴をあげると、彼はやつれた頰に涙をぼろぼろこぼしながら口を手で覆って嘔吐した。覆った手の間から、全く消化されぬままの液体が、今食べ終った碗の中に、清潔な枕の上に、そしてシーツと畳の上に散らばった。そばにあった新聞紙を持っていざり寄った日浦を邪慳にはらいのけ、西村は、体を蝦《えび》のようにまげ、口から鼻から、胃の中の液体を吐きに吐いた。髪をふり乱し額に汗を滲ませ、顎を前につきだして醜く喘ぎながら。全部吐き、吐き物に黄色い胃液と胆汁が混っても彼の痙攣はやまなかった。

二日後、事件は古在の予想通りに結着し、人々は学内紛争の歴史のうちで稀に見る成功をおさめた運動だったと評価した。八名の破防法反対スト責任者は間もなく処分を解除され、学校側は処分反対運動の責任者、そしてハンスト参加者の追及もしなかった。学園は一応平静に戻り、細胞は最低限度の小康状態を回復した。ただ、日浦はもはや西村たちの学校を訪れず、また西村は以前の無言にもまして無口となり、単に自己主張をせぬばかりでなく、言葉そのものをもほとんど吐かない人間になっただけだった。いや、もう一人変った人物がいた。神経衰弱だったハンスト者の一人は、三カ月後、理由不明のまま自殺して果てた。それが足かけ六日間の小さな歴史の一齣の具体的な帰結だった。

西村が来るのを待ちくたびれて、ウオーシップの模型やヨーロッパの刀剣を壁のあちこちに飾った閑散な喫茶店の二階で、日浦は藤堂にすすめられるままにビールを飲んだ。階下は小さなスタンドバーを兼ねていて、レコード音楽がひっきりなしにかけられていた。それが不吉な地鳴りのように響いてくる。調理台も番台もみな階下にあるこの茶房の二階は、女給が一人退屈そうに雑誌を読んでいるだけで、他に客はなかった。渇いた喉にビールが心地よく、肌ざわりも悪くない冷房の中で、彼女は徐々に自制心を失っていった。一種うら淋しいみずからに対する寛大さで、自制心を失ってゆく自己を許してやっていい気がしたのだ。その寛大さが何に由来するかは考えてみようとはしなかった。

　藤堂が、写真を交換しただけでまだ顔を合わしたことのない見合いの相手のことを尋ねた。日浦は見境いもなく知っていることを全部喋った。日頃ならば、一たん浮かんだ言葉を必ず舌の先で吟味してみるはずのその手間すらはぶいて。喋らなかったのは、彼女が喫茶店でビールを飲んでいる丁度その頃、家には職業的な媒酌人が、見合いの日どりを決めるために訪れているはずだということだけだった。赤い顔をして帰宅したりすれば、ヒステリー性の母がまた、動物的な体臭をあたりに撒き散らしながら八つあたりすることだろう。いい齢をして娘と若さを競いあい、朝子が作った洋服を自分がとりあげ、自分のお古を娘におしつけるあの奇妙な動物。自分の娘をゆきおくれの片輪とまで罵って、一体なにが楽しいのだろう。一日中神経をとがらせ、襖の外からすら、じっと目を光らせて娘を監視している。母は一体なにを欲しているのだろう。だが、彼女よりも先に、ビールに酔ってゆくトスカの虫が、そんなことはどうでもいいと囁いてた。

「愛ってね、一体、何かしら?」日浦はふざけて言った。

「それにしても西村の奴は遅いな」

　喫茶店の柔らかいソファーに落ちついてから、逆にそわそわしだした藤堂は、幾度も中腰になって窓から下を窺おうとした。閉ざされた窓全体が大きなステンド・グラスになっていて、街路が見下ろせるかどうかは疑わしい。

「ビールじゃ頼りないんでしょう。ウィスキーでも注文されたらいいわ」と日浦は言った。

「妙に今日は優しいんだな」藤堂は苦笑しながら、指を鳴らして女給をよんだ。「西村はあまり酒に強くないから、ハンディキャップをつけとくのも悪くない。しかし、やっぱりあんたは今日ちょっとおかしいぜ。言葉づかいが妙に別れの挨拶じみてる」

「二階にもスピーカーはついてるんでしょ。音楽をこちらにもならしてもらいましょうよ」

女給の方に顔を向け、しかし相手の肩越しに壁にかかった中世の戦争画を日浦は見た。安っぽい複製の画面一ぱいに蝙蝠が飛んでおり、地面には裸形の女が子供を抱いて地に伏せていた。藤堂はウオツカを注文し、それが癖で自分の鼻先を指で意味もなくつまみながら、横目で日浦の方をにらんでいた。

「さっき、あんたは変な質問を発したな」視線をそらせたまま藤堂が言った。

「いいえ、なんにも」

「いや、言った。聞えなかったわけではないんだ。答えるのが礼節にかなうかどうかを考えとっただけのことだ」

「礼節?」

「しかしなんだな、あなたもやっぱり女だとみえて、革命や探偵小説の話より、愛のへちまのということが気にかかるとみえるな」わざと崩れた口調で藤堂は笑う。「愛って一体なんでしょう……か。へっ、へっ」実際に藤堂は痙攣するようにとびあがった。

「そりゃね、朝ちゃん。そりゃ怠け者の鼻唄みたいなもんだぜ。愛なんてものは、つまり、人間が生きてゆくのに一番楽な態度であってね。家の中でとぐろをまいとる女たちが、性懲りもなくそんなことに興味をもつのも、要するに彼女たちが怠け者だからだ」

「偽悪的になってみたいお気持も解りますけれど……」急速に酔ってゆく自分が危ぶまれた。日浦の知っている青年たちの中で、藤堂ほどの怠け者はいなかった。だから普通なら、幾分の皮肉をこめて藤堂に調子を合わせて軽薄に笑っているところだった。だが日浦は笑わなかった。

「お酒って、急にまわるのね」

飲んでいるのはビールにすぎず、男たちと酒席をともにするのも初めてではなかったのだが、既に意識は不規則な浮き沈みを繰り返し、もう彼女は正常ではなかった。過ぎ去った西村との間の不毛な関係、そしてそれ以後の仮面をかぶった日々に、久しく抑圧されていた危険な感情が表に出たがっていた。

「いいことだよ、酔うってことは。宿酔《ふつかよい》でしんどけりゃ、また迎え酒をすればいい。苦しみを制するには、苦しみを以てせよ。それが一番、解決の早道なんだ」藤堂は何度も注文するのを嫌って、ウオツカの瓶を卓上に据えてから急に蒼ざめはじめていた。

日浦の意識はゆっくりとしか動かなかったが、時間は矢のように過ぎていっているはずだった。約束を忘れてしまったように、西村は姿をあらわさない。それとも、突発的な事故でも起ったのだろうか。女給がスイッチをひねったとみえ、室内に電灯が灯り、同時に電蓄の音が二階にも流れた。けたたましいドラムとシンバル。わざとしわがらせた女流歌手の声。トランペット、サキソフォン、ピアノ、バス。死なないでおくれよ、オフェーリアよ。消えないでおくれよ、灯よ。歌詞はほとんど脈絡もなく、しかし、おもわせぶりにリフレインする。

藤堂は〈愛〉《それ》をひかれ者の小唄のように言うけれども、このエゴイズムに薄汚れた人間の世界で、真にその人のためによかれと願う関係が、どれだけあるだろうか。百年の人生を生きて、真に和やかな安らぎに憩える機会が何度あるだろうか。どの場所にも刺があり、どの人と会ってもどす黒い計算ばかり。全人類の対等社会の招来を説く男たちすら、頭角をあらわそうとする女にはそっぽ向き、陰に陽にその頭をおさえつけにかかる。羨望でなければ侮蔑、支配でなければ卑屈、貪婪、誹謗、裏切、阿諛――こうした感情の地獄の中で、わたしはかつてあなたと会っていたときだけ、理由もなく心は無防備になり、気持はなごみ、わたしは幸福になった。それゆえにまた、真にその人のために幸あれかしと祈ったのも、何十億かの人類の中のたった一人であるあの人に対してだけだった。

「私はこの世の人間が、皆が皆、救われようのない見棄てられたエゴイストだってことを知ってしまいました。だから……」藤堂がまともに彼女の言うことを聴いてはいないのは承知の上だった。耳傾ける者の有無など、もう問題ではない。日浦は制止できない欲求に駆られ、自分の饒舌に驚きながらとめどなく喋りはじめた。「……意識と意識が殺し合い、我欲が相手の隙をみて、なめくじらのように触手をのばして伸びてゆく。人間なんて皆が皆、救われようのないエゴイストなんだわ。だから、だからこそ、わたしは自分を捨てて、泉みたいに清純に敬虔になって、誰かに奉仕したいと思うのよ。いいえ、今だにまだ、我を没して奉仕したいという気持が間違っているのか、そんな奉仕の対象などこの世にありはしないのか、どちらか分りません。でもね、間違っててもいいんです。人間が我利我利亡者であることを百も承知の上で、微笑しながら奉仕するんです」途中から自分の滑稽さをこらえきれなくなり、日浦は三文オペラの登場人物のように笑いはじめ、とめどなく笑いころげた。

藤堂はしばらくきょとんとし、不意に床を蹴って立ちあがり、それでも、我慢ならず、そばのソファーに跳びあがった。部屋の隅にいた女給の叫び声がし、そして階下に駈けおりてゆく靴音がした。

「言ったな」藤堂は血走った目を据えて言った。「あんただって知ってるはずだ。この世の中にはそんな馬鹿げた愛なんてものは絶対にありえず、自分に忠実になれば、それはただちに他人さまへ裏切りになるのがオチだ。虚無にでもならん限り、この世の鉄の規律からは脱けられやせん。それなのに……」

最後の方は歌うように藤堂は言った。頰骨の出張った顔に、同時に妙に優しい稚気があらわれた。

「それにしても、おれたちは何故こういつまでも阿呆で、無邪気なんかな。なぜ、こんなに善意で無能なんだろう」

まだ始まったばかりなのに、藤堂の顔にすでに大芝居の後の虚脱したような表情が現われていた。

「踊ろうか」と藤堂が言った。「このボロ喫茶の床が抜けるまで踊ろう」

魔術にかかったように日浦はふらふらと立ちあがり藤堂に体をあずけた。

「馬鹿者どものカーニバルだ！」藤堂は、上体をのけぞらせて空しく笑い、殆んど卑猥に体を揺すった。麻痺しながらも、危険を感じて身をよけようとした時、「誰も知らんことを一つ言ってやろうか」と藤堂が言った。

あの人はいつ来るんだろうと日浦は思った。

「昔、貧乏で希望を失った女蕩しの学生が、たった二千円の金が欲しいために、真面目な友人たちが一生懸命やっとることを警官に知らせたことがあるんだぜ」

墜落感があり、日浦は藤堂が何を言おうとしているのかも解らず、湧き起る悪感と戦った。

「おれはあんたと寝たい」

藤堂は不意に狂気のようになって日浦をつきとばした。

「聞えとるのか」

日浦は真蒼になって立ちつくした。

はははは、と藤堂は笑った。

「あんたを汚してやりたい。昔、何もすがるものがない時に、あんたのような良家の子女をどんなに欲しかったか。警察に密告したことを一生隠し通すつもりだったように、自分のこの本心も一生隠し通すつもりだったのだ。だが、あんたも普通の女だ。西村が結婚したように、遠からずどこの馬の骨とも解らん奴の胸に抱かれる。どうせ汚濁にまみれる以上は、おれと……」

その時、階段を静かに、一歩一歩確かめるように登ってくる、西村特有の、西村に違いない足音がした。

第七章

1

なお、いたるところに廃墟が望まれた。西村の故里の町もそうであるように、都心を離れ電車道を一つそれると、もうそこは塁々と続く焼土の野原だった。風が、いや憂鬱が、その廃墟から飄々と立ちのぼり、点在するバラックは蝕まれた青春そのもののように醜かった。一面に雑草が茂っている。かつては寺院があったらしい石碑に囲まれた広場は露天市場になり、焼け残った煉瓦塀の中に一まわり小さい木造の町工場が建っていたりした。幅を拡げられ、舗装のまだ完成しない道が都会の中の荒野を走っている。——試みに歌ってみるがよい。主張があるなら声を励まして叫んでみるがよい。声は工場の残骸、牛小屋を寄せ集めたような貧民窟の上を、悪夢のように唯空しく響き、そして消えるだろう。ジャズの律動、気狂いのように疾駆するオートバイのガソリンの臭いに、それは圧倒されて消えるだろう。

背後に足音を聞いて西村は立ちどまった。いや足音ではなく、聴きなれぬ声が彼を後ろから呼んだのだった。古在が指定し、蒔田が代りに案内にくるというバスの停留所はまだ遥か彼方だった。この広い都市の中には、大学時代の数人の友人しか西村の名を呼ぶ者はいない。錯覚だろうと西村は思った。振り返れば必ず何かの栄光があるなら、現実に誰かが呼んだのでなくとも顧みてもいい。しかし、そんなことはありえない。

市電の軌道の青く光る大道路に近づくにつれ、バラックの数がふえ、人影も多くなった。人は、あるいはあわただしげに、あるいはうな垂れて歩いている。日焼けしたナッパ服の男が急ぎ足で腰弁を揺すりながら通ったあとに、ギターを持った白衣の義足が、あたかも明確な目的でもあるかのように砂塵を蹴って横切っていった。

誰だったろう、と西村は漠然と考えた。我らにとっては、この荒廃、この不合理こそ似合いであるだろうと嘯《うそぶ》いた哲学者は。そう、ニーチェはそれに続けて言っていた。より快活な、より強力な民族の末裔にとっては……と。より快活、より強力？　それは一体どういう意味なのか？

表通りには、より活潑な人々の家が並んでいた。プレス加工場、金融会社、鍍金工場、電気器具店、土地周旋所、皮革問屋……雑然と並んだでこぼこの家並みのあちこちで、店舗の改装工事がなされ、あちこちの道路が掘りかえされている。だがその家々の裏側には、戦後十数年間の苦渋が雑草に覆われ横たわっている。あたかも滅びゆく民の故里のように、雑草が茂り、煉瓦の破片が堆積する。倒壊した夢の名残り、壁土や糞壺やタイルの破片。試みにそこに佇んで何事かを叫んでみるがよい。いや、己れに思想ありと信ずるならば、試みにその都会の騒音の中にひろがる荒廃の原を見、埃の風に揺れる雑草の芒穂を眺めながら考えてみるとよい。西村は、先刻、手折った雑草の茎の根を懐かしむように、廻り角のところで振り返った。二十メートルばかり離れて、同じく手折った雑草の茎をふりながら、隣室の長谷川の小娘が顔をこわ張らせて彼のあとを追ってきていた。近眼の目を細めて、もう一度確かめようとすると、見すぼらしい小娘は自分の服装を恥じるように、小さくうずくまった。

「どうしたんだね？」と西村は大声で言った。「何故ついてくるんだね。私のあとを追ったって、何もいいことなぞありゃしないよ」

小娘はうずくまって、雑草の茎で地面になにか描くだけで返事をしなかった。

バスの停留所はもう間近だった。

百貨店にでも行くらしい着飾った親子づれが、立ちどまった西村の傍を香水の匂いを漂わせながら停留所の方へ歩いていった。時計を質に入れてしまって約束の時間も確かめようのない西村は、白いパラソルをさした若い婦人の腕に金色の時計の光るのを認めると、とっさにその後に従った。まだ齢若い母親は、ちらっと西村を見て、急にぎこちない歩き方になりながら、虚栄心たっぷりな口調で子供の方に話しかけた。

「もうおぼえたでしょ。われらに負い目ある者を許せしごとく、我が罪をも許し給え……え？　暗誦してごらん。それから、それからどうだった？」

見事に梳《くしけず》られた髪を小刻みに震わせながら、婦人は幼い子をそばにひきよせる。廂の長い水色の帽子をかぶせられた少年は、自信のない抑揚で復誦する。西村は理由もなく、若やいだその母親の後ろ姿に一種の頽廃を読みとり、甘えた声で復誦する子供の声に、既にはじまっている自己喪失の兆しを読みとった。

「今日はチョコレートを買ったげましょうね。それともキャラメルにする?」

停留所の標識の前に立って母親は猫撫声で言った。

「坊やちゃん、何にする?」

「何でも」

「栗饅頭?」

「うん」

「コンペ糖?」

「うん」

「いま何時ですか?」

いらいらして、不必要に大きな声で西村は言った。着飾った婦人は、大きな目を瞠《ひら》いて西村の方を振り返ると、返事をせず子供の手をとって、切符売場を兼ねた煙草屋の方へ小走りに逃げていった。

「何をしとるんだ、君は……」その煙草屋のかげから不意に現われた蒔田は、ほっほっと、軽薄に笑いながら、ズボンのポケットに手をつっこんで、その場でくるくるくると二、三度回転してみせた。肩に掛けた仕事用の写真機が入っているらしいバッグが脇で揺れている。

「一向にうだつのあがらんらしい顔をして、無闇に御婦人をからかったりしとると、痴漢と間違えられるぞ」

握手しようとして差し出しかけていた手を、西村はひっこめた。悪気はないのだろうが、いま西村には、人のちょっとした言葉尻の抑揚が、妙に身にこたえるのだ。目を煙の空にそらせ、蒔田が学生時代からある剽軽さをわざと育てていたことを思い出して気を鎮めた。そういえば「われわれ軽薄男子は」というのが彼の愛用語だった。卒業後七年、いまも蒔田の基本的な態度は変っていないらしかった。

「君は昼飯を食ったか？　いや、おれは食ったけどね。例の安請けあいで中途半端な時間を約束してしまってね。時間をつぶすのに朝ばなから二本立の映画を見るしまつだ。結局両方とも中途まで出てきた。どういうお話だったのか、皆目わからん」

「すまなかったな」と西村は言った。

「古在の奴は実際いつまでも若いね」蒔田は落ちつきなく歩道を行き戻りながら言った。「うらやましいよ、実際。あいつは今でも自治会の委員長か、地区委員みたいなつもりでいる。この前も電話がかかってきてだな。西村が創立社へゆく、何月何日、何時何分、X町のバスの停留所でおち合え、遅れるな。必要な書類はあとで郵送する！　ときた。まるで気負い立った非合法活動の連絡だ。こちらはまた名代の軽薄男子だから、ついうかっと〈了解〉と答えた。そしたら、ぽんと電話が切れてね。……電話が切れてから、一体君が何をしに出て来たんだろうと訝《いぶか》る始末でね。こっちのつもりもあるからさ、慌てて関西電力の村瀬とこへ問い合わせてみた。ところが意外にも村瀬は会社をやめてしまっている。長い地方まわりから、やっと成績が認められて本社詰めになったばかりだというのにね。……それで、大学の研究室に残ってる青戸が君と親しかったから、とは思ってみたが、最近会社はケチで官僚的でね、私用の市外電話だといちいち用件や何通話使用かを記入せねばならん。病気で寝とる岡屋敷の自宅には電話なぞはないし、結局、藤堂の勤め先へかけてみた。ところが藤堂の奴、いつも席をはずしてやがって通じやせん。代りに松下って女の人が出てきてね。その人から大要を聞いた次第だ。妙に馴れなれしく、西村さん、西村さん、と君のことを呼ぶもんでね。前から御存知だったんですかと尋ねたら、一度会っただけだと言う。なにか君に聞いてもらいたいことがあるから、暇な時に会社の方へ来て欲しいと、半泣きの声で言っとったな。君はしかし、妙な男だな、昔からね。支那の哭人《なきびと》みたいな男だなと思っていたものだった。葬儀の席に雇われて足ぶみしながら慟哭する職業があるんだってね、あれだ。まあ怒るな。不思議に君があらわれると、その場所に不幸が起る。目に見えて破局にならないまでも潜伏していた矛盾が露呈し、避けられる緊張までが、どちらかが斃される以外に方法はないという対立にまでたかぶってしまう。しかもだ、その時の君の歎きというのがまた堂に入っとるんだな。死の商人ではなく、謂わば死の詩人ってとこだ。いまもね、久しぶりに君の後ろ姿を見た時、失礼ながら鳴き疲れた鴉を連想したね」

いったん喋り始めれば際限のない人物だったから、西村にはただ苦笑にまぎらして毒舌の終るのを待つより方法はなかった。

「えーと何の話だったけな」とぼけた口調で蒔田は言った。

「不吉なレーヴィンの話だった。いまひとたびはなし、とこしえになし、と繰り返す鴉のね」

「いや、迷惑だったわけじゃないんだ。君がこちらに来ていると知ればおれ自身にも連絡しておきたいこともあったんだからね。そう、それからね、あとで藤堂の方から逆に電話があった。藤堂にしては珍しく急《せ》き込んだ調子で、西村に至急に会いたいから落ちあう場所を教えてくれって言うんだ。簡単な用件なら伝えとくと言ったんだが、ともあれ出むいてくると言う。あいつのことだから、君の社会見学を兼ねて豪勢なキャバレーにでも案内するつもりかもしれん。でなければ、女のことだろう。藤堂の背後には女ありだ。松下ってのは藤堂がいつか一度心中しかけたことのある情婦らしいが、その両方からお座敷がかかったというわけだな。田舎高校の英語教師などにしとくのは惜しい人物だよ、君は。法律でもやって、家庭裁判所の判事にでもなればよかった。傑作だろうね、君が調停員になれば……。この紛争は金輪際、和解不可能である。どちらかが首をくくって死ぬ以外に方法はない。汝ら、すべからく己れみずからを恥じて死ねってなことになるね」

西村は忍耐強く、微笑していた。自分がすでに教師ではないのだという事実も、あかせば必ず理由を問われるその説明の煩わしさに、口には出さなかった。また、ことあらためて説明はしなくとも、いずれは蒔田にも知れることだった。

「そう、忘れんうちに連絡しときたかったことを言っておく」蒔田は続けた。「実はね、君も覚えているだろうが、まる七年前の夏、大学の裏山で自殺した古志原直也の七回忌が近くある。案内するから、ぜひ君も行ってやってほしいんだ。位牌に向かって合掌したからといって、死人が甦るわけではないが、今回限りで今まで法事に行っていた連中も打ち切りたがっているようだし、仏教の方の習慣としても、七回忌を過ぎれば次の法事までには相当な間隔があく。これより後は、すみやかに死者をして死者を葬らしめよだ。だが、今度もう一度だけ、手のすいている奴らを仏壇の前に集めて、両親を慰めてあげようと思うんだ。いまだに、秀才だった息子の美しいイメージを温めている両親や、何も知らない姉妹の前であまり露骨にことの真相をあばくわけにもいかんがね。古志原が、大学裏の雑木林で首をくくって死んだ経緯については、君もいくらか知っているはずだし、あるいは案外、君だけしか知らぬ秘密があったかもしれんしね」

「その時まだこの都市におれば、出席させてもらっていい」西村は言った。

「お互い恥部をさらけあうようなもんだからな。今までもこの町にいる者の全部が集まっていたわけじゃないんだ。第一、古志原を死に追いやった直接の責任者である岡屋敷は、一度も顔を出したことがない。しかし、今度は有無をいわせず、全員をかき集めたいと思っている。ヨーロッパのある作家も言っていた。ふと気がついてみると、人は三十の坂を越しているってね。何でもない言葉だが、現にその境遇にいるわれわれ軽薄男子には、その痛切な意味は身にしみてわかるわけだ。闘争するにせよ、最後には社会に甘えかかり、最後の逃げ道を残しておけるといった年代はもう終った。近所の子供でもそうだ。今までなら、兄ちゃん、なんでそんなに酔っぱらってばかりいるの？　と可愛い目をうるませて問いかけたもんだ。ところが最近では、あのおっさん、ほんまに阿呆やなあ、に変った。子供の目は正直だからね、欺けない。下腹にボテがはいりだし、やがて直接行為よりは、目や指だけで撫でまわすような情事を好むようになるだろう。女に対してだけじゃなしに、政治に関してもね。いや、皆が皆、そうとは限らないにしても、人生の一つの転換期が迫っていることは事実だ。古志原の亡霊、あの〈典型的状勢における典型的〉悲劇に対しても、ここらで、一つ、区切りをつけてもいい頃だ。奴とは大学に入る前、外語で一しょだった因縁で、最初、葬儀委員をつとめたために、ずっとおれが法事の世話役みたいなことをしている。だが、もう死者にかかわるのはあきあきした。幸い死の詩人も来あわせとるんだから、古志原の怨念だけじゃなく、過ぎ去ったわれわれ軽薄男子の青春の歎きも、ここらで成仏させてはと思ってね」

古在や青戸とは違って、蒔田の饒舌には、注意を集中して聴かねばならぬ内容はなかった。だが内心の不安や、不条理な記憶の断片を未整理のまま吐き出すその苛らだたしい口調は、どんな難解な哲学論議よりも却って聴き手を疲れさせた。

「古志原の葬儀には、君も悼辞を読んだんだったけな。うん、そうだった」蒔田はひっきりなしに煙草をふかせながら、しかも、口を休めようとはしなかった。「あの時の君の追悼演説は、実際泣かせたね。友を失うことは、己れの精神の宝を滅ぼすことだという哀悼は、必ずしも珍しくはないが、突然、君が死んじまった古志原に向けて、まるで迫害された予言者のように呼びかけた時には、参列者の全員が頬を強張らせて震えだしたよ。その一節は、今でも覚えている。『君なにゆえに虚しきものに従いて、かく虚しくなり給いしや。乙女はその飾りものを忘れず、新婦は帯を忘れることなかりしに、人なにゆえにその義務を忘れ、その父母を忘るるや』古志原の両親は写真に顔を埋めてうめき出すし、古在のように傲岸不遜、死ぬ奴は死ねと言っとった男も、君の言葉に胸を衝かれて涙ぼうだだ。君はおれたち軽薄男子の中では、一番古風な観念の持主だろうが、案外、それが一番の危険思想かもしれんという気がしたね。あとで青戸に聞けば、あの一節は旧約のエレミヤ記かなんかにもとづいてたんだそうだが、こっちはそんな古典的教養はないしね。がっくりときたな。虚しきものに従いて……か」

西村はこの見知らぬ都市を訪れて、既に数人の友と顔を合わせておりながら、まだ一度も未来のヴィジョンについて語られるのを聞いたことがなかった。みな一様に過去の蹉跌に足をとられ、自己を正当化しようとする秘められた魔の意志のために、社会、政治、革命など、華々しい語彙を呪文のように繰り返しながら、結局は自己の思弁をより狭い閉鎖性の中に埋没させつつあった。こと閉鎖性に関しては、いささか身に覚えがある西村には、かえってそれは、鏡の上に不愉快な自己の投影を見るようなものだった。

「……テレビが出来てからね、放送局は、やけに忙しいことは事実なんだがね」もの思いに沈んだ西村を、蒔田は自分の案内に恐縮していると錯覚したのだろう。彼は西村が別にありがたがる必要はないのだとしきりに強調した。「忙しいことは事実だが、大企業というのは奇妙なものでね。ひょいと姿をくらませば、別にその男が必ずそこにいなければならぬ何の理由もないことがわかるんだ。巨大なアメーバーみたいなもんだからね。小さな傷なら、誰が埋めるともなく再生するし、ぽっかりと空洞が空いていても、別にこの大アメーバーが死ぬわけでもない。いつぞや朝日新聞社で従業員のストライキがあった時でも、記事が少々面白くなくなったことは事実だったが、それもよほど注意深い読者に疑惑をいだかせただけで、結構、毎日欠かさず新聞は出ていた。一人ぐらい、人間がいようがいまいが関係はないんだ。しかも、その大したことのないはずの個人がその場に居合わせれば絶望的に用事がある。これは一体どういうことかね」

黄色いバスが砂煙を立ててやって来た。車頭のエンジンの部分が身近にあるだけで、肌がじっとり汗ばんでくる。

「おれたち文科系出身の軽薄男子は結局駄目だ。事務屋と技術屋というのが、どの職場でも対立していてね。なるほど、企画や人事や会計は事務屋の手中にあるし、〈出世〉も早い。ちょうど、政党で書記局が権力の中心であるように、企業の内部でも事務処理機関がその組織の権力の中心となる。しかし、腕に特別な技能もなくて、いつも交替の影に心理的におびえてる人間はいやらしい。権力欲ってのは、そういう人間の襟元を背後から捉えるんだ。資本主義は名人気質の職人を滅ぼし、代りに陰険で計算高い事務屋を育てた。大体が政党にしてもだな、書記局が、一番人民との接触の少い党内官僚が、権力を一手に掌握するなんてこと自体がけしからん」

青春の一時期に政治的思考の洗礼を受けた人間は、結局、原罪のようにその発想を背負わねばならない。だが西村は、いま目の前でだらだらと批判的言辞をろうする蒔田よりも、かつて、朋友全体の憤激と侮蔑を買いながら彼がいま不平をもらす当の職業へむけて〈転向〉していった時の蒔田の迫力を、むしろ評価したい気持にかられていた。就職を間近にして、陰惨な眼差しで各自の態度を見較べあっていた頃、七年以前——そう、その頃のことだ。

元来、西村は古在から哲学を、青戸からは学問の方法を、藤堂からは頽廃と頽廃者だけが持つ思いやりの深さを教えられたが、この蒔田からは特別何を教わった覚えもなく、日々顔を合わせてはいても、親友と言えるほど親しくはなかった。文化祭の余興に催された〈喋り較べ〉に出場して、のべ十八時間、聴衆の度胆を抜きながら、およそ愚劣なことを喋り続けて優勝した逸話をもつこの人物には、喋ることそれ自体を目的化する傾向があり、同時に、思想を一つの玩具のように弄ぶ危険な習性があった。対立する志向が衝突し合い、一つの席上で会の方向が決せられるようなどたん場に、持続的に喋り続けることのできる彼の能力は、一つの貴重な資本であったから、自治会内に占める彼の位置は重かったが、彼の発言には、責任性があまり感じられなかった。思想以前に思想に対する態度が先行する。ところが蒔田の態度は大学が明治維新いらい懸命に養ってきれねばならぬわけでもない。

た、海外思潮の素早い紹介、巧みな選択のいわば延長にすぎなかった。日本のアカデミズム全体がそうである以上、蒔田ひとりが悪いわけではなく、罪が蒔田ひとりに帰せられねばならぬわけでもない。

青戸も言うように、あらゆる人間の態度は、その態度に伴う利と害をみずからひき受ける限り原理的に対等である。インテリゲンチャの態度の種々の現われとして、それが精神主義であろうと主知主義だろうと、政治的、非政治的、あるいは指導者タイプでもボヘミアン・タイプであろうと、それが一貫して自己の宿命に誠実であるなら、西村にとっては皆ひとしく一部の師であった。古在が藤堂の生活のふしだらを弾劾する時、西村が弁護側に廻っていたのも、八方美人でありたかったためではない。その思弁力と語学力において絶えず劣等感を感じさせられた青戸についても、西村は兄事しこそすれ、陰口によってその劣等感を顚覆しようと計ったこともなかった。各自それぞれの道を、奥歯に青酸カリを装塡したナチ第五列のように必死に歩んでいたからだ。だが蒔田は違っていた。彼にとって思想とは前にきらびやかに並べられた観念の玩具であり、また彼の才気煥発には、避けがたい流行追従性が伴っていた。日本のアカデミズム、そのアカデミズムに根をもつ気分的進歩主義、そしてまた商業新聞がそうであるように、対立する力のバランスの中間を巧みに泳ぎまわってすり抜けてゆく狡さが蒔田にはあった。大衆伝達の媒体が、無視しえぬ社会的位置を占め、更にそれ自体の独立的価値をもつものである以上、その機構に対応する伝達媒介的タイプの人間がいておかしくはない。政治的人間や美的人間、技術家や隠遁者と同様、それもインテリゲンチャの一つのタイプなのだろう。頭では解っていながら、しかし頑固な教育者の家庭に育った西村には、そもそも蒔田のような存在は理解することができなかったのである。

蒔田に対して抱いていた西村の漠然たる不信感は、あの「就職」の壁、多くのインテリ青年にとって、それが最初の社会的態度決定となるその場で表面化した。

彼の転身はあまりにあっさりしすぎていた。秋、就職試験期が近づくと、彼は、どこで情報を得てくるのか、放送局の有力者がしばしばおとずれる酒場や料亭の名を調べあげ、惜しげもなく書物を売り、手あたり次第に友人から借金をしてコネクション作りに奔走した。ちょっとした酒の上のきっかけから名刺をもらうと、見えすいた用件を考えだして面会に行く。持ち前の才気で時事用語辞典を忽ちにマスターし、速記を習い、タイプを習い、およそ有利となりそうな条件を懸命に身につけた。一方、卒業試験のレポート作りは友人たちに頼みこみ――愚かにも西村は彼の英文学の単位の一つを援助してやったのだ――そして、いつのまにか、放送局人事課のボスの弟子になりすましていた。しかも困ったことに、得々とその経過を友人に報告するこのエピキュリアンの顔は、憎みようのない稚気に輝いていたのだ。確かに蒔田は、古在より青戸より、村瀬や岡屋敷らの誰よりもお人よしで「うれっこがりや」だった。就職を前にして、かつてはみずみずしかった青年たちの瞳がいつしか憤懣の色に染まり、やがてある卑しさを宿した死魚の目のように変ってゆく中で、蒔田ひとりは、新たな自分ひとりの「闘争」を愉しみながら、その瞳を生々と輝かせ続けていたのである。彼の作戦は功を奏し、文科系卒業生の大半が早くも失業の泥沼にあえぐのを尻目に、人の羨む放送局の報道部員に採用された。

だが今、七年余の歳月の後、その職場で既に中堅に位置しているはずの蒔田が、自分の仕事についての無規定な不満をもらし、依然として、自分を〈不遇の場〉に置きたがっているのを見て、かえって、あの転身のすさまじさこそが、短い彼の青春だったのではないかと西村は思いはじめていた。少くともあの時は、自分の頭で計算し、自分で行動し、人の非難にも耳を貸さず、彼はつっぱしっていたのだから。インテリゲンチャであり続けることを諦めぬかぎり、つまりは身につけた技術と知識だけを頼りに生きてゆこうとするかぎり免れえない矛盾に彼は一たび直面し、そこで懸命にあらがった。そのあらがいは寧ろほとんど美しかったのだ。だが蒔田は、いつの頃からか自分の影にひるみ出したのだ。あの生温かいインテリゲンチャを甘やかす〈不遇の場〉に。人は不遇である限り、現状に不満を持つことができ、その不満感を感情的に正当化しうる。いや、懸命に正当化せずとも、彼は〈許され〉ていることができる。西村は、はじめて淡い憤りを覚えた。

「不親切だろ。第一ね」聴き手の心理のひずみなぞおかまいなしに、相手はなお喋り続けていたらしかった。「……おれなんぞこの都市が生れ故郷のはずなんだが、まだ完全には慣れてないね。死ぬまで馴れずじまいに終るかもしれん。いつまでたっても憂鬱な旅人みたいなもんだ」何のことを喋っているのか。「生れた土地なんてものは、本人にとっては異郷よりも異郷的でね……」どうやら蒔田も西村との邂逅に懐旧の念をかきたてられ、この煙の都と、かつて等しく通った大学のあった古都との比較をしているらしかった。「今となっては、あのわれわれの大学のあったお妾の町の方が懐かしいぐらいだ。例えばあの古都でさ、大学のありかでも尋ねれば腰のまがった婆さんでも手をとるようにして教えてくれたもんだ。昔からの習慣でインテリを大事にしたしね。ところがこの街の表玄関で放送局はどこですかとでも訊ねてみろ。テレビが兼設されてから大分人気もあるがね、それでも殆んどが、『知りまへんなあ』だ。文化をおろそかにすること甚しだ。哲学や文学が専攻だったなぞとうかつに言ってみろ。穀つぶしの人間の滓だと思われる。尤も、真実、人間の滓かも知れんがね」

「やめてくれ」西村は相手を遮った。その一瞬、かつて広島の地に住み、その独居のうちに心ひそかに呼びかけ、あたかも眼前に彼らが環をなしてでもいるかのように語りかけていたすべての朋友の姿が西村の胸中から消えかけていた。

「む」蒔田はちらりと厭な眼付で西村を見た。「おれのお喋りなんぞは聞きたくないというわけか?」

「いや、そうじゃない。ただ……」蒔田が悪いのでないことは解っていた。ただ西村自身が苛らだちすぎていたにすぎないのだ。「ただ、村瀬の近況の方を聞かせてほしかったんだ」西村は苦しい弁明をした。「古在からは、村瀬は関西電力に勤めていると聞いていたが、なぜ急に会社をやめたりしたんだろう」

「さあ、知らんね」

二人はたまたま隣りあわせた列車の見知らぬ乗客のように、疎遠な素振りでそっぽを向きあった。


その時、光と埃の妖しい交錯の中を、歩道の鋪石すれすれに自動車が走ってきた。二人の前に急停車すると内側から運転台のドアが開き、色眼鏡の男が首をつき出して、

「乗らないかね」と声をかけた。

「なんだ。藤堂じゃないか」蒔田が救われたように言った。「もう放っておいて今度のバスに乗ろうと思っていたところだった」

「二人ともどうかしたのかね。互いにそっぽ向き合ったその恰好はなっちゃいなかったな」

「それより、貴様はいつ自動車の運転を習ったんだ」蒔田がバッグから写真機をとりだした。「一つ記念に写しといてやろう」

「よせよせ、子供じゃあるまいし。おれは飛行機の操縦だってできるんだぜ。飛行時間はあまり長くはないし、着陸の技術はあまり教わらなかったがね。しかし、自動車の神風運転ぐらいわけはないんだ、どうだ、行くか」

西村はその時になって背後を振り返った。四辻の角、四つばかりむこうのコンクリー

ト電柱の影に、まだ長谷川の娘が立っていて西村の方を見ていた。

「あの小娘は一体誰なんだ。君をじっと見つめてるようだが」自動車から降り立った藤堂は、サングラスをはずして、西村を覗き込んだ。

「いや、なんでもないんだ」

藤堂は煙草屋の方へ歩いてゆき、蒔田は先に自動車の座席に着いた。続いて自動車に乗ろうとして、西村は思い出したくない嬰児の泣き声を聞いたように思った。年齢にも顔立ちにも、何の類似もないのだが、遠くからでも解る、その小娘のもの問いたげな唇と大きな目が、かつて広島の県立アパートの一室で、机に向かっている西村の背後によちよち歩いてきて、甘えかかろうかどうしようかと迷っていた我が児の表情を西村に思い出させた。西村の拒否的な姿勢に、君子は、わざと畳にひっくりかえって自分の存在を悟らせようとする。西村がペンを投げ出して振り返ると、今にも泣き出しそうに、しかし、父が自分を振り返ったことが嬉しくて仕方がないように頼りなく笑う。表情の変化の激しい幼女の頬が不安げに変化し、微笑しようとして泣き面になり、西村に手渡そうとした飴玉をそろそろと後ろに隠す。一瞬、顔中を皺だらけに歪めると、君子は大声で泣きながら千津子の方へよろけながら走っていった。

「お父ちゃんのお仕事を邪魔しにいったらいけんと言ってるでしょう」内職の編物に半ば顔を埋めながら隣室から西村を窺っていた千津子が君子を抱きしめて愚痴る。

「お母ちゃんが、夕方から教会へつれてったげますからね。お父ちゃんの病気が早くなおりますように、一緒にお祈りにつれてったげますからね」

西村に、甘えかかろうとする我が児を虐待するつもりなどあるわけはなかった。ただ、脳裡のすべてを領していた想念から急には解放されず、目の膜には娘の像が映っておりながら、西村は依然、碑石一つなく滅びた三十数人の人々と対話を交し、その対話の余韻を嚙みしめていたにすぎなかったのだ。人は一時に二つ以上のことを思念することはできない。思念するだけでなく、その思念を意味たらしめるためには、一つのことに拘泥することが必要であり、自律的に回転しはじめた思考に逆に身をさらわれてやることが必要なのだ。十人の語りかける内容を同時に聴きわけたという、紙幣の中に鎮座する古《いにしえ》の摂政の才能は西村にはない。いや、それは単なる逸話であって、人間の意識の本性からして、同時に二つのことにかかわることなど人間にはできはしないのだ。西村は、われにかえって、しゃくりあげ続ける君子に呼びかける。

「今ちょっとパパはものを考えてたんだから、もう少ししたら一ぷくするからね」

「あなたは鬼みたいな人だわ」不意に甲高く妻がわめきだす。「自分の子供でしょ、自分の子供でしょ。乏しい飴玉を、ちっちゃな手でわざわざあげに行っているのに、どうして頭一つ撫でてやることができないのよ」

「いや待ってくれ。ただ、さっき僕は……」

「ああ、こんなみじめな生活ってあるかしら。何を話しかけたって、あなたは聞いてやしない。夕御飯のお菜は何がいいって尋ねたって、あなたはとんちんかんな返事をするか、うるさそうに何でもいいと答えるだけ。毎日毎日、一体あなたは何を考えてるのよ。食べ物一つ、お菓子一つにも好きなものはあるでしょう。ちっちゃなことでも、それが生活でしょ。値段が高くって手が出なくったって、あなたが本当に欲しがるなら、帯どめを質に入れたってわたしは買ってきてあげる。それを本当によろこんで下さるなら、私は漬物だけでも我慢する。お前のいいように、何んでもいいからって、そんな無責任な、一見優しそうに見えて、そんな残酷な言葉があるかしら。何故あなたはそんなになってしまったのよ。学校の仕事をよす時は、これこそ意味のある……あなたがしなければ誰もする人のない使命づけられた仕事なんだからと、お頼みになったわね。わたしだって、幼なかった頃、あの広島の地獄絵をこの目で見た。わたし自身は覚えていなかったけれど、あれを見たために長い間、夜はおびえて、女学校に行く頃になってもまだ夜泣きの癖がなおらなかったって母が言っていた。生活が苦しくなるだろうことは解っていたけど、女はけっきょく旦那様がこうと思うことに従ってゆくより仕方がないんだから、わたしは我慢したわ。でも、立派なお仕事をはじめたはずのあなたが、何故ひとの心の温かさを滅ぼしてしまわなければならないのよ。なぜ鬼みたいな人になってしまったのよ。御自分の子供ひとり愛せないで、何が使命なのよ、何が意味なのよ、何が正義なのよ」

「違う、待ってくれ。違う」

　母と子は、それが身を護る最後の手段でもあるかのように、セルロイドの玩具を中にはさんで抱き合い、そして戸外にさまよい出てゆく。近隣の人々の手前をはばかって、ただ窓から見下ろすにすぎぬ西村の目に、アパートの中庭、一向に繁茂せぬ藤棚のわきのブランコに乗って、小さくうなずきあう二人の姿が見える。その時、二人の影は、動揺するブランコの影よりもなお激しく動くのだ。買物籠をさげて行き来する同じアパートの人々のいぶかるのもかまわず、夕暮れが迫っても、母子はまるで乞食のようにブランコから離れない。西村の嫌いな沈鬱な讃美歌を千津子は繰り返して歌うのだ。

　思い出ずるも恥ずかしや、
　天父《ちち》の御許を離れ来て、
　　思い出ずるも……

「何を考えてる?」藤堂は一方に煙草を、一方の手にチューインガムを持ち、それを西村に握らせた。

「いや」

「君にじゃないんだ。それをあの電信柱のかげにかくれてる女の子にやってこい」

「そうか、すまんな」

　不自然に頭を屈し、重い黒カバンを藤堂にあずけて、西村は駈けだした。しかし西村が駈けだすと、不意に少女の顔に恐怖のような表情が走り、二、三度大きく体を動揺させると、くるりと後ろを向いて少女は逃げだした。一目散に彼女は駈けてゆく。

背後に自動車の警笛がし、停車位置を占領していた藤堂の自動車を、やってきたバスが叱責していた。追えばコンパスの長い西村にはすぐ追いつけるのだが、戻れという藤堂の声に、西村はまた元に戻った。汗をかいただけ損だった。

「君には少し話があるんだが、まず君の方の用事からすませよう」

藤堂がギヤーを入れ、アクセルを踏む。凹凸の激しい石畳の車道を自動車は滑りだし、西村は噴きでる汗を拭いながら雑草の原を振り返った。茫然と見送っている長谷川の小娘の姿が遠のき、やがて物かげに見えなくなった。

「わけの解らん、奇妙な子なんだ、実際」

「貧民窟の子供らしいが、親も親だ。みすみす不幸になるに決まっとる子を産まなきゃいい。無益な苦悩を、どうして親たちは無闇にふやしたがるのかね。自分がもう一度この人生を繰り返せと言われれば、大概の人間はもう厭だと拒むだろうに」蒔田は窓からの風に顔をさらしながら、うまそうに煙草を吸った。「観念の富を遺すことのできぬ人間だけが子供を残したがるとプラトンが言ってた。そうすると、人間は段々と愚昧化するという退嬰史観もあながち誤りではないことになるな」

「傲慢なことをぬかすな。はりとばすぞ」藤堂が運転台から言った。「無駄話より、道順をしっかり指図しろよ。それは君の責任だからな、指図しそこなうと電柱に車をぶっつけても知らんぞ」

二人では気まずく淀んだ空気も、しかし三人となると不思議に、理由のない陽気さに変る。その時、大声で笑った蒔田の声も驚くほど上機嫌のものになっていた。

変りばえのしない街並みを走っている自動車の傍を、白いヘルメットで武装した太陽族の単車群が猛烈なスピードで追い抜いていった。一台、二台、三台、水泳にでも行くのか、後ろの席にはほとんど水着姿に等しい女たちが乗っている。漂白され着色された長い髪が健康な肌をおおってひろがり、車の上下動につれてショート・パンツのお尻がゴム毬のように揺れている。故郷の町では、映画や週刊誌で喧伝されながら、実際にはあまり見られなかった無軌道ぶりだった。後に続く車をからかうように、ことさらに車体を左右に揺すりつつ疾駆する。

「くそッ、やるか」藤堂はスピードを出した。

「やめておけ」蒔田は意外に冷静だった。「おれたちはどうせ、次の世代に追い越されてしまっとるんだ。いまさら慌てたって取りかえしはつかん。なにも自動車競走だけじゃない。古在や、この西村や、村瀬や岡屋敷らが、頭をかかえ込んで行動性を失い、呻吟してる間に、思想なんざあ糞喰らえ！　っていう世代が育ってしまったんだ。しかつめらしい戦争責任者どもの尻馬に乗って奴らを罵倒するよりゃ、彼らこそがおれたちの裏返しの双生児だってことをちっとは反省してみるんだな」

「おれはまだ追い抜かれたとは思っとらんぞ」

藤堂はぼやきながらも、しかし、年代がかった借自動車では所詮競走にはならなかった。

「一方には顔をしかめ、肝臓を肥大させ、ロダンの彫像のように凝固した〈思想〉たち。一方には、危険とスリルにだけしか生きがいを感じない若い〈海の老人〉たち。分裂してしまった二つの類型も、しかし、本当は一卵性の双生児なんかもしれんよ。両方から侮蔑しあっとるが根は同じなんだ。荷物台にしがみついてるあの女の子の必死な顔付をみてみろ。戦争中の女子挺身隊員とおんなじ顔付をしてるだろ。男たちは、ものを考えることと自体を恐れて、前へ前へと猪突猛進する。洞窟に寝ころがって目玉だけを光らせとる人間には、それも空しい影にすぎんかも知れんが、彼らはあれで一生懸命なんだ。そしてね、もし、彼らも組織せねばならぬと思うのなら、あの女の子らのように、前の男のバンドにしがみついて、ハンドルを握ってる奴らの耳許に思想とは何かを説いてやらねばならん。おれはジャーナリストだから、所詮は思想売買の仲介人にすぎんさ。しかし、もし思想が人を動かし、その方向を決定する最大の根拠であるならね。世の中には、批判的な文化人が難くせをつける材料はいつの時代にも無数にころがってる。昭和初年のエログロ・ナンセンス、戦争中の非国民、現代の太陽族、月光族、あれはいかん、これもいかん。社会時評家は飯の種には困らんさ。しかしおれはね、日頃、仕事の上では先生と呼ばねばならぬそうした人種よりゃ、太陽族の無軌道ぶりの方がずっと好きだな。少くとも、彼らは右や左の旦那様なんぞと、情けない慈悲乞いだけはせんからな」

『そう言う君は一体どうなんだ』――そう斬り返したい欲望を抑えて、西村は遠ざかってゆく単車の群れを、確かに一種の羨望の眼差で見送った。僅か数年の齢の開きにすぎないのに、この日本には、直接の兄達であるわれわれの誰もが寄りつけず、この兄貴たちの悲哀も疲労も理解せぬ若者たちが擡頭した。あきらかに断絶があり、次元の相違がある。根は等しい双生児だという蒔田の観察が仮りに正しいとしても、ポウの小説にもあるように、双生児ならこそなおさら相手を殺すより互いの救われる道はない。ヴィッセンシャフト、ベブストザイン、そしてガイスト、こうした単語の響き自体に、体系への根強い不信に苛らだちながらも、どっしりとした重量を感じた世代は後継者を見出せずに息たえた。二度と欺かれまいとする儚い抵抗を繰り返しながら、《この人間の歴史は世界精神の自己開示である》というたった一つの命題に、地球を支える神話の亀ほどの重味を覚えたその実感も、もう通用しない。〈観念〉という一言を呟くとき、眠れぬ深夜の苦吟を思い起す人間と、それは一体何の役に立つんですかと不思議がる人間とが、果して同胞たりうるだろうか。そして、もしその分裂がこの国の現実であるのなら、この黒いカバンに詰められた西村の想念も、遂に人々の生活、労働、享楽、夜の夢のどの部分にも重ならぬ余剰物として、泡の如く人知れず消え去るのが運命であるのだろう。なるほど西村は、セオリーには依らず事実の「深切著明」に拠ろうとした。だが、当の事実はすでに過ぎ去っており、記述される対象となった人々も著名ではなく無名にすぎない。過ぎ去り、無名であっても、なお価値を生ぜしめうると信じたのは、西村の側に秘められた観念があったからだ。だが、かくも深い断層が最も近しい年齢の者同士の間に横たわっている以上は、たとえ幸運がめぐって来て、西村の労作が広く公表されることになったとしても、かけがえのない彼の観念は、どの書店にも氾濫する活字、二週間とは同じ棚に並んでいない新刊書のきらびやかな背文字の中に一般化され、埋没するのがおちではないのか。

「藤堂は村瀬の近況には詳しいんじゃなかったか?」蒔田が言った。「西村が知りたいんだそうだ」

「む?」藤堂は器用に左手でマッチを擦り、前向きの姿勢のまま、煙草に火をつけた。車はいま、見知らぬ町の石橋を渡りつつあった。川は油と泥に汚れ、しかしどこか魅惑的な水の濁りが夏の光に輝いてみえた。碇泊する達磨船からあがっていた煙は、そこにもある一家団欒のしるしだったろうか。

「あいつが関西電力に雇員として入社した時、すぐ熊野の山中の出張所に廻されただろう」藤堂が回顧的に言った。「高圧線の巡視をやらされていたらしいが、もう六年も前になるかな。村瀬はおれよりまだ一年遅れて卒業して、いや、彼は結局、中退したんだったかな。ともかく五、六年前だ。その頃は、互いに住まいの遠く離れていたわりには、よく顔を合わせていたものだった。おれはもともとが岡山の山猿だから、都会の夜に耐えられなくなると、なんとなしに山を思い出して遊びに行ったことがある。あいつは家が寺だったせいか東洋的なところもあってね、およそ歓待なぞというもんじゃなくて、一言も喋らずにころんと寝ころがって、やかましい蟬の鳴き声を一緒にきいてるだけのことだったがね。そう、一度あゆを釣りに行ったことはあった。しかしその時も一匹も釣れなかったな」

「その頃のことなら、おれもいくらかは知っている」蒔田が後を受けた。「一度、雪の積もった山奥までわざわざ出むいて行ったことがあるんだぜ。あいつは一度ラジオに出演しとるんだ。山奥の生活者という録音構成の番組があってね。おれも随員として訪問したんだ。彼は昔、山岳部員だったし……雇員入社が実現したのも山岳部の先輩の骨折りだったらしいんだが……あの出張所時代には、脚にも自信はあるし、三人ばかりの荒くれ者の同僚とも案外うまくいっていたようだった。集団が小さくて仕事が原始的だと、かえって親身な人間的な交わりも生れるし、働きがあって男らしければ、〈思想〉もある程度は許されるわけだ。許されるだけじゃなくて、信頼されれば、逆に人々も食わず嫌いだった〈思想〉がどういうものなのか聞いてみてやろうという風にも変ってくる。本社ではそんなことを口にすれば忽ち馘になるような話題を、薪ストーブを囲んで同僚と論じあったりしとったよ。どぶろくを前に置いてね」

「彼が本社詰めになったのはいつなんだ」西村が言った。

「半年ばかり前だったと思う」結局、蒔田が続けて説明した。「それは能力を買われたというより、関西電力がヘリコプターを購入してね、ヘリコプターで高圧線の巡視をやりはじめたんで、仕事がなくなったんだな。長い僻地住まいで退屈しのぎに語学をずっとやっていたらしく、原子力開発部門の翻訳の仕事をやらされることになった。依然として正式社員ではなかったらしいが、ともかく娯楽施設も多い都会に出られたんだから喜ぶべきところなんだが、村瀬は逆に急に元気がなくなった。人が変るというのは村瀬のような場合を言うのだろう。……よく田舎から集団就職に出てきて、郷里の駅頭では大変な歓送をしてもらっておりながら、都会生活に適応できないで、暇さえあれば寮の押入れにもぐり込むようになる子供がいる。村瀬はもともと都会人のはずなんだが、田舎住まいの間に、環境順応のための一種の才能を落してきてしまったんだな。そういう能力はこすっからさと同じように見られがちだが、おれはそうは思わんがね。それは別にして、村瀬には近代的労働、つまりは慢性的ニヒリズムに耐える神経の強さが欠けていた。一日中、辞書を片手にする翻訳作業には、思想もまた必要じゃないしね」

「それにしても、退社するほどのことじゃない」

「西村のこだわる気持も解らんことはない」藤堂が代って受けた。「われわれはアメリカに住んでるんじゃないんだから、一旦勤めはじめ、そこで身につけた技術や信用を捨てて職を去ることは、現実の問題として社会的自殺に等しい。乗り換えるべき船がやってくるまで、彼は天涯孤独で荒浪の中を漂っていなくてはならない。おれにも経験はあるがね。たとえ幸運に拾われても、前の船以上の安定性ある船が通りかかってくれることは先ずないんだからね。男女同権と申せ、やはり誰かに頼らねば生きてゆけない大部分の女たちの方がそういうことはよく知っている。次に自分を引き受けてくれる男が現われるまで、どんなひどい仕打ちをされても、女は現に関係している男から絶対離れようとはせんもんだ。その代り、いったん乗り換えると、自己なんてものに幻想をもっとる男たちとは違って、女はきれいさっぱり以前のことは忘れよるね。チェーホフさん描くところの可愛い女なんてのは、その辺に一ぱい居るんだな」

「それより、彼が何故やめたのかを僕は知りたい」

西村はかつて自分を襲った目標なき褐色の忿怒と、それに続く荒涼とした〈断念〉のことを思った。突如、自分の道をみずから破壊するには、それなりの理由があるはずだ。疲労感や倦怠感からだけで人は自殺するものではなく、給料と各人の尊厳との交換なら、およそ現在の職業の九十九パーセントまでがそうである。村瀬を襲った絶望も、それゆえにかつての私の断念と同様に、一つの覚醒であったのではないだろうか。鎖でしばられた奴隷には静かな覚醒なぞあり得ない。それは常に激怒をともなった覚醒でしかありようがないゆえに彼は退職したのではないだろうか。とすれば、あるいはまだ顔を合わせぬ彼こそが、私の、この……

「なぜやめちまったのか、それは村瀬本人に聴いてみなきゃ、結局のところは解らん。もっとも多少の推測をすることはできるね」藤堂が言った。

「その郵便局のわきを右に廻れ」蒔田が言った。

「おそらく、近く開かれる火焰瓶事件の最終公判と関係があるんだろう。無罪と判決されれば、社員昇格、有罪なら、たちどころに馘だと、いつか村瀬は言っていたね」

「あれはまだ裁判の決着がついていなかったのか」蒔田が口をはさんだ。

「なにぶん被告が大勢だからね。軍需産業の下請工場や駅前広場に〈球根栽培瓶〉を投げた一群とは、村瀬は別行動だったらしいが、同じ日の同じ事件だから、一緒に審議されていたんだろう。だがおれは、政治闘争のことなんぞ、喋りたかねえ、また資格もないしね。蒔田、かわれ」

「資格がないとはどういう意味だ」蒔田が苛らだった。「政治は女や宗教じゃないぜ。愛しとろうが愛しとるまいが、免罪符をもってようが破門されてようが、そんなことは関係がない。おれが古在に、古在が村瀬に、村瀬が岡屋敷に、少しでも長く内部に踏みとどまった奴に対して遠慮したり劣等感を感じたりせんならん理由はどこにあるんだ。スターリンが死に、ハンガリーに暴動が起れば、そのたびにその心理的順位が転倒したり交錯したりする。こんな馬鹿な話があるか。なるほどおれは弥次馬左翼だったが、それを非難する奴は、特権左翼か、勇み肌左翼、そうでなければせいぜい思い出左翼にすぎんじゃないか。バスに乗り遅れるな左翼、その位は知ってるぜ左翼、甚だしきにいたっては、こういう風に言うてると儲かるぜ左翼までおる。糞ったれ！」

「蒔田の泣きごとを聞かせてくれとは言っとらん。第一、そんなことは、おれや西村に言わずと古在に言え、古在に」

「飢えたる若者たちだったからね、われわれは」急に沈み込むように蒔田は声をおとした。「食糧にも、愛情にも、思想にも。戦後十数年、驚くべき〈繁栄〉がやってきた。百貨店、劇場、書店、食堂、ここにもかしこにも食欲、性欲、知識欲、どんな欲望でも満足させてくれる消費材が一ぱい並んでいる。飢餓状態なんてものが、かつてこの地上に存在したなどとは信じられんくらいだ。だが、飢えの状態で起った支離滅裂な事件は、抑圧されて人目には立たなくなったとは言え、消えてしまったわけではないんだな。年端もいかん学生が、これが革命なんだろうかと思いながら、カバンに怪しげな瓶をつめて、夜中に公園をうろうろしとった事実も、今頃になって裁かれるんだな。七年もたってからね。皆がまったく忘れ去った頃に。……村瀬がその痛ましい一員というわけだ。あの時、国鉄の首切り反対ストの応援に駅前広場までデモをかけた学生は、いまは殆んど平和な小市民的家庭のお父ちゃんだ。前途有望、特に理科系の技術屋たちは、どの会社や研究所でもなくてはならぬ貴重な人材になっている。そして当人たちも、市民としての何らかの意志表示以外には、もう過激な運動には関与したがっていない。あの判決がもし有罪と決定すれば、その男たちはみな職を失う。騒擾指揮罪か放火罪か、そのどちらにしても恐ろしく刑期は長い。最初、一、二年は共同で法廷闘争をしていたらしいが、最近は自由法曹団も熱はないし、一人一人ばらばらの単子に還元されてしまってね。デモ隊に参加していたのは事実だが、火焔瓶は投げなかった、何か無意味な気がして自分は途中でひき返そうとしていた、見ていただけで投げなかったと、個別的に弁護士をやとって主張しているそうだ。権力という奴は、なにも般若面をかぶって、居丈高に棍棒をふりあげてばかりいるとは限らない。じわじわと六年も七年もかかって、集団をばらばらにしておき、一人一人の首を真綿でしめあげてゆくんだ。かつてスクラムを組んだ者同士が、自分の無罪を確証するために、傍観していただけだと主張し、見ていたのなら誰が投げたのかを知っているだろうと問い詰められ、そしてそれと名指す奴もでてくるわけだ。革命家は政治変革に成功すれば英雄だが、失敗すれば重犯罪人だからね。党員だった奴すら動揺し絶望したんだ。ただ狩り出されて出て行っただけの学生が、互いに憎しみ合うようになったのも無理はないんだ」

「それにしても、なぜ最終公判の前に退職せねばならないんだ」西村は言った。

「それは村瀬が純真だからだろう。無罪になりたいし、人を陥し入れてまで無罪になりたがる自分がまた恐ろしい。迷いに迷った揚句の自己放棄に違いない。大体彼が途方もない純情マンでなければ、ひらりと体をかわして最初からあんな不合理な闘争に参加などしとらんよ。それはそうと、報道関係で一枚ぐらいは余分に傍聴券も手に入ると思うが、君も判決を聴きに行かないかね」

「いや、僕は行きたくない」西村は背後に流れて行く商店の看板の色彩や付近に夏祭りがあるらしい提灯の流れを見た。「もう傍観するのは厭だ。傍聴席で人の苦悩を見、同情の言葉を探しあぐね、しかもどんな言葉を思いついたにせよ、それで自分すら慰められるわけじゃないんだから」

「ふん。傍聴もしたくないという人物もいるわけか。徹底しとりゃいい。それもいいだろう」

　あるすまなさの気持で、いや殆んど肩をたたき合いたい気持で西村は蒔田を見た。村瀬の、友人の、他者の、その苦しみの内容をここまで理解できる人間が、単なる軽薄男子であるはずはない。弥次馬左翼、弥次馬左翼と自分を痛めつけながら、この男の心にも、万人の幸福をこの目で見ぬ限り、自分も幸福になれぬ、いや幸福にはなるまいとする殆んど宗教的な感情が流れているのだ。たとえ、過去の彼の行動に一時の卑劣さがあったとしても、それを盾に人を侮蔑しうるほど西村は立派だったか。たとえ蒔田が今も、だらインテリであるにせよ、彼をだらインテリにさせたのは、彼を取巻く友人たちが、つまりは西村自身もまた、だらインテリであり、だら大衆だったからではないだろうか。

「おい、ちょっと行き過ぎたらしいぞ」不意に気がついて蒔田は中腰になった。自動車は急停車し、道幅の広くなっている銀行の横わきまで後退した。

「さっき妙に人だかりがしていた所があったが、あのあたりだったと思うんだ」

「バックしようか」藤堂が再びハンドルをとった。

「いや、すぐそこだ。降りよう。貴様の運転では危くて仕方がない。……それに、われわれはこうだから駄目なんだ。夢中になって話し込むと、電車もバスもすぐ終点まで乗ってしまう」

大事な自分の用件でありながら、目的の会社が近いと知ると、交渉があたかも拷問ででもあるかのように、西村は不安に震えた。ひとりする物思いは消え、感傷も消え、ひたすらに西村はその〈拷問〉から逃れたいと思った。迂濶に乗りすごさずとも、彼一人なら、決定をのばしたい、ただそれだけのために、出版社の表札を横目で睨みながら、なんどか行きすごしたことだったろう。今しばらく猶予状態でいたい、と西村は思った。村瀬の噂、藤堂の用件、なんでもいい、今しばらく自分を気楽な第三人称の側に置いて時を過ごしたい。

「うまくゆくだろうと思うよ」片足を扉の外に出した姿勢のまま、西村の逡巡を読みとった蒔田が言った。「この紹介状を書いた古在の親玉は、あの出版社の有力な株主なんだし、おれも建物の前までだけじゃなしに、中までついていってやるさ。下っぱにならだてて、君の要求を入れるようにしむけてやるよ。軽薄男子も、そういうことには重宝なんだ。なあに、大丈夫だ」

「時間は相当かかるかね、西村」藤堂が言った。

「君が待ちくたびれるようなら、僕にとってはありがたいんだが」

「おい、ちょっと待て。何かおかしいぞ」外に出た蒔田は、今にも倒れそうな街路樹の柳につかまり、今来た道を背のびしてすかし見た。道には軌道が敷かれていたが、それは既に廃軌らしく、架線はなく道床には処々ひょろ長い草が生えていた。

「なんだ。場所を間違えたのか。地理に関しては君の責任だからな。あの赤電話のある果物屋ででも確かめてきてくれ」

　藤堂の舌打ちを聞きながら、やはり西村は気恥ずかしい全身の硬直と戦わねばならなかった。西村はうんざりして目を閉ざした。だが目を閉ざせば、期せずして、今膝の上にある黒カバンの内容を作りあげるためにした苦労の一つ一つが浮かんでくる。今は亡き原爆被災者の昔の生活をたぐり寄せるための炎天下の行脚。空しい質問。無関心な応答。三十六人の無名の人々を筆の先に甦えらせようとして紙面に一字一字刻んでゆくその苦痛。また西村は、直接、伝記制作には関係せぬ厖大な文献にも目を通した。その時間と努力を、彼の専門の学業に費し、〈業績〉をあげれば、高校教師から大学講師へと自分が〈昇進〉してゆくだろうことも解っていた。しかるに、書物の表題に〈原爆〉の二字が含まれてあれば、他のなにをさておいてもそれを読まないではいられなかったのだった。アメリカでそれが製造されるに至るまでのジャーナリストの報告。フランク勧告、トルーマン決定。被爆地の写真、原爆症に苦しむ人々の診断書、子供たちの作文集。いそれを弾劾し告発する論文。第五福竜丸事件の記事、あるいは難解な数式に満ちた物理学の専門書、医学書、化学書、原子炉問題、被災者補償問題、原子研究所従業員保険問題にいたるまで、それが原爆とあり、ストロンティウムやバリウムと関係のある限り、西村は懐中の許す限りその書物を買わないではいられなかった。買えない場合もその頁をくり、書店の店員のいぶかる目にせきたてられながら、立ち読みしないではいられなかったものだった。特別、何に利用しようとするのではない厖大な新聞の切抜きができ、特に交際を求めたわけでもなく、紙箱一ぱいの被害者たちの手紙が西村の部屋にたまったものだった。それら知識の重荷、訴えかけられる悲哀の厚みから解放されるためにも、西村の五年間の作業は必要であった。そして今……

西村は目を開いた。あの作業を現実化するためには、ここが最も見込みのある場所だろう。表だってはいろいろと文句をつけながらも、最も頼りになる古在が蔭で尽力してくれたに違いない紹介なのだから。奇蹟でも起らない限り、これ以上の推挙は期待できない。

「西村、その恰好ではまるで浮浪者だ。俺の服を着てゆくか」藤堂が振り返って笑った。「ホテル一つにしてもだな、服装をそれ相応にととのえとらんと損をする。丈は君の方が高いが、幅に多少余裕はあるからうまく合うだろう。よかったらズボンもここで穿きかえよう」

「ありがとう」早くもネクタイを解きはじめた藤堂の頑丈な背中を西村はぼんやりと見た。

「ちょっと二、三町戻ってみてくれ」蒔田は自動車にもぐり込み、ふたたび車は始動した。水道管工事で掘りかえされた道路の危険標識を避けながら車はUターンする。戦火を免れてか、その部分だけは恐ろしく古びた軒が、一様に窓を菱型にへしゃげながら並んでいた。

「とめろ」しばらく戻ると、蒔田は藤堂に声をかけた。車が完全にとまるのを待たず、蒔田は降り立った。

「ありゃあ」と蒔田が声をあげた。

「この人だかりは一体何だ」藤堂が言った。

「どうやら創立社はストライキ中らしい。知らなかったな。いつからなんだ」

素早い身のこなしで、蒔田は人混みの中にもぐり込んで行った。車窓から見あげた西村の目に、物見高い見物人の汗ばんだ背中と、その肩越しに、一見商社風に見える創立社のバロック建築、そして二階の窓から垂らされた赤旗とストライキ決行中と大書された白い垂れ布が見えた。他の鎧窓はぴったりと閉ざされ、開け放たれた一つの窓には、メガホンを持ち、下の群衆に何か訴えている鉢巻姿の男の姿があった。

「西村、そこのバッグを取ってくれ」走り戻って来た蒔田の頬はいかにも嬉しそうに上気していた。「ちょっと社に電話して様子を見てくる。会社側と、販売部と編集部が三つどもえに啀《いが》み合っとるらしい。ありがとう、お蔭さんで報道種にありつけた。中小企業のストライキには、また一種特別の面白味があってな」

「待ってくれ」西村はうめくように言った。「あの紹介状は……それから、いつ解決……」

窓からの風におさまっていた汗が、一度に堰を切って西村の背中を流れおちた。物見高い弥次馬が徐々に移動し、その中から、誰が乗っているのか、高級自家用車が警笛を鳴らし続けて走り去った。入れ替りに、小型三輪車が到着し、組合の応援員らしい男たちが降り立った。玄関先で起っているらしい小ぜりあいは、声のみ聞えて姿は見えず、西村は一旦、自動車から降りようとして、のめるように座席に倒れた。藤堂が背後から彼をひっぱったのだった。二階と玄関先とでひとしきり罵り合う声がする。こんなはずはない。こんなはずはない。西村は目を見ひらいたまま、自分の瞼の裏のどす赤い色を見た。一瞬、外界の光が失われ、努力して瞳をあわせようとした西村の鼻先に、煙草がつき出された。藤堂が体をねじって西村のためにマッチを擦った。

「蒔田の奴は恐らく帰ってこんだろう。ああ見えて彼にも職業意識はあるんだ。奴さん、あれで結構、一所懸命なんだ」

「…………」

「ともかく今日は引きかえすか。ゆっくり腰を据えて待つより仕方がないだろう。ま、いつか解決するさ。何事にもあれ、初めあるものは必ず終りがあるんだからな」

「…………」

「その間に、昔の主任教授に頼んでみるとか、また別の工作をしておいてもいいだろう。いま君に何を言ったたって君には聞えやせんだろうがね」

藤堂は西村の目から一刻も早くその情景を隠そうとでもするようにエンジンに点火し、アクセルを踏んだ。

「僕は……」

自動車は不自然な急スピードで今きた道を戻りつつあった。振り返った西村の目に、創立社の玄関先、見物衆の頭上高く翻える二条の赤旗が、村祭りの幟のように長閑《のどか》に見えた。無益だった緊張感の反動がやってきた。全く弛緩した胸の中を、今まで何度か呟きかけ、それだけは呟くまいと思っていた呻きがはしる。どうしておれの赴く先々には……どうして風はこのおれにだけ、このように……

「どこへ行く?」藤堂が言った。

「…………」

「話はあったんだが、今の君の顔付じゃ、何を喋ったって無駄だ。君にとって一番心の休まる場所はどこだ。そこでとめよう。繁華街か郊外か、博物館か一ぱい飲み屋か。それとも古在のところか。そう、日浦は家にいるだろう。おれは遠慮するがね。久しぶりに彼女の手製の料理でも食って元気をつけるんだな。駅まで送ってやろう。それから、夜はおれのアパートまで来てくれ、それも気が向けばの話だが……」

「いや」

「人の力も借りついでだ。お互い遠慮はいらんのだぜ。蒔田には後でおれから電話をしとく。解決の見通しはいつ頃か、どうなるのか、蒔田にはすぐ解るだろう。中小企業が争議を起すと、ちょっと早急には元に戻らんもんかもしれんが、まさか会社をつぶすようなこともすまい。君の出て来たのが、時期的に少し悪かったことも事実だろうな。朝鮮戦争後二、三年間のどん底景気で、糸へん金へんの大企業が総崩れになってからもう大分になるが、大企業が立ち直った今ごろ、一見何の関係もない中小企業に皺寄せがきとるんだろう。あちこちの会社が合併したり倒産したりしている。ものを考えるのには時間がかかるし、時間をかけて考え込んどるうちに、世の中は変る。二十世紀に生れあわせたんだから、それも仕方がない。どこへ行こう。言ってくれ。それとも独りになりたいかね」

「ここはどこなんだろう」空はほとんど雲一つなく晴れ渡っていた。遠くの空に黄色いアドバルーンが一つ、わずかに傾斜しながら鮮やかに浮かんでいた。

「とめて降ろしてくれ」と西村は言った。

藤堂は車内のバックミラーから西村の方を窺った。小さな鏡の反射を通して、二人は互いの表情を、しばらく確かめあい、そして、かすかな物音を立てて車はとまった。

2

望みのない遍歴を、しかしなお西村はつづけねばならなかった。たとえそれが見誤った風車に向かっていどみかかるような愚かしさの連続であっても、いま諦めて立ちどまることは、彼が犠牲にした貴重な五年間を、なにごともなさず、ただ流れてゆくあの日常、あの無意味さの中に還元することになるからだった。方向が誤っていたと思いこむためには、あまりにも費した努力は重く、支払った犠牲は大きすぎた。自分の才能を過信していて、途なかばに棒を折るのとはわけが違う。知識や趣味の問題ではなく、この仕事は彼にとっては存在証明のようなものだった。諦めることは無になることだった。

西村は記憶にあるかぎりの友人を指折って数え、その一人一人と姿なき会見をした。幻影のなかで、ある男は、西村が保険勧誘員ででもあるかのようにしぶしぶ〈食費〉をさしだして追いはらい、またある友人は勤め先近くの茶房でビールをふるまって言葉だけの励ましをあたえた。

「根気のいる仕事をやったんだってね。そのあいだ、きみはどうしておまんまを食っとったんだい？」

「このあいだも原爆詩集や被災者の生活記録を読んだが……もうあれだね。ある種の感動はあるが、文章はうまくないし発想は固定してるし、もうたくさんだという感想の湧くのはどうすることもできんね。君のは、その集大成みたいなもんなんだろ。学者気質の君にはふさわしい仕事だったかもしれんね。ま、印税が入ったらおごってくれ。たのしみにしてるよ」

「アメリカにね、軍事的な研究やアイディアを国防省に売りこんでいるランド・コーポレーションという組織があるのを知ってるかい。このあいだ雑誌でよんだがね。原爆や水爆によるボタン戦争は一般に信じられているほど壊滅的なものではないと提言してるんだね。簡単な待避壕でも大幅に被害をくいとめられるし、たとえアメリカの人口の三分の一、あるいは半数が死傷し、死の灰による畸形児が将来増大したとしても、それによってアメリカが永久に立ちおくれるわけではないというんだ。十年から百年ぐらいの後には、ふたたび現在の国民総生産を達成するまでに復興することが可能だとね。中国でも同じようなことを言っていたね。六億の民衆のうち、たとえ二億や三億が死んでも、なお、三億や四億の漢民族は残るんだとね。しかも、これは将軍や参謀が言ってるんではなく、有名な文芸批評家が言ってるんだね。アメリカ帝国主義をハリコの虎だと言うのはかまわないがね。三億ぐらい死んでもへっちゃらだと言うのはどういう神経かね。無駄だよね。力のない者がなにを言ったたって結局無駄なんだな」

「出版社？　どうもそういう文化的なものには縁がないな。高校の教師をやっている従弟に、万葉集の新解釈かなにか、原稿をかきためてる奴がいてね、世話をしてくれと頼まれたことはあるんだが、どうもコネがなくてね。しかし、金さえありゃ自費出版なら簡単なんだろ。四、五十万もありゃ、立派なもんが出せると聞いたがね」

　つぎつぎと名を呼び、浮かんでくる顔たちと西村はおざなりの会話をかわす。微笑、苦笑、迷惑顔、好奇心、そして無関心と別れの挨拶。また近くにきたらよってくれよ。そのときには一杯のもう……。ひとりで期待に息をつめ、ひとりで失望に吐息し、我に帰ったとき西村はその場に倒れそうなほど空腹だった。

　行き当りばったりに入った喫茶店でいちばん安いカルピスを注文し、空腹の一時おさえをしながら、西村はふと、最初におとずれた立河出版の社長代理が語った言葉を思いだした。いまは隠棲しているとはいえ、太っ腹の社長は、ことと次第によっては金一封を借しみはしないと言っていたのではなかったか？　そうだ。もう依頼する相手を選択している場合ではない。たとえ、会社としてそれが信頼しがたい三流の組織であろうと、自分の努力が公表され、自分の努力が無意味ではなかったことが実感されれば、それで充分なのだ。社長代理は、隠棲している社長が国家主義者だと言っていた。だが、私のあつかったこの問題は、政治的イデオロギーを超え、人間が人間でありつづけるか否かの問題である。たとえ、立場が異なっているにせよ、当ってくだけるだけの手続きは踏んでみるべきだ。また、たまたまその出版社の責任者の思想が著者と異なっていたところで、それは出版そのものの不可能を意味しない。ましてや、私自身が変節するわけではないのだから。

多くの行為者がそうであるように、都合のわるい部分は、それを切りすて、穴だらけの論理を承知の上で西村は立ちあがった。行け！　行為が最初にあり、思いまどうのはその後で充分なのだ。あの長い間、私を苦しめた理由なき後悔の念も、《最初に行為ありき》という単純な命題を裏切りつづけた優柔不断の酬いだったのかもしれないのだ。五十年の悔恨よりも、一時の恥をうけよ。優しい悲哀よりも、泥まみれの屈辱を……

まといつくゆえ知れぬ後悔の念とたたかいながら、教えられた通り、寺院と病院との間を折れ、だらだら坂を下るとそれらしいバラック建てがみえた。周辺の土地は見事に整理され、高台にふさわしい邸宅がならんでいる。その中で、ことさら焦土のまま残された目的の一劃は何ものかに依怙地に面《つら》あてしているようにみえた。バリケードのような鉄条網の柵が広い雑草の敷地をかこっている。どこからでもバラックに近づけそうで、かえって入口の見あたらない高台の柵のまわりを西村は一度ぐるりとまわってみた。都会には珍しい大きな鴉が一羽、不意に畑から飛びたった。縮みのシャツにステテコ姿の、陰険そうな老人が囲いの中の芋畑をいじっていた。二度目に西村が柵の外をまわりはじめたとき、麦藁帽をあみだにして、その老人が西村に声をかけた。

「あんたは誰だ。なにをしにきたんだね？」

「今日は」と西村は黒カバンを持ちかえて言った。「立河さんのお宅はこちらでしょうか」

　その小男は南瓜の蔓をまつわらせた添え竹に鍬をもたせかけ、葉かげから疑い深そうに西村の方を窺った。

「立河はわしだが、あんたは誰だ」

「立河出版の社長代理の方から先に連絡があったと思いますが……西村と申します」

　小男は意地悪そうに、その場で手鼻をかんだ。西村はその時、不意に自分がなぜここに来たのかを忘れてしまった。多分、暑さのせいだろう。……おれはなぜ、こんな腰の曲った老人と向かいあってるんだろう。なしとげようとする目的の巨大さに比して、当面する事実のあまりの矮小さに西村は怒りの感情すら忘れてしまいそうだった。

　老人は麦藁帽をぬぎ、意地の強そうに禿げあがった頭を素手で撫であげた。

「広島から参議院に出ている渋川の紹介状をもっているとか、桶谷が電話で言っていたが、本当かね」

「ええ。……もっとも直接には存じあげないんですが」

「その角のところが入口になっている。入ってきなさい」

　不意に、つきさすような鋭い上目遣いで西村を睨み、老人は、その場に鍬と麦藁帽子をすてて小屋の方へ歩いていった。その一睨みで、まるで呪縛されたように西村の足は従順に動いた。何者だろう、この人物は。果して自分の目的に僅かなりとも役立つ人物なのだろうか。いや、そもそも、西村のいだく目的と何らかの関係がありうるのだろうか。

「部屋は汚いよ。たずねてくる人もないのでね」

老人は地上から鉛管のむきでた水道の蛇口で手を洗った。バラック建てには違いないけれども、使ってある材木は頑丈なものだった。妻の兄が製材所を営むゆえに、いささか知識のある西村の目には、それがカンナをあてさえすれば豪華な光沢を発する檜材であることが解った。

「おひとりでお住まいですか？」

「いや」

口をすすぐときの奇妙な動作は、立河老人が入歯であることを示していた。

導かれて入った小屋の内部は、なんの装飾もないながら、意外に整頓されていた。外見で予想したよりも天井は高く、窓が開かれれば風通しも悪くはなかった。簾のつくる陰翳のなかで、老人は西村の視線をさけることもなく、モンペを脱ぎ、野良着の埃をはたき、麻の着物に着かえた。三間つづきの奥の間では、ひっそりと、花でも生けていたらしい丸顔の老婦人が、滑るように近よって立河に帯をささげた。家の調度の簡素さに比して、奥の間の仏壇が堂々としているのは、老婦人の信仰心の深さからだろうか。

「突然どうも」口ごもった西村の挨拶に、老婦人は鄭重に返礼した。なにか訴えかけるように訪問客の顔を見つめる。そばで立河が「む」とうなずくと、彼女はふたたび目を伏せて奥の間にしりぞいた。

「焼跡のままになっているようですが、もとのお屋敷もここにあったわけですか」

西村は扇子もなく、はだけた胸をこっそり自分の口で吹いた。郷里の義父の見当はずれな奔走のおかげで、紹介状は郷土出身の参議院議員からもらってはあったが、その紹介者は勿論、相手の人物についても、西村には何の予備知識もなかった。また、義父の方も、西村の仕事の内容を知って紹介状をととのえたわけではない。古風で善意な錯覚――田舎の高等学校で上役と意見があわずに退職し、そして一旗あげるために都会に出てゆくのなら、幾分はみてとれる婿の〈男らしさ〉を買って、援助をあたえよう、というつもりだったろう。うじうじと職もなくアパートの一室にとじこもっている婿は人間の滓だが、なにか一念発起して、「目鼻がつけば連絡する」と〈世間〉に出ていく男だったのなら、まんざら見棄てたものではない、と。紹介状は西村の意図がなんであろうと問題ではなかったのだ。〈世間〉には実力者というものがおり、志ある青年がまずその実力者の門をたたくのは、当然なされてよい手段なのだ――と。その配慮の通俗性にいくら苛らだとうと、結局、西村は、義父の思惑の範囲を出られなかったのだ。

簾を指先でかかげて外を見ながら立河老人は西村に言った。

「ここには、むかし、道場があった」

「はあ……」と西村は曖昧に語尾を濁した。

一瞬、意識のエアー・ポケットに西村ははまりこんだ。かつて教育委員や校長に面とむかうたびに、相手に賛同するわけでもなく、かといって、正面きって反対するわけでもなく、「はあ……」と相槌をうちつづけた自己の亡霊と西村は対面した。その刹那、空腹感は苛らだちにかわり、西村は、猛然と腹を立てかけた。――おれは一体、ここで何をしてるんだ……

「いまのは家内だが、すこし神経を病んでいて、お相手をしかねる。昼食は若いものがもう持ってくるだろうが、それまで、ま、茶でも飲んでいてもらおうか」

「実は……」

「昔は、君のような、なんと言ったかな?」

「西村です」

「うむ、西村君のような若者が、大勢ここへやってきたものだった」

「わたしがおうかがいしました理由は……」

「人と人との交わりに、最初から堅苦しい理由のある必要はない」と老人は藁蒲団に正坐して言った。「気負いたって、顔を合わすやいなや相手をねじふせにかかる青年も好きだが、しかし、ともに道に迷って、偶然、出会うのもいいものだ」

何のことを言っているのか、西村には理解できなかった。だが老人の視線には、その傲岸そうな輝きとは矛盾する奇妙な寂寞感がにじみでていた。

「よくぞたずねてきて下すった」急に老人は抒情的になった。「戦前から戦争中にかけて、沢山の青年将校や教員諸君がここをおとずれ、ここで生活をともにしたものだった。わしの塾に入るために、九州や四国から、農村の青年たちが出むいてきた。それぞれの能力に応じて職の世話もし、結婚の媒酌もした。そして優秀な青年たちは、あるいは開拓団を組織して海外に出、あるいは国家の礎《いしずえ》として戦場におもむいた。わしの援助で、著作を世に問うことのできた学者もすくなくない。大東亜戦争当時の立河出版のことは聞いたかね」

どうやら訪れる先を決定的に誤ったらしかった。西村は黙って目をふせていた。

「しかし、敗戦以来、ほとんど誰も来なくなった。純真だった青年たちの多くは死んでしまったし、立河出版に関係した多くの学者たちは、掌を返すようにして、わたしを裏切った。人の世の交情は、まこと、煙のようなものだ。それ以来、わしは出版や文化事業には興味を失ってね。……あのころ、一緒に生活した青年たちよりは一世代下のようだが、君は目下の日本をどう思うかね」

「はあ?」

「いや、君は人間を信じるかね」

なにか試されているな、と西村は感じた。

「信じ……」

私はひとを……いや、私は私自身を信じたい。私は私自身が信じられる人間でありたい。ただそれだけのために、私の青春の貴重な五年間をこの仕事に捧げた。……西村は初対面の老人から審問されるべきいわれはないと思いながらも口ごもった。私は私の悲哀を信じたい。いや、そうではなく、私を悲哀せしめる私の経験と記憶が、もし私にとっても無価値であるなら、私は論理の必然によって人を信ずることができないだろう。たとえ信じうる存在が他にあるにしても、それを信じうるためには、無駄に死んでいった人々の痛みと記憶の意味を、わたしはまず……

「結局、わたしには確信がありません」西村は言った。

「古風な言い方をするんだね」老人は笑った。

相手が誰であろうと、もし聴いてくれるなら語りかけたい〈弱い心〉の持主に西村はなっていた。五年間——そしてそれに続く無駄な巡礼のあいだ、西村はあまりに孤独でありすぎた。そして何故ともなく、相手の老人の漂わせている寂寞感のゆえに、自分の語りかけが通じそうな気がしたのだ。

「君はこの国の敗戦のときは何処でなにをしていたのかね」相手は抹茶道具を静かにあけ、さっと袱紗をはたいた。

「広島におりました」と西村は言った。「しかし〈玉音〉放送は聴きませんでした。自分の家もなく、町全体も消えてしまって聴こうにもラジオもなかったもんですから。それに、丁度その日は一日中あてもなく廃墟のなかを歩きまわっていました。なにか自分勝手な歌をくちずさんでいたように思います。どんな歌だったかはもう忘れましたけれど。すでに意味のなくなった町名や停留所の名を、記憶にあるかぎり頭の中によびさましながら歩いていたんです。文字通りの死の町を、時折り大八車を曳いた男が通り、私と同じようにあてもなく彷徨う人がいました」

「そうすると、君は……」

「のちに大学に入ってから、イタリアの古代都市ヘルクラネウムとポンペイが発掘された経過を書いた考古学の本を読んで、私は涙を流したものでした」西村は〈被爆者〉という言葉が自分にかぶせられるのを嫌って比喩的に言った。「御存知ですか？　ティレニア海に臨むその兄弟都市は、ヴェスヴィオ火山の爆発のために火山灰と火山礫におおわれて滅びました。爆発ののち四十八時間、ふたたび太陽が大空に蘇ったとき、その二つの町はこの地上には存在しませんでした。たしか紀元後七九年、八月の半ばごろのことだったそうです。二つの都市は、その繁栄、その生活、そしてそのすべての矛盾もそのままに、火山灰と熔岩に埋もれてしまったんです。そして、その上を泥土のように時間がおおいかぶさり、長い間、そんな町のあったこと自体が忘れられていました。十八世紀に、偶然のことからその廃墟が発掘されたんですが、その時、ある男は町の門の前に装身具と金銭をつかんで倒れており、ある家の中では婚礼か葬式かの後に、安楽ベッドに横になってくつろいだ客人たちの屍が発見されました。奴隷は足に鎖をつながれたまま死に、子供たちは部屋の中で遊戯をしていたままの配置で死んでいました。また、ある母親は、おそらく硫黄ガスを避けようとしたんでしょう、ヴェールの切れはしで子供の口をおおってやろうとする姿勢のまま、発掘されました。パン焼きのかまどにはパンがあり、書斎には文字を書く小板や巻物が、浴場には入浴用のブラシがそのまま残されていたそうです。石の地下室にかくれていて、気づいてみると泥土と熔岩に封鎖されて出られず、空しく斧をふりあげて死の壁にいどみながら息絶えたものもあったと言います。最初の興味本位な発掘のために、少しその形をくずされながら、二つの都市は、じっと、自分たちの死の真相があかるみに出されるのを待っていたんですね。壁画も酒場の壁にかかれた愛の歌も、悲しい自己主張の時のおとずれるのをじっと待っていたんですね」

「ふむ」相手の眼光は炯々と光って不気味だった。「君の言おうとしていることは解るような気がする。それで、つまり君はこの現代の死都の考古学者になろうとして何かを書いたというわけなんだね」

「人間の記憶というものははかないものです」西村は続けた。「かつて身も世もあらず失恋に泣いた乙女も次の恋人が眼前にあらわれれば過去を忘れ、夜の歩哨に奈落の底に沈みこむような恐怖を味わった兵士も、戦いが終れば、ある懐かしさのなかにその感情を解消させます。個人的な経験ばかりではなく、一紀元を劃するような国民的体験、民族的な苦痛も一つ二つの世代を経れば、興味本位な伝誦や、金もうけのための発掘の対象にすら変えられてしまうんです。時間は泥土よりも重いのに、人の心は水の流れよりも早く移りかわるものだからです」

「君は妙に古風な人間のようだな」老人は西村の前に抹茶をさしだしながら微笑した。「わしはさっきも言った通り、戦後、感ずるところあって文化事業からは身をひいている。優秀な弟子たちも、みんな、死んでしまってね。残った僅かな者たちの生活のために、ほそぼそと出版の仕事は続けさせてはいるけれども、それは残念ながらエロ雑誌にすぎない。若い者も最初は一種の隠れ蓑のつもりだったんだろうが、朱にそんで赤くならずにはおれはしない。彼らは今は全くの三文雑誌の編集者になりさがっている。しかし、君の話には何か私の胸をうつものがあるのを感ずる。君の志の如何によっては……」

「志というほどのものはありません。しかし石で造られたポンペイは自分のミイラを自分で残しましたが、木と紙と竹の私たちの国の兄弟都市は、せめて文筆でなりとも、その惨禍の姿をとどめねば、永遠にこの地上から忘れられてしまいます。現に、銀行の石畳の上に烙印されていたうずくまる男の影も、いまは、ただそこに立っている標識と説明書きによってだけ、それと知れるにすぎない程度に薄らいでしまいました」

「君の言おうとすることは解った。ただ、君の言うこの国の死都は、火山の爆発によって生じたものではなく、星々の運行のめぐり合わせが悪かったためのものでもなく、人間によって、人間同士の戦いによって生じたものだ。そして戦争というものが、自然の災害や人間の個人的過失などと異なる最大の相違点は、それが民族的な正義と正義とが真向からぶっつかりあって鎬《しのぎ》を削る点にある。それは悪魔と天使、悪と正義との戦いではなく、一つのやむを得ぬ正義と、いまひとつのやむを得ぬ正義との闘いであるとわしは思っている。いや勿論、別な見方はあってもいい。しかしこの戦争の世紀の証人となろうと君が決意したとき、なぜ、戦闘にみずから身を挺した兵士たちのことを考えず、真先に原爆の被害に目をつけたのかね。それを聴きたい。原爆が人類史の中でいまだかつてない残虐な兵器であり、その被爆体験がこの国だけのものとして世界の注目をあびているからか。それとも、何か君個人のやむにやまれぬ理由あってのことか。君は文筆によってでも記録を残さねば、すべては忘れられると言ったが、すでに少なからぬ記録や手記が公刊されているように思う。それらは多く、完全な被害者の立場から、つまりは、みずからをその戦闘全体にかかわりない無垢の者とみなす架空の立場から書かれていたと思うが、君はまさかその二番煎じをしたわけではなかろう。春秋の筆法という言葉もあるように、秀れた記録というものは、もともと歴史に対する裁きでもあるだろう。君は何を裁こうとしたのか？　その意見がわしの考えと合うか、わしの思いを超えているかしなければ、いまは道をとざされて隠遁しているとはいえ、一人の思想をもった人間として、君を援助することはできぬ。君は国家というものをどう考えているのか。この日本の国がどうなればいいと思っているのか。そして、大東亜戦争の全体をどう評価しているのか。いや、小さな具体的問題からでもいい。答えてもらいたい」

「戦争が、互いにあい容れぬ思想と思想の戦いでもあるという点は認めてもいいと思います」西村は威儀を正して言った。彼は必ずしもその人物に彼の希望を託そうとする気になっていたわけではない。だが、思想は違え、設問が本気のものである以上、能力の及ぶ限り誠実に答えるのが知識人の礼節というものだ。「ということは、従来までのところ、人間の思想というものは、要するに、その思想を信奉する者の利益を代表していたにすぎないということを意味します。だから利益の形態が変り、利益追求の方法が変れば、思想も変り、あるいは別な思想を遵奉することにもなるわけです。思想がそうである限り、人は利益のために戦い、利益のために和睦するでしょう」

「馬鹿なことを言うな」老人は不意に額に青筋を走らせて怒鳴った。「馬鹿なことを言うものではない。昔、わたしの塾に通っていた純真な青年たち、全国の名も知れぬ戦士たち、そして私自身の二人の子供も、何かの利益のために死んだと思うか。誰しも人間である以上、天より賦《あた》えられた命数をみずから手折るようなことはしたくはない。たとえ勇気のありあまる者であっても、ことさらに自分自身を死地に陥れたりしたくはない。しかし思想的動物である人間は、恥をうける生よりも信義に死ぬことを選ばねばならぬこともある。無私だからこそ死ねるのであり、内に大慈悲心あるゆえにこそ敵を殺しもするのだ。百人を生かすために一人を殺さねばならないなら、その一人は殺されねばならぬ。百人の名誉のために私の命がいるなら、私はいまも、そのために自分の命を捧げてもいいと思っている」

「決意して死ねた人はまだしもよかった」西村もまた激昂して言った。「だが……言わせてもらいます。決意も準備もできず人々は死なねばならなかったことをあなたは忘れておられる。すべての人が参謀であり将校であり、政治的価値が人間社会の最高の価値であるなら、それも仕方がない。しかし、たとえば、十二軒長屋に住む一人の老婆が、食糧の乏しい折から、田舎から送られた小麦粉できびだんごを作り、それがうまくできたものだから近所に配って喜んでもらおうと思っている。そこへ何の予告もなく閃光が輝いて老婆は死ぬ。鬼畜米英！　とその老婆が口を耳もとまで裂いて相手を呪いながら死んだのなら、まだ救われた。しかし彼女はただ、僅かな善意から、二、三本ずつのきびだんごを近所にくばろうと思っていただけだった。しかし、やはり彼女は何の理由もなく死なねばならなかった。憂国の志士や階級闘争の闘士の悲憤慷慨、武勲赫々たる戦士の名誉に比して、はたしてその老婆のわずかな善意はより価値低いものでしょうか？もし、そうお考えなら、証明していただきたい。世間の人々の目から見れば役立たずで親不孝な文学の道を私は学びました。それも華々しい創造もできず、体系的な研究もできず、ただわずかに〈理解〉しうる能力を身につけたにすぎなかった。それは単なる教養であり内面の富ではあっても、客観的にそれと認められる価値でも行為でもない。しかし、いま私はこう言いたいのです。政治を憂え、国を憂え、世界のなりゆきを考慮されるあなた方に、あなた方がかかわっている問題や価値以外に大事なものがこの世にないなどと思いこむことを許さない、と。節句の雛壇のように見事に階層づけられたどんな制度よりも、一片の自発的な礼譲や善意や愛情の方が、より尊くはないと誰が断言することができますか。なぜ私が訴えたいと思うことを、政治的な運動を通じて実現しようとせず、孤立無援の、無力な方法を選んだのかと親しい友人たちすらしばしば尋ねました。しかし、それは逆なんです。私はリアリストではありません。私の方法はおそらく馬鹿げてるでしょう。しかし、私はそれが世間知らずな感傷であれ、むしろ私はその感傷の方に賭けます。真暗な防空壕の中で、空をかすめる爆音におびえながら、なお、この世界にはもっとまともな生活のかたちがあるはずだと嘗て夢想したその感傷の方に私は賭けます。なぜなら、その夢想の方が、腹芸に巧みな政治家のリアリズムよりも、ずっと人間的だからです」

「君の考え方はまちがっている」

老人はゆっくりと抹茶をたて、作法通り、しかしごく自然に三度口をつけてそれをすった。備前焼きなのだろう、肌理《きめ》のあらい陶器の感触を、老人は目を閉ざして指先で楽しむ。そしてふたたび、「君は間違っている」と、包みこむような優しさで言った。「人の死はすべて等しく悲しいものだが、志ある者の死と、そうでない者の死とを強いて区別するなら、志ある者の死こそがより惜しまれるべきだからだ……それゆえ極端に言えば、こう言ってよいとすら思っている。ここに一人の嬰児がおり、ここに一人の青年がいるとする。どちらかが死なねば、ともには生きえない状況にもし追いつめられれば、私は、その嬰児を殺して青年の方が生きるのが、窮極の選択としてはいいことだと思っている。なぜなら、青年には抱負というものがあり、嬰児はその顔立ちがいかにあどけなく、その掌が紅葉のように可憐であっても、嬰児にはみずからの存在に対する自覚もなく、それゆえに、みずからの死を何ものかに捧げる志もないからだ」

「あなたこそ大間違いに間違っている」西村は声を荒だてて言った。「国が国にむかって剣をふりかざすとき、一つの民族が他の民族を征服するときも、その同じ論理が使われました。白人による黒人の虐待も奴隷視も、志ある白人による物としての黒人の使役でした。ここに二人の人間がいて、一方に志があり、一方にはなく、一方に正義があり、一方に正義がなく、一方が優越しており、一方がその優越者のために犠牲にならねばならないなどということを一体、誰が判断を下すんです？　自分たちは文明人であり、自分たちは神に選ばれた存在であり、自分たちによって世界が統一されることが善であることの客観的保証などはこの世界にはない。……私はつねづねこう思っています。あなたが比喩的に事柄を青年と幼児に単純化されたように敢て単純化して言えば、私たちが口にする思想というもの、とりわけ集団としての人間、社会的存在としての人間のあり方に関する社会思想には、たった二つの思想しかない、と。それは人を殺すことを許す思想と、それだけは決して犯すまいとする思想の二つです。邪悪な目的のためは勿論、なにか素晴しいユートピアの実現のためにもせよ、その過程で人を打ちのめし、人を殺し、その血ぬられた権力の座でなされるすべての施政は、根本的に間違っているんです。人を殺し、己れをも傷つけねばならないような、いかなる正義もこの世には存在しない。高貴な目的のために、邪悪な意図をくじくために、あるいは攻撃に対する正当防衛のために、やむを得ずとる手段としてであろうと、殺人を伴う手段は、そのこと自体によって目的を瓦解させます。目的は手段の集積であり、手段のあり方を離れて自立する目的などあり得ないからです。そしていかなる目的にもせよ、人間によって考え出された目的であるなら、人間がそれを享受するためのものであり、人を殺さねばならぬほどの目的上の差異など、人間同士の間にはありえないからです」

「君はこの地球上の生物の間に行われている、凄じく、無慈悲な生存競争、弱肉強食の争いのことを忘れている。淘汰による無目的な進化のことも忘れている。そして残念ながら人間もまた動物の一員であり、動物の一員であるという人間のあり方から、人間の思想もまた完全には離脱できないのだということも忘れている。たたかいは創造の父、文化の母である、という言葉が昔あった。試練の個人に於ける、競争の国家に於ける、斉《ひと》しく夫々の生命の生成発展、文化創造の動機であり刺戟である、と。これは昔、昭和九年ごろ、陸軍省新聞班の名で発表された『国防の本義と其強化の提唱』という冒頭にあった有名な言葉だがね。人間は平和で自由であればあるほど、よりよくその能力を発揮するといういまひとつの考え方があり、恐らく君のいう二つの思想というのは、その二つの立場を意味するのだろうが、祈願としてならともかく、事実においては、どちらの思想が本当に正しいのかはまだ歴史的には証明されてはいない。なぜなら、人類の歴史は、その二つの信念の交替、まったく勢力のあい均衡する反復によってなりたっているからだ。地獄を恐れながら地獄に足をとられ、浄土に憧れながら浄土を却って淋しく思う矛盾した人間の、それが象徴だろう。もっとも、勢いのおもむくところ、君の考え方が真実の反面しかとらえていないことを指摘しているまでであって、私はなにも軍国主義者でもファッシストでもない。この日本の固有の滋味深い文化の失われつつあることを悲しんではいるけれども、主張はどうあれ、私も出版事業という非暴力的な手段、青年たちの教育と鍛錬を通じて社会、国家への貢献を願ってきたものだ。だが、厭な老人だとは思うだろうが、長生きすれば、人間、疑い深くもなる。そして世の中の仕組や人の心の秘密などが、みまいとしても透けてみえてくる。人々が複雑がり深刻ぶっている争いや対立も、結局、馬鹿馬鹿しいほど単純な原理に還元されうるものだということも解ってくる。原爆の存在が何を意味するか、それを禁止しようとする運動の内部にある対立や紛争が結局何に由来するのか。その運動で飯を食わねばならぬ人は、どんなに事がこじれても離れるわけにはいかず、それがまた一つの社会的努力である以上、それを利用しない政治家は馬鹿だが、しかし、この世を諦め、長生きしすぎた自分の人生を自嘲しながら生きている者の目には、腹の底から笑いがこみあげてくるほど、はっきりと事柄の本質が見えてしまうのだ。人は従来、殺されるよりは殺すべし、と剣を閃かせ、棍棒をふるった。動物に対して、利害あい反する人間に対してもね。そして、一ふりの刀剣と原爆の差は、四千万年以前の原始人と現在の人間のあり方の差よりも、実は小さいのだということもね。いま私が、意見が合わないというただそれだけの理由で、その床の箒をもって不意に立ちあがり、君に殴りかかるとする。逃げ場は他にない牢獄のような部屋の中で、もし征服されれば永遠に奴隷として屈従せねばならないとしたら、君はどうするかね。従来の人間のあり方、その総体的な道徳的水準からみて、人間という動物は、植民地にせよ、生産手段にせよ、地位にせよ、女にせよ、既得権や所有物は、力によって放棄させられるまでは、決して自発的には手ばなそうとしない存在であった。よくもあしくもそうした存在でしかない人間同士として……君はどうするかね。目を閉ざし、合掌し、頰を前につきだすかね。この地上の闘争を諦めて、あの世の栄光と救済を夢見ることで満足するかね」

「おそらく私は……」西村は相手から目をそらせ、さらに自分自身からも目をそらせるように天井を空しく仰ぎ見た。「おそらく、私はあなたと戦うでしょう」

ふふ、ふふ、と老人は苦しげに含み笑いし、一瞬、生花の前でつくねんと坐っている妻の方を振り返り、そして大声で笑った。

「ま、ゆっくりしてゆきなさい。お見うけしたところ、金に困っているだけじゃなく、腹もすかせているらしい。もう若い者が持ってくるだろう。およそ矛盾したことを言う人だが、君は正直な人らしい。今、君が無抵抗を表明すれば、本当に君を箒で打って追い出すつもりだったが、戦うはよかった。はは、はは」

戸口をノックする音がし、頭に白いコック頭巾をかぶった男が、出前の箱からざるそばを出して西村と老人の前に置いた。

「ああ、お客さんでしたか、先生」彼は立河老人を先生と呼んだ。「随分と蒸しますなあ。こうくそ暑くては馬だって口から泡をふいて卒倒しちゃう。奥さん、お加減はいかがですか、心臓のお加減は？」

婦人はゆっくりと振り返り、邪気のない童女のように微笑んだ。

「ありがとうよ。根津さんもお元気かや」

「は、ありがとうございます」

「そこのお方がお腹をすかしてなさるから、私の分はそのお方に食べてもらってつかっさい」

「いやいや御心配なく。もう一度、別に持ってまいりますから」

「うむ、すまんが、そう頼むか。坂道を上り下りして運動すれば、おぬしの贅肉もすこしはとれようから、はは」老人が言った。

「じゃ、そうします」

西村は、戸口のところに暫時たちどまり、晴れ渡った空を見上げながら頸の汗をぬぐったその人物を、一、二度どこかで見たことがあるような気がした。だが、その時は思いつかず、その男の姿が葭の日覆いの彼方に一つの影となり、やがて消えてしまってから、最初この町で古在と待ちあわせた大衆喫茶の店主らしいことに気づいた。一風変った人物という印象は最初からあったが、黒人と日本人との混血の少女を養っている喫茶店の主人も、昔は、この立河老人の塾生だったのかもしれない。

汗が顳顬《こめかみ》のあたりから目尻へと流れた。いま立ちあがって辞去すべきだと、西村のうちにささやくものがあった。人と人とのすれ違いとその傷痕に、運命が人間をとらえ、人生の意味を照らし出そうとする、ある宝があることは認める。しかしこの老人は、我が徒ではない。みずからの表現したものを公表するという目的のために、手段を選ばず、相手の思想のあり方にも目をつむり、公表の権利をゆだねてしまえば、仕事そのものは世に残っても、なぜこれを為そうとしたか、為さねばならなかったかの抱負は失われる。この老人は悪い人物とは思えない。しかし、恐らく、まだ戦争は終っていないと考えているこの老人の手を借りれば、原爆の惨禍を訴えることが、原爆の惨禍をひたすらに伏せた占領軍への糾弾にのみ限定され、それだけが強調されないとは保証できない。西村は滲みでる汗をじかに手で拭い、あたかも遠い思い出でもなつかしむように手許のざるそばを見た。

「人間には恒久の真理などは持つことはできない」と老人は西村の表情を凝視しながら言った。「人間には各自が、それぞれ五十年の生を託して悔ゆることのない、各自の正義をもつことができるだけだ。自分の正義が人様の正義と合わぬこともあり、世に受けいれられないこともあろう。ともに天を戴き得ねば戦わざるをえず、世に容れられねば退くより仕方がない。だが……」

老人は、そのとき、西村が悲しげにざるそばを見おろしているのに気づき、彼にそれをすすめた。

「ま、食べなさい。腹がへっては軍《いくさ》はできんよ」

箸を手にとることが、なにか重大な事件ででもあるかのように、西村は躊躇した。久しぶりの対面であるゆえに、皆一応、微笑で迎えてくれてはいても、事実上、友人たちからも見はなされかけている自分の姿が痛い自覚になって、西村に戻ってきた。もういい。もう充分だ。苦しみや失策を試練と思いなす稚気も消えた。一つの認識が、その正しさゆえに人々の心を撃ち、世を動かすという夢想も消えた。世の中が暗黙のうちに定めている法則から、思いたかぶって足をふみはずした自分が青臭く愚かだったのだ。もうどうなってもいい。どうせ、俺は、ひとたび〈断念〉し、まともな人間の道からずれてしまったのだ。——西村は一礼して、立ちあがった。

「突然、おうかがいしまして、大変、失礼しました。私は失礼します」

老人の顔に憤怒とも悲哀ともつかぬ皺が走り、何かを言いかけ、不意に極端に孤独な表情になって、奥の間を振りかえった。神経を病んでいるという老婦人が、すっと立ちあがり、滑るような足どりで西村のそばに立った。

人の年輪というものは、ある坂を越えると逆戻りするものなのだろうか。断髪した白髪の髪は童女のようにあどけなく、小さく澄んだ瞳は、やがて帰ってゆくべき自然そのもののように澄んでいた。「これを」と老婦人は何かを塵紙に包み、それを西村の手に握らせた。その動作の自然さを壊すべきものは西村にはなく、あの閃光の日いらい、想像の中にしかなかった母親の手をとるように、西村は老婦人のさしだす手を二つの掌ではさんだまま暫く立っていた。

「うちの人は頑固な人じゃけど、また来て、話相手になってやってつかっさい」

「は」

西村は重い黒カバンをふたたび脇にかかえ、そっぽを向いている老人と、童女のように手をさしのべている老婦人を見較べ、奥の間の巨大な仏壇に頭をさげるように、深々と敬礼した。

「本当に、失礼しました。お元気で」


（つづく）

作品の背景

一九四五年の敗戦のあと、戦争の反省と新たな社会への希求は共産主義革命への熱望として表現されました。これを指導していたのは日本共産党でしたが、その路線と実践は模索を強いられ、その混迷はそこに関わっていた多くの人びと、とりわけ若者たちに深い傷跡を残すことになりました。『憂鬱なる党派』はその傷跡をめぐる小説です。

一九四九年には毛沢東がひきいる中国共産党が革命を成功させ、一九五一年には朝鮮戦争がはじまります。これは共産主義勢力と資本主義側との戦争でしたし、在日朝鮮人たちにとっては自分の祖国が切り裂かれる戦争でもありました。

その前夜、戦時下の非合法化から解放された日本共産党は労働運動や学生運動を組織してその勢力を飛躍的に拡大させ、一九四九年には選挙で三十五議席を獲得します。当時の共産党指導部は議会で多数をとることで革命を実現する「平和革命路線」をとっていました。しかし当時、世界の共産党の指導部であるコミンフォルムは一九五〇年に「日本の情勢について」という論文でこの路線を批判し、日本の人民は米軍の撤退と日本の独立のために「決定的闘争」を行うよう指示しました。これに対して日本共産党の指導部は「『日本の情勢について』に関する所感」を発表して、これに反対を表明します。この指導部とコミンフォルムの批判をうけいれるべきだとする立場の人びとは激しく対立し、党は分裂状態になります。前者は「所感派」、後者は「国際派」と呼ばれました。

同時期、占領軍は中国革命の成功などの情勢に脅え、それまでの政策から一転して共産主義勢力への弾圧＝レッドパージを開始し、共産党の機関紙も発刊停止となります。世界的な「冷戦」の開始です。

分裂したまま非合法においやられた「所感派」は五一年、それまでの方針を転換して武装闘争による革命を決定しました。都市部では中核自衛隊、農村部では山村工作隊が組織され火焔瓶闘争などを展開しますが、中国革命の路線をそのまま日本に適用して成功するはずもなく、これに殉じた若者たちは悲惨な事態に直面します。当然のように「所感派」がひきいる共産党は民衆の支持を失っていきました。一方、コミンフォルムが「所感派」を支持したことで「国際派」も行き場をうしないます。

その行き詰まりを打開すべく一九五五年、日本共産党は第六回全国協議会（六全協）を開き、分裂に終止符をうつとともに過去の闘いを「極左冒険主義」として自己批判し、かつての平和革命論に近い路線をとることを決定しました。この決定は武装闘争と分派闘争で苦悩した若者たちをさらに深い消耗と絶望へおいやるものでした。

この作品は西村がその六全協後の同志たちを訪ねる物語であり、この時期のさまざまな動きが織り込まれています。第四章の冒頭に登場する岡屋敷はかつて巨体をほこった蹴球の選手でしたが山村工作隊の経験に由来する「憂鬱症」と病気で「痩せさらばえて」います。また古在は分派闘争の過程で「国際派」として査問され除名されたとされています。村瀬はかつての火焔瓶闘争の裁判の被告として最終公判を迎えようとしています。これは吹田事件と呼ばれる大衆的な反戦のための蜂起であることが後半であきらかになります。それ以外にもこの作品には一九四九年、京大に天皇が巡幸でおとずれ、学生がこれに対して公開質問状を読み上げるという事件やレッドパージの流れのなかでつくられた破防法への反対運動なども重要な体験として描かれています。高橋和巳は一九四九年に京都大学に入学していますので、その軌跡はそのまま主人公たちに重なります。

この作品には次の時代への予兆もないわけではありません。学生運動では共産党の主導権が「〈トロツキスト〉の集団である反戦学生同盟」などに移りつつあることを伝えています。この反戦学同は一九五七年に日本共産党と決裂して共産主義者同盟を結成し、全学連を掌握して一九六〇年の反安保闘争を主導しました。共産党や社会党をこえる左派＝新左翼の誕生です。高橋和巳はこの流れに属する若者たちの支持をうけ、本人もそれにコミットしました。早すぎた晩年には共産主義者同盟から最左派として分れた赤軍派と共著さえ出しています。これほど時代に過激に関与した作家は同時代でも稀有でした。

この作品のラストでは大阪の寄せ場・釜ヶ崎の暴動が描かれます。作品の舞台は六全協と反戦学同の記述などからして一九五六年頃と推察されますが、釜ヶ崎で最初にこの作品で描かれたような大規模な暴動が最初におこったのは一九六一年のようです。しかし作家はあえてここに暴動をいれなければならなかったのでしょう。一九七二年に釜ヶ崎共闘会議を結成して釜ヶ崎の激烈な闘いをリードした船本洲治は七三年、高橋和巳の出身校である京大の学生たちの前で講演してこう語っています。「ぼく最近、高橋和巳いうの好きになったわけですよね。（笑い、拍手）主人公は全部釜ヶ崎で餓死するでしょ」「高橋和巳という人は、ものすごくすぐれた問題意識をもった人やと思うわけ。日本の左翼が持ち得なかった問題意識をかかえ込んだ、本当の左翼やないかなぁ、と最近感じとるわけです」。船本はこの講演の二年後に沖縄の嘉手納基地前で焼身自殺しました。高橋和巳の主人公たちのように。

（編集部）

本書には、現代の観点から差別的とも見える表現がありますが、書かれた時代背景および、著者の差別の根底を見据える真摯な姿勢を考え、原文のまま残しました。

（編集部）

本書は「ＶＩＫＩＮＧ」に十一回にわたり連載され、その後、すべてを書き直して一九六五年十一月、河出書房新社書き下ろし長篇小説叢書の第一回として刊行されました。その後一九九六年河出文庫より刊行されました。

憂鬱《ゆううつ》なる党派《とうは》　上

二〇一六年　七　月一〇日　初版印刷
二〇一六年　七　月二〇日　初版発行

著　者　高橋和巳《たかはしかずみ》
発行者　小野寺優
発行所　株式会社河出書房新社
〒一五一－〇〇五一
東京都渋谷区千駄ヶ谷二－三二－二
電話〇三－三四〇四－八六一一（編集）
〇三－三四〇四－一二〇一（営業）
http://www.kawade.co.jp/

ロゴ・表紙デザイン　粟津潔
本文フォーマット　佐々木暁
印刷・製本　中央精版印刷株式会社

Printed in Japan　ISBN978-4-309-41466-9

邪宗門 上・下

高橋和巳　41309-9 41310-5

戦時下の弾圧で壊滅し、戦後復活し急進化した“教団”。その興亡を壮大なスケールで描く、39歳で早逝した天才作家による伝説の巨篇。今もあまたの読書人が絶賛する永遠の“必読書”！　解説：佐藤優。

窓の灯

青山七恵　40866-8

喫茶店で働く私の日課は、向かいの部屋の窓の中を覗くこと。そんな私はやがて夜の街を徘徊するようになり……。『ひとり日和』で芥川賞を受賞した著者のデビュー作／第四十二回文藝賞受賞作。書き下ろし短篇収録！

東京プリズン

赤坂真理　41299-3

16歳のマリが挑む現代の「東京裁判」とは？　少女の目から今もなおこの国に続く『戦後』の正体に迫り、毎日出版文化賞、司馬遼太郎賞受賞。読書界の話題を独占し“文学史的事件”とまで呼ばれた名作！

ミューズ／コーリング

赤坂真理　41208-5

歯科医の手の匂いに魅かれ恋に落ちた女子高生を描く野間文芸新人賞受賞作「ミューズ」と、自傷に迫る「コーリング」――『東京プリズン』の著者の代表作二作をベスト・カップリング！

みずうみ

いしいしんじ　41049-4

コポリ、コポリ……「みずうみ」の水は月に一度溢れ、そして語りだす、遠く離れた風景や出来事を。『麦ふみクーツェ』『プラネタリウムのふたご』『ポーの話』の三部作を超えて著者が辿り着いた傑作長篇。

肝心の子供／眼と太陽

磯﨑憲一郎　41066-1

人間ブッダから始まる三世代を描いた衝撃のデビュー作「肝心の子供」と、芥川賞候補作「眼と太陽」に加え、保坂和志氏との対談を収録。芥川賞作家・磯﨑憲一郎の誕生の瞬間がこの一冊に！

世紀の発見

磯﨑憲一郎　41151-4

幼少の頃に見た対岸を走る「黒くて巨大な機関車」、「マグロのような大きさの鯉」、そしてある日を境に消えてしまった友人A——芥川賞＆ドゥマゴ文学賞作家が小説に内在する無限の可能性を示した傑作！

ノーライフキング

いとうせいこう　40918-4

小学生の間でブームとなっているゲームソフト「ライフキング」。ある日、そのソフトを巡る不思議な噂が子供たちの情報網を流れ始めた。八八年に発表され、社会現象にもなったあの名作が、新装版で今甦る！

第七官界彷徨

尾崎翠　40971-9

「人間の第七官にひびくような詩」を書きたいと願う少女・町子。分裂心理や蘚の恋愛を研究する一風変わった兄弟と従兄、そして町子が陥る恋の行方は？　忘れられた作家・尾崎翠再発見の契機となった傑作。

二匹

鹿島田真希　40774-6

明と純一は落ちこぼれ男子高校生。何もできないがゆえに人気者の純一に明はやがて、聖痕を見出すようになるが……。〈聖なる愚か者〉を描き衝撃を与えた、三島賞作家によるデビュー作＆第三十五回文藝賞受賞作。

冥土めぐり

鹿島田真希　41338-9

裕福だった過去に執着する傲慢な母と弟。彼らから逃れ結婚した奈津子だが、夫が不治の病になってしまう。だがそれは、奇跡のような幸運だった。車椅子の夫とたどる失われた過去への旅を描く芥川賞受賞作。

福袋

角田光代　41056-2

私たちはだれも、中身のわからない福袋を持たされて、この世に生まれてくるのかもしれない……人は日常生活のどんな瞬間に、思わず自分の心や人生のブラックボックスを開けてしまうのか？　八つの連作小説集。

岸辺のない海

金井美恵子　40975-7

孤独と絶望の中で、〈彼〉＝〈ぼく〉は書き続け、語り続ける。十九歳で鮮烈なデビューをはたし問題作を発表し続ける、著者の原点とも言うべき初長篇小説を完全復原。併せて「岸辺のない海・補遺」も収録。

白きたおやかな峰

北杜夫　41139-2

カラコルムの未踏峰ディラン遠征隊に、雇われ医師として参加した体験に基づく小説。山男の情熱、現地人との交情、白銀の三角錐の意味するものは？　日本山岳文学の白眉。

完本　酔郷譚

倉橋由美子　41148-4

孤高の文学者・倉橋由美子が遺した最後の連作短編集『よもつひらさか往還』と『酔郷譚』が完本になって初登場。主人公の慧君があの世とこの世を往還し、夢幻の世界で歓を尽くす。

そこのみにて光輝く

佐藤泰志　41073-9

にがさと痛みの彼方に生の輝きをみつめつづけながら生き急いだ作家・佐藤泰志がのこした唯一の長篇小説にして代表作。青春の夢と残酷を結晶させた伝説的名作が二十年をへて甦る。

寝ても覚めても

柴崎友香　41293-1

あの人にそっくりだから恋に落ちたのか？　恋に落ちたからそっくりに見えるのか？　消えた恋人。生き写しの男との恋。そして再会。朝子のめくるめく10年の恋を描いた、話題の野間文芸新人賞受賞作！

また会う日まで

柴崎友香　41041-8

好きなのになぜか会えない人がいる……ＯＬ有麻は二十五歳。あの修学旅行の夜、鳴海くんとの間に流れた特別な感情を、会って確かめたいと突然思いたつ。有麻のせつない一週間の休暇を描く話題作！

溺れる市民

島田雅彦　40823-1

一時の快楽に身を委ね、堅実なはずの人生を踏み外す人々。彼らはただ、自らの欲望に少しだけ素直なだけだったのかもしれない……。夢想の町・眠りが丘を舞台に島田雅彦が描き出す、悦楽と絶望の世界。

ダウンタウン

小路幸也　41134-7

大人になるってことを、僕はこの喫茶店で学んだんだ……七十年代後半、高校生の僕と年上の女性ばかりが集う小さな喫茶店「ぶろっく」で繰り広げられた、「未来」という言葉が素直に信じられた時代の物語。

笙野頼子三冠小説集

笙野頼子　40829-3

野間文芸新人賞受賞作「なにもしてない」、三島賞受賞作「二百回忌」、芥川賞受賞作「タイムスリップ・コンビナート」を収録。その「記録」を超え、限りなく変容する作家の「栄光」の軌跡。

引き出しの中のラブレター

新堂冬樹　41089-0

ラジオパーソナリティの真生のもとへ届いた、一通の手紙。それは絶縁し、仲直りをする前に他界した父が彼女に宛てて書いた手紙だった。大ベストセラー『忘れ雪』の著者が贈る、最高の感動作！

枯木灘

中上健次　41339-6

熊野を舞台に繰り広げられる業深き血のサーガ…日本文学に新たな碑を打ち立てた著者初長編にして圧倒的代表作。後日談「覇王の七日」を新規収録。毎日出版文化賞他受賞。解説／柄谷行人・市川真人。

千年の愉楽

中上健次　40350-2

熊野の山々のせまる紀州南端の地を舞台に、高貴で不吉な血の宿命を分かつ若者たち——色事師、荒くれ、夜盗、ヤクザら——の生と死を、神話的世界を通し過去・現在・未来に自在に映しだす新しい物語文学。

泣かない女はいない

長嶋有　40865-1

ごめんねといってはいけないと思った。「ごめんね」でも、いってしまった。——恋人・四郎と暮らす睦美に訪れた不意の心変わりとは？　恋をめぐる心のふしぎを描く話題作、待望の文庫化。「センスなし」併録。

超少年

長野まゆみ　41051-7

本当の王子はどこに？　……十三歳の誕生日。スワンは立て続けに三人の少年から“王子”に間違えられた。王子は〈超（リープ）〉中に事故にあい、行方不明になっているという。〈超〉人気作、待望の文庫化！

銃

中村文則　41166-8

昨日、私は拳銃を拾った。これ程美しいものを、他に知らない——いま最も注目されている作家・中村文則のデビュー作が装いも新たについに河出文庫で登場！　単行本未収録小説「火」も併録。

ハル、ハル、ハル

古川日出男　41030-2

「この物語は全ての物語の続篇だ」——暴走する世界、疾走する少年と少女。三人のハルよ、世界を乗っ取れ！　乱暴で純粋な人間たちの圧倒的な“いま”を描き、話題沸騰となった著者代表作。成海璃子推薦！

短歌の友人

穂村弘　41065-4

現代短歌はどこから来てどこへ行くのか？　短歌の「面白さ」を通じて世界の「面白さ」に突き当たる、酸欠世界のオデッセイ。著者初の歌論集。第十九回伊藤整文学賞受賞作。

インストール

綿矢りさ　40758-6

女子高生と小学生が風俗チャットでひともうけ。押入れのコンピューターから覗いたオトナの世界とは?!　史上最年少芥川賞受賞作家のデビュー作、第三十八回文藝賞受賞作。書き下ろし短篇「You can keep it.」併録。